★★★

ISAAC ASIMOV

以撒・艾西莫夫

★★★ 基地前傳之一 ★★★

Prelude to Foundation

基地前奏

【各界推薦】

「基地是我的經濟學啟蒙之作。」

——保羅・克魯曼（Paul Robin Krugman，二〇〇八年諾貝爾經濟學獎得主）

「科幻大師的星際預言，歷久不衰的璀璨經典。歷史與銀河交織而成的星圖，映照出人性的勇敢，同時也見證了人心的墮落，眼見時代無情遞嬗，人們該如何傳承寶貴的文明與記憶？且讓我們搭乘艾西莫夫巧手鑄造的太空船，航向不可知的宿命終站。」

——何敬堯（奇幻作家、《妖怪臺灣》作者）

「艾西莫夫的《基地》系列以充滿懸疑的精彩情節，形塑出瑰麗壯闊的銀河史詩！毫無疑問是一部老少咸宜、值得代代相傳的科幻經典！」

——李伍薰（海穹文化總編輯）

「『基地三部曲』與後續系列，一部接著一部翻轉讀者的思維，一步接著一步開展宏大的計劃。科幻界不可多得的巨構，不看到最後絕不能罷手！衷心期盼這部經典著作在台灣再度掀起熱潮。」

——李知昂，科幻作家，第一屆倪匡科幻獎首獎得主）

「……科幻長篇作品之最，令人廢寢忘食的經典之作。」

——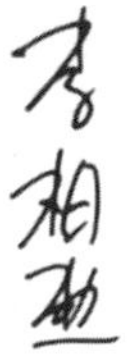（台大星艦學院前任社長）

「我小時候就是看艾西莫夫長大的。」

——唐鳳

「本書所要描述的，便是全宇宙的精英們如何窮盡一切知識與智慧，來推演出一場橫跨千百年的鬥智決戰。」

——（作家，第二屆倪匡科幻獎首獎得主）

「艾西莫夫的重要科幻小說都能提出令人耳目一新的奇幻因素，成爲後來科幻小說的典範。」

——張系國（知名科幻作家）

「艾西莫夫從年輕就創造了一個宏大的宇宙，萬萬沒有料到，會是他終其一生都說不完的偉大史詩。」

——張草（作者兼醫師兼科幻作家）

「科幻小說是個極具彈性的文類，不只能夠帶領讀者探索未來，也能包容過去歷史的脈絡。且看艾西莫夫，如何藉著基地這千年的未來史詩，帶領我們穿越帝國衰亡的時代，反思人類文化發展途中的必然與意外。」

——陳心一（交大科幻科學社前任社長）

「基地的偉大，不是莎士比亞那種偉大，而是因爲它最初是刊登在一本兩毛錢的科幻雜誌上，讀者平均年齡是十二歲，而十二歲的孩子看到基地裡的人類遍布整個銀河，跨越幾萬年的興衰起落，他們對世界的想像就不一樣了，例如比爾．蓋茲和伊隆．馬斯克。」

——陳宗琛（鸚鵡螺文化總編輯）

「在艾西莫夫的《基地》中，歷史並非翻過的書頁，而是滾滾洪流，下一秒出乎讀者預料，卻都在謝頓的掌握中。」

——陳湘婷（交大科幻科學社前任社長與創社社員）

「基地三部曲，以及後續的『基地系列』，不僅是首開銀河史詩的一部經典科幻，還卓然傲立於其他一切太空科幻的創作之上。它的價值、內涵、深度、情節、構思，遠非其他作品所能望其項背。『基地三部曲』不只是一套提供娛樂故事的小說，它還飽藏了科學、人文、社會、歷史和哲學的豐富意涵。它也不只是一部科幻經典，還可列入世界文學經典而當之無愧。」

——陳瑞麟（中正大學哲學系講座教授）

「艾西莫夫以其無限想像展示其快意飛越，引領讀者馳騁銀河星空，穿梭億萬光年宇宙。」

——黃海（知名科幻作家）

「未來的歷史、科幻的極致、城邦的《基地》。」

——葉言都（科幻作家）

「沒有艾西莫夫的《基地》，大概就沒有喬治盧卡斯的《星際大戰》……」

——難攻博士（【中華科幻學會】會長兼常務監事）

「在『基地』系列中，本身便是科學家的艾西莫夫獨創了一個貫通全書的『心理史學』，綜合了『氣體運動論』（物理學）、『群衆心理學』（心理學）、『歷史決定論』與『群體動力論』（歷史學），以一位不世出的心理史學巨擘謝頓爲主要人物，讓他以宏觀的角度預知了書中銀河帝國行將出現的悲慘命運，並試圖力挽狂瀾，改變似乎無可避免的大黑暗時期到來……

——**蘇逸平**（科幻作家）

還有**冬陽**（推理評論人）、**郝廣才**（格林文化發行人）、**臥斧**（文字工作者）、**張元翰**（中央研究院物理研究所研究員）、**陳穎青**（資深出版人）、**廖勇超**（國立台灣大學台灣文學研究所副教授）、**詹宏志**（知名文化人）、**謝哲青**（《青春愛讀書》節目主持人）、**譚光磊**（知名版權人）等人列名推薦。

【譯者序】

生命中最美好的事物

葉李華

在元旦假期剛剛結束，即將恢復單調作息之際，心有不甘的加菲貓想方設法要延續節慶的氣氛，最後找到一個絕佳的藉口，開始大張旗鼓慶祝艾西莫夫的生日……

這是整整三十年前，發表在許多報紙上的一則漫畫。由於只是幽默小品，漫畫家並沒有特別指出，正如十二月廿五日之於耶穌，一月二日也並非艾西莫夫眞正的生日。原因有點難以置信，艾西莫夫的父母居然忘了他是哪天呱呱墜地的，於是他在懂事後，便很有主見地替自己做了決定。至於爲何選這一天，或許可說他希望自己盡量年輕點，因爲有證據顯示，他眞正的生日介於一九一九年十月和次年的年初。

這個看似無關痛癢的決定，後來在他生命中激起了一次蝴蝶效應。一九四五年九月，美國陸軍徵召了一批年齡不滿二十六歲的青年，名單裡赫然有艾西莫夫，據說還是最「年長」的一員。他就這麼陰錯陽差當了九個月的大頭兵，最後以下士官階退伍。幸好這時二次大戰已經結束，否則他爲國捐軀的機率恐怕不小。

假如在另一條歷史線上，艾西莫夫眞的英年早逝，當然是科幻界的一大損失。不過即便如此，我敢說他仍會在二十世紀科幻文壇享有盛名，甚至仍有可能和克拉克及海萊因鼎足而三，正如享年三十七歲的拉斐爾仍能躋身文藝復興三傑之列。

這主要是因爲艾西莫夫成名甚早，二十一歲就以科幻短篇《夜歸》（Nightfall）一炮而紅，而他最重要的兩大科幻系列——基地與機器人——在他從軍前已打下重要基礎，例如《基地三部曲》已經完成三分之二，機器人系列的重要角色也出現了大半。這麼豐盛的成果，已經超越不少奮鬥一生的專業作家，然而事實上，那時的他尚未正式踏出校園。

想必有人不禁要問，這位年紀輕輕的業餘作家怎能如此多產，而且靈感源源不絕？針對這個問題，艾西莫夫晚年寫了一篇短文，爲我們提供了第一手資料。在這篇題爲《速度》的文章中，他把自己的快筆歸納成三個原因：

一、他從未上過任何文學創作課程，也未曾讀過這類的書籍，所以心理上沒有包袱，只知道把自己想到的故事一股腦寫出來，然後不管成果如何，一律盡快交卷。

二、打從九歲起，他放學後還得在自家的雜貨店幫忙，寫作的時間少之又少，逼得他不得不下筆如飛，更正確地說是運鍵如飛，不過當然還不是電腦鍵盤。

三、他勤於筆耕有個非常實際的目的，那就是貼補自己的大學學費。當時的小說稿酬相當微薄，爲了確保收入穩定，他必須成爲多產作家，因爲並非每篇小說都賣得出去。

至於靈感源源不絕這個問題，我在他的第三本自傳《艾西莫夫回憶錄》中，找到了這麼一段話：

「原因之一，我不寫作時其實仍在寫。當我離開打字機的時候，不論是吃飯、打盹或盥洗，我的腦子仍在工作。偶爾，我能從自己的思緒中聽到幾句對白或幾段論述，內容通常都跟我正在寫或準備寫的故事有關。即使沒聽到這些聲音，我也知道自己的潛意識在朝這方面運作。因此之故，我隨時隨地都能寫作。或許可以說，我早已寫好完整的腹稿。只要坐下來，讓大腦開始複述，我便能以每分鐘最多一百字的速度打出來。」

除此之外，艾西莫夫的靈感偶爾也有意想不到的來源。在我搜集的資料中，要數下面三個最有代表性：

一、想當年，一位教父級的科幻主編相當賞識艾西莫夫，要他定期到雜誌社討論自己的寫作計畫，頗爲類似指導教授和研究生的互動。話說一九四一年八月一日（這個日子比他的生日更真實），雖然早已約好要面見主編，但由於忙著碩士課程，艾西莫夫的靈感掛零。他只好在前往雜誌社的途中，利用「自由聯想」強行製造一個點子；他隨手翻開一本書，讓思想不斷自由跳躍，如此連三跳之後，銀河帝國就在腦海中誕生了。

二、一九五七年，艾西莫夫已經是著名的教授作家，有一天，他正在校對一本生物化學教科書新版的校樣，突然接到科幻雜誌的邀稿電話。抽不出時間的他不得不忍痛推辭，因爲校對雖然是苦功，他卻絕對不敢假手他人。沒想到剛掛了電話，正準備上樓工作的時候，他就在樓梯上想到一個好點子。等到進了書房，他不管三七二十一，把一大疊校樣丟到一旁，開始創作一篇以訴訟爲主軸的科幻小說，主角則是協助教授校對文稿的機器人。

當年我翻譯這篇小說，最頭痛的就是題目，因為艾西莫夫玩了一個巧妙的雙關語遊戲（Galley Slave），直到我將正文翻譯完畢，才終於想到《校工》兩字。

三、一九七五年年初，艾西莫夫接到一個頗具挑戰性的稿約，請他以「兩百歲的人」為主題寫個短篇，用以慶祝美國開國二百週年。他覺得這是個有趣的構想，不久就完成了自己最滿意的機器人故事《雙百人》，並於一九七七年榮獲雨果獎與星雲獎雙料冠軍。唯一美中不足的是，原定的國慶科幻專集胎死腹中，因為其他答應撰稿的作家，不是後來跳票了，就是寫得文不對題或品質不佳……

對我而言，艾西莫夫是個永遠談不完的話題（倪匡這位「東方艾西莫夫」也一樣），為了避免一發不可收拾，今天就聊到這裡吧。最後請容我再引述一句「壽星」的自白，當作本文的結語：「我一生所做的事都是自己最想做的，我絕不惋惜花在寫作上的一分一秒，也從不覺得錯過了生命中任何美好的事物。」

葉李華・二〇二一年一月二日

【推薦序】

科幻大師艾西莫夫的三塊磨刀石

郝廣才

劍要鋒利需要什麼？

磨刀石。人呢？什麼是人的磨刀石？

一九四一年八月一日，紐約一個二十一歲年輕人，在地鐵坐立不安。他要去見科幻雜誌的大編輯坎貝爾（John W. Campbell），談寫書計畫。但腦中一片漆黑，沒有一點燭光。他翻開手邊的書，目光在字裡行間散步。突然看見「哨兵」，聯想到帝國，他讀過兩回《羅馬帝國興亡史》，寫一個「銀河帝國」興亡史如何？

坎貝爾聽了，毛髮都站起來，他要年輕人立刻寫，每集要有開放式結局。年輕人心虛的回家，開始動手，從一九四二年連載八年，寫完《基地系列》。是的，他就是三大科幻小說家艾西莫夫（Isaac Asimov）。

艾西莫夫是猶太人，出生在俄國，一九二三年三歲時，父母帶他移民到紐約，爸爸日夜打工，存錢開了糖果書報店。九歲起，天天清晨五點起床，六點顧店，再去上學。放學後繼續顧店，沒事就拿店裡雜誌來讀，特別愛讀科幻小說，十一歲動手自己寫。

大量閱讀，練就過目不忘的功夫。在功課比記憶力的時代，十五歲讀完高中，申請哥倫比亞大學。校方說他「年齡不足」，叫他讀附屬社區學院。入學後，他發現問題不是年齡，而是種族，當時猶太人等同有色人種受歧視。一九三八年，學院倒閉，哥大只好收了所有學生，他轉入哥大。轉學空檔，創作短篇小說，成功賣出第一篇作品。一九三九年，大學畢業。窮人翻身的捷徑是什麼？當醫生。他申請醫學院，收到五封拒絕信。不是不夠優秀，眞的原因是「猶太人」。不信邪再敲一次門，再吃五回閉門羹。等待中寫了第一則機器人故事，原本想寫令人同情的機器人，越寫越覺得，機器人是工程師設計的產品，內建的邏輯和安全機制，不該引發情緒，也不可能威脅人。這段思考，埋下日後「機器人三大法則」的種子。

被醫學院拒絕，沒有澆熄深造的熱情。他改申請哥大化學研究所，結果呢？被拒絕。他跟校方談先試讀一年，表現不好自動離開。哥大同意，他拼命讀書，用力打工，努力寫短篇小說投稿賺錢。兩年拿到碩士，累積登出三十一篇作品，認識很多編輯，他遇到文學生涯第一個高人《驚奇科幻》雜誌主編坎貝爾。

坎貝爾習慣找作者聊天，丟出問題給作者接招，激發創作潛力。他跟艾西莫夫談愛默生的詩：「如果蒼穹繁星，千年方得一見。面對上帝之城乍現，人類如何敬畏、讚嘆、膜拜、世代流傳這份記憶？」

他好奇如果用這首詩爲題，能寫出什麼故事？艾西莫夫接過挑戰，二十二天寫出《夜幕低垂》Night Fall。坎貝爾投出變化球，艾西莫夫擊出全壘打！這篇作品讓艾西莫夫一炮而紅。

兩人不斷思想交鋒，推動他寫出架構龐大的《基地系列》。而且歸納出「機器人三大法則」，

一、機器人不得傷害人類，或坐視人類受到傷害。

二、在不違反第一法則的前提，機器人必須服從人類的命令。

三、在不違反第一與第二法則的前提，機器人必須保護自己。

他寫出《機器人系列》，被尊稱爲「現代機器人故事之父」。二戰期間，在海軍實驗室從軍三年。戰後再深造，一九四八年拿到化學博士，留在哥大研究瘧疾。隔年到波士頓醫學院擔任生化講師，堂堂學生爆滿。講課太受歡迎，即使沒有研究成果，也升任教授，得到終身俸。

期間寫出三大系列的《銀河帝國》首部曲，這是他第一本長篇小說，書在「雙日出版社」Doubleday 出版。編輯布雷伯利（Walter Bradbury）是第二個高人，他是科幻出版的造神手，他捧紅跟他同姓的雷．布雷伯利（Ray Bradbury），《華氏451度》的作者。

長篇小說出版，如同棒球員登上大聯盟。他興奮地寫新書，每一個句子都精雕細琢，反覆修改。布雷伯利客氣地問他，知不知道海明威會怎麼寫「第二天太陽升起」The sun rose the next morning？

他想了想，回答說不知道。布雷伯利說海明威寫的就是「第二天太陽升起」！這個當頭棒喝，敲醒艾西莫夫。從此他保持句子簡潔的風格，不再胡思亂想。同時用筆名「法國保羅」Paul French，寫兒童故事《幸運星》Lucky Star系列。

一九五七年十月四日，蘇聯成功發射衛星史普尼克一號，震驚美國。他看到美國媒體如大夢驚醒，決定來寫科普文章來教育大眾。於是放下教書，專心寫作。一路寫了二十年，等於是最好看的科學百科全書。他一生寫超過五百本書，範圍涵蓋圖書所有分類，給書迷回了十萬封信；為影集《星艦迷航記》Star Trek做科學顧問，打造科幻劇的經典。美國兒童能對科學深入理解，並產生巨大想像，都是經過艾西莫夫這道門。

他能有巨大產量，歸功三大習慣，

一，大量閱讀。他寫作的房間都堆滿上千本書。

二，專心寫作。他刻意在旅館租個房間來工作，只有一扇窗戶，打開看不見公園、街道，是一面磚牆。吃東西叫房間服務。早上八點寫到晚上十點，從不接受午餐和晚餐應酬。

三，快速切換。他在房間放六台打字機，每台顏色不一樣，上面要寫的東西也不同。一旦靈感卡住，立刻換到另一台打字機。他經常同時寫五個故事，最多是九個。

那人生的磨刀石是什麼？

三大磨刀石是書本、高人、還有挫折。寧靜的海是練不出傑出水手！如果你還沒有碰到什麼困境，那你的夢想就還沒有下床！

【推薦序】

宏大架構，有趣情節，以及重要啓發——關於「基地系列」

臥斧

一九四一年，美國紐約，年輕作家找雜誌編輯討論一個新點子。

雜誌編輯叫坎貝爾，一九一〇年生，二十出頭時以科幻作品邁入文壇成爲作家，一九三七年成爲《驚奇雜誌》的編輯；作家比編輯年輕十歲，十九歲時發表科幻小說，不到二十歲就拿到大學文憑。因爲投稿的因緣，作家和坎貝爾成爲好友，當時幾乎每週見面。一九四一年八月一日那天，作家告訴坎貝爾，他想寫個短篇小說，以眞實世界裡羅馬帝國衰亡的歷史爲底，講一個正在緩慢頹傾的銀河帝國。坎貝爾很喜歡這個點子，兩人聊了很久，最後作家決定寫一系列短篇，描述銀河帝國逐步崩解及緩慢重建的過程，一個月之後，作家交出第一個短篇。

這個故事名爲〈基地〉，這名作家叫艾西莫夫。

坎貝爾買下這個短篇，隔年在雜誌上發表，陸續交稿的三個短篇，分別在一九四二年及一九四四年刊登。艾西莫夫繼續創作系列故事，除了原先的四個短篇，又添四個中篇，《驚奇雜誌》在一九五〇年將八個故事全數發表完畢，一九五一年，原初的四個短篇集結成冊出版，艾西莫夫增寫了另一個短篇，做爲全書的序章；後續四個中篇則兩兩集結，在一九五二、一九五三年出版。

三部作品，合稱爲「基地三部曲」。

艾西莫夫自承創作靈感來自吉朋的歷史鉅作《羅馬帝國衰亡史》，但「基地三部曲」讀來並無任何沉重遲滯。艾西莫夫的筆法平實流暢，尤其是收錄在首部曲《基地》中的五個短篇，幾乎可用「輕巧」形容。艾西莫夫選擇以短篇形式敘述宏觀歷史，將每個短篇發生的時點定在歷史即將發生劇變的關鍵，一方面簡化長時間裡的時局變遷，一方面聚焦短時間裡的勢力拉鋸，藉以創造情節轉折與劇情張力，技法相當巧妙。

故事能夠如此進行的重要因素，來自「心理史學」這個設定。

心理史學是艾西莫夫虛構的科學，揉合歷史學、社會學、社會心理學、統計學及數學等等學科，從設定裡還能發現艾西莫夫也參考了氣體動力學的部分理論。《基地》的故事由心理史學家謝頓的預言開場，按照心理史學的計算，他指出銀河帝國將在三百年內崩潰，人類會因此進入長達三萬年的黑暗時期；謝頓說服高層，在銀河邊陲行星建立「基地」，供各種專業人士居住並編寫百科全書，保存人類知識。此舉無法避免帝國毀滅，但能將黑暗時期縮短為一千年。

「基地三部曲」以謝頓的預測為主軸發展。

銀河歷史初看一如謝頓所言，轉變的關鍵都以謝頓的預言為基礎變化；時序拉長之後，謝頓的預言似乎也失去精準，但在必要時刻又會發現謝頓明白心理史學的侷限，準備了不只一套應變措施。

「基地三部曲」出版三十年後，艾西莫夫寫了續集。

續集由兩部長篇構成，合稱爲「基地後傳」。在這兩部長篇裡，艾西莫夫將他其他兩個系列作品——「機器人系列」及「銀河帝國三部曲」——的故事線也整合進來，形成他的完整架空宇宙。因此在「基地後傳」中有時會出現其他系列的角色，不過艾西莫夫會適時增補說明，單獨閱讀並無障礙。

又過幾年，艾西莫夫寫了前傳。前傳由一部長篇、四個短篇構成，分成兩冊出版，合稱爲「基地前傳」。「基地三部曲」中影響最深遠、但戲份非常少的謝頓，在前傳中成爲主角，故事描述他的生平、發展心理史學的過程、預測銀河帝國未來及構思基地的經過，最後收尾在他完成佈局、接到《基地》故事開始的時分。

不計其他系列，以「基地」爲主的七部作品都相當精采。

艾西莫夫寫作不賣弄花巧，讀來愉快，故事裡的科技想像現今看來自然不很實際——事實上，八〇年代之後與網際網路相關的科技發展，已經大幅顛覆了七〇年代之前大多數科幻作品的描述——但艾西莫夫對於人類社會轉變的觀察，對歷史的看法，對商業、宗教、軍事及政治制度等等交互影響的解讀，以及對人性的刻劃，仍然準確有力。閱讀「基地系列」，不只讀到有趣的科幻情節，也是思考歷史、社會，以及人類的重要啓發。

【導讀】

基地與機器人

葉李華

不朽的未來史

艾西莫夫雖然是公認的世紀級科幻大師（參見本書附錄「艾西莫夫傳奇」），不過他一生的科幻創作，卻集中於早年（1939-1957）與晚年（1981-1992）兩個時期。正如在本書「作者的話」中，艾西莫夫所特別強調的「有長達二十五年的斷層」。這是因爲在那四分之一世紀的悠悠歲月裡，他將寫作重心從科幻轉移到科普（即通俗科學），立志以一己之力提振美國國民的科學水準。而他所撰寫的科普文章與書籍，內容從天文、數學、物理、化學、地球科學到生命科學與各種科技，幾乎涵蓋自然科學與應用科學所有的領域。後來，果然有許多功成名就的科學家和工程師，當面感謝艾西莫夫的啓蒙。而在許多英美讀者心目中，艾西莫夫早就是科普的同義詞。

一九八〇年代，在全世界科幻迷千呼萬喚之下，艾西莫夫終於與雙日（Doubleday）出版社簽約，重拾他最有名的兩大科幻系列「機器人」與「基地」。而且在一開始，他就悄悄立下一個心願——利用這個機會，建立一個統一的、龐大的「未來史」架構，以囊括早年所有的重要科幻系列。除了「機器人」與「基地」這兩大支，還要包括相對而言名氣較小的「帝國系列」。（其實三本『帝國系列』也都是一流作品，卻因爲三本書彼此間聯繫太弱，以致一直活在另外兩大系列陰影之下。）

然而，這個雄心壯志執行起來卻困難重重，甚至遭到不少出版界朋友反對。好在艾西莫夫擇善固執，無論如何也要克服所有的艱難險阻。難題之一，艾西莫夫早年寫科幻的時候，刻意不讓這兩大系列彼此間有任何關係。換句話說，「機器人系列」與「基地系列」的故事發生於不同的虛擬宇宙中，是兩套互相獨立的虛擬歷史。難題之二，在「基地系列」裡，科技顯然比「機器人系列」更爲先進，時代則更爲遙遠，卻偏偏看不到機器人的蹤跡（更誇張的是「基地三部曲」幾乎連電腦也沒有）。當然還有難題之三、之四……不過相對而言，其他困難也就不算什麼了。

艾西莫夫如何克服這兩大難題呢？一來，他藉著擴充「機器人系列」，建立起「機器人」與「基地」兩者的關係：讓兩段原本毫不相干的虛擬歷史，逐漸發生千絲萬縷的聯繫。二來，他在不違背「基地三部曲」的設定下，分別在「基地前傳」與「基地後傳」裡，巧妙地延續了機器人的氣數。三來，在那些晚年期作品中，他提出一個無懈可擊的理論，圓滿解釋了機器人爲何在早年的「基地三部曲」缺席。如此，「機器人系列」與「基地系列」終於得以隔著「帝國系列」遙相呼應，而最後的成果，則是三大系列融鑄成一個科幻有機體，化爲一部俯仰兩萬載、縱橫十萬光年的銀河未來史。

基地前傳

艾西莫夫一生總共寫了七大冊的基地故事，其中「基地三部曲」是早年的成名作，由九篇中短篇集結而成。至於兩本「前傳」與兩本「後傳」，則是艾氏暮年以爐火純青功力所創作的四部長篇小說。

值得一提的是，艾西莫夫當初是先完成「後傳」，才回過頭來補寫「前傳」。這是因爲「基地三部曲」擁有一個標準的開放式結局，照理說應該還有更精采的續集。根據艾西莫夫自己的說法，幾十年來，有無數的讀者向他抱怨：非常氣憤，故事居然就這麼結束了！因此一旦決心創作第四本基地小說，艾西莫夫自然而然接著三部曲寫下去。於是他以基地紀元四九八年爲時代背景，寫成《基地邊緣》以及《基地與地球》兩本後傳。

雖然《基地與地球》也留下許多伏筆，其實更應該有續集，可是出人意料之外，大師竟然也有腸枯思竭的時候。換句話說，艾西莫夫始終想不到該如何鋪陳後續的複雜情節。好在不久之後，由於在電梯中巧遇一位忠實讀者，而讓艾氏有了「前傳」的靈感。

用最簡單的說法，前因後果如下：貫穿「基地三部曲」最重要的人物，當然是哈里·謝頓這位「心理史學宗師」兼「基地之父」。然而在三部曲中，謝頓卻是神龍見首不見尾的神祕客，僅僅讓讀者驚鴻一瞥，隨即成爲歷史人物。爲了彌補這個遺憾，更爲了給廣大讀者一個滿意的交代，艾西莫夫決定再度眷顧這個傳奇角色，用兩本「前傳」詳盡刻劃謝頓的一生，以及心理史學與兩個基地的創建過程。

於是，一九八七年初，艾西莫夫開始撰寫《基地前奏》。當時他健康狀況尚可，因此好整以暇地用整本書的篇幅，描述謝頓三十二歲時的生命轉捩點。然而一兩年之後，艾氏意識到了天不假年，於是在規劃第二本前傳時，簡直就是和死神賽跑——爲了完整回顧謝頓的一生，他有計畫地在《基地締造者》五篇中，分別描述謝頓四十歲、五十歲、六十歲、七十歲與八十歲的一段重要事蹟。遺憾的是，在該書即將大功告成之際，艾西莫夫卻在一九九二年四月六日提前嚥下最後一口氣。後來，雙日出版社根據他的殘稿，於他逝世次年正式出版這本告別作，總算替他完成了這個心願。

最後必須強調的是，雖然根據創作順序，「前傳」應該排在「後傳」之後，但是考慮到基地系列的整體脈絡，以及與機器人系列的呼應關係，對於首次接觸的讀者而言，還是先閱讀前傳較爲合適。正因爲如此，奇幻基地版的基地系列，採取三部曲→前傳→後傳這樣的出版順序。

機器人學法則

根據艾西莫夫的自述，十幾歲的他早已是堅定不移的科幻迷。他讀了許多機器人小說，發現它們可歸納爲兩大類：佔絕大多數的是第一類「威脅人類的機器人」，而第二類「引人同情的機器人」則極爲罕見。前者幾乎千篇一律，很快便令他生厭，至於後者，「在這類故事中，機器人是可愛的角色，常常遭到人類的殘酷奴役。它們讓我著迷。」

雖然艾西莫夫對「引人同情的機器人」情有獨衷，但身爲理性主義者，他自己在創作機器人故事的時候，卻隱隱瞥見另一種機器人的影子。他逐漸將機器人想成是工程師所製造的工業產品，它們具有內建的安全機制，不會對主人構成「威脅」；又因爲是用來執行特定工作，所以它們和「同情」更沾不上邊。

經過一段時間的醞釀與摸索，艾西莫夫終於在一九四二年，在〈轉圈圈〉這篇小說裡，逐字逐句寫下「機器人學三大法則」。不久之後，西方科幻作家筆下的機器人紛紛改頭換面；上述兩類窠臼正式走入歷史，服從三大法則的「實用型機器人」成爲新的典範（請注意這是指科幻小說，並不包括科幻電影，尤其是好萊塢的科幻電影）。艾西莫夫因此十分得意，一直大言不慚地承認自己是「現代機器人故事之父」。當然，這也是科幻文壇公認的事實。

寫出「機器人學三大法則」的內容之後，艾西莫夫從未做過版本上的修訂。自始至終，三大法則都是如下的形式：

一、機器人不得傷害人類，或袖手旁觀坐視人類受到傷害。

二、除非違背第一法則，機器人必須服從人類的命令。

三、在不違背第一法則及第二法則的情況下，機器人必須保護自己。

然而在科幻世界裡，沒有任何事是一成不變的。一九八五年，在《機器人與帝國》這本書的後半，艾西莫夫破例將三大法則擴充成如下的四大法則：

零、機器人不得傷害人類整體，或袖手旁觀坐視人類整體受到傷害。

一、除非違背第零法則，機器人不得傷害人類，或袖手旁觀坐視人類受到傷害。

二、除非違背第零或第一法則，機器人必須服從人類的命令。

三、在不違背第零至第二法則的情況下，機器人必須保護自己。

如前所述，無論是在「基地前傳」或「基地後傳」中，都出現了機器人的神祕身影。這些機器人最大的特色，正是一律服從擴充自三大法則的「機器人學四大法則」。

艾西莫夫未來史（依故事序，括號內為出版年份）

◆機器人系列

機器人短篇全集（The Complete Robot, 1982）

鋼穴（The Caves of Steel, 1954）

裸陽（The Naked Sun, 1957）

曙光中的機器人（The Robots of Dawn, 1983）

機器人與帝國（Robots and Empire, 1985）

◆帝國系列

繁星若塵（The Stars, Like Dust--, 1951）

星空暗流（The Currents of Space, 1952）

蒼穹一粟（Pebble In The Sky, 1950）

◆基地系列

前傳

基地前奏（Prelude to Foundation, 1988）

基地締造者（Forward the Foundation, 1993）

三部曲

基地（Foundation, 1951）

基地與帝國（Foundation and Empire, 1952）

第二基地（Second Foundation, 1953）

後傳

基地邊緣（Foundation's Edge, 1982）

基地與地球（Foundation and Earth, 1986）

參考資料：

Asimov, Isaac. *I. Asimov: A Memoir*. Doubleday, 1994.

Asimov, Isaac. *It's Been a Good Life*. Prometheus Books, 2002.

不朽的科幻史詩：http://sf.nctu.edu.tw/yeh/fundation_2.htm

科幻大師的科普緣：http://sf.nctu.edu.tw/yeh/fundation_5.htm

【目錄】

「基地系列」時空背景與故事年表

葉李華整理

科幻設定

1. 故事距今約二萬年，人類後裔早已移民銀河系各角落。然而除了人類，從未發現任何其他智慧生物。（在《永恆的終結 The End of Eternity》這本書中，艾西莫夫對此有詳細解釋。）
2. 銀河系已有二千五百萬顆住人行星，總人口數介於千兆與萬兆之間。
3. 整個銀河系皆在「銀河帝國」統治下，已長達一萬二千年之久。
4. 帝國的首都行星「川陀」位於銀河中心附近，是最接近「銀河中心黑洞」的住人行星。

科學事實

1. 銀河系的形狀：外形類似凸透鏡，但由內而外伸出數條螺旋狀的「旋臂」。
2. 銀河系的大小：直徑約十萬光年，或約三萬秒差距（一秒差距＝三・二六光年）。
3. 銀河系的規模：至少有二千億顆恆星，行星數目不詳。
4. 銀河中心的巨型黑洞：質量超過二百五十萬個太陽。

「基地系列」故事年表（銀紀：銀河紀元，基紀：基地紀元）

葉李華整理

銀紀一二〇二〇年	前傳《基地前奏》全書
銀紀一二〇二八年	前傳《基地締造者》第一篇：伊圖・丹莫刺爾
銀紀一二〇三八年	前傳《基地締造者》第二篇：克里昂一世
銀紀一二〇四八年	前傳《基地締造者》第三篇：鐸絲・凡納比里
銀紀一二〇五八年	前傳《基地締造者》第四篇：婉達・謝頓
銀紀一二〇六七年	三部曲《基地》第一篇：心理史學家
銀紀一二〇六九年（即基紀元年）	前傳《基地締造者》第五篇：尾聲
基紀四九－五〇年	三部曲《基地》第二篇：百科全書編者
基紀七九－八〇年	三部曲《基地》第三篇：市長
基紀一三四年	三部曲《基地》第四篇：行商
基紀一五四－一六〇年	三部曲《基地》第五篇：商業王侯
基紀一九五－一九六年	三部曲《基地與帝國》第一篇：將軍
基紀三一〇－三一一年	三部曲《基地與帝國》第二篇：騾
基紀三一六年	三部曲《第二基地》第一篇：騾的尋找
基紀三七六－三七七年	三部曲《第二基地》第二篇：基地的尋找
基紀四九八年	後傳《基地邊緣》全書
基紀四九八年	後傳《基地與地球》全書

主要參考資料：http://www.asimovonline.com/oldsite/insane_list.html

作者的話

當我撰寫〈基地〉這篇小說的時候（它發表於《震撼科幻小說》一九四二年五月號），根本未曾想到我是爲一系列的故事開了個頭。目前爲止，它已經擴展成六本小說，共計六五〇，〇〇〇（英文）字。當時我也完全沒有想到，它會跟我寫的機器人短篇與機器人長篇系列，以及有關銀河帝國的幾部長篇統一起來，至今總共累積了十四冊，共計一，四五〇，〇〇〇字。

假如您研究這些著作的出版日期，會發現一九五七至一九八二年間有長達二十五年的斷層，其間我未曾對這個系列做任何補充。這並非因爲我曾經封筆，事實上，在這四分之一世紀間，我一直以全速寫作，只不過寫的是別的東西。我會在一九八二年重拾這個系列，其實並非我自己的意思，而是來自讀者與出版社的聯合壓力，最後終於變得無可抵禦。

無論如何，如今情況已經變得足夠複雜，使我感到讀者諸君會希望我對本系列做個簡介，因爲它們並不是依照（僅供參考的）閱讀順序寫出來的。

這十四本書都由「雙日出版社」出版，展現了一套未來的大歷史。某些內容或許不算完全一致，因爲最初我並未規劃到一致性。根據這套未來史的年代（而不是出版日期），這些書的時間順序如下：

一、《機器人短篇全集》（一九八二年）：這是由發表於一九四〇至一九七六年間的三十一個機器人短篇組成，包括了較早的《我，機器人》（一九五〇年）裡的每一個故事。自從這個全集問世之後，我僅僅再寫了一個機器人短篇，那就是〈機器人之夢〉，它尚未收錄到任何「雙日版」選集中。

二、《鋼穴》（一九五四年）：這是我的第一本機器人長篇。

三、《裸陽》（一九五七年）：第二本機器人長篇。

四、《曙光中的機器人》（一九八三年）：第三本機器人長篇。

五、《機器人與帝國》（一九八五年）：第四本機器人長篇。

六、《星空暗流》（一九五二年）：這是我的第一本帝國長篇。

七、《繁星若塵》（一九五一年）：第二本帝國長篇。

八、《蒼穹一粟》（一九五〇年）：第三本帝國長篇。

九、《基地前奏》（一九八八年）：這是基地長篇的第一本（不過目前為止，它卻是最後完成的）。

十、《基地》（一九五一年）：基地長篇的第二本。事實上，它是五個故事的合集，其中四個發表於一九四二至一九四四年間，再加上一九四九年為出書而寫的一篇引介。

十一、《基地與帝國》（一九五二年）：基地長篇的第三本，由兩個故事組成，最初發表於一九四五年。

十二、《第二基地》（一九五三年）：基地長篇的第四本，由兩個故事組成，最初發表於一九四八與一九四九年。

十三、《基地邊緣》（一九八二年）：基地長篇的第五本。

十四、《基地與地球》（一九八六年）：基地長篇的第六本。

我會在這個系列中再多加幾本嗎？也許會的。在《機器人與帝國》（五）與《星空暗流》（六）之間，以及《基地前奏》（九）與《基地》（十）之間都能再插一本，當然其他各冊之間也都還有空檔。此外我還能繼《基地與地球》（十四）之後再寫下去——愛寫幾本都行。

自然，總該有個限制吧，因為我並不指望永生，但我的確打算盡可能耗下去。

譯註一：其實《星空暗流》（六）與《繁星若塵》（七）的順序應該交換，想必是艾西莫夫一時筆誤。

譯註二：一九九三年出版的《基地締造者》應該插在《基地前奏》（九）與《基地》（十）之間。

譯註三：〈機器人之夢〉並非艾西莫夫最後一篇機器人故事。在生命中最後幾年，艾氏又完成了幾個機器人短篇，不過其中並沒有重要的作品。

譯註四：相關書名的中英對照表，請參見本書導讀。

第一章：數學家

克里昂一世：……銀河帝國恩騰皇朝的末代皇帝。生於銀河紀元一一九八八年，亦即哈里·謝頓誕生的同一年。（有人認爲謝頓的生年並不可靠，可能經過後人篡改，目的在於構成此一巧合。謝頓抵達川陀之後，想必很快便見到這位皇帝。）

銀河紀元一二〇一〇年，二十二歲的克里昂一世繼承帝位。在那個紛擾不斷的時代裡，他的統治代表了一段傳奇的平靜歲月，這無疑得歸功於行政首長伊圖·丹莫刺爾的政治長才。丹莫刺爾則始終謹愼地隱跡幕後，避免留下公開記錄，以致後人對他的瞭解極其有限。

克里昂本人……

——《銀河百科全書》*

*本書所引用的《銀河百科全書》資料，皆取自基地紀元一〇二〇年的第一一六版。發行者爲「端點星銀河百科全書出版公司」，作者承蒙發行者授權引用。

1

壓下一個小小的呵欠後，克里昂開口道：「丹莫刺爾，你會不會剛好聽說過一個叫哈里．謝頓的人？」

克里昂繼承皇位剛超過十年，在一些國家大典上，當他穿上不可或缺的皇袍，佩上象徵皇室的飾物，看起來也能顯得冠冕堂皇。舉例而言，他身後壁凹中那尊全相立像便是如此。這尊立像顯然擺在最突出的位置，令其他壁凹中幾位先人的全相像相形見絀。

這尊全相像並非完全寫實。例如它的頭髮雖然也是淡褐色，看來與眞實的克里昂無異，卻稍嫌濃密了一點。他眞正的臉龐有些不對稱，上唇左邊比右邊高些，這點在全相像中也不怎麼明顯。此外，假如他站起身來，走到自己的全相像旁邊，旁人便能看出他比身高一八三公分的立像矮了二公分——或許還豐滿少許。

當然，這個全相像是加冕典禮的正式定裝照，況且當時他也比較年輕。如今，他看來年輕依舊，而且相當英俊，在沒有官式禮節的無情束縛時，也會露出一種含糊的和善表情。

丹莫刺爾以細心揣摩的恭敬語調說：「哈里．謝頓？啓稟陛下，這個名字我並不熟悉。我應該認識他嗎？」

「科學部長昨晚跟我提到這個人。我想你或許聽說過。」

丹莫刺爾輕輕皺了皺眉頭，但那只是很輕微的一蹙，因爲在聖駕前不應有此舉動。「陛下，科學部長若要談及此人，應該來找身爲行政首長的我。假如上上下下都對您疲勞轟炸……」

克里昂舉起手來，丹莫刺爾立刻閉嘴。「拜託，丹莫刺爾，你不能一天到晚指望別人中規中矩。昨晚的歡迎會上，我經過那位部長身邊，跟他閒談了幾句，他就一發不可收拾。我無法拒絕，而我很高興聽到那番話，因爲實在很有意思。」

「怎樣有意思，陛下？」

「嗯，時代變了，科學和數學不再像以往那麼時興。那些東西似乎多少已經過氣，也許是因爲能發現的都被發現了，你不這樣想嗎？然而，有意思的事顯然還是不會絕跡，至少他是這麼告訴我的。」

「科學部長嗎，陛下？」

「沒錯，他說這個哈里．謝頓參加了一個在我們川陀舉行的數學家會議——基於某種原因，這個會議每十年舉行一次——他在會中聲稱，他已經證明人類可以利用數學預測未來。」

丹莫刺爾故意露出一抹微笑。「科學部長這個人並不怎麼精明，若不是他弄錯了，就是這個數學家錯了。不用說，預測未來這種事是小孩才會相信的把戲。」

「是嗎，丹莫刺爾？民眾都相信這種事情。」

「陛下，民眾相信很多事情。」

「可是他們的確相信這種事情。因此之故，對未來的預測是否正確並不重要。假如一名數學家做出預測，說我能夠帶來長治久安，說帝國將有一段太平繁榮的歲月——啊，這難道不好嗎？」

「當然，這種說法聽來很舒服，可是陛下，它又有什麼用呢？」

「只要民眾深信不疑，當然就會依據這個信念而行動。許多預言最後終於成真，唯一的憑藉只是信心的力量。這就是所謂的『自我實現的預言』。沒錯，現在我想起來了，當初對我解釋這個道理的就是你。」

丹莫刺爾說：「啓稟陛下，我相信自己這麼說過。」他小心翼翼地望著這位皇帝，彷彿在斟酌自己該再說多少。「話說回來，果眞如此的話，任何人的預言都沒有兩樣。」

「丹莫刺爾，並不是每個人都能令民衆同樣信服。然而，數學家卻能用數學公式和術語來支持自己的預言。即使誰也不瞭解他說些什麼，大家仍會深信不疑。」

丹莫刺爾說：「陛下，您的話總是很有道理。我們生在一個動盪的時代，值得借用一種既不費錢又不必採取軍事行動的方式來穩定人心。反觀近代史，軍事行動總是弄巧成拙，反而造成很大的傷害。」

「丹莫刺爾，正是如此。」大帝興奮地說：「把這個哈里．謝頓牽來。你告訴過我，你在這個紛亂的世界佈滿眼線，甚至滲透到連我的軍隊都退避的地方。那就抽回一根線吧，把這個數學家帶來，讓我見見他。」

「陛下，我立即去辦。」丹莫刺爾說。其實他早已查出謝頓的下落，此時他暗自提醒自己，一定要嘉獎科學部長的優秀表現。

2

這個時期的哈里．謝頓貌不驚人。他與克里昂大帝一世一樣，當年三十二歲，不過他的身高只有一七三公分。他的臉龐光潤，顯得喜氣洋洋，頭髮是接近黑色的深褐色，而他的衣著則帶著一種一眼就看得出的土氣。

沒有滿頭的白髮、沒有滿是皺紋的臉龐、沒有放射智慧光芒的微笑，而且並未坐在輪椅上的哈里．謝頓，對將他視爲傳奇性半人半神的後人而言，這種形象幾乎可說是對他的褻瀆。不過，即使到了耄耋高齡，謝頓的雙眼依舊喜孜孜，那是他始終不變的特徵。

此時此刻，他那雙眼睛顯得特別喜氣洋洋，因爲他剛在「十載會議」上發表一篇論文。這篇論文甚至多少引起了些許注意，老歐斯特費茲曾對他點了點頭，說道：「有創意，年輕人，實在有創意。」這句話出自歐斯特費茲之口，令他覺得很有成就感，實在很有成就感。

可是現在卻有一個新的——而且相當出乎意料的發展，謝頓不確定自己是否會因此更加喜孜孜，更有成就感。

他瞪著眼前這位人高馬大、身穿制服的年輕人。在那人的短袖袍左胸處，有一個帥氣的「星艦與太陽」標誌。

「艾爾本·衛利斯中尉。」將身分證件收起來之前，這位禁衛軍軍官曾自報姓名。「閣下，請您這就跟我走好嗎？」

當然，衛利斯是全副武裝前來的，此外還有兩名禁衛軍等在門外。儘管對方刻意表現得相當禮貌，謝頓卻知道自己別無選擇。但無論如何，他總有權把事情弄清楚，於是他說：「去覲見大帝？」

「閣下，是前往皇宮。我接到的命令僅止於此。」

「可是爲什麼呢？」

「閣下，我並不知情。我接到嚴格的命令，一定要您跟我前去——無論用什麼方法。」

「可是這樣一來，好像我遭到逮捕了。我可沒有犯什麼法。」

「應該這麼說，好像是我們在爲您護駕——請您別再耽誤時間。」

謝頓果然未曾再耽擱。他緊閉嘴唇，彷彿將其他疑問全部封在嘴裡，點了點頭之後，他便邁開腳步。即使他眞要去覲見大帝，去接受皇室的嘉獎，他也覺得沒什麼意思。他的努力是爲了整個帝國，換句話說，是爲了所有人類世界的和平與團結，而不是爲了這位皇帝。

中尉走在前面，另外那兩名禁衛軍殿後。謝頓對擦身而過的每個人報以微笑，設法表現得若無其事。出了旅館之後，他們便登上一輛官方地面車。（謝頓不禁伸手摸了摸椅套，他從未坐過這麼豪華的車子。）

他們目前所在的地點，是川陀最富有的地區之一。這裡的穹頂相當高聳，足以帶來置身露天空間的感覺。任何人都會發誓正沐浴在陽光下，就連生長在露天世界的哈里·謝頓也不例外。雖說見不到太陽或任何陰影，空氣卻顯得明朗而清香。

隨著周遭的景物迅速後退，穹頂開始下彎，牆壁也變得愈來愈窄。他們很快就進入一座密閉的隧道，裡面每隔固定距離就有一個「星艦與太陽」的標誌，它顯然（謝頓心想）專供官方交通工具使用。

前面一道門及時打開，地面車快速穿過。當那道門重新關上之後，他們已經來到露天的空間——眞正的露天空間。這裡是川陀表面僅有的五百平方公里露天地表，壯麗的皇宮正座落其上。謝頓很希望有機會在這片土地上四處逛逛——並非由於皇宮，而是因爲這裡的帝國大學，以及最吸引他的帝國圖書館。

然而，一旦離開密封在穹頂中的川陀，來到這個露天的林地與原野，他便置身於一個烏雲遮日的世界，一陣寒風立刻襲上他的衣衫。他隨手按下開關，把車窗關了起來。

外面是個陰冷的日子。

3

謝頓一點也不相信能見到皇帝陛下。在他想來，自己頂多只能見到某個四、五等官位，自稱代表皇帝發言的官員。

究竟有多少人見過皇帝陛下？親眼見到，而並非透過全相電視？有多少人見過眞實的、有血有肉的皇帝陛下？這位大帝從不離開皇宮御苑，而他，謝頓，此時正踩在這片土地上。

答案是幾乎趨近於零。二千五百萬個住人世界，每個世界的居民至少十億之衆——在這數萬兆的人口中，有多少人曾經或將會目睹這位活生生的皇帝？一千人？

又有誰會在乎呢？皇帝只不過是帝國的象徵，就像「星艦與太陽」國徽一樣，卻遠不及後者那麼普遍與眞實。如今代表帝國的，是遍佈銀河各個角落的戰士與官吏；是他們變成人民身上的枷鎖，而不是皇帝本人。

因此，當他被引進一間不大不小、陳設豪奢的房間，看見一個年輕人坐在凹室的一張桌子旁，一隻腳擺在地上，另一隻放在桌緣搖晃，謝頓不禁納悶怎麼會有這樣的官員，怎麼會以這麼溫和的目光望著自己。他已經一而再、再而三體驗到一件事實，那就是政府官員——尤其是皇帝身邊當差的——總是顯得十分嚴肅，彷彿將整個銀河的重量擔在自己肩上。而且似乎愈是不重要的官員，表情就愈嚴肅、愈兇惡。

那麼，此人就有可能是個官位很高的大官。他掌握的權力有如燦爛的陽光，因而不必利用一臉陰霾面對問題。

謝頓不確定該表現得多麼受寵若驚，但他感到自己最好保持緘默，讓對方先開口。

那位官員說：「我相信你就是哈里．謝頓，那個數學家。」

謝頓以最簡單的方式答道：「是的，閣下。」接著便繼續等待。

年輕人揮了揮手臂。「應該說『陛下』才對，不過我痛恨繁文縟節。我總是在繁文縟節裡打轉，這使我厭煩透頂。現在沒有旁人，所以我要放縱一下，把繁文縟節拋到腦後。教授，坐吧。」

對方講到一半，謝頓便發覺面前這位正是克里昂大帝一世，這使他感到有點喘不過氣來。大帝本人（現在看來）與新聞中經常出現的正式全相肖像有幾分相似，不過全相像中的克里昂總是穿得雍容華貴，似乎比本人高大一些，尊貴一點，而且面孔冷漠，毫無表情。

如今他出現在謝頓面前，他的眞面目卻顯得相當平凡。

謝頓紋風不動。

大帝微微皺了皺眉頭。他平常頤指氣使慣了，此時雖想放棄這種特權，至少是暫時放棄，卻仍然以專橫的口吻說：「喂，我說『坐吧』。那張椅子，快點。」

謝頓默默坐下，他甚至連「遵命，陛下」也說不出口。

克里昂微微一笑。「這樣好多了。現在我們可以像兩個同胞一樣交談了，畢竟，一旦除去一切繁文縟節，我們的關係就是這樣。啊，你說是不是？」

謝頓小心翼翼地答道：「假如皇帝陛下喜歡這麼說，那就一定沒錯。」

「喔，別這樣，你爲何如此小心謹愼？我想要以平等的身分和你交談。這麼做令我開心，你就順著我吧。」

「遵命，陛下。」

「只要簡單一句『遵命』就行了，我眞沒辦法教會你嗎？」

克里昂瞪著謝頓，謝頓覺得那雙眼睛充滿生氣與興味。

最後，大帝總算再度開口：「你看來並不像數學家。」

謝頓終於能夠露出笑容。「我不知道數學家應該像什麼樣子，皇帝陛……」

克里昂舉起一隻手來表示警告，謝頓趕緊嚥下這個尊稱。

克里昂說：「我認爲應該滿頭白髮，或許還留著絡腮鬍。年紀當然有一大把。」

「但即使是數學家，也總有年輕的時候。」

「可是那時他們都沒沒無聞。等到他們的名聲傳遍全銀河，他們就是我所描述的那種模樣。」

「只怕我並沒有什麼名氣。」

「但你曾在此地舉行的會議上演講。」

「許多人都上了台，有些比我還要年輕。卻沒有什麼人受到注意。」

「你的演講顯然吸引了我的一些官員注意。根據我的瞭解，你相信未來是有可能預測的。」

謝頓突然感到一股倦意。似乎不斷有人誤解他的理論，或許他根本不該發表那篇論文。

他說：「並不盡然，我得到的結果其實狹隘得多。許多系統都會出現一種情形，那就是在某些條件下會產生混沌現象。這就代表說，針對某個特殊的起點，我們不可能預測後來的結果。甚至一些相當簡單的系統也是這樣，而系統愈複雜，就愈有可能變得混沌。過去我們一直假定，像人類社會這麼複雜的東西，會在很短時間之內變得混沌，因此不可預測。然而，我所做到的則是證明，在研究人類社會時，有可能選擇一個起點，並做出一組適當的假設，用以壓抑混沌效應，使得預測未來變成可能。當然不是完整的細節，而是大致的趨勢；並非絕對確定，但是可以計算其中的機率。」

一直仔細聆聽的大帝，這時問道：「可是，這不正意味著你示範了如何預測未來嗎？」

「還是那句話，並不盡然。我證明了理論上的可能性，但僅止於此。想要進一步探究，我們必須真正選擇一個正確的起點，並做出一組正確的假設，然後找出能在有限時間之內完成計算的方法。在我的數學論證中，完全沒有提到應該如何進行這些。但即使我們通通做得到，頂多也只能估算出機率。這和預測未來並不相同，它只是猜測可能會發生些什麼事。每一個成功的政治人物、商人，或是從事任何行業的人，都必須能對未來做出這樣的估計，而且估計得相當準，否則他們不會成功。」

「他們並未用到數學。」

「是的，他們憑藉的是直覺。」

「一旦掌握適當的數學工具，任何人都有辦法估算機率。這樣一來，少數具有優異直覺的成功人士便無法壟斷了。」

「又說對了，但我只是證明這個數學分析是可能的，我並未證明它實際上可行。」

「一件事既然可能，又怎麼會不切實際呢？」

「理論上，我可以造訪銀河系每一個世界，和每個世界上的每個人打招呼。然而，完成這項工作需要很長的時間，遠超過我一生的壽命。即使我能長生不死，新一代出生的速率也會大於我拜訪老一輩的速率。更重要的是，許多老一輩在等不及我拜訪他們之前便會死去。」

「在你的有關未來的數學理論中，情況是不是眞的這樣？」

謝頓遲疑了一下，然後繼續說：「這個數學計算或許要花太長的時間才能完成，即使我們有一台和宇宙同樣大的電腦，以超空間速度運作也於事無補。在獲得任何答案之際，歲月早已流逝多年，情勢則已發生巨大變化，足以使得答案變得毫無意義。」

「過程爲什麼不能簡化呢？」克里昂嚴厲地問道。

「皇帝陛下，」謝頓感到隨著答案愈來愈不合胃口，大帝的口氣變得愈來愈正式，便決定用最正式的方式回應。「想想科學家處理次原子粒子的方式。那些粒子數量十分龐大，每一個都以隨機而不可預測的方式運動或振動。但是這個混沌的底層藏有一種秩序，所以我們才能創立量子力學，用以回答所有我們知道該如何問的問題。而在研究社會現象時，我們將人類擺在次原子粒子的地位，不同的是此時多了一項變因，那就是人類的心靈。粒子以無心的方式運動，人類則不然。若想將心靈中各種態度與衝動考慮在內，會使得複雜度增加太多，令我們根本沒有時間面面顧到。」

「心靈會不會和粒子的無心運動一樣，也存在一個底層的秩序呢？」

「或許吧。根據我的數學分析，不論表面上看來多麼雜亂無章，任何事物背後都必定藏有秩序。至於如何找出這些底層的秩序，它卻完全沒有提示。想想看——兩千五百萬個世界，每一個都有整體的特徵與文化，每一個都和其他世界大不相同，每一個都至少包含十億人口，人人又各自擁有一個獨立的心靈，而所有這些世界，則以數不清的方式和組合在進行互動！不論心理史學分析在理論上多麼可能，卻難以有什麼實際上的應用。」

「你所謂的『心理史學』是什麼意思？」

「我將『對未來的理論性機率估算』稱爲心理史學。」

大帝突然起身，大步走向房間另一側，然後一個轉身，又大步走回來，駐足於仍坐著的謝頓面前。

「站起來！」他命令道。

謝頓趕緊起立，抬頭望著比自己高幾分的大帝，勉力維持自己的目光堅定不移。

克里昂終於開口：「你的這個心理史學……假如能變得實際可行，會有很大的用處，對不對？」

「顯然會有極大的用處。若能知道未來有些什麼，即使是以最概略性、最機率性的方式，也能爲我們的行動提供一個嶄新而絕佳的指導，這乃是人類從未掌握的。可是，當然……」他突然住口。

「怎麼樣？」克里昂不耐煩地說。

「嗯，情況似乎是這樣的，除了少數決策者之外，心理史學分析的結果必須對大眾保密。」

「保密！」克里昂高聲驚叫。

「這很明顯，讓我試著解釋一下。假如我們完成一個心理史學分析，並將結果公諸於世，人類的種種情緒和種種反應必將立刻受到扭曲。這樣一來，心理史學分析就會變得毫無意義，因爲它所根據的，是衆人對未來不知情的情況下所產生的情緒和反應。您瞭解我的意思嗎？」

大帝突然眼睛一亮，哈哈大笑幾聲。「太好了！」

他伸手拍了拍謝頓的肩膀，謝頓不禁輕輕晃了一下。

「你這個人，你看不出來嗎？」克里昂說：「難道你看不出來嗎？這就是你的用處。你根本不需要預測未來，而只要選擇一個未來——一個好的未來、一個有用的未來——然後做出一種預測，讓所有人類的情緒和反應都發生變化，以便實現你預測的那個未來。與其預測一個壞的未來，不如製造一個好的未來。」

謝頓皺起眉頭。「啓稟陛下，我懂得您的意思，但這同樣是不可能的事。」

「不可能？」

「嗯，至少是不切實際。您看不出來嗎？倘若我們不能從人類的情緒和反應出發，不能預測這些因素所將導致的未來，那就同樣無法反其道而行。我們不能從一個選定的未來出發，來預測會導致這個結果的人類情緒和反應。」

克里昂顯得相當沮喪，緊緊抿著嘴唇。「那麼，你的論文呢？……你是不是管它叫論文？……它又有什麼用呢？」

「那只是一種數學論證。它提出一個令數學家感興趣的結論，但我從未想到會有任何實際用途。」

「我發覺這實在可惡。」克里昂氣呼呼地說。

謝頓微微聳了聳肩。他現在更加確定一件事，自己根本不該發表那篇論文。假如大帝自認爲成了別人愚弄的對象，自己會有什麼樣的下場呢？

事實上，克里昂看來像是快要相信這一點了。

「話說回來，」他說：「假如你對未來做出一些預測，不論是否在數學上站得住腳，但根據那些瞭解大衆趨向的政府官員判斷，它們就是會帶來有用的反應，你認爲如何？」

「您爲何需要由我做這件事？政府官員自己就能做這些預測，不必假手中間人。」

「政府官員做來不會那麼有效。他們的確偶爾會發表這類的聲明，可是民衆不一定相信他們。」

「爲何又會相信我呢？」

「你是個數學家，你會『計算』未來，而不是……不是去直覺它——如果可以這樣說的話。」

「可是我並沒有這個能力。」

「誰會知道呢？」克里昂瞇起眼睛望著他。

接下來是短暫的沉默。謝頓感到自己中計了。假如大帝直接對他下令，他敢拒絕嗎？若是拒絕，他也許就會遭到監禁或處決。當然不會沒有審判，可是面對一個專制的官僚體制，尤其是銀河帝國的皇帝指揮之下的極權官僚體制，想要獲得公平審判是難上加難。

最後，他終於答道：「這樣行不通。」

「爲什麼？」

「假如要我做出一些含糊的一般性預測，必須等到我們這一代，甚至下一代死後多年才有可能實現，那麼也許可以矇混過去。可是，反之，民衆卻不會如何留意。對於一兩個世紀之後才會發生的重大事件，他們是不可能關心的。

「爲了獲致成果，」謝頓繼續說：「我必須預測一些結果較爲明確的事件，或是一些近在眼前的變故。只有這種預測才能獲得大衆的回應。不過遲早——也許不會遲只會早——其中一項預測並不會實現，而我的利用價值將立刻結束。這樣一來，您的聲望也可能隨之消失。更糟的是，以後再也不會有人支持心理史學的發展，即使未來的數學能將它改良到接近實用的程度，它也不會再有大顯身手的機會了。」

克里昂猛然坐下，對著謝頓皺起眉頭。「你們數學家能做的就是這件事嗎？堅持各種的不可能？」

謝頓拚了命以和緩的語調說：「是您，陛下，在堅持一些不可能的事。」

「你這個人，讓我來測驗你一下。假如我要你利用你的數學告訴我，是否有朝一日我會遇刺身亡，你會怎麼說？」

「即使將心理史學發揮到極致，這個數學體系仍然無法回答如此特定的問題。全世界的量子力學專家同心協力，也不可能預測單獨一個電子的蹤跡，而只能預測衆多電子的平均行爲。」

「你比我更瞭解你自己的數學理論，就根據它做個合理的猜測吧。我是否有朝一日會遇刺？」

謝頓柔聲答道：「陛下，您這是對我設下圈套。乾脆告訴我您想要聽什麼答案，我好直接說出來，否則就請授權給我，讓我自由回答而不至招罪。」

「你儘管說吧。」

「您以榮譽擔保？」

「你要我立下字據嗎？」克里昂語帶譏諷。

「有您口頭的榮譽擔保就夠了。」謝頓的心往下沉，因爲他不確定會有什麼結果。

「我以榮譽擔保。」

「那麼我可以告訴您，在過去四個世紀中，幾乎有一半的皇帝遇刺身亡，根據這一點，我推斷您遇刺的機會約略是二分之一。」

「任何傻瓜都能說出這個答案。」克里昂以輕蔑的口吻說：「根本不需要數學家。」

「可是我跟您說過好幾次了，我的數學理論對實際問題毫無用處。」

「難道你就不能假設，我從那些不幸的先帝身上學到教訓了？」

謝頓深深吸了一口氣，一鼓作氣道：「不能的，陛下。歷史在在顯示，我們無法從歷史中學到任何教訓。舉例而言，您准許我在這裡單獨覲見，萬一我有心行刺呢？這當然不是事實，陛下。」他趕緊補充一句。

克里昂冷冷一笑。「你這個人，你沒有考慮到我們的科技多麼完善——或說多麼先進。我們研究過你的背景，以及你的完整履歷。在你抵達後，你就接受了掃瞄，你的面容和聲紋都經過分析。我們知道你詳盡的情緒狀態，幾乎可以說知道你的思想。對你的忠貞若有絲毫懷疑，就絕不會允許你接近我。事實上，是你根本活不到現在。」

謝頓感到一陣暈眩，不過他繼續說：「即使沒有那麼先進的科技，外人也總是難以接近任何一位皇帝。然而，幾乎每次行刺都是宮廷政變。對皇帝構成最大威脅的，就是最接近皇帝的人。想要趨吉避凶，細查外人其實無濟於事。至於您自己的官員、您自己的禁衛軍、您自己的親信，您總不能以對待我的方式對待他們。」

克里昂說：「這點我也知道，至少和你一樣清楚。我的回答是，我對身邊每個人都很好，讓他們沒有怨恨我的理由。」

「愚蠢……」說到這裡謝頓突然住口，顯得十分狼狽。

「繼續，」克里昂怒沖沖地說：「我已經准許你自由發表意見。我如何愚蠢？」

「啓稟陛下，我說溜了嘴。我原本想說的是『無關』，這和您如何對待親信根本無關。您一定會疑神疑鬼，否則就不符合人性。一個不經意的字眼——例如我剛才的表現，或是一個不經意的動作、一個可疑的表情，都必定會令您提高警覺，並收回一點信任。而任何猜疑都將造成惡性循環：那位親信感覺得到，他會惱恨您的疑心，並會改變他的言行舉止，盡可能避免讓您再度起疑。您則會察覺這個變化，因而疑心愈來愈重，到頭來不是他被處決，就是您遇刺身亡。過去四個世紀的好多位皇帝，都無法避免這樣的過程。帝國事務變得愈來愈難處理，這只是徵兆之一。」

「那麼，我無論如何無法避免遇刺嘍。」

「是的，陛下。」謝頓說：「不過，反之，您也可能屬於幸運的那一半。」

克里昂用手指輪流敲打座椅扶手，然後厲聲道：「你這個人，你根本沒用，你的心理史學也一樣。給我走吧。」說完這幾句話，大帝轉過頭去，突然好像比三十二歲的實際年齡老了許多。

「啟稟陛下，我早就說過，我的數學理論對您沒用。我致上最深的歉意。」

謝頓本來準備鞠躬，但兩名衛士不知如何接到了訊號，及時進來將他帶走。御書房中還傳出克里昂的一句：「這個人從哪裡來，就把他送回哪裡去。」

4

伊圖．丹莫刺爾適時出現，以適度尊崇的眼神瞥了大帝一眼。「陛下，您差點就發脾氣了。」

克里昂抬起頭來，擠出一個顯然很勉強的微笑。「嗯，沒錯。那人實在令我非常失望。」

「但他並未做出能力範圍外的承諾。」

「他一點能力也沒有。」

「也就沒有做任何承諾，陛下。」

「眞令人失望。」

丹莫刺爾說：「或許不只令人失望而已。這人是一顆流彈，陛下。」

「一顆流什麼，丹莫刺爾？你總是喜歡引用許多古怪的詞句。流彈又是什麼？」

丹莫刺爾以嚴肅的口吻說：「啓稟陛下，這不過是我年輕時聽到的一種說法。帝國境內充滿古怪的詞句，有些是川陀從未聽說過的，正如同川陀的某些慣用語，其他地方的人也聽不懂一樣。」

「你是來提醒我帝國疆域的遼闊？你說那人是一顆流彈，這到底是什麼意思？」

「只是指他可能犯下無心之失，造成重大傷害。他不知道自己的力量，或者說重要性。」

「你推論出來的嗎，丹莫刺爾？」

「是的，陛下。他是個鄉下人，並不瞭解川陀這個地方以及此地的規矩。他以前從未到過我們的行星，以致無法表現得像個有教養的人，比如說像個廷臣。但是他竟然敢跟您頂嘴。」

「有何不可？我准許他有話直說。我取消了繁文縟節，以平等的方式對待他。」

「啓稟陛下，並不盡然。您天生就無法平等對待他人，您習慣於發號施令。即使您試圖讓對方輕鬆自在，也很少有人能做到這一點。大多數人會變得啞口無言，更糟的表現則是奉承和阿諛。可是，那人卻跟您頂嘴。」

「嗯，丹莫刺爾，你可以認爲這很了不起，但是我不喜歡他。」克里昂看來十分不滿，「你注意到了嗎？他並沒有嘗試對我解釋他的數學理論，好像他知道我一個字也聽不懂。」

「啓稟陛下，您的確聽不懂。您不是數學家，也不是任何一類的科學家，同時也不是藝術家。在許許多多的知識領域，都有人比您懂得還多，他們的職責就是利用這些知識爲您服務。您是皇帝，這點就不亞於他們所有專長的總和。」

「是嗎？如果是個花了許多歲月累積知識的老頭，令我感到自己某方面一竅不通，那我倒也不在意。可是這個人，謝頓，只不過和我同年。他怎麼會知道那麼多？」

「他不必學習領袖氣質，也不必學習如何做出左右他人生死的決策。」

「有些時候，丹莫刺爾，我會懷疑你是不是在譏笑我。」

「陛下？」丹莫刺爾以責難的口吻說。

「不過算了吧，回到你剛才說的那個流彈。你為什麼要認為他是危險人物？在我看來，他似乎是個純真的鄉下人。」

「沒錯，可是他擁有那套數學理論。」

「他說那根本沒用。」

「您本來認為它也許有用。而在您向我解釋之後，我也這麼以為，所以其他人也有可能抱持同樣的看法。既然這位數學家已經將心思集中在這個問題上，他自己的想法或許也會改變。誰知道呢，他也許會研究出利用這套數學的方法。假如他成功了，有辦法預測未來了，不論多麼朦朧模糊，他也等於掌握了極大的權力。即使他自己不希望擁有權力——我總認為如此自制的人少之又少——他也可能被別人利用。」

「我試圖利用他，可是他不肯。」

「剛剛他沒有好好考慮，也許現在他就會願意。他若不喜歡被您利用，難道就不可能被——比方說——衛荷區長說服嗎？」

「他為什麼會願意幫助衛荷區長，而不願幫我們？」

「正如他剛才的解釋，個體的情緒和行為是很難預測的。」

克里昂繃著臉，坐在那裡沉思良久。「你真的認為，他有可能將他的心理史學發展到真正有用的地步？他十分肯定做不到這一點。」

「或許若干時日之後，他會發現否認這個可能性是個錯誤。」

克里昂道：「這麼說，我想我該把他留下。」

丹莫刺爾說：「不然，陛下，當您讓他離去時，您的直覺完全正確。倘若將他囚禁，無論做得多麼不著痕跡，都將引起他的憤恨和絕望。這樣不但無助於他進一步發展他的理論，也無法使他心甘情願為我們服務。最好還是放他走，如您所做的那樣，但是永遠用一條隱形的繩索拴住他。這樣一來，我們就能確定他不至於被陛下的敵人利用，也可以確定等到時機成熟、他將這個科學理論發展完備時，我們便能收回那條繩索，再把他拉進來。那個時候，我們可以……態度強硬一點。」

「可是，萬一他被我的敵人抓走，或者應該說帝國的敵人，畢竟我就等於這個帝國，或是如果他自願為敵人效命呢？我不認為這點絕無可能，你瞭解吧。」

「您的顧慮沒錯。我會確保不至於發生這種事，但是，倘若盡了最大努力，仍然出現這種情形，與其讓不當的人擁有他，倒不如讓誰都得不到。」

克里昂顯得相當不安。「丹莫刺爾，我將這件事完全交到你手上，但我希望我們不要操之過急。無論如何，他有可能只是個理論科學的買辦，並沒有什麼真正的用處。」

「啓稟陛下，很有可能，不過為了安全起見，最好還是假設此人很重要——或者說也許很重要。假使到頭來，我們發現只是在為一個無足輕重的角色傷腦筋，那不過浪費了一點時間而已，不會有其他損失。但如果我們最後發現，忽略了一個再重要不過的人物，那我們將會丟掉整個銀河。」

「這樣很好，」克里昂說：「但我確信我不必知道細節——倘若細節果真令人不快。」

丹莫刺爾說：「讓我們期望不會有那種結果。」

5

經過了一個黃昏、整個夜晚，以及半個上午的時光，謝頓慢慢從覲見大帝的情緒中恢復過來。至少，川陀皇區裡的人行道、活動迴廊、廣場與公園的光線明暗變化，使人覺得已歷經了一個黃昏、整個夜晚，以及第二天的半個上午。

此刻，他坐在一座小公園的一張小型塑膠椅上，椅子的形狀彎成與他的身軀剛好吻合，令他感到非常舒服。根據光線判斷，上午似乎剛過一半，空氣涼爽適中，剛好使人感到清新，卻一點也沒有寒意。

氣候是否總是這樣？他想到了覲見大帝時遇到的那種灰暗天氣。然後，他又想起故鄉赫利肯星的陰天、冷天、熱天、雨天以及下雪天，不禁懷疑有誰會懷念那種日子。坐在川陀的一座公園裡，日復一日都是理想的天氣，幾乎令人感到周遭一片虛空，還有沒有可能會懷念怒吼的狂風、刺骨的寒冷，或是令人窒息的濕氣？

或許會吧，但不是在第一天、第二天，甚至第七天上頭。而他只剩下今天最後一天，明天即將離開此地。他打定主意趁機享受一番，畢竟，自己可能再也不會重返川陀。

然而，他仍舊感到惴惴不安，始終無法忘懷曾以那種單獨的方式，和一個能隨意下令監禁或處決任何人的人（至少他能剝奪他人的社會地位，造成一種經濟性與社會性的死亡）做過一次晤談。

就寢之前，謝頓利用旅館房間的電腦，從電子百科全書查到了克里昂一世的資料。內容照例是爲這位皇帝歌功頌德，就像所有的皇帝生前所受到的歌頌一樣，與他們的政績毫無關係。謝頓略過那些內容，他感興趣的是發現克里昂生於皇宮，一生從未離開御苑。他從來沒有到過眞正的川陀——這個覆蓋著多面穹頂的世界。也許這是基於安全考量，但它代表的則是這位皇帝一直遭到囚禁，不論他自己是否承認這一點。那可能是全銀河最豪華的牢獄，卻仍然無法改變牢獄的事實。

儘管這位皇帝似乎相當溫和，一點也不像歷代多位嗜血的獨裁暴君，但引起他的注意總不是好事。謝頓很高興明天就要回赫利肯，雖說家鄉如今正值冬季（而且是個酷寒的冬季）。

他抬頭望了望漫射的明亮光線。雖然此地永遠不會下雨，大氣卻絕對不算乾燥。離他不遠處有一座噴泉；植物是綠油油的一片，或許從未嘗過乾旱的滋味。灌木叢偶爾會沙沙作響，好像有一兩隻小動物躲在裡面。此外，他還聽到蜜蜂的嗡嗡聲。

眞的，縱然整個銀河都說川陀是個金屬與陶質建成的人工世界，但在這個小小範圍內，卻令人有置身田園的感覺。

附近有幾個人也在享受這座公園，他們都戴著輕便的帽子，有些相當小。不遠處有個挺漂亮的年輕女子，不過她正彎腰湊向一具觀景器，他無法看清她的臉龐。此時一名男子經過，對他不經意地望了一眼，然後在對面的椅子上坐下來，埋頭閱讀一束電訊報表。那人還翹起二郎腿，謝頓注意到他穿著一條粉紅色緊身褲。

眞奇怪，此地男士的衣著傾向於花俏，反倒是女子大多穿著白色衣裳。由於環境相當清潔，穿著淡色服裝是很合理的一件事。他低下頭來，看了看自己的赫利肯服飾，主要的色系是沉悶的褐色，令他感到有些可笑。假如他要留在川陀——雖說事實不然——就得購買一些適當的衣物，否則必將招來好奇的眼光，或是成爲嘲笑或排斥的對象。比方說，那個拿著電訊報表的男子，這回便以較爲好奇的眼光抬頭望著他，無疑是被他的外星服飾所吸引。

謝頓慶幸對方並未露出笑容。他對成爲笑柄可以處之泰然，不過，當然，卻也絕不會喜歡這種情況。

謝頓以不太顯眼的方式望著這名男子，因爲對方內心似乎在進行一場激戰。他看來已經準備開口，然後又好像改變了主意，接下來彷彿又回到原先的決定。謝頓很想知道最後的結果是什麼。

他仔細打量這名男子。此人個子很高，肩膀寬闊，看不出有任何小腹，頭髮是泛著金光的淺黑色，鬍子刮得乾淨，一臉嚴肅的表情，看來孔武有力，不過並沒有盤虬的肌肉，臉龐顯得有幾分稜角——十分順眼，但絕對稱不上「好看」。

等到這名男子內心交戰失敗了（或者也許是勝利了），將身子傾向謝頓的時候，謝頓認定自己對他已有好感。

那人開口道：「對不起，你是不是曾經出席十載會議？那場數學研討會？」

「是的，我在場。」謝頓欣然答道。

「啊，我想我在會場見過你。就是因爲——對不起——我剛才認出你來，所以才會坐到這裡。如果我侵犯了你的隱私……」

「一點也沒有，我正在享受片刻的悠閒時光。」

「讓我看看還記得多少，你是謝東教授。」

「謝頓，哈里．謝頓，不過相當接近了。你呢？」

「契特．夫銘，」那人似乎有點尷尬，「只怕是個相當普通的名字。」

「我從未碰見過叫契特的人，」謝頓說：「也從不認識姓夫銘的，所以我會認爲你相當特別。也許可以這樣說，這總比跟數不清的哈里，或是無數的謝頓糾纏不清好得多。」

謝頓將他的椅子挪近夫銘，椅子在帶點彈性的陶磚上摩擦出嘎嘎聲。

「談到普通，」他說：「我這身外星服裝怎麼樣？我壓根沒想到該弄一套川陀衣飾。」

「你可以去買些。」夫銘一面說，一面以不敢苟同的目光打量謝頓。

「我明天就要離開此地，而且我也買不起。數學家有時會處理一些大數目，但絕不是他們的收入——夫銘，我猜你也是個數學家。」

「不是，這方面我毫無天分。」

「喔。」謝頓有些失望，「你剛才說曾在十載會議上見到我。」

「我在那裡只是旁觀，我是個新聞記者。」他揮了揮電訊報表，似乎這才發覺一直還拿在手中，立刻將它塞進外衣口袋。「我為全相新聞供應消息。」然後，他以意味深長的語氣說：「其實，我已經相當厭煩。」

「你的工作？」

夫銘點了點頭。「從各個世界收集各種毫無意義的消息，這種差事令我倒胃口。我恨透了每況愈下的世風。」

他若有所思地瞥了謝頓一眼。「不過，有時還是會發生些有趣的事。我聽說有人看到你和一名禁衛軍在一起，朝皇宮大門的方向去。你該不會是蒙大帝召見吧？」

謝頓臉上的笑容頓時消失無蹤，他緩緩說道：「即使眞有這回事，也不是我能對新聞界發表的。」

「不，不，不是為了發表。謝頓，如果你不知道這種事，讓我第一個告訴你——跑新聞的第一條遊戲規則，就是有關皇帝或他身邊親信的消息，除了官方發佈的，其他一律不能報導。當然，這樣是不對的，因為謠言滿天飛遠比公佈眞相要糟得多，可是規則就是這樣。」

「但如果不能報導，朋友，你為什麼還要問呢？」

「私下的好奇心。相信我，幹我這一行的，知道的消息比公諸於世的多得多——讓我猜猜看：我沒有聽懂你的論文內容，但我推測你是在談論預測未來的可能性。」

謝頓搖了搖頭，咕噥道：「那是個錯誤。」

「你說什麼？」

「沒什麼。」

「嗯，預測——正確的預測——會令大帝或任何一名政府官員感興趣。所以我猜克里昂一世曾向你問及這檔事，還有你願不願意幫他做些預測。」

謝頓以僵硬的語調說：「我不想談這件事。」

夫銘輕輕聳了聳肩。「我想，伊圖．丹莫刺爾也在場吧。」

「誰？」

「你從未聽說過伊圖．丹莫刺爾？」

「從來沒有。」

「克里昂的另一個自我、克里昂的大腦、克里昂的邪靈——這些都是人們對他的稱呼，還不包括那些辱罵性的綽號。他當時一定在場。」

謝頓露出困惑的表情，夫銘繼續說：「嗯，你也許沒看到他，可是他絕對在場。假如他認為你能預測未來……」

「我不能預測未來。」謝頓一面說，一面使勁搖著頭，「如果你聽過我的論文發表，就會知道我只是在談論理論上的可能性。」

「沒什麼不同，假如他認定你能預測未來，他就不會讓你走。」

「他還是讓我走了，現在我才能在這裡。」

「這點毫無意義。他知道你在哪裡，今後會繼續掌握你的行蹤。當他想要你的時候，不論你在天涯海角，他都能找到你。要是他認為你有用，必定會把你的用處榨乾；要是他認為你有危險，則會把你的命榨出來。」

謝頓瞪著對方。「你想要幹什麼，嚇唬我？」

「我是試圖警告你。」

「我不相信你說的這番話。」

「不相信？剛剛你還提到某件事是個錯誤。你是不是認爲發表那篇論文是個錯誤，因爲它給你帶來一種避之唯恐不及的麻煩？」

謝頓不安地咬著下唇。這個猜測與實情簡直太過吻合——就在這個時候，謝頓突然發覺有外人出現。

由於光線過度柔和與分散，對方並未投射出任何陰影。只是他的眼角捕捉到一個動作——然後動作便停下來。

第二章：逃亡

川陀：……第一銀河帝國的首都……在克里昂一世統治下，它放射出「黃昏的迴光」。不論從哪方面看來，那時都是它的全盛期。它二億平方公里的地表完全被穹頂覆蓋（只有皇宮周圍的區域例外），穹頂下則是綿延不斷的大都會，一直延伸到大陸棚之下。當時人口共四百億，雖然（回顧歷史顯而易見）有眾多跡象顯示早已問題叢生，川陀居民無疑仍視其爲傳說中的「永恆世界」，從未想到有一天會……

——《銀河百科全書》

12020GE Encyclopedia

6

謝頓抬起頭來，看到一個年輕人站在面前，帶著一種嘲弄的輕蔑低頭望著他。那人身旁還有另一個年輕人，或許更年輕些。兩人都身材高大，而且看來十分強壯。

謝頓判斷他們的衣著應是川陀最尖端的流行——大膽的相衝色彩、帶綴飾的寬邊皮帶、有整圈闊簷的圓帽，此外還有一條亮麗的粉紅色絲帶，兩端從帽簷一直延伸到後頸。

在謝頓眼中，這種打扮實在有趣，他不禁微微一笑。

他面前的年輕人吼道：「邋遢鬼，你齜牙咧嘴在笑什麼？」

謝頓不理會對方的態度，好言好語地答道：「請原諒我剛才發笑，我只不過在欣賞你的服裝。」

「我的服裝？怎麼樣？你自己穿的又是什麼？你管這身可怕的碎布叫衣服嗎？」他伸出一隻手，用手指彈了彈謝頓的外衣翻領。與對方的淡雅色調比較之下，謝頓心想，自己的服色沉重得很不體面。

謝頓說：「只怕我們外星人士的衣服就是這樣，我只有這一套。」

他不自覺地注意到，原本坐在小公園裡的另外幾個人紛紛起身離去。彷彿他們預期會有麻煩，而不願繼續留在附近。謝頓不知道他的新朋友，夫銘，是不是也正要開溜，但他覺得將視線從面前的年輕人身上移開並非明智之舉。他將身子向後挪，稍微向椅背靠去。

年輕人說：「你是外星人士？」

「沒錯，因而才穿這身衣服。」

「因而？這是哪門子說法？外星語嗎？」

「我的意思是，正是由於這個緣故，你才會覺得我的衣服奇怪。我是一名遊客。」

「從哪顆行星來的？」

「赫利肯。」

年輕人的兩道眉毛擠在一起。「從來沒聽過。」

「它不是一顆多大的行星。」

「你爲什麼不回那裡去？」

「我是要回去，我明天就走。」

「快一點！現在就走！」

年輕人看了看他的同伴。謝頓隨著他的視線望去，結果瞥見了夫銘。他並沒有離開，可是整座公園已經空了，只剩下他自己、夫銘，以及那兩個年輕人。

謝頓說：「我本來打算今天到處逛逛。」

「不，你不該那麼做，現在就回家去。」

謝頓微微一笑。「抱歉，我無法照辦。」

年輕人對他的同伴說：「馬畢，你喜歡他的衣服嗎？」

馬畢首度開口：「不喜歡，眞噁心，令人反胃。」

「馬畢，不能任由他到處亂跑，害得人人反胃。這樣會有害大衆健康。」

「不行，艾連，絕對不可以。」馬畢說。

艾連咧嘴笑了笑。「好啦，你聽到馬畢怎麼說了。」

這時夫銘終於開口，他說：「聽著，你們兩個，艾連和馬畢，或者不管你們叫什麼名字。你們玩夠了，何不見好就收？」

艾連本來上身微微傾向謝頓，此時他把身子挺直，然後轉頭。「你是誰？」

「不關你的事。」夫銘吼道。

「你是川陀人？」艾連問。

「同樣不關你的事。」

艾連皺著眉頭說：「你穿得像個川陀人。我們對你沒興趣，所以別自找麻煩。」

「我打算留下，這就表示我們總共有兩個人。二對二聽來不像你們的打法，你們何不去多找些朋友，來對付我們兩個？」

謝頓說：「夫銘，我眞的認爲你該趁早離開這裡。你試圖保護我是你的好意，但我不希望你受到傷害。」

「謝頓，這兩人並非危險份子，只不過是値半個信用點的奴才。」

「奴才！」這個說法似乎把艾連惹火了，因此謝頓想到，在川陀它的意思一定比在赫利肯更具侮辱性。

「聽好，馬畢。」艾連咆哮道：「你對付另一個他媽的奴才，我來把這個謝頓的衣服剝光。他就是我們要找的人，動手——」

他雙手猛然向下探，想抓住謝頓的翻領，以便將他提起來。謝頓立刻伸手一推，似乎是出於本能的動作，而他的椅子則往後翻倒。緊接著，他抓住探向自己的那雙手，並抬起一隻腳，此時椅子剛好倒下。

艾連像是從謝頓頭上飛過，並在空中一個轉身，最後落在謝頓身後。他的頸部與背部最先著地，發出一聲巨響。

當椅子倒下時，謝頓及時扭轉身形，很快站了起來，虎視眈眈地瞪著倒地的艾連。然後他又猛一轉頭，望向一旁的馬畢。

艾連躺在地上一動不動，五官扭成一團。他的兩隻拇指嚴重扭傷，鼠蹊傳來錐心刺骨的痛楚，此外脊骨也受到重創。

夫銘用左臂從後面勾住馬畢的頸部，右手將對方的右臂向後拉到一個難忍的角度。馬畢拚命想要喘氣，漲得滿臉通紅。一把小刀躺在旁邊的地上，刀緣的雷射鑲邊正閃閃發光。

夫銘稍微鬆開手來，以真摯的關切語調說：「你把那傢伙傷得很重。」

謝頓說：「我也沒辦法。如果他著地的角度再偏一點，他的脖子就會摔斷了。」

夫銘說：「你究竟是哪門子數學家？」

「赫利肯數學家。」他彎腰拾起那把刀子，檢視了一下，又說：「真可惡，而且能要命。」

夫銘說：「普通利刃就能要命，根本無需加裝動力源——不過，讓我們放這兩個走吧，我不信他們還想繼續打下去。」

他鬆開馬畢。馬畢先搓搓肩膀，再揉揉脖子，然後一面大口喘氣，一面將充滿恨意的目光投射到兩人身上。

夫銘厲聲道：「你們兩個最好馬上滾。否則我們將提出證據，控告你們傷害和謀殺未遂。從這把刀一定就能追查到你們。」

在謝頓與夫銘的注視下，馬畢將艾連拖起來，再扶著直不起腰的他蹣跚離去。他們曾經回頭望了一兩眼，謝頓與夫銘則回敬以平靜的眼神。

謝頓伸出手來。「你我素昧平生，你卻幫助我對付兩個人的攻擊，我該怎樣感謝你？我真懷疑自己能否應付他們兩個。」

夫銘舉起一隻手，做了一個不表贊同的手勢。「我並不怕他們，他們不過是專門在街頭鬧事的奴才。我需要做的，只是把雙手放在他們身上——當然啦，你也一樣。」

「你那一抓可眞要命。」謝頓回想起剛才的情形。

夫銘聳了聳肩。「你也不簡單。」然後，他以完全相同的語調說：「來吧，我們最好離開這裡。我們正在浪費時間。」

謝頓問道：「我們何必離開？你怕那兩個人會回來嗎？」

「他們一輩子都不敢再來。不過，那些爲了避免撞見不愉快的場面，而從公園慌忙溜走的勇士，其中可能有人報了警。」

「很好。我們知道那兩個小流氓的名字，也能詳細描述他們的長相。」

「描述他們的長相？警方有什麼理由抓他們？」

「他們犯了蓄意傷害……」

「別傻了。我們連一點擦傷也沒有，他們卻要在醫院躺幾天，尤其是那個艾連。會被起訴的是我們兩個。」

「但這是不可能的。目睹事件經過的那些人……」

「警方不會傳喚任何人——謝頓，把這點裝進你腦子裡。那兩個是來找你的，專門來找你的。有人告訴他們說你穿著赫利肯服裝，而且一定將你描述得很準確，也許還讓他們看過你的全相像。我懷疑派他們來的，就是控制警方的那些人，所以我們別再待下去。」

夫銘伸手抓住謝頓的上臂，匆忙邁開腳步。謝頓發覺無法擺脫他的掌握，感到自己好像一個小孩，落在一名魯莽的保母手中，只好乖乖跟他走。

他們衝進一條拱廊，而在謝頓的眼睛尚未適應較暗的光線時，便傳來一輛地面車的隆隆煞車聲。

「他們來了。」夫銘低聲道：「謝頓，快點。」他們跳上一道活動迴廊，消失在擁擠的人群中。

7

謝頓曾試圖說服夫銘帶他回下榻的旅館，可是夫銘不肯答應。

「你瘋了嗎？」他以近乎耳語的音量說：「他們正在那裡等你。」

「可是我所有的家當也在那裡等我。」

「只好讓它們等一陣子了。」

此刻他們待在一棟公寓的一間小房間裡。這是一棟優雅宜人的公寓，不過謝頓對它的位置沒有絲毫概念。他環顧這個僅有一房的居住單位，一張書桌、一把椅子、一張床鋪，以及一套電腦終端機，佔據了絕大部分的空間。房間裡沒有用餐設備，也沒有任何盥洗台，不過夫銘曾帶他到走廊盡頭的公用盥洗間。當謝頓快出來的時候，剛好有另一個人進去，他沒有怎麼注意謝頓本人，卻對謝頓的衣著投以短暫而好奇的目光，然後就別過臉去。

謝頓向夫銘提起這件事，後者搖了搖頭，說道：「我們得把你這身衣服換掉。都怪赫利肯那麼跟不上流行……」

謝頓不耐煩地說：「夫銘，整件事有多少可能只是你的幻想？你讓我相信了一半，但它或許只是一種……一種……」

「你是不是想說『妄想症』？」

「好吧，沒錯。一切都可能只是你的古怪妄想。」

夫銘說：「動動腦筋，好不好？我不能用數學方法做出論證，可是你見過大帝，別否認這一點。他要從你那裡得到些什麼，而你並沒有給他，這點也別否認。我猜想他要的就是有關未來的詳情，而你拒絕了。也許丹莫刺爾認爲，你只是假裝並未掌握詳情——你是在待價而沽，或是其他人也在收買你。誰知道呢？我告訴過你，如果丹莫刺爾想要你，不論你到天涯海角也會被他找到。在那兩個沒腦袋的傢伙出場之前，我就對你那麼說了。我是一名記者，同時也是川陀人，我知道這種事會如何發展。在某個節骨眼，艾連曾說『他就是我們要找的人』，你還記得嗎？」

「我剛好記得。」謝頓答道。

「對他而言，我只是個礙事的『他媽的奴才』，而他只顧進行眞正的任務，那就是攻擊你。」

夫銘坐到椅子上，指著床鋪說：「謝頓，舒展一下四肢，盡量放輕鬆點。那兩個人不論是誰派來的——我看，一定就是丹莫刺爾——他還會派其他人來，所以我們得把你這身衣服換掉。我想本區其他赫利肯人被撞見時，若是剛好穿著母星服裝，就一定會惹上一場麻煩，直到他能證明他不是你。」

「喔，得了吧。」

「我沒有開玩笑。你一定要把這身衣服脫掉，然後我們必須把它原子化——只要我們能偷偷接近一台廢物處理器。在此之前，我得先幫你找一套川陀服裝。你的身材比我小，我會考慮到這點。即使不完全合身也沒關係……」

謝頓搖了搖頭。「我沒有信用點付帳，沒帶在身上。我所有的信用點——其實也沒多少——全都在旅館的保險箱裡。」

「這點我們改天再說。當我出去張羅必要的衣物時，你得在這裡待上一兩個鐘頭。」

謝頓攤開雙手，嘆了一聲表示讓步。「好吧。果眞那麼重要，我就待著吧。」

「你不會試圖溜回旅館吧？榮譽擔保？」

「我以數學家的榮譽擔保。可是我給你惹了這麼多麻煩，還要讓你爲我破費，我眞覺得過意不去。畢竟，雖然你把丹莫刺爾說得那麼厲害，他們並未眞正想傷害我或把我帶走。我唯一受到的威脅，只是要把我的衣服脫掉。」

「不只如此。他們還想押你到太空航站，把你送進一艘飛往赫利肯的超空間飛船。」

「那是個愚蠢的威脅，我們不必認眞。」

「爲什麼？」

「我馬上就要回赫利肯。我告訴過他們，明天就會動身。」

「你仍然打算明天走嗎？」夫銘問。

「當然啦。有何不可？」

「不可的原因多得很。」

謝頓突然感到不太高興。「得了吧，夫銘，我不能再玩這種遊戲。我的事情辦完了，現在想要回家去。我的旅票在旅館房間裡，否則我會試圖把行程改成今天，我是說眞的。」

「你不能回赫利肯。」

謝頓漲紅了臉。「爲什麼不能？他們也在那裡等我嗎？」

夫銘點了點頭。「別發火，謝頓，他們一定也會在那裡等你。聽我說，如果你回到赫利肯，等於落入丹莫刺爾的手掌心。赫利肯是個忠實可靠的帝國領域，它曾經叛變嗎？曾經追隨過反帝旗幟嗎？」

「沒有，從來沒有，而且理由充分。它周遭都是較強大的世界，需要帝國的和平以確保它的安全。」

「正是這樣！因此赫利肯上的帝國軍隊能獲得當地政府的全面合作，你將時時刻刻受到嚴密監視。丹莫刺爾不論何時想要你，都有辦法把你找出來。而且，要不是我現在警告你，你對這件事根本毫不知情，你會一直公開活動，一心以為安全無虞。」

「實在是荒謬。假如他希望我待在赫利肯，何不乾脆讓我自行離去？反正我明天就要走了。他為什麼要派兩個小流氓來，只為了讓這件事提早幾小時，卻冒著讓我提高警覺的危險？」

「他怎麼想得到你會提高警覺？他不知道我會跟你在一起，對你灌輸一些你所謂的妄想。」

「即使他們不擔心我會提高警覺，但如此大費周章，讓我提早幾小時動身又是為什麼？」

「或許因為他擔心你會改變主意。」

「不回家的話，我又到哪裡去？如果他能在赫利肯抓到我，我到任何地方都照樣逃不掉。比方說，他能在……在足足一萬秒差距外的安納克里昂把我抓到——假使我竟然異想天開躲到那裡。對超空間飛船而言，距離又算什麼呢？即使我找到一個世界，它不像赫利肯那樣對帝國軍隊百依百順，又有哪個世界真正在造反呢？帝國目前處於承平時期，即使有些世界對過去的不公仍舊忿忿不平，卻沒有一個會為了保護我而招惹帝國的武裝部隊。更何況，除了赫利肯，我在其他地方都不具公民身分，它們根本沒有義務阻止帝國對我的搜捕。」

夫銘一直耐心傾聽，不時輕輕地點點頭，但他依舊保持嚴肅而鎮靜的神情。「目前為止你說得都對，可是有個世界並非真正在皇帝控制之下。這一點，我想，一定就是丹莫刺爾寢食難安的原因。」

謝頓想了一會兒，將近代史回顧一番，怎麼也想不出有哪個世界會令帝國軍隊束手無策。最後他只好問：「究竟是哪個世界？」

夫銘說：「就在你腳下，我猜正是因為這個緣故，丹莫刺爾才會覺得情況那麼危急。與其說他急著要你回赫利肯，不如說他急著要你盡快離開川陀，以免你突然又想留下來——不論理由爲何，哪怕只是留戀此地的風光。」

兩人默默對坐了一陣子，最後謝頓終於以譏諷的口吻說：「川陀！帝國的首都，它的軌道太空站中有艦隊的大本營，地面還駐紮有最精銳的部隊。假如你相信川陀就是那個安全的世界，你的妄想症就已經進展到徹底的幻想。」

「不！謝頓，你是一名外星人士。你不知道川陀是什麼樣子。它擁有四百億人口，放眼銀河，人口數目是它十分之一的世界都不多。它有著難以想像的科技和文化複雜度。我們現在位於皇區，這裡的生活水準是全銀河之冠，居民則全部是帝國的大小官員。然而，在這顆行星上，總共有超過八百個行政區，某些區的次文化和我們這裡完全不同，而且大多不是帝國軍隊能掌控的。」

「爲什麼不能掌控？」

「帝國不能眞正對川陀動用武力。這麼做的話，一定會動搖某個科技層面。那些科技都是整個行星命脈所繫，相互間有千絲萬縷的關係，弄斷任何一個聯繫，都會令科技整個癱瘓。相信我，謝頓，我們住在川陀的人都目睹過這種情形，例如一場未能成功阻尼的地震、一次未曾及時疏導的火山爆發、一陣沒有預先消滅的暴風，或者只是一個沒人留意的人爲錯誤。發生這些天災人禍之後，這顆行星立刻搖搖欲墜，必須盡一切力量立刻恢復原有的平衡。」

「我從未聽過這種事。」

夫銘臉上閃過一絲笑容。「當然沒有。你想要帝國大肆宣傳核心深處的脆弱嗎？然而，身爲一名記者，即使外星人士不清楚，即使川陀大多數人蒙在鼓裡，即使帝國當局盡力隱瞞眞相，我卻對這種情形一清二楚。相信我！雖然你不曉得，但是大帝心裡明白，丹莫刺爾也知道——侵擾川陀就有可能摧毀整個帝國。」

「那麼，你因此建議我留在川陀？」

「沒錯。我可以帶你到一個地方，你在那裡將會絕對安全，不必擔心丹莫刺爾。你不用改名換姓，完全可以公開活動，他卻對你莫可奈何，這就是他想逼你立刻離開川陀的原因。若非命運之神把我們拉到一塊，你又有出人意表的自衛本領，他的計畫已經成功了。」

「可是我得在川陀待多久呢？」

「視你的安全情況而定，謝頓，該多久就多久。或許，你一輩子都不能再離開。」

8

哈里．謝頓望著自己的全相像，那是由夫銘的投影機投射出來的。這要比照鏡子更醒目、更實用。事實上，現在房間裡彷彿有兩個謝頓。

謝頓仔細打量這件嶄新短袖袍的袖子。赫利肯心態使他希望色調最好再樸素點，但他還是謝天謝地，因為夫銘選的顏色已經比這個世界流行的要柔和了些。（謝頓想到那兩個小流氓的穿著，心中便打了一個寒顫。）

他說：「我想我得戴上這頂帽子。」

「在皇區的確如此，在這裡，不戴帽子是沒教養的象徵。至於其他地方，禮俗則各有不同。」

謝頓嘆了一口氣。這頂圓帽以柔軟的材料製成，戴上後會根據他的頭型自動調整。整圈帽簷都一樣寬，但比那兩個小流氓的帽簷窄些。謝頓注意到戴上帽子後，帽簷彎成一個優雅的弧度，這令他感到十分欣慰。

「它沒有繫在下巴底下的帽帶。」

「當然沒有。那是年輕叛客最前衛的流行。」

「年輕什麼？」

「叛客是指爲了驚世駭俗而穿戴某些衣飾的人，我確信你們赫利肯也有這種人。」

謝頓哼了一聲。「有些人把一邊頭髮留到齊肩的長度，卻把另外一邊剃光。」想到那種髮型，他不禁大笑幾聲。

夫銘的嘴角微微撇了一下。「我想那一定難看極了。」

「還有更糟的呢。他們顯然還分左派和右派，雙方都無法忍受對方的髮型，兩派經常在街頭大打出手。」

「那麼我想你應該能忍受這頂帽子，何況它還沒有帽帶。」

謝頓說：「我會習慣的。」

「它會吸引一些注意。一來是它的顏色太素，讓你看來像是正在服喪，二來大小也不頂合適。此外，你戴起來顯然很不舒服。然而，我們不會在皇區待太久——看夠了嗎？」全相像立時消失無蹤。

謝頓問道：「這總共花你多少錢？」

「有什麼關係嗎？」

「欠你的錢令我不安。」

「別爲這種事煩心，這是我自己的選擇。不過我們在這裡待得夠久了，會有人把我報上去，這點我相當確定。他們會一路追蹤我，最後找到這裡來。」

「這樣的話，」謝頓說：「你花費的信用點就微不足道了。你爲了我而令自己身陷險境，身陷險境！」

「我知道。但這是出於我的自由意願，而且我能照顧自己。」

「可是爲什麼……」

「以後我們再來討論其中的道理吧——對了，我已經把你的衣服原子化，我想並沒有被人看見。當然，出現了一道能量湧浪，那是會留下記錄的。有人可能會根據這點猜到是怎麼回事——在銳利的耳目窺探之下，實在很難掩飾所有的行動。然而，希望在他們將一切拼湊起來之前，我們已經安然離開此地。」

9

他們沿著人行道往前走，四周是柔和而昏黃的光線。夫銘一直警覺地將眼珠轉來轉去，並刻意讓他們的步調與人群保持一致，既沒有超越他人，也沒有被人超過。

他不斷找些無關的話題，有一句沒一句地閒聊著。

心浮氣躁的謝頓無法那麼鎭定，他說：「這裡的人似乎很喜歡步行，來往方向的人行道和天橋上都是無盡的人潮。」

「有何不可？」夫銘說：「步行仍是短程交通的最佳方式，是最方便、最便宜，也是最健康的。無數年的科技進展也未曾改變這個事實。謝頓，你有懼高症嗎？」

謝頓從右手邊的欄杆看出去，下面是一道很深的斜坡，將兩條人行道分隔開來——兩者通行方向相反，每隔固定距離設有一座天橋。他不禁有點發抖。「你若是指害怕站在高處，我通常不會。話說回來，往下看還是不怎麼好玩。下面有多深？」

「這裡，我想大概四十到五十層吧。在皇區以及其他一些高度發展的區域，這種設施都很常見。在大部分地區，人們則在所謂的地面上行走。」

「我有一種想法，這會鼓勵人們萌生自殺的念頭。」

「很少有這種事。想自殺，還有簡單得多的方法。此外在川陀，自殺並非不容於社會的行爲。在一些特定的中心，有種種被認可的方法供人結束性命——只要你願意先花點時間，接受一下心理治療。至於意外，偶爾也會發生幾樁，但這並不是我問你有沒有懼高症的原因。我們正要去租車站，那裡的人知道我是記者。我偶爾會幫他們一些忙，有時他們也會回報我一下。他們會忘記把我記錄下來，也不會注意到我有個同伴。當然，我得付一筆錢。而且理所當然，若是丹莫刺爾的手下逼得太兇，他們還是得吐露實情，推說那是因爲會計過於馬虎，但那可能會耗去不少時間。」

「這和懼高症又有什麼關係？」

「嗯，如果我們利用重力升降機，可以節省很多時間。沒有多少人利用這種設備，而且我必須告訴你，我自己也不太喜歡這個主意。但如果你自認應付得了，我們最好還是這麼做。」

「什麼是重力升降機？」

「它還在實驗階段。也許有一天會普及川陀，只要大衆在心理上能夠接受，或說可以讓足夠多的人接受。到那個時候，或許它也會流傳到其他世界。這麼說吧，它是一種沒有升降艙的升降通道。我們只要走進空洞的空間，就會在反重力作用下緩緩墜落，或是緩緩上升。直到目前爲止，它大概是應用反重力的唯一裝置，主要是因爲這是最簡單的一種應用。」

「我們在半空的時候，萬一動力突然消失，會怎麼樣？」

「正如你所想的那樣，我們會往下掉，除非當時相當接近底層，否則我們準死無疑。我未曾聽說發生過這種事，相信我，要是發生過，我一定會知道。我們也許不能發佈這種新聞，因爲基於安全考量——那是他們隱藏壞消息的一貫藉口——但我自己總有辦法知道。它就在前面，你要是不能應付，我們就別去。可是活動迴廊既緩慢又沉悶，很多人不一會兒就感到頭昏。」

夫銘轉進一座天橋，來到一個大型凹室，那裡已經有些男男女女在排隊等候，有一兩位還帶著小孩。

謝頓壓低聲音說：「我在家鄉從未聽過這種東西。當然，我們的媒體過分注重地方新聞，可是想來總該提提這種東西的存在吧。」

夫銘說：「這純粹是實驗性的設施，而且僅限於皇區。它使用的能量不敷成本，因此政府並不急於推廣，不想過早公諸於世。是克里昂之前的那位老皇帝——斯達涅爾五世，他能壽終正寢令大家難以置信——他堅持要在幾個地方裝設這種升降機。據說，他是想讓自己的名字和反重力連在一起，因為他很在乎自己在歷史上的地位，這是沒什麼成就的老人常有的心態。正如我所說，這種科技將來可能廣為流傳，不過，反之，也有可能除了升降機之外，不會再有任何應用。」

「他們還希望有什麼應用？」謝頓問道。

「反重力太空飛行。然而，那需要很多的技術性突破。據我所知，大多數物理學家堅決相信絕無可能——話說回來，當初，他們大多認為連重力升降機都絕無可能。」

前面的隊伍很快變得愈來愈短，謝頓發現已經與夫銘站在地板邊緣。前方是一道開闊的隙縫，那裡的空氣發出微微閃光。他自然而然伸出手去，感到一陣輕微的電擊。雖然不算痛，但他還是迅速縮回手來。

夫銘咕噥道：「這是基本的防範措施，以防任何人在控制鈕開啓前越過界限。」他在控制板上按下幾個數字，閃光隨即消失無蹤。

謝頓站在邊緣往下望，下面是一條深邃的升降通道。

「如果我們勾著手臂，你再把眼睛閉起來，」夫銘說：「也許你會覺得比較好——或說比較容易。頂多只有幾秒鐘時間。」

事實上，他令謝頓毫無選擇餘地。一旦被他緊緊抓住手臂，謝頓又和上次一樣無法掙脫。夫銘向一片虛空走去，謝頓（他聽見自己發出一小聲尖叫，感到很不好意思）拖著踉蹌的腳步尾隨在後。

他緊閉雙眼，並未體會到降落的感覺，也未曾察覺空氣的流動。幾秒鐘之後，他被一股力量往前拉，趕緊邁出一步才恢復平衡，此時他已再度腳踏實地。

他張開眼睛。「我們成功了嗎？」

夫銘冷冷地說：「我們沒有死。」然後便往前走，被他抓著的謝頓只好亦步亦趨。

「我的意思是，我們到達那層了嗎？」

「當然。」

「如果我們落下的時候，正好有人上升，會發生什麼事？」

「共有兩條不同的路徑。其中一條路徑，大家以相同的速率下落，另一條中的人則以相同的速率上升。在每個人至少相隔十公尺的前提下，升降通道才能出入。如果一切運作正常，不可能有相撞的機會。」

「我一點感覺都沒有。」

「爲什麼會有？根本沒有加速度。除了最初的十分之一秒，你一直在進行等速運動，而你周遭的空氣也是以同樣速率跟你一起降落。」

「不可思議。」

「確實如此，可是並不經濟。而且似乎沒有多麼迫切的需要，非得增進它的效率，讓它變得眞正實用不可。不論在何處，你都能聽到同樣的老調：『我們做不到，那是不可能的。』這種話適用於任何事務。」夫銘聳聳肩，顯然是動了氣。「無論如何，我們總算到了租車站，讓我們依計行事吧。」

10

在飛車出租站，謝頓盡量讓自己看來毫不起眼，結果發現實在很難。想要刻意做到不引人注目——行動躲躲藏藏、避開每個路人的目光、過分仔細研究某一輛車——一定反而吸引他人的注意。他眞正需要做的，只是採取一種單純而正常的態度。

可是什麼才算正常呢？這身衣服讓他覺得不舒服，它沒有任何口袋，所以他的兩隻手沒地方放。腰際兩側皮帶上各垂掛著一個袋囊，走動時不斷撞到他身上，令他心神渙散，總以爲有人在旁邊推他。

他試著去欣賞路過的女子。她們都沒有那種袋囊，至少沒有垂掛在外面。不過她們帶著一種類似小盒子的物件，有些人將它黏在臀部一側。謝頓看不出它是怎麼黏上去的，也許是靠一種贗磁性裝置吧，他這麼判斷。她們的服裝並不特別暴露，注意到這點令他有些遺憾。此外，沒有人穿著祖胸露背的衣服，雖說有些服飾的設計似乎刻意強調臀部曲線。

與此同時，夫銘非常有效率地辦完一切手續。他付了足夠的信用點，換來一張啓動某輛出租飛車的「超導陶片」。

夫銘說：「謝頓，上去吧。」他指著一輛小型雙座飛車。

謝頓問道：「夫銘，剛才你需要簽名嗎？」

「當然不用。這裡的人都認識我，不會堅持那些繁文縟節。」

「他們會認爲你在做什麼呢？」

「他們沒問，我也沒主動說明。」他把陶片插進去。出租飛車發動時，謝頓感到一陣輕微的振動。

「我們要往『丁七』飛去。」夫銘打開話匣子。

謝頓不知道「丁七」是什麼，但他猜想應該是指某種路線。

出租飛車在其他地面車之間鑽來鑽去，最後終於來到一條平滑的斜坡路。然後飛車逐漸加速，在輕微顛簸中騰空而起。

一組網狀安全帶早已自動將謝頓捆住，這時他覺得一股力量先把自己推向座位，然後又向上推向那張網。

他說：「感覺不像是反重力。」

「的確不是。」夫銘說：「這是小型的噴氣作用力，剛好足夠把我們推進隧道。」

此時出現在他們面前的，是一座看來像是斷崖的結構，上面有許多類似洞穴的開口，遠看活脫是個西洋棋盤。夫銘閃避著那些飛向其他隧道的出租飛車，一路向「丁七」入口飛去。

「你這樣很容易撞毀的。」謝頓清了清喉嚨才說。

「假如一切依賴我的感覺和反應，那麼或許如此，不過這輛出租飛車完全電腦化，電腦可以輕易強行接管。其他的出租飛車也一樣——我們要進去了。」

他們滑進丁七隧道，彷彿是被它吸進去。光線不再像外面廣場中那般明亮，變成較溫暖、較柔和的黃色色調。

夫銘雙手離開控制板，身子向後仰。他深深吸了一口氣，然後說：「好，我們已經成功闖過一關。剛才在車站，我們有可能被攔下來。在這裡面，我們則相當安全。」

隨著飛車一路平穩向前行駛，隧道內壁不斷迅速向後掠去。沿途幾乎完全寂靜無聲，只有飛車加速時發出的穩定輕柔的呼呼聲。

「我們的車速多少？」謝頓問道。

夫銘瞥了一眼控制板。「時速三百五十公里。」

「磁力推進嗎？」

「沒錯。我猜，你們赫利肯也有吧。」

「是的，是有一條。我從來沒搭過，雖然一直想試試看。我想應該不會像這樣吧。」

「我確定不會一樣。像這樣的隧道，川陀總共有好幾萬公里，像螞蟻洞那樣在地底鑽來鑽去，還有好些蔓延到較淺的海底。這是我們長途旅行的主要途徑。」

「我們要走多久？」

「到我們眞正的目的地？五小時多一點。」

「五小時！」謝頓心都涼了。

「別擔心。我們差不多每二十分鐘會經過一處休息區，可以在那些地方停下來，把車子駛出隧道，伸伸腿，吃點東西，或是解個手。當然，我希望休息的次數愈少愈好。」

他們在沉默中繼續前進，一會兒之後，右方出現一道強光，前後持續好幾秒鐘，令謝頓大吃一驚。一眨眼間，他認爲自己看到了兩輛出租飛車。

「那就是休息區。」夫銘回答了謝頓心中的問題。

謝頓說：「不論你要帶我到哪兒去，我在那裡眞會安全嗎？」

夫銘說：「就帝國軍警的任何公然活動而言，你都會相當安全。當然啦，至於單獨行動的人員——間諜、特務、職業殺手——則必須時刻提防。自然，我會幫你找個保鑣。」

謝頓感到相當不安。「職業殺手？你不是開玩笑吧？他們眞會想殺我嗎？」

夫銘說：「我確定丹莫刺爾不會。據我猜想，他想利用你勝過想殺你。話說回來，或許會出現其他敵人，也可能會發生一連串不幸事件。你不能永遠像夢遊般過日子。」

謝頓搖了搖頭，別過臉去。想想看，僅僅四十八小時前，他還是個無足輕重、幾乎無人知曉的外星數學家，只想在離開川陀前觀光遊覽一番，以鄉下眼光看看這個偉大世界的雄壯景觀。而如今，情勢終於明朗：他是帝國軍警追捕的一名要犯。想到這種無比險惡的情勢，他突然發起抖來。

「那麼你呢，你現在又在做什麼呢？」

夫銘若有所思地說：「嗯，我想，他們不會對我仁慈的。可能會有個神祕而永遠逍遙法外的兇手，遲早將我的頭顱劈成兩半，或者炸開我的胸膛。」

夫銘的聲調沒有絲毫顫抖，冷靜的表情也完全沒有變化，但謝頓卻心頭一凜。

謝頓說：「我也曉得你會料到可能惹禍上身。但你看來好像……一點也不在乎。」

「我是個老川陀，我對這顆行星的瞭解不輸任何人。我認識很多朋友，有許多還欠我的情。我樂觀地自認爲很精明，不容易讓人智取。簡單地說，謝頓，我十分有信心，相信我能照顧自己。」

「夫銘，我很高興你有這種感覺，希望你這麼想是有根據的。可是我怎麼也想不通，你究竟爲什麼要冒這個險。我對你有什麼意義？爲了一個陌生人，即使一點點風險也不值得啊？」

夫銘全神貫注地檢查了一下控制板，然後與謝頓正面相對，露出堅定而認眞的眼神。

「我想要搭救你的原因，和大帝想利用你是一樣的——因爲你有預測未來的能力。」

謝頓感到極度失望與痛心，原來自己並非被人搭救。他只不過是個無助的獵物，被眾多獵食者競相爭逐。他氣呼呼地說：「我再也不能像在十載會議上發表論文之前那樣，我毀掉了自己的一生。」

「不，數學家，別急著下結論。大帝和他的官員想得到你的原因只有一個，那就是讓他們自己活得更安全。他們之所以對你的能力有興趣，只是因為它或許能用來扶助大帝的統治，確保他的幼子得以繼位，以及維繫文武百官的地位和權勢。反之，我想要你的力量，則是為了整個銀河系著想。」

「這兩者有差別嗎？」謝頓尖酸地斥道。

夫銘嚴肅地皺了一下眉頭，這才答道：「你若無法看出兩者的差別，那是你自己的羞恥。早在當今這位皇帝出現之前，早在他所代表的皇朝出現之前，早在帝國本身出現之前，人類便已存在於銀河系各個角落。人類的歷史比帝國久遠許多，甚至可能比銀河系兩千五百萬個世界的歷史還要久遠。根據傳說，曾有一段時期，人類全部住在一個世界上。」

「傳說！」謝頓聳了聳肩。

「是的，傳說。但我找不到它並非事實的理由，我是指兩萬年或更久以前。我敢說人類剛出現的時候，並沒有與生俱來的超空間旅行知識。不用說，一定曾有一段時間，人們無法以超光速旅行，當時他們必定被禁錮在一個行星系中。而我們若是展望未來，在你死去之後，在大帝駕崩之後，在他的整個世系結束之後，甚至在帝國政體瓦解之後，銀河系各個世界的人類當然仍會存在。由這一點看來，過度關切個人、皇帝或是年幼的皇太子並無意義，甚至整個帝國的結構也沒什麼值得關心的。遍佈於銀河系的萬兆人口呢？他們又如何？」

謝頓說：「我想，各個世界和全體人類都將繼續存在。」

「你難道不覺得有急切的需要，亟需探索在何種條件下，這兩者才能繼續存在？」

「我會假設兩者將來的處境和現在很接近。」

「你會假設！但能否用你提到的那種預測未來的技藝弄清楚？」

「我管它叫心理史學。理論上，這是可能的。」

「你並未感受到化理論爲實際的燃眉之急。」

「我很想這樣做，夫銘，可是這種渴望無法自動產生能力。我曾經告訴大帝，心理史學不可能轉變成一項實用科技，我不得不以同樣的說法回答你。」

「難道你連試一試、找一找的意圖都沒有？」

「我沒有，正如我不會試圖整理一堆和川陀一樣大的鵝卵石，將它們一個個數一數，再按照質量大小排列起來。我明白這種事絕不是這輩子所能完成的，我不會傻到假裝要試試看。」

「假如你明白了人類目前處境的眞相，你會不會想試一試？」

「這是個不可能的問題。什麼是人類目前處境的眞相？你是說你知道嗎？」

「是的，我知道，幾個字就能描述。」夫銘的雙眼再度望向前方，瞥見單調而毫無變化的隧道迎面而來，洞口在車身接近時顯得愈來愈大，穿過之後又漸漸縮小。然後，他繃著臉說出了那幾個字。

他說：「銀河帝國即將滅亡。」

第三章：大學

斯璀璘大學……位於古川陀斯璀璘區的一所高等學府……雖在人文與科學領域皆頗享盛名，該校名聲得以流傳至今卻並非由於這些成就。若是讓該校歷任學者知道，斯璀璘大學在後人心目中印象深刻的主要原因，是因爲某位名叫哈里．謝頓的人於「逃亡期」曾在那裡暫住，他們一定會驚訝不已。

——《銀河百科全書》

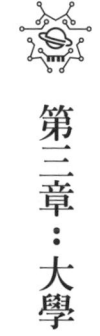

11

夫銘做出這個沉穩的敘述之後，哈里．謝頓維持了一陣不安的沉默。他突然認清了自己的弱點，這使他羞愧得無地自容。

他發明了一種嶄新的科學：心理史學。他以極其精妙的方式推廣機率法則，以便處理新的複雜度與不準性，最後得到一組優美的方程式。這組方程式含有數不清的變數——可能是無窮多，他卻無從判斷。

但它只是一種數學遊戲，除此之外一無是處。

他擁有了心理史學，至少是心理史學的基礎，但它只能算個數學珍玩。唯一可能賦予這些空洞方程式一些意義的歷史知識，試問又在哪裡？

他一竅不通，他對歷史向來沒有興趣。他只知道赫利肯歷史的大綱，因為在赫利肯的各級學校，這一小部分的人類歷史當然是必修課程。可是除此之外呢？他所吸收的其他歷史知識，無疑只是人云亦云的皮毛與梗概——一半是傳說，另一半顯然也遭到扭曲。

話說回來，誰又能說銀河帝國即將滅亡呢？它成為舉世公認的帝國已有一萬年的歷史，甚至在此之前，還有二千年的時間，川陀身為雄霸一方的王國之國都，也等於領導了一個帝國。在帝國最初幾世紀間，銀河各區不時會有拒絕失去獨立地位的反抗，而帝國終究安然度過這個瓶頸。至於偶爾發生的叛變、改朝換代的戰爭，以及一些嚴重崩潰期所帶來的起伏，帝國也都一一克服。大多數世界幾乎未曾受到這些問題的困擾，川陀本身也不斷穩定成長，最後整個世界都住滿人類，如今則驕傲地自稱為「永恆世界」。

無可諱言，在過去四個世紀中，動亂似乎有增無減，接連不斷出現行刺皇帝與篡位事件。但就連那些動盪也已經漸漸平靜，今日的銀河又恢復以往的太平歲月。在克里昂一世，以及在此之前，在他的父親斯達涅爾五世統治之下，所有的世界都欣欣向榮——克里昂本人則從未被視為暴君。即使那些不喜歡帝制的人，雖然常常痛罵伊圖．丹莫刺爾，對克里昂也鮮有真正的惡評。

那麼，為何夫銘竟然說銀河帝國即將滅亡，而且這麼斬釘截鐵？

夫銘是個新聞記者，他或許對銀河歷史有些認識，而且必須對當今情勢充分瞭解。是否因為這樣，使他有足夠的知識作為這個論斷的後盾？果眞如此，那些知識又是什麼？

謝頓好幾次想發問，想求得一個答案，但夫銘的嚴肅表情都使他欲言又止。而阻止他發問的另一個原因，則是他自己有個根深柢固的想法，認為銀河帝國是一個前提、一個公設，以及所有論證的基石。畢竟，即使「它」是錯的，自己也不願知道。

不，他不能相信自己錯了。銀河帝國就像宇宙一樣永遠不會毀滅。或者應該說，假若有一天宇宙眞毀滅了，唯有在那種情況下，帝國才會跟著陪葬。

謝頓閉上眼睛，試圖小睡片刻，可是當然無法入眠。難道為了推展他的心理史學理論，他得研究整個宇宙的歷史嗎？

他怎麼辦得到呢？二千五百萬個世界，每個都有自己無限複雜的歷史，他怎麼研究得完？他知道，討論銀河歷史的影視書汗牛充棟。他甚至曾經瀏覽過其中一本，原因他自己也忘了，結果發現內容太過沉悶，連一半也無法讀完。

那些影視書討論的都是重要的世界。某些世界的歷史全部或幾乎全有記載，某些則只有它們興起與沒落之間的歷史。他記得曾在索引中查過赫利肯，發現只有一處提到。於是他按下幾個鍵，查看那一部分的內容，結果看到赫利肯和其他一些世界並列在一張清單上。原來在某段短暫的時期，那些世界曾支持一個聲稱擁有皇位繼承權的人，不過那人最後並未成功。但赫利肯未曾遭到懲處，或許是因爲它太過微不足道，連受罰的資格都沒有。

這種歷史又有什麼用呢？不用說，心理史學必須考慮到每個世界的行動與反應，以及彼此間的互動——大大小小每一個世界。誰又能研究二千五百萬個世界的歷史，並考慮其間各種可能的互動關係呢？那無疑是個不可能的任務，而這更強化了謝頓的結論：心理史學只有理論上的價値，但絕對不會有任何實用性。

此時，謝頓感到一股向前的微弱推力，判斷一定是出租飛車開始減速。

「怎麼了？」他問。

「我想我們走得夠遠了，」夫銘說：「不妨冒險稍作停留，吃幾口東西，喝點什麼，同時上個洗手間。」

接下來的十五分鐘，出租飛車平穩地逐漸減速，最後來到一處燈火通明的壁凹。飛車立刻轉進去，在五、六輛車子之間找到一個停車位。

12

夫銘那雙老練的眼睛似乎只瞥了一眼，便將整個壁凹的環境、其他出租車輛、進餐的民衆、各個人行道，以及附近的男男女女都一覽無遺。謝頓望著他，一心想要顯得毫不起眼，卻仍然不知道該怎麼做，只好盡量不表現得太過專注。

等到他們在一張小桌旁坐下來，按下點菜鍵之後，謝頓試著以不在乎的口氣說：「一切都還好吧？」

「似乎如此。」夫銘說。

「你又怎麼知道？」

夫銘用一雙黑眼珠瞪了謝頓一會兒。「直覺，」他說：「跑了許多年新聞，只消看一眼，就知道『這裡沒新聞』。」

謝頓點了點頭，感到如釋重負。夫銘的說法或許純屬譏嘲，可是一定多少有些眞實性。這種心滿意足並未持續多久，在他咬下第一口三明治時便告結束。他抬起頭望向夫銘，滿嘴無法下嚥的食物，臉上帶著驚愕的表情。

夫銘說：「朋友，這是路邊速食店。便宜、快速，而且不怎麼可口。這些食物都是土產，還加了氣味強烈的酵母。川陀人的嘴巴習慣這種口味。」

謝頓硬著頭皮吞下去。「可是在旅館……」

「謝頓，那時你在皇區。那裡的食物是進口的，使用的微生食品都是高級貨，而且那些食物非常昂貴。」

謝頓不知道該不該再咬一口。「你的意思是，只要我待在川陀……」

夫銘用嘴唇做了一個禁聲的動作。「別讓任何人覺得你吃慣了較佳的食物。在川陀某些地方，你被誤認爲貴族還不如被認出是外星人士。我向你保證，不是每個地方的食物都這麼難吃。這些路邊攤一向以品質低劣聞名，你只要嚥得下這些三明治，就能吃遍川陀任何角落的東西。何況它對你沒有害處，它並未腐爛、變壞或發生其他變化，只不過有一種刺激而強烈的口味。而且老實說，你會慢慢習慣的。我曾經遇到一些川陀人，他們對純正食物不屑一顧，認爲缺乏土產的特有風味。」

「川陀生產的食物很多嗎？」謝頓問道。他向左右迅速瞄一眼，確定附近都沒有坐人，這才輕聲地說：「我總是聽說每天有數百艘太空貨船爲川陀運送糧食，而這些糧食需要周圍二十個世界共同供應。」

「我知道，此外還需要數百艘把垃圾運走。你若想讓這個故事聽來眞正精采，就該說同一艘貨船來程載送糧食，回程則載走一堆垃圾。我們進口大量食物是眞有其事，但那些大多是奢侈品。我們也的確出口可觀的垃圾，它們都經過仔細處理，對人體不再有害，反而是一種重要的有機肥料。那些垃圾對其他世界而言，就像食物對我們一樣重要。可是，那只不過是一小部分而已。」

「是嗎？」

「是的。川陀除了海裡的漁產，各地還有菜園和蔬菜農場。此外更有果樹園、家禽、兔子，以及龐大的微生農場——通常稱爲酵母農場，不過酵母只佔作物總量的少數。我們的垃圾主要用在本地，用來維持作物生長所需。事實上在許多方面，川陀都非常像一座巨大而人口過多的太空殖民地。你去過太空殖民地嗎？」

「我的確去過。」

「太空殖民地基本上就是密封的城市，萬事萬物都靠人工循環，例如人工通風、人工晝夜等等。川陀不同之處僅在於人口，即使最大的太空殖民地，人口也只有一千萬，川陀的人口卻是它的四千倍。當然，我們還有眞正的重力，而且任何太空殖民地的微生食品都不能和我們相比。我們有大到無法想像的酵母培養桶、眞菌培養墊和藻類培養池。此外我們精於人工香料，添加時絕無保留。你吃到的那種特殊口味便是這麼來的。」

謝頓已經差不多解決了那份三明治，發覺它不再像第一口那麼難吃。「它不會害我生病吧？」

「它的確會傷到腸內微生物，偶爾也會害得一些可憐的外星人士腹瀉，不過那些情況都很罕見，而且即使如此，你也很快就會有抵抗力。話說回來，還是喝掉你的奶昔吧，雖然你也許同樣不喜歡。它含有止瀉成分，即使你對這些東西容易過敏，它也應該能保你安然無恙。」

謝頓抱怨地說：「別再講了，夫銘，這種事容易受到暗示。」

「喝完你的奶昔，忘掉這些暗示吧。」

他們默默地吃完剩下的食物，不久便再度上路。

13

他們再度在隧道中風馳電掣。那個在心中鼓噪了約有一小時的問題，謝頓決定讓它化爲眞正的聲音。

「你爲什麼說銀河帝國即將滅亡？」

夫銘再度轉頭望向謝頓。「身爲新聞記者，各種統計資料從四面八方向我湧來，直到溢出我的耳朵爲止。而我獲准能發表的，只有極少一部分。川陀的人口正在銳減，二十五年前，它幾乎有四百五十億人。

「這種現象，部分是由於出生率的降低。事實上，川陀的出生率一向不高。當你在川陀四處旅行時，只要稍加注意，便會發現街上沒有太多兒童，和龐大的人口簡直不成比例。但即使不考慮這一點，人口仍舊逐年銳減。此外還有移民的因素，移出川陀的人口比移入的多得多。」

「既然它有如此衆多的人口，」謝頓說：「這也就不足爲奇。」

「但這仍是不尋常的現象，因爲以前從未發生過這種事。再者，整個銀河系的貿易都呈現停滯。人們認爲這是由於目前沒有任何叛亂，因爲一切都很平靜，天下太平了，數世紀的困苦都已成爲過去。然而，政治鬥爭、叛亂活動以及不安的局勢，其實也都是某種活力的象徵。如今卻是一種全面性的疲乏狀態。表面上的確平靜，但這並非由於人們眞正滿足，或是社會眞正繁榮，而是因爲他們已經疲倦了，死心了。」

「喔，我並不清楚。」謝頓以懷疑的口吻說。

「我很清楚。我們剛才談到的反重力設施，就是另一個貼切的例子。我們目前有幾座運作中的重力升降機，可是並沒有再造新的。它是一種無利可圖的投資，而且似乎誰也懶得試圖讓它轉虧為盈。數個世紀以來，科技進展的速率不斷減緩，如今則已有如牛步。在某些方面，則是完全不再進步。你難道都沒注意到這種事嗎？畢竟你是個數學家。」

「我不敢說我思考過這個問題。」

「沒有人思考過，大家都視爲理所當然。這年頭的科學家，動不動就喜歡說這個不可能，那個不實用或沒有用。對於深刻的反省，他們總是立刻加以否定。就拿你作例子，你對心理史學抱持什麼看法？它有理論上的價值，卻沒有任何實用性。我說得對不對？」

「也對也不對。」謝頓以厭煩的口氣答道：「就實用性而言，它的確沒有用，但我向你保證，這並非由於我的冒險犯難精神式微了。事實上，它的的確確沒有用。」

「至少這一點，」夫銘帶著幾分譏嘲說：「是你身處帝國整體的衰敗氣氛下所產生的印象。」

「這種衰敗的氣氛，」謝頓氣呼呼地說：「則是你自己的印象。有沒有可能是你弄錯了？」

夫銘並未立刻回答，看來陷入了沉思。一會兒之後，他才說：「是的，我有可能弄錯。我只是根據直覺、根據猜測來下斷語。我需要的是心理史學這種實用的科技。」

謝頓聳了聳肩，並未吞下這個餌。他說：「我沒有這樣的科技能提供給你。但假設你是對的，假設帝國的確在走下坡，最後終將消失，變得四分五裂，可是全體人類仍將存在。」

「老兄，在什麼情形下存在？近一萬兩千年來，在強勢領導者統治之下，川陀大致能維持一個和平局面。過去也有過一些動盪——叛變、局部的內戰，以及衆多的天災人禍——但就整體而言，就大尺度而言，天下仍然算是太平。爲什麼赫利肯如此擁護帝政？我是指你的世界。因爲它很小，要不是帝國維護它的安全，鄰近世界就會吞掉它。」

「你是預測萬一帝國崩潰，會出現全面性的戰爭和無政府狀態？」

「當然。整體而言，我並不喜歡這位皇帝和這種帝制，可是我沒有任何取代方案。我不知道還有什麼方式能維繫和平，而在我掌握其他方案之前，我還不準備放手。」

謝頓道：「你這樣說，好像銀河系掌握在你手裡。你還不準備放手？你必須掌握其他方案？你以爲自己是什麼人？」

「我這是一般性、譬喻性的說法。」夫銘說：「我並不擔心契特．夫銘這個人。也許可以斷言，帝國在我死後仍將繼續存在；而且在我有生之年，它甚至可能顯現進步的跡象。衰微並非沿著一條直線前進，或許還要上千年的時間，帝國才會完全瓦解。你一定可以想像，那時我早就死了，而且，我當然不會留下子嗣。對於女人，我只是偶爾動動情，我沒有子女，將來也不想要。所以說，我對未來毫無個人的牽掛——在你演講之後，我調查過你，謝頓，你也沒有任何子女。」

「我雙親俱在，有兩個兄弟，但沒有小孩。」他露出相當無力的笑容，「我曾經十分迷戀一名女子，但她覺得我對數學的迷戀更深。」

「是嗎？」

「我自己不覺得，可是她這麼想，所以她離開了我。」

「從此你就再也沒有其他女伴？」

「沒有，那種痛苦至今仍舊刻骨銘心。」

「這麼說，似乎我們兩人都能袖手旁觀，把這個問題留給幾百年後的人去煩惱。以前我或許願意這麼做，如今卻不會。因爲現在我已經有了工具，我已經能控制局面了。」

「你有什麼工具？」謝頓明知故問。

「你！」夫銘說。

謝頓早就料到夫銘會這麼說，因此他並未震驚，也沒有被嚇倒。他只是立刻搖了搖頭，答道：「你錯得太離譜了，我不是什麼適合的工具。」

「爲何不是？」

謝頓嘆了一口氣。「要我重複多少次？心理史學並非一門實用的學問。困難是十分基本的，整個宇宙的時空也不足以解決那些難題。」

「你確定嗎？」

「很遺憾，正是如此。」

「你可知道，你根本不必推出銀河帝國整個的未來。你不需要追蹤每一個人類，甚至每一個世界的活動細節也不必。你必須回答的只有幾個問題：銀河帝國是否眞會瓦解？答案若是肯定的，那麼何時會發生？其後人類的處境如何？有沒有任何措施能夠防止帝國瓦解，或是改善其後的處境？相較之下，這些都是相當簡單的問題，至少我這麼覺得。」

謝頓搖了搖頭，露出一抹苦笑。「數學史中有無數簡單的問題，它們的答案卻再複雜不過——或者根本沒有答案。」

「眞的束手無策嗎？我能看出帝國江河日下，但我無法證實這一點。我的一切結論都是主觀的，我不能證明其中沒有錯誤。由於這種看法令人極度不安，人們寧可不相信我的主觀結論。因此不會有任何救亡圖存的行動，甚至不會試圖減輕它的衝擊。而你卻能證明即將來臨的衰亡，或證明那是不可能的。」

「但這正是我無法做到的，我不能幫你找到不存在的證明。一個不切實際的數學系統，我沒辦法讓它變得實用。正如我不能幫你找到加起來是奇數的兩個偶數，不論你——或整個銀河系——多麼需要那個奇數。」

夫銘道：「這麼說的話，你也成了衰敗的一環。你已經準備接受失敗。」

「我有什麼選擇？」

「難道你就不能試一試？無論這個努力在你看來多麼徒勞無功，你這一生還能有什麼更好的計畫？還能有什麼更崇高的目標？在你自己眼中，你還有什麼更加値得全力以赴的偉大理想？」

謝頓的眼睛迅速眨了幾下。「上千萬個世界，數十億個文化，好幾萬兆的人口，恆河沙數的互動關係——你竟要我化約成秩序。」

「不，我只要你試試看，就爲了這上千萬個世界，數十億個文化，以及好幾萬兆的人口。並非爲了大帝，也不是爲丹莫刺爾，而是爲了全體人類。」

「我會失敗的。」謝頓說。

「那我們也不會比現在更糟。你願意試試嗎？」

不知道爲什麼，謝頓竟然聽見自己說出違心的一句：「我願意試試。」他一生的方向也因此確定了。

14

這趟旅程終於結束，出租飛車駛進一處停車場，這裡比他們中途休息的地方要大得多。（謝頓仍然記得那個三明治的味道，不禁露出一副愁眉苦臉。）

前去歸還飛車的夫銘走了回來，順手將他的信用瓷卡塞進襯衣內層的小口袋。他說：「面對任何公然和公開的活動，你在此地都絕對安全無虞。這裡是斯瑺璘區。」

「斯璀璘？」

「我猜，它是根據首先將本區開拓爲殖民地的人命名的。大多數行政區都以某人的名字命名，這就表示大多的區名都很難聽，而且有些還很難唸。話說回來，你若想讓此地居民把斯璀璘區改成香甜區，或是類似這樣的名字，那你就是自找麻煩。」

「當然，」謝頓一面說，一面使勁吸氣，「這裡並非又香又甜。」

「整個川陀幾乎都是如此，不過你會漸漸習慣的。」

「眞高興我們到了。」謝頓說：「不是我喜歡這裡，而是那輛飛車讓我坐得好累。在川陀來來往往一定是個可怕的經驗。不像在我們赫利肯，從某處到另一處總有空路可走，一律比我們剛才旅行不到兩千公里還省許多時間。」

「我們也有噴射機。」

「可是既然這樣……」

「我可以用幾乎匿名的方式安排出租飛車，但是安排噴射機則困難許多。而且不論此地多麼安全，能不讓丹莫刺爾知道你的確實行蹤，我總會比較放心。事實上，這趟旅程並未結束，最後我們還得搭一段捷運。」

謝頓懂得這個名稱。「一種在電磁場上運行的開放式單軌列車，對不對？」

「沒錯。」

「赫利肯沒有這種交通工具。其實，是我們那裡並不需要。我來川陀的第一天，就曾經搭過一次捷運，從飛航站前往旅館。感覺相當新奇，但若是天天都得搭，我想噪音和擁擠會變得無法忍受。」

夫銘看來覺得挺有趣。「你迷路了嗎？」

「沒有，那些路標很管用。上下車有點麻煩，不過都有人幫助我。現在我瞭解了，大家都能從我的服裝看出我是外星人士。不過他們似乎都很熱心，我猜是因爲看到我遲疑和蹣跚的模樣很好笑。」

「如今身爲一名捷運旅行專家，你既不會遲疑，也不會再蹣跚了。」夫銘以相當愉悅的口氣說，他的嘴角卻微微抽動。「我們走吧。」

他們沿著人行道悠閒地漫步，沿途的照明讓人感到是個陰天。光線偶爾會忽然變亮，彷彿太陽不時從雲縫中鑽出來。謝頓自然而然抬起頭，想看看是否果眞如此，但頭頂的「天空」卻是一團空洞的光明。

夫銘將一切看在眼裡，於是說：「這樣的亮度變化似乎符合人類心理狀態。有些日子街道上好像艷陽高照，也有些日子比現在還要暗。」

「但沒有雨雪吧？」

「或是冰雹、冰珠？全都沒有。此外，也沒有過高的濕度或刺骨的寒冷。即使是現在，謝頓，川陀仍有它的優點。」

路上的行人有來有往，其中不少是年輕人，還有些成年人帶著小孩——雖然夫銘曾說此地出生率很低。所有的人似乎都意氣風發、有頭有臉。兩性的比例差不多相等，而衆人的衣著顯然比皇區樸素許多，因此夫銘幫謝頓選的服裝剛好合適。戴帽子的人非常少，謝頓樂得摘下自己的帽子掛在腰側。

左右兩條人行道之間不再是無底洞般的深淵，正如夫銘在皇區所預言的，他們似乎是在地面的高度行走。此外路上也見不到任何車輛，謝頓特別向夫銘指出這一點。

夫銘說：「皇區有相當多的車輛，因爲那是官員的交通工具。在其他地方，私人車輛十分罕見，而且都有專用的個別隧道。車輛並非眞有必要，因爲我們擁有捷運。至於較短的距離，我們則有活動迴廊；至於更短的距離，我們還有人行道，可以讓我們施展雙腿。」

謝頓聽到不時傳來一些悶響與嘎嘎聲，又看見不遠處有許多捷運車廂不停穿梭。

「在那裡。」他一面說，一面指了指。

「我知道，不過我們還是到專用車站吧。那裡車比較多，也比較容易上車。」

等到他們安坐在捷運車廂內，謝頓便轉頭對夫銘說：「令我訝異的是捷運竟然這麼安靜。我知道它是靠電磁場推進，但即便如此，似乎還是太安靜了。」當他們的車廂與鄰車交會時，他仔細傾聽偶爾發出的金屬性低沉噪音。

「是啊，這是個不同凡響的交通網。」夫銘說：「可是你沒見過它的巔峰期，當我較年輕的時候，它比現在更安靜。甚至有人說，五十年前幾乎一點聲音也沒有——不過我想，我們該考慮到懷舊心態所造成的誇大。」

「現在爲何不是那樣？」

「因爲缺乏適當的維修。我跟你提到過衰敗的趨勢。」

謝頓皺了皺眉頭。「無論如何，人們總不會坐視不理，只會說：『我們正在衰敗，我們就讓捷運四分五裂吧。』」

「不，他們沒有那樣做，這並非有意造成的。損壞的地方修補過，老舊的車廂更新過，而磁體也曾經更換過。然而，這些工作做得太過草率、太過大意，而且時間間隔太長。這都是因爲沒有足夠的信用點。」

「信用點到哪兒去了？」

「用到別的地方去了。我們經歷了數世紀的動盪，如今艦隊編制比過去龐大得多，經費則是過去的好幾倍。武裝部隊的待遇過分優渥，這樣才能安撫他們。動盪、叛亂，以及小型的內戰烽火，都需要大筆費用才能擺平。」

「可是在克里昂統治之下，世局一向很平靜。而且，我們前後已有五十年的和平。」

「沒錯，不過原本待遇優渥的戰士，倘若只是因爲天下太平而遭到減薪，心中一定忿忿不平。艦隊司令則拒絕只因爲不再有那麼多任務而遭到降級，或是將他們的星艦編爲後備艦隊。因此信用點繼續流失，流到不事生產的武裝部隊手裡，任由攸關國計民生的層面日益惡化。這就是我所謂的衰敗，你不同意嗎？難道你不認爲，最後你會把這個觀點融入心理史學概念中？」

謝頓不安地挪動一下，然後說：「對了，我們要到哪裡去？」

「斯璀璘大學。」

「啊，難怪本區的名字那麼耳熟，我聽說過那所大學。」

「我並不驚訝。川陀擁有將近十萬所高等教育機構，而斯璀璘大學屬於排名最前面的一千多所。」

「我要待在那裡嗎？」

「要待一陣子。大體而言，大學校園是不可侵犯的神聖殿堂，你在那裡會很安全。」

「可是我會受歡迎嗎？」

「爲何不會？這年頭很難找到一位優秀的數學家。他們或許能善用你，而你或許也能善用他們——不只當成避難所而已。」

「你的意思是，我可以在那裡發展我的理論。」

「你答應過的。」夫銘嚴肅地說。

「我只答應試試看。」謝頓一面說，一面想道：就像是答應試著用沙土搓出一條繩子。

15

他們的談話就此告一段落，謝頓開始觀察沿途的斯璀璘區建築。有些建築物相當低矮，有些則似乎能夠「摩天」。寬闊的陸橋不時將道路打斷，還能常常看到大大小小的巷道。

在某一刻，他突然想到這些建築雖然向上發展，但它們同樣向下扎根，說不定深度甚至超過高度。心中一旦起了這個念頭，他便相信事實正是如此。

他偶爾會在遠處看到幾塊綠地，都是在遠離捷運路線的地方，有幾處甚至還有些小樹。

他凝望了一陣子，然後發覺光線逐漸變暗。他向左右各瞟了一眼，再轉頭望向夫銘，後者已經猜到他的疑問。

「下午接近尾聲，」他說：「夜晚快要來臨了。」

謝頓揚起眉毛，兩側嘴角則往下一撇。「這可眞是壯觀。我心中浮現一個畫面，整個行星同時暗下來，而在數小時後，又重新大放光明。」

夫銘露出慣有的、謹愼的淺笑。「謝頓，並不盡然。這顆行星的照明從未全部關閉，也從來不曾完全開啓。黃昏的陰影逐漸掃過整個行星，而各地在半天之後，又會出現一道破曉的曙光。事實上，這種效應和穹頂上眞實的晝夜相當接近，因此在高緯度地區，晝夜的長短會隨著季節的變遷而改變。」

謝頓搖了搖頭。「可是爲什麼要把這顆行星封閉起來，然後再模仿露天的情形呢？」

「我想是因爲人們比較喜歡這樣。川陀人喜歡封閉世界的優點，卻又不喜歡常常想到這個事實。謝頓，你對川陀人的心理知道得很少。」

謝頓微微漲紅了臉。他只是個赫利肯人，對其他數以千萬計的世界幾乎一無所知，這種無知不僅限於川陀而已。所以說，他怎能期望自己為心理史學理論找出實際應用呢？

不論為數多少的一群人——即使通通加在一起——又怎能知道得夠多呢？

這使謝頓想起少年時期讀到的一則智力測驗：你能不能找到一塊不算大的白金，它的表面附有握把，但是不論找來多少人，也不能赤手空拳合力舉起它？

答案是可以的。在標準重力下，一立方公尺的白金重達二二四二〇公斤。假設每個人能從地上舉起一百二十公斤的重物，那麼一百八十七個人就足以舉起那塊白金。可是你無法讓一百八十七個人擠在一立方公尺白金的四周，而每個人都能抓住它；你也許頂多只能讓九個人擠在它周圍。而槓桿或類似裝置都不能使用，因為前提是必須「赤手空拳」。

同理，也有可能永遠無法找到足夠的人，來處理心理史學所需要的所有知識——即使那些歷史事實儲存在電腦中，而並非各人的大腦裡。而唯有藉由電腦，眾人才能圍繞在這些知識周圍（姑且這麼說），並且互相交流。

夫銘說：「謝頓，你似乎陷入沉思。」

「我正在省思自己的無知。」

「這是個有用的工作。數萬兆的人都該加入你的行列，這樣大家都能受惠。不過，現在該下車了。」

謝頓抬起頭來。「你怎麼知道？」

「正如你到川陀的第一天坐捷運時一樣，我是根據沿途的路標。」

此時，謝頓也看到一個一閃即逝的路標：「斯璀璘大學——三分鐘」。

「我們在下一個專用車站下車，小心台階。」

謝頓跟著夫銘走下車廂，他注意到天空如今呈深紫色，而人行道、迴廊與建築物都已燈火通明，到處瀰漫著一種黃色光暈。

這也很像是赫利肯的傍晚時分。假如他被蒙著眼睛帶到這裡，然後取下眼罩，他或許會相信正置身於赫利肯某個大城市的中心繁華區。

「夫銘，你想我會在斯璀璘大學待多久？」他問道。

夫銘以一慣的冷靜態度答道：「這很難說，謝頓，也許一輩子。」

「什麼！」

「也許不用那麼久。可是在你發表那篇心理史學論文之後，你的生命就不再是自己的了。大帝和丹莫刺爾立刻看出你的重要性，而我也是。據我所知，還有很多人和我們一樣。你懂了吧，這就代表你再也不屬於自己了。」

第四章：圖書館

鐸絲·凡納比里：……歷史學家，生於錫納……若非她在斯璀璘大學擔任教職兩年後，邂逅了處於「逃亡期」的年輕哈里·謝頓，她很可能繼續過著平靜無波的日子……

——《銀河百科全書》

12020GE Encyclopedia

16

哈里·謝頓如今置身的房間，比夫銘在皇區的住所來得寬敞。它是一間套房，其中一角充作盥洗間，卻不見任何烹飪或進餐設備。四面都沒有窗戶，不過天花板上有個罩著網格的抽風機，不斷發出穩定的輕微噪音。

謝頓帶著些許失望，四處張望了一下。

夫銘以慣有的自信猜到了謝頓的心事，他說：「謝頓，只是今晚暫住而已。明天早上會有人來，把你安置到大學裡，你就會比較舒服了。」

「對不起，夫銘，可是你又怎麼知道？」

「我會做好安排，我在這裡認識一兩個人。」他露出一絲冷笑，「我幫助過他們，可以請他們還我一兩個人情。現在，我們來談談細節。」

他定睛凝視著謝頓，又說：「你留在旅館房間的行李等於通通丟了。裡面有沒有任何無法彌補的東西？」

「沒有什麼眞正無法彌補的。有些私人物品我很珍惜，因爲具有紀念價値，不過丟了就丟了吧。此外，當然還有些和論文有關的筆記、一些計算稿，以及那篇論文。」

「那篇論文如今是公開的資料，哪天它被視爲危險的邪說，才會禁止流傳——這是可能發生的事。話說回來，我總有辦法弄到一份副本，這點我絕對肯定。無論如何，你都能重新推導一遍，對不對？」

「對，所以我說沒有什麼眞正無法彌補的。此外，我還丟了將近一千信用點、一些書籍和衣物，以及回赫利肯的旅票，諸如此類的東西。」

「全都不成問題。我會用我的名義幫你申請一張信用瓷卡，記到我的帳上。這樣就能應付你的一般開銷。」

「你實在慷慨得過分，我不能接受。」

「一點也不算慷慨，因爲我這樣做是希望能拯救帝國。你無論如何都要接受。」

「可是你付得起多少呢，夫銘？即使我勉強接受，也會良心不安。」

「謝頓，你的基本食衣住行，以及任何合理的享樂，我全都負擔得起。自然，我不會希望你試圖買下大學體育館，或是慷慨地捐出一百萬信用點。」

「你不用擔心，可是讓我的名字留下記錄……」

「這沒有關係，帝國政府絕不能對這所大學或其成員採取任何安全控制。這裡有百分之百的自由，任何事都能談論，什麼話都可以說。」

「萬一有暴力犯罪呢？」

「那麼校方會以合理而謹慎的方式出面處理——其實幾乎沒有什麼暴力犯罪。學生和教員都珍惜他們擁有的自由，並且瞭解它的分寸。過度的喧鬧是暴動和流血的開端，政府可能就會覺得有權打破不成文約定，而派軍隊進入校園。沒有人願意發生這種事，甚至政府也不願意，因而維持著一種微妙的平衡。換句話說，丹莫刺爾本人也不能把你從這所大學抓走，除非大學裡出現了至少一個半世紀以來從未有過的嚴重事端。反之，假如你被職業學生誘出校園……」

「有職業學生嗎？」

「我怎麼說得準？或許有吧。總之，任何一個普通人都能被威脅、被設計，或是直接被收買，從此就一直爲丹莫刺爾或其他人服務。所以我必須強調一點：理論上你無論如何都很安全，可是沒有任何人是絕對安全的，你必須自己多加小心。不過，雖然我給你這樣的警告，我卻不希望你的日子過得畏畏縮縮。整體而言，比起回到赫利肯或是跑到川陀以外的任何世界，你待在這裡要安全得多。」

「我希望果眞如此。」謝頓悶悶不樂地說。

「我知道的確如此，」夫銘說：「否則我會感到離開你是不智之舉。」

「離開我？」謝頓猛然抬起頭來，「你不能這麼做。你瞭解這個世界，我卻不然。」

「你將和其他瞭解這個世界的人在一起，事實上，他們對此地的瞭解甚至在我之上。至於我自己，我必須走了。我已經跟你在一起整整一天，我不敢繼續不顧自己的生活。我自己絕不能吸引太多的注意。你應該記得，我和你一樣有安全上的顧慮。」

謝頓不禁面紅耳赤。「你說得對。我不能期望你不斷爲我赴湯蹈火，希望現在還沒有毀了你。」

夫銘以冷淡的語調說：「誰知道呢？我們生在一個險惡的時代。你只要記住一件事，若說有什麼人能創造安全的時代——即使不爲我們，也要爲我們的後世——那個人就是你。謝頓，讓這個想法成爲你的原動力。」

17

今晚睡眠與謝頓無緣。他在黑暗中輾轉反側，思緒一直停不下來。在夫銘點了點頭，輕輕握了握他的手，然後離他而去之後，謝頓感受到前所未有的孤獨、前所未有的無助。如今他置身一個陌生的世界，而且是這個世界的一個陌生角落。連唯一可以當作朋友的人（卻也不到一天的交情）都不在身邊，而且他對自己何去何從毫無概念，不論是明天或是未來任何時刻。

當然，這些想法全都無助於入眠。差不多在他絕望地認定今晚將失眠到天亮，而這種情況今後還有可能發生之際，極度的困倦終於將他席捲……

當他醒來的時候，屋內依舊一片黑暗——也並非全然如此，因為在房間另一側，他看見一道明亮的紅光在迅速閃動，伴隨著一陣刺耳的間歇性嗡嗡聲。毫無疑問，將他吵醒的就是這個聲音。

當他正在努力回憶身在何處，並試圖從感官所接收的有限訊息理出一個頭緒時，閃光與嗡嗡聲突然停止。接著，他聽到一陣兇猛的敲擊聲。

敲擊聲想必源自房門，他卻不記得房門的位置。此外，想必有個開關能讓室內大放光明，可是他也忘了開關在哪裡。

他在床上坐起來，沿著左側牆壁不顧一切摸過去，同時大聲喊道：「請等一下。」

他終於找到開關，房間在一瞬間注滿柔和的光線。

他匆匆從床上爬起來，一面眨著眼睛，一面繼續尋找房門。等找著之後，正要伸手開門，卻在最後一刻想到應該謹慎行事。於是，他突然改用嚴肅而不再毫無意義的聲音說：「是誰？」

一個頗為溫柔的女聲答道：「我名叫鐸絲．凡納比里，我來找哈里．謝頓博士。」

話還未說完，一名女子已經站在門邊，此時房門絕對尚未打開。

一時之間，哈里．謝頓萬分驚訝地瞪著她，忽然又想到自己只穿了一套單件內衣。他發出一下像是被掐住脖子的喘息，慌忙向睡床奔去。直到這個時候，他才明白見到的只是個全相像。它不像眞人那樣輪廓分明，而且這名女子顯然並未望著他，她現身只是為了表明身分。

於是他停下腳步，使勁吸了一口氣，然後提高音量，好讓聲音穿出門外。「請你等一下，我很快會幫你開門。給我……或許半小時的時間。」

那名女子——或說那個全相像答道：「我會等你。」說完影像就不見了。

房裡沒有淋浴設備，所以他用海綿擦了一個澡，將盥洗間的瓷磚地板弄得極其髒亂。盥洗間備有牙膏，可是沒有牙刷，他只好用手指代替。然後，他又不得不套上昨天穿過的衣服。一切準備就緒，他才終於打開房門。

他在開門的時候，又想到她並未眞正表明身分。她只不過報出姓名，但夫銘並沒有說來找他的會是什麼人——究竟是這個叫鐸絲什麼的，還是其他任何人。他會感到安全無虞，是因爲全相像是個可人的年輕女子。可是他又怎能確定，她身邊沒有五、六個充滿敵意的年輕男子隨行。

他小心翼翼地向外窺探，結果僅僅見到那名女子，於是將房門再拉開一點，剛好足夠讓她進來。然後，他立刻將房門關上並鎖好。

「對不起，」他說：「請問現在幾點了？」

「九點，」她答道：「已經不早了。」

只要是正式計時，川陀一律採用銀河標準時間，因爲唯有如此，星際貿易與政府行政才能順利進行。然而，每個世界也都會使用當地計時系統，而對於川陀人隨口所說的鐘點，謝頓尚未感到如何熟悉。

「上午？」

「當然。」

「這個房間沒有窗子。」他爲自己辯護。

鐸絲走到床邊，伸手觸向牆上一個小黑點。床頭正上方的天花板立刻顯現一組紅色數字：〇九〇三。

她露出絲毫不帶優越感的微笑。「很抱歉，」她說：「但我以爲契特．夫銘會告訴你，我將在上午九點來找你。他的問題在於他一向無所不知，以致偶爾會忘記別人有時並不知道。而且我不該使用電波全相識別器，我猜你們赫利肯沒有這種東西，只怕我一定把你嚇著了。」

謝頓感到鬆了一口氣。她的態度似乎十分隨和而友善，而她隨口提到了夫銘的名字，也就讓他更加放心。他說：「你對赫利肯有相當的誤解，凡……小姐。」

「請叫我鐸絲。」

「鐸絲，無論如何，你對赫利肯真的有誤解。我們的確有電波全相像，不過我向來買不起那種設備。我周圍的人也都沒這個能力，所以實際上我並沒有經驗。但是，我很快就明白了是怎麼回事。」

他開始打量她。她的個子不算很高，就女子而言是中等高度，他這麼判斷。她的頭髮是略紅的金色，但是不怎麼閃亮，燙成了許多短短的髮捲。（他在川陀見到許多女子擁有這種髮型。這顯然是本地的一種流行，在赫利肯則會受到衆人的嘲笑。）她並沒有驚人的美貌，可是看來賞心悅目，再加上似乎帶著些許俏皮弧度的豐滿雙唇，使她顯得更加可愛。她身材苗條，體格健美，而且看來相當年輕。（太年輕了，他不安地想到，可能派不上什麼用場。）

「我通過檢查了嗎？」她問道。（謝頓心想，她似乎和夫銘一樣，也有本事猜中自己的心思，但也或許是他自己沒有隱藏心思的本事。）

他說：「很抱歉。我好像在瞪著你，但我只是想對你做個估量。我身處一個陌生的地方，什麼人都不認識，也沒有任何朋友。」

「謝頓博士，請把我當朋友吧。夫銘君特別請我來照顧你。」

謝頓露出一抹苦笑。「就這個工作而言，你可能太年輕了點。」

「你會發現其實不然。」

「好吧，我會盡量不惹麻煩。可否請你再講一遍你的名字？」

「鐸絲．凡納比里。」她一字一頓，說得很仔細。「我剛才說過，請叫我鐸絲，而你要是不堅決反對，我準備稱呼你哈里。在大學裡我們相當不拘形式，而且人人都有一種幾乎自覺式的努力，避免顯露任何地位的象徵，不論是天生的還是職位上的。」

「當然沒問題，就請你叫我哈里吧。」

「很好，那我就繼續不拘形式。比方說，拘泥形式的本能——如果眞有這種東西——會讓我請求你准我坐下。但是既然不拘形式，我就自便了。」說完，她就坐到室內唯一的一張椅子上。

謝頓清了清喉嚨。「顯然我還沒有完全清醒，我應該先說請你坐才對。」他在皺成一團的床鋪邊緣坐下，後悔自己未曾想到將它拉平一點——但是剛才他根本措手不及。

她以愉悅的口吻說：「哈里，我把計畫跟你說一下。首先，我們到校園某間小餐廳去吃早餐。然後我會幫你在校舍找個房間，會比這間好些，至少會有窗子。夫銘曾囑咐我用他的名義幫你申請一張信用瓷卡，不過我得花上一兩天的時間，才能從官僚的校方行政系統弄一張來。在此之前，我負責支付你的花費，你可以事後再還給我——因爲我們可以雇用你。契特．夫銘告訴我說你是個數學家，不知道爲什麼，這所大學嚴重缺乏這方面的優秀人才。」

「夫銘告訴你說我是個優秀的數學家？」

「事實上，他的確這麼說過。他還說你是個了不起的人。」

「嗯，」謝頓低頭望著自己的指甲，「我當然希望自己擁有這種評價，可是夫銘認識我還不到一天，而在此之前，他只聽過我發表一篇論文，那篇論文的水準他根本無法判斷。我想他那樣說只是一種禮貌。」

「我可不這麼想。」鐸絲說：「他自己就是個了不起的人，而且他閱人無數，我願意相信他的判斷。無論如何，我想你總有機會證明你自己。我猜，你會寫電腦程式吧。」

「當然。」

「我是說教學電腦，這點你要明白。我是在問你，能不能設計一些程式，來教授當今數學的各個領域。」

「可以，那是我的專長之一，我是赫利肯大學數學系的助理教授。」

她又說：「是的，我知道，夫銘跟我提過。這就代表說，大家當然都會知道你並非川陀人，不過這並不會構成嚴重問題。我們這所大學的主要成員是川陀人，但仍有不少來自各個世界的外星人士，這是大家都能接受的。我不敢說你絕不會聽到詆毀外星的言語，然而事實上，這些言語出自外星人士之口的機會還比較大。對了，我自己就是外星人士。」

「哦？」他遲疑了一下，然後決定至少禮貌上該問一問。「你是從哪個世界來的？」

「我來自錫納星，你聽過那個地方嗎？」

倘若爲了禮貌而撒謊，謝頓判斷注定會露出馬腳，因此他說：「沒有。」

「我並不驚訝，它可能比赫利肯更名不見經傳——不管這些，還是回到設計數學教學電腦的問題，我想這項工作也有良莠之分吧。」

「完全正確。」

「而你會做得又快又好。」

「我有這個信心。」

「那就沒問題。校方會支付你酬勞，所以讓我們出去吃一頓吧。對了，你睡得好嗎？」

「出乎意料之外，睡得很好。」

「你餓了嗎？」

「餓了，可是……」他遲疑了一下。

她喜孜孜地說：「可是你擔心食物的品質，對不對？嗯，大可不必。同為外星人士，我能瞭解你對每樣東西都摻入過量微生食品的感受，不過大學裡的菜餚還不壞，至少教員餐廳如此。學生們則委屈一點，但正好能磨練他們。」

她起身朝門口走去，但謝頓不吐不快的一句問話又讓她停下腳步。「你也是一名教員嗎？」

她轉過身來，對他露出頑皮的笑容。「我看來不夠老嗎？我兩年前在錫納拿到博士學位，之後就一直待在此地。再過兩個星期，我就三十歲了。」

「對不起，」謝頓回報一個笑容，「但你看來頂多二十四，想不讓人懷疑你的學位是不可能的。」

「你這是體貼嗎？」鐸絲說。謝頓立刻感到一股喜悅襲上心頭，他想：當你和一位迷人的女子談笑風生時，畢竟不會百分之百感到像個陌生人。

18

鐸絲說得沒錯，早餐絕對不差。有一道菜顯然是蛋類，肉類則熏得很香。巧克力飲料或許是人工合成的（川陀人喜愛濃烈的巧克力，這點謝頓並不在意），不過相當可口，而麵包捲也很好吃。

他覺得實在應該實話實說。「這是一頓非常美好的早餐，食物，氣氛，一切的一切都那麼好。」

「我很高興你這麼想。」鐸絲說。

謝頓四下望了望。一面牆壁上有一排窗戶，雖然沒有真正的陽光射進來（他突然想到，不知道過一陣子之後，自己會不會逐漸滿足於漫射的光線，而不再在室內尋找一片片的陽光），餐廳內仍然光線充足。事實上，這一帶相當明亮，地方氣候電腦顯然決定現在應該是大晴天。

每張餐桌都佈置成四人座，大多也坐滿這個人數，但鐸絲與謝頓卻單獨佔據一張餐桌。鐸絲曾經和一些男男女女打招呼，並曾爲謝頓介紹。那些人都很客氣，卻沒有人加入他們兩人。這毫無疑問是鐸絲的本意，不過謝頓並未看出她是如何做到的。

他說：「鐸絲，你沒有爲我介紹任何數學家。」

「我還沒看到任何認識的。數學家大多起得很早，八點鐘就有課。根據我個人的感覺，任何莽撞到敢修數學課的學生，總是希望愈早上完那堂課愈好。」

「我猜你自己不是數學家。」

「絕不是，」鐸絲發出一聲乾笑，「絕對不是。我的專長是歷史，我已經發表過一些有關川陀興起的研究——我的意思是原始的王國，而不是這個世界。我想這將成爲我專攻的領域——王國時期的川陀。」

「太好了。」謝頓說。

「太好了？」鐸絲不解地望著他，「你也對『王國川陀』有興趣？」

「就某個角度而言。我並非專指這個問題，還包括其他類似的題目。我從未眞正研究過歷史，當初眞該下點功夫。」

「是嗎？要是你下過功夫研究歷史，你就幾乎沒有時間研究數學，而如今正在鬧數學家荒——尤其是這所大學。我們的歷史學家、經濟學家和政治科學家已經堆到這裡，」她一面說，一面將手舉到齊眉的高度，「可是我們欠缺科學和數學人才。契特．夫銘曾經向我指出這點，他稱之爲科學的沒落，而且似乎認爲這是個普遍現象。」

謝頓說：「我說自己當初該對歷史下點功夫，當然不是指把它當成我的終生志業。我的意思是，我該獲取足夠的知識，用來幫助我的數學研究。我的專長領域是社會結構的數學分析。」

「聽來眞可怕。」

「從某方面來說，一點也沒錯。它非常複雜，我必須對社會演化知道得比現在多得多，否則根本沒希望。你知道嗎，我提出的圖像過分靜態。」

「我不知道，因爲我對這方面一竅不通。契特告訴過我，你在發展一種叫什麼心理史學的理論，而這是一項很重要的工作。我說對了嗎？心理史學？」

「完全正確。我當初應該稱之爲『心理社會學』，但我覺得這個名字太彆扭。或者，也許我曾經直覺地想到歷史知識有絕對的必要性，可是並未眞正注意到自己的想法。」

「心理史學的確比較順口，但我不懂它究竟是什麼。」

「我自己也幾乎不懂。」謝頓出神地沉思了幾分鐘。他望著餐桌對面這位女子，覺得她或許會讓這次流亡變得比較不像流亡。他又想到幾年前認識的另一名女子，卻立刻以斷然的意志阻斷了這個思緒。假如他再結識一個伴侶，這個她一定要對學術有所認識，並瞭解從事學術研究應該付出多少。

爲了讓心思轉到另一條軌道上，他說：「契特．夫銘告訴我，這所大學絕不會遭到政府的侵擾。」

「他說得沒錯。」

謝頓搖了搖頭。「帝國政府這種雅量似乎令人無法置信，赫利肯的教育機構絕不可能這麼不受政府的壓力。」

「在錫納上也不可能，其他外星世界也都一樣，或許只有一兩個最大的世界例外。川陀則另當別論。」

「沒錯，可是爲什麼呢？」

「因爲它是帝國的中心，而此地的大學全都享有極高聲譽。任何地方的任何一所大學都能培養出專業人才，可是帝國的行政官員——包括那些高官，以及無數代表帝國伸入銀河各個角落的觸鬚——通通是在川陀接受教育的。」

「我從來沒看過統計……」謝頓的話只說了一半。

「相信我吧。讓帝國官員有些相同的背景，並對帝國有一種特殊的感情，是十分重要的一件事。他們不能全部是川陀本地人，否則會令外星世界感到不安。由於這個緣故，川陀必須吸引數百萬外星人士來此接受教育。不論他們來自何處、不論他們有著怎樣的口音或文化都並不重要，只要他們接受川陀的薰陶，並且認同自己的川陀教育背景。帝國就是這樣凝聚起來的。此外，由於代表帝國政府的行政官員有不少是外星世界的同胞，他們生在外星長在外星，外星世界也就因此不難統治了。」

謝頓再次覺得臉紅。像這種事，他以前就從未思考過。他不禁產生一個疑惑：假如某人僅僅精通數學一門，他是否能成爲眞正偉大的數學家。「這是衆所周知的嗎？」他問。

「我想並不是。」鐸絲思考了一下才回答，「需要吸收的知識太多，所以專家一律緊守自己的專長，把它當作一面盾牌，以免需要知曉任何其他方面的知識。他們想避免被知識淹沒。」

「而你卻知道。」

「那可是我的專長。我是個歷史學家，專門研究王國川陀的興起。川陀能夠不斷擴張勢力，進而從王國川陀躍升至帝國川陀，這種行政管理技巧就是它的法門之一。」

謝頓幾乎是喃喃自語地說：「過度專業化的害處多大呀。它將知識切割成上百萬碎片，讓它處處在滴血。」

鐸絲聳了聳肩。「又能怎麼辦呢？不過你要知道，既然川陀想要吸引外星人士進入川陀各大學，就必須給他們一些回報，以補償他們離鄉背井，來到一個具有不可思議的人工建築，而且生活方式極其特殊的陌生世界。我在此地已有兩年，而我仍舊不習慣，或許永遠也無法習慣。話說回來，當然啦，我並不想成爲行政官員，所以不會強迫自己變成川陀人。

「川陀所提供的交換條件，不僅是保證給你崇高的職位、可觀的權勢，以及想當然爾的財富，除此之外還有自由。在此接受教育時，學生們有自由公然抨擊政府，進行和平的反政府示威，並提出他們自己的理論和觀點。他們很喜歡這種特權，很多人來這裡就是爲了體驗自由的滋味。」

「我猜想，」謝頓說：「這也有助於減輕壓力。在這段期間，他們耽溺於年輕革命家的一切自大自滿，將內心的憤恨發洩殆盡。等到他們在帝國體制中謀得一官半職，就很容易變得既溫順又服從。」

鐸絲點了點頭。「你也許說對了。無論如何，政府爲了這許多原因，總是謹慎地保持所有大學的自由。並非他們有什麼雅量，只能算是精明罷了。」

「如果你不想成爲行政官員，鐸絲，那你打算做什麼呢？」

「歷史學家。我準備教書，將我自己的影視書做成教材。」

「只怕不會有太高的地位。」

「也不會有太高的薪水，哈里，這點更重要。至於地位，那是一種吃力不討好的東西，我避之唯恐不及。我見過許多擁有地位的人，但至今沒有找到一個快樂的。地位不會讓你穩穩坐著它，你得奮鬥不懈才能保持不墜。即使貴爲皇帝，也大多沒什麼好下場。有一天我可能就這麼回到錫納，在那裡當一名教授。」

「而川陀的教育背景，會讓你擁有地位。」

鐸絲笑了幾聲。「我想是吧，可是在錫納，誰又會在乎呢？它是個枯燥無聊的世界，到處都是農場，有許多牛群，四隻腳的和兩隻腳的都有。」

「來過川陀之後，你不會覺得錫納枯燥無聊嗎？」

「沒錯，我也這麼想。假如日子變得太無聊，我總有辦法弄到一筆經費，隨便到哪裡去做點歷史研究。這是我這一行的好處。」

「反之，一個數學家，」謝頓帶著一絲前所未有的苦澀說：「卻被認定就該坐在電腦前面思考。提到電腦……」他遲疑了一下。早餐已經結束，他覺得鐸絲必然有些自己的事需要處理。但她似乎沒有急於離開的意思。「怎麼樣？提到電腦？」

「我能不能獲准使用歷史圖書館？」

現在輪到她遲疑了。「我想應該可以安排。你若是接下數學程式設計的工作，或許就會被視爲準教員，我就能幫你申請許可。只不過……」

「只不過？」

「我不想讓你心裡不舒服，但你是一名數學家，而且你說你對歷史一無所知。你會知道如何使用歷史圖書館嗎？」

謝頓微微一笑。「我想你們使用的電腦，應該和數學圖書館的非常接近吧。」

「這點沒錯，可是每個專業領域所用的程式都有自己的行話。你不知道什麼是標準參考書，不知道快速篩選和跳讀的方法。你也許閉著眼睛都能找到一個雙曲微分……」

「你是說雙曲積分。」謝頓輕聲插嘴。

鐸絲並未理會他。「可是你也許不知道，如何在不到一天半的時間內，查到波達克條約的詳細條款。」

「我想我能學。」

「如果……如果……」她看來有些難以啓齒，「如果你眞要學，我可以做個建議。我負責一個爲期一週的圖書館使用法課程——每天一小時，沒有學分——是爲大學部學生開的。要是讓你旁聽這種課，我的意思是跟大學部的學生一起，你會不會覺得拉不下臉？它在三週後開始。」

「你可以私下爲我授課。」謝頓的聲音中夾帶著暗示的語調，令他自己都感到有些驚訝。

而她並非沒有聽出來。「我相信絕無問題，但我認爲較正式的授課對你比較好。你要瞭解，我們會用圖書館來實習，而在一週結束後，我會要你們找出某些歷史問題的相關資料。從頭到尾，你都得和其他學生競爭，這將有助於你的學習。我向你保證，私下授課的效率會差得多。然而，我能瞭解和大學生競爭的難處，假如你做得沒他們好，你會感到無地自容。不過你必須記住，他們已經修過基本歷史，而你，說不定也許沒修過。」

「我的確沒修過，不只是『也許』而已。可是我不會害怕競爭，也不在乎可能出現的窘境——只要我能學到查詢歷史參考資料的訣竅。」

謝頓心裡很清楚，他已經喜歡上這個年輕女子，很高興能抓住機會當她的學生。他還察覺到一件事實，那就是他的心靈正面臨一個轉捩點。

他已經答應夫銘，將會試圖發展出實用的心理史學，但那只是理智的承諾，與情感無關。如今爲了把理論化爲實際，眞有必要的話，他決心和心理史學鬥個你死我活。而這個轉變，也許就是受到鐸絲．凡納比里的影響。

抑或是夫銘早就料到這點？夫銘這個人，謝頓判斷，很可能是個最可怕的人物。

19

克里昂一世剛用完晚膳，而這一餐不幸又是正式的國宴。這就代表他必須花上許多時間，對各部門的官員（沒有一個是他認識或熟悉的）說些制式的言詞，爲的是讓每個人都感到如沐春風，以激勵他們對皇室的忠心。這也代表食物送到他面前時只剩一點餘溫，而在他動口前又涼了許多。

一定有什麼辦法能避免這種情形。也許他應該自己一個人，或是和一兩個可以讓他無拘無束的親信先行用餐，然後再去參加正式晚宴，到時他面前只需擺一顆進口梨子。他最愛吃梨子了。但是這樣會不會冒犯客人，讓他們認爲大帝拒絕與他們共餐是一種刻意的羞辱？

當然，在這方面，他的妻子沒有任何用處，她的出現只會令他惡劣的心情更加惡化。當初他會娶她爲妻，只是因爲她出身於一個勢力強大的異議家族，經由這次聯姻，便可指望他們裝聾作啞，不再堅持反對立場。不過克里昂衷心希望，至少她個人不會如此。他萬分滿意於讓她在自己的寢宮裡過自己的生活，只有必須製造子嗣時例外，因爲老實說，他並不喜歡她。如今，既然繼位者已經出世，他可以將她完全拋到腦後。

在離開餐桌前，他隨手抓了一把胡桃放進口袋。此時他一面嚼著胡桃，一面喊道：「丹莫刺爾！」

「陛下？」

丹莫刺爾總是在克里昂叫喚後立刻現身。不論是因爲他始終徘徊在聽力範圍所及的門口，或是由於奉承的本能，使他警覺到幾分鐘後可能會受到召喚，因而及時走到近處，反正他就是出現了。而這點才是最重要的，克里昂無端冒出這個念頭。當然，有時丹莫刺爾也得爲帝國的事務四處奔走。克里昂一向痛恨這種日子，丹莫刺爾不在身旁總是令他心神不寧。

「那個數學家怎麼樣了？我忘了他的名字。」

丹莫刺爾當然知道大帝指的是什麼人，但他或許是要試探一下大帝還記得多少，於是說：「啓稟陛下，您指的是哪個數學家？」

克里昂揮揮手表示不耐煩。「那個算命的，那個來見過我的。」

「我們請來的那位？」

「好吧，就算是請來的，但他的確來見過我。我記得你說過要處理這樁事，辦了沒有？」

丹莫刺爾清了清喉嚨。「啓稟陛下，我盡了力。」

「啊！這麼說你是失敗了嗎？」就某方面而言，克里昂感到很高興。在所有部會首長中，丹莫刺爾是唯一絕不掩飾失敗的人。其他人從不承認失敗，但由於失敗是家常便飯，這個陋習變得難以改正。或許，丹莫刺爾之所以表現得比較誠實，是因爲他鮮有失敗的時候。要不是有丹莫刺爾，克里昂難過地想到，自己可能永遠不知誠實爲何物。也許沒有一個皇帝知道，也許帝國正是因爲諸如此類的事……

他及時將思緒拉回來，對方的沉默卻突然令他惱羞成怒。他想聽到一句承認，因爲他剛剛在心中讚許過丹莫刺爾的誠實，於是厲聲問道：「嗯，你已經失敗了，對不對？」

丹莫刺爾並未膽怯。「啓稟陛下，我失敗了一部分。我感到若是讓他留在川陀，由於此地的情勢頗爲——困難，可能會爲我們帶來麻煩。因而我不難想到，把他放在他的母星應該比較容易處理。當時他計畫次日回到母星，但總有機會突生變故，讓他又決定留在川陀，所以我找來兩個街頭小混混，準備當天就把他押上飛船。」

「你認識街頭混混嗎，丹莫刺爾？」克里昂的興趣來了。

「啓稟陛下，有辦法找到各式各樣的人，是很重要的一件事，因爲他們都有各自不同的用處——街頭混混的用處也不少。結果沒想到，他們並未成功。」

「爲什麼呢？」

「可眞奇怪，謝頓竟然有本事打退他們。」

「那個數學家能打？」

「顯然，數學和武術並不一定互不相容。後來我才發現，他的世界赫利肯在這方面十分有名——我是指武術，而不是數學。陛下，我未能及早知曉這件事，這確實是我的疏失，如今我只能懇求您恕罪。」

「可是這樣的話，我想那個數學家便按照原訂計畫，隔天就回他的母星去了。」

「不幸的是，這個插曲反倒弄巧成拙。由於這個變故的驚嚇，他決定暫時不回赫利肯，而要繼續留在川陀。他可能是接受了一個路人的勸告，才做出這個決定，那人在他們打架時剛好在場。這是另一個意料之外的發展。」

克里昂大帝皺起眉頭。「那麼我們這位數學家——他到底叫什麼名字？」

「啓稟陛下，他叫謝頓，哈里．謝頓。」

「那麼，這個謝頓脫離我們的掌握了。」

「啓稟陛下，這麼說也沒錯。我們已經追查到他的行蹤，他如今在斯瑞璘大學。只要他躲在那裡，我們就碰不了他。」

大帝顯露不悅之色，臉龐微微漲紅。「我不喜歡這個詞——碰不了。在整個帝國之中，不該有任何角落是我無法掌握的。然而在此地，在我自己的世界上，你卻告訴我有人是碰不了的。簡直令人無法忍受！」

「啓稟陛下，您的手當然能伸進那所大學。您隨時可以派遣軍隊，把這個謝頓揪出來。然而，這樣做的話，會……不受歡迎。」

「丹莫刺爾，你何不乾脆說『不可行』呢？你這番話，聽來就像那個數學家在講他的命相術：它是可能的，實際上卻不可行。我這個皇帝則發現一切都有可能，卻很少有實際可行的事。記住，丹莫刺爾，逮捕謝頓或許不可行，逮捕你卻是易如反掌。」

伊圖．丹莫刺爾並未將最後那句話放在心上。這位「皇位後的掌權者」知道自己對大帝的重要性，何況以前他也聽過這種威脅。當大帝吹鬍子瞪眼的時候，他默默等在一旁。克里昂一面用手指敲打著座椅扶手，一面問道：「好吧，如果那個數學家藏在斯瓏璘大學，對我們又能有什麼用？」

「啓稟陛下，絕處逢生後，就有可能柳暗花明。在那所大學裡，他或許會決心發展他的心理史學。」

「即使他堅持實際上不可行？」

「他或許錯了，而且有可能會發現自己錯了。一旦他發現錯在自己，我們馬上設法把他弄出那所大學。在那種情況下，他甚至可能會自願加入我們。」

大帝陷入沉思好一陣子，然後說：「萬一有人搶先一步把他弄走，那該怎麼辦？」

「陛下，誰會想要那麼做呢？」丹莫刺爾輕聲問道。

「比如說衛荷區長，」克里昂突然高聲喊道：「他仍舊夢想著接掌帝國。」

「啓稟陛下，年歲已將他消磨殆盡。」

「丹莫刺爾，你竟然不相信。」

「啓稟陛下，我們沒有理由假設他對謝頓有任何興趣，甚至聽說過這個人。」

「得了吧，丹莫刺爾。既然我們聽說了那篇論文，衛荷自然也能風聞。既然我們看出謝頓潛在的重要性，衛荷同樣看得出來。」

「倘若眞發生這種事，」丹莫刺爾說：「甚至只是有這樣的機會，我們都有正當理由採取激烈手段。」

「多麼激烈？」

丹莫刺爾小心翼翼地答道：「可以這麼說，與其讓謝頓落入衛荷手中，寧願讓他無法落入任何人的掌握。啓稟陛下，就是使他終止存在。」

「你的意思是殺了他。」克里昂說。

「啓稟陛下，如果您想這麼講，當然也行。」丹莫刺爾答道。

20

待在由鐸絲．凡納比里幫他在圖書館爭取到的一間凹室中，哈里．謝頓靠在一張椅子上，心裡感到很不滿意。

事實上，雖然那正是他心中使用的詞彙，他也知道「不滿意」實在太過低估如今的感覺。他不只不滿意，簡直就是憤怒。而他又不確定到底爲何憤怒，更是爲這股怒焰火上加油。他是在氣歷史嗎？還是氣那些史書的作者與編者？或是創造歷史的各個世界與全體人類？

不論他發怒的對象爲何，其實都沒什麼關係。重要的是他做的筆記沒有用，他學到的新知識沒有用，一切的一切都沒有用。

如今，他來到這所大學已將近六週。一開始他就設法找到一套電腦終端機，利用它展開工作——沒有任何人指導，僅靠自己鑽研數學多年所累積的直覺。進度雖然緩慢，而且並不順利，不過漸漸發現走哪條路便能找到問題的答案，也自有一番樂趣。

後來，鐸絲教授的一週課程開始了。這門課教給他數十種捷徑，卻也帶來兩組尷尬的窘境。其一包括那些大學生斜眼看人，似乎因爲察覺到他的年齡而瞧不起他；每當鐸絲頻頻使用「博士」的尊銜稱呼他，他們全都會稍微皺皺眉頭。

「我不希望他們認爲，」她說：「你是個永遠畢不了業的老學生，正在補修歷史學分。」

「但你顯然已經表明這一點。現在只要叫我『謝頓』當然就夠了。」

「不行。」鐸絲突然微微一笑，「此外，我喜歡叫你『謝頓博士』，我喜歡看你每次露出那種不自在的表情。」

「你有一種虐待狂的幽默感。」

「你要剝奪我的樂趣嗎？」

不知道爲什麼，這句話令他開懷大笑。不用說，自然的反應當然應該是否認自己有虐待狂。沒想到她卻接下這一記「殺球」，並立即予以反擊，他覺得實在好玩。這個想法自然而然引發了一個問題：「你在學校打不打網球？」

「我們有網球場，但是我不會打。」

「很好，我來教你。而我在球場上，會稱呼你凡納比里教授。」

「反正你在課堂上就是這樣稱呼我的。」

「你不會相信在網球場上聽來多麼滑稽。」

「我可能會喜歡。」

「這樣的話，我會試圖找出你還可能喜歡些什麼。」

「我發現你有一種色情狂的幽默感。」

她故意把這記殺球打到同一個地方，於是他說：「你要剝奪我的樂趣嗎？」

她微笑不語。後來，她在網球場上表現得出奇優異。「你確定自己從沒打過網球？」打完一局後，他喘著氣問道。

「確定。」她說。

另一組窘境比較屬於私人性質。當他學會查詢歷史資料的必要技巧，開始試圖使用電腦記憶組的時候，曾經（私底下）一敗塗地。那簡直是與數學界全然不同的思考模式。他認為它應該同樣合乎邏輯，因為它可以毫無矛盾、毫無錯誤地根據他的心意四通八達，可是這種邏輯與他熟悉的那套品牌完全不同。

但不論有沒有人指導，不論是窒礙難行或迅速進入情況，他就是不能得到任何結果。

他的惱怒在網球場上露出痕跡。鐸絲很快就有長足的進步，他不必再為了給她時間來判斷方向與距離，而餵給她好打的高吊球。這使他很容易忘掉她只是個初學者，不知不覺便將憤怒發洩在揮拍動作上，將球使勁向她擊去，彷彿射出一道化作固體的雷射光束。

她小跑步來到網前。「我能瞭解你為什麼想要殺我，因為看到我頻頻漏接，一定讓你非常惱火。可是，為什麼要讓球偏離我的腦袋三公分左右呢？我的意思是，你甚至沒打中我的汗毛，你能不能瞄得更準一點？」

謝頓嚇呆了，連忙想要解釋，卻只說出一串語無倫次的話。

她說：「聽著，今天我不想再接你的球了。所以我們何不這就去淋浴，再一起喝杯茶什麼的，然後你可以告訴我，你想要殺的究竟是什麼。如果不是我這顆可憐的腦袋，又如果你不將元兇從心頭拔除，那麼讓你站在網子另一邊，把我當成你的靶子，對我而言實在太危險了。」

喝茶的時候，他說：「鐸絲，我已經掃瞄過無數的歷史，只是掃瞄和瀏覽而已，我還沒有時間做深入研究。即使如此，有件事已經十分明顯，所有的影視書都只探討相同的少數事件。」

「關鍵的事件，創造歷史的事件。」

「那只是個藉口，其實它們相互抄襲。銀河系共有兩千五百萬個世界，記載詳細的也許只有二十五個。」

鐸絲說：「你目前讀的都只是銀河通史，應該查查某些小地方的特殊歷史。在每個世界上，不論它多麼小，學童也都要先學本星歷史，然後才知曉外面還有個龐大的銀河系。目前爲止，你自己對赫利肯的瞭解，難道不比對川陀的興起或『星際大戰』更多嗎？」

「那種知識也有局限。」謝頓以沮喪的口吻說：「我知道赫利肯的地理、它的開拓史，以及詹尼瑟克這顆行星的惡行惡狀——那個世界是我們的傳統敵人，不過老師們曾經特別囑咐，說我們應該稱之爲『傳統的對手』。可是，我從來沒學到赫利肯對銀河通史有什麼貢獻。」

「或許根本沒有。」

「別傻了，當然有。也許赫利肯未曾捲入任何大型的太空戰事、重大的叛亂事件，或是重要的和平條約，也許沒有哪個皇位競逐者曾以赫利肯爲基地，不過微妙的影響一定是存在的。不用說，任何一個角落發生的事件，都會對其他各個角落造成影響。但我找不到對我有任何幫助的資料——聽我說，鐸絲，在數學領域裡，所有的一切都能在電腦中找到，包括過去兩萬年來我們所知道的或發現的一切。歷史界則不然，歷史學家總是挑挑揀揀，而且每個人通通挑揀相同的東西。」

「可是，哈里，」鐸絲說：「數學是人類發明的秩序結構，一樣東西緊扣著另一樣。其中有定義，有公設，所有這些都是已知的。它是……它是……一個整體。歷史則不同，它是萬兆人口的行爲和思想形成的無意識結構，歷史學家必須挑挑揀揀。」

「正是如此。」謝頓說：「但若想推出心理史學定律，我必須知曉全部的歷史。」

「那樣的話，你將永遠無法寫下心理史學定律。」

那是昨天的事。謝頓後來又花了一整天而毫無所獲，這時正頹然坐在凹室中的椅子上。此刻，他還聽得見鐸絲的聲音：「那樣的話，你將永遠無法寫下心理史學定律。」

這正是自己最初的想法。要不是夫銘堅決相信並非如此，若非他具有奇異的能力，將他的信念像火焰般噴到謝頓身上，謝頓會一直抱持同樣的想法。

然而他卻也無法真正放棄。難道就沒有任何出路嗎？

他想不出任何解決之道。

第五章：上方

川陀：……幾乎從來沒有人自外太空的觀點描繪這個世界。長久以來，在一般人心目中，它一直是個內部世界，其形象為無數穹頂之下的住人巢穴。然而它並非欠缺外部，某些攝自太空、留存至今的全相像，足以顯示出不同程度的細節（參見圖十四、十五）。請注意那些穹頂的表面——這座龐大城市與其上大氣層的交界——這個當時稱為「上方」的表面，是……

——《銀河百科全書》

21

不過，哈里·謝頓隔天依舊回到圖書館。一來，他對夫銘有過承諾。他曾經答應會盡力一試，不能隨隨便便敷衍了事。另一方面，他對自己也有虧欠。他極不願承認失敗，至少不是現在。現在他起碼還能告訴自己，他正在循著線索前進。

所以，他瞪著一串尚未查閱的參考書單，試圖判斷在這些令人倒胃口的編號中，究竟哪一個可能有絲毫的用處。在他就要得到一個結論：答案是「以上皆非」，非得逐個取樣不可，他忽然聽到一陣輕敲凹室牆壁的聲音，不禁嚇了一跳。

謝頓抬起頭來，看見表情尷尬的李松·阮達正從凹室開口的邊緣窺視自己。謝頓認識阮達，那是鐸絲介紹的，也曾經和他（還有其他一些人）一起吃過幾頓飯。

阮達是心理系的講師，個頭很小，身材矮胖，一張圓臉喜氣洋洋，幾乎永遠帶著微笑。他擁有淡黃的肌膚與細小的眼睛，那是數百萬個世界上居民的共同特徵。謝頓對這樣的外表相當熟悉，因為許多偉大的數學家都是這種模樣，他們的全相像是他常常能看到的。但在赫利肯上，他卻從未見過一個東方人。（那是他們傳統的稱呼，雖然沒有人知道為什麼；據說東方人自己對這個名稱多少有些反感，不過同樣無人知曉原因何在。）

「在川陀，我們這種人有好幾百萬。」當他們首次見面，謝頓無法完全壓抑訝異的表情時，阮達曾經這麼說，同時帶著十分自然的笑容。「你也會發現很多南方人——黑皮膚，頭髮很捲。你曾經見過嗎？」

「在赫利肯從沒見過。」謝頓喃喃答道。

「赫利肯都是西方人，啊？多麼單調！不過沒關係，反正四海一家。」（這番話使謝頓不禁納悶，爲什麼有東方人、南方人與西方人，卻偏偏沒有北方人。他曾試圖從參考資料中找出可能的答案，卻沒有任何收穫。）

現在，阮達望著他，和善的臉龐帶著一種近乎滑稽的關切神情。「謝頓，你還好吧？」

謝頓瞪大眼睛。「當然，爲什麼會不好？」

「我只不過根據聲音判斷，朋友，你剛才在尖叫。」

「尖叫？」謝頓望著他，一臉不相信又不高興的表情。

「不是很大聲，就像這樣。」阮達咬緊兩排牙齒，從喉嚨後方發出一陣掐住脖子的高亢聲調。

「如果我弄錯了，我就要爲這樣的無端侵擾致歉，請原諒我。」

謝頓垂下頭來。「李松，我不介意。有人告訴過我，我有時的確發出那種聲音。我保證那是無意識的動作，我從來不曾察覺。」

「你明白自己爲何這樣做嗎？」

「明白。因爲挫折感，挫折感！」

阮達招手示意謝頓湊近些，並將音量壓得更低。「我們打擾了其他人。還是到休息室去吧，免得等一下被人轟走。」

在休息室中，喝了兩杯淡酒之後，阮達說：「基於職業上的興趣，我能否請問你，爲什麼你會有挫折感？」

謝頓聳了聳肩。「通常一個人爲什麼有挫折感？我在進行一項工作，一直沒有任何進展。」

「哈里，但你是一位數學家。歷史圖書館有什麼東西會讓你感到挫折？」

「你又在這裡做什麼呢？」

「我經過這裡只是爲了抄近路，結果聽到你在……呻吟。現在你看，」他又露出微笑，「這不再是近路，而是嚴重的耽擱。然而，我眞心歡迎這種情況。」

「我多麼希望自己也只是路過歷史圖書館。事實卻是，我正試圖解決的一個數學問題，需要一些歷史學的知識，但只怕我沒做好這件工作。」

阮達帶著難得的嚴肅表情盯著謝頓，然後說：「對不起，但我必須冒著觸怒你的危險——我一直在用電腦查閱你。」

「查閱我！」謝頓雙眼圓瞪，他感到極爲憤怒。

「我果然觸怒了你。不過，你可知道，我有個伯父也是數學家。你甚至可能聽過他的名字：江濤．阮達。」

謝頓倒抽了一口氣。「你是那位阮達的親戚？」

「沒錯，他是家父的兄長。我沒追隨他的腳步，令他相當不高興——他自己沒有子女。於是我想到，要是讓他知道我結識了一位數學家，或許他聽了會開心。我想爲你吹噓一番——盡力而爲——所以我查詢了數學圖書館中的資料。」

「我懂了，這才是你去那裡的眞正原因。嗯——很抱歉，我想我沒有什麼能讓你吹噓的。」

「你想錯了，結果我相當驚訝。你的論文究竟研究些什麼題目，我連皮毛都不懂，不過那些資料似乎非常熱門。而在我查閱新聞檔案時，我發現你曾經出席今年的十載會議。所以……到底什麼是『心理史學』？顯然，前兩個字挑起我的好奇心。」

「我相信你看出了字面的意思。」

「除非我完全受到誤導，否則在我看來，你似乎能推算出歷史的未來軌跡。」

謝頓困倦地點了點頭。「這差不多就是心理史學的意義，或者應該說，是它的意圖。」

「但它是個嚴肅的學問嗎？」阮達又綻開笑容，「你不光是在丟樹枝吧？」

「丟樹枝？」

「那是指在我的母星侯帕拉上，孩童常玩的一種遊戲。這種遊戲是要預測未來，你如果是個聰明的小孩，就能從中得到好處。你只要告訴一位母親，說她的女兒會長得很漂亮，將來會嫁一個有錢人，就會當場獲贈一塊蛋糕或半個信用點。她不會等到預言成真，你只要那麼說，就能立刻獲得獎賞。」

「我懂了。不，我不是在丟樹枝。心理史學只是一門抽象的學問，極端抽象。它完全沒有實際的應用，除非……」

「現在我們講到重點了，『但書』總是最有趣的部分。」

「除非我願意發展出這樣的應用。或許，假如我對歷史多瞭解些……」

「啊，這就是你研讀歷史的原因？」

「沒錯，可是對我毫無幫助。」謝頓以傷感的口吻說：「歷史的範圍太廣，而有記載的部分卻太少了。」

「這就是讓你感到挫折的事？」

謝頓點了點頭。

阮達說：「可是，哈里，你來這裡才不過幾個星期。」

「是的，但我已經能看出……」

「你不可能在短短幾週內看出任何事。你也許得花上整整一輩子，才能獲得一點點進展。想對這個問題真正有所突破，也許需要許多數學家好幾代的努力。」

「李松，這點我也知道，但這並不能讓我覺得好過一點。我想要自己做出一些可見的進展。」

「嗯，你把自己逼得精神錯亂也無濟於事。如果能讓你覺得舒服點，我可以告訴你一個例子：

有個題目遠比人類歷史單純得多，可是許多人花了不知多少歲月，卻一直沒有多大進展。我會知道這件事，是因爲本校就有一組人員在研究這個題目，我的一位好友也參與其事。要說挫折感哪！你根本不知道什麼是挫折感！」

「是什麼題目？」謝頓心中湧起一股小小的好奇。

「氣象學。」

「氣象學！」對於這個反高潮的答案，謝頓感到有些不悅。

「別扮鬼臉，好好聽我說。每個住人世界都有大氣層；每個世界都有各自的大氣成分、各自的溫度範圍、各自的自轉和公轉速率、各自的軸傾角，以及各自的水陸分佈。我們面對兩千五百萬個不同的問題，從來沒有人能找到一條通則。」

「那是因爲大氣行爲很容易進入『混沌相』，人人都知道這個道理。」

「我的朋友傑納爾．雷根就是這麼說的。你曾經見過他。」

謝頓想了一下。「高個子？長鼻子？不怎麼說話？」

「就是他──而且川陀幾乎比其他任何世界更難理解。根據記錄，在殖民之初，它具有相當正常的氣候模式。然後，隨著人口的增長，以及都市的擴張，能量的消耗不斷增加，愈來愈多的熱量排放到大氣中。於是覆冰逐漸收縮，雲層逐漸變厚，天氣則愈變愈糟。這便促使居民向地底發展，造成惡性循環。氣候愈差，居民愈是急於掘地和建造穹頂，因而使得氣候變得更差。如今，整個行星幾乎經年累月烏雲密佈，而且常常下雨──或是下雪，如果溫度夠低的話。只不過沒有人能夠研究出適當的解釋。沒有人做出正確的分析，來解釋天氣爲何惡化到這種程度，或是合理地預測逐日變化的詳情。」

謝頓聳了聳肩。「這種事很重要嗎？」

「對氣象學家而言，是的。他們爲何不能像你一樣，爲自己所面對的問題心生挫折呢？別做個自我中心的沙文主義者。」

謝頓想起通往皇宮的路上，那種烏雲密佈、潮濕陰冷的情形。

他說：「那麼，目前做到什麼程度呢？」

「嗯，有個龐大的研究計畫正在本校進行，傑納爾．雷根是負責人之一。他們覺得若能瞭解川陀的氣候變化，便可對氣象學的基本定律獲得許多進一步認識。雷根渴望找出那些定律，就像你想找出心理史學定律一樣。因此，他在上方……你知道，就是穹頂之上，架設了一個巨大的陣列，其中有各式各樣的儀器。直到目前爲止，他們還沒有什麼收穫。既然一代代的氣象學家，花了無數心血在大氣問題上，卻始終沒有具體的成果，你不過是在幾週時間內未能從人類歷史中研究出結論，又有什麼好抱怨的呢？」

阮達說得沒錯，謝頓心想，是他自己不夠理智，而且態度錯誤。然而……然而……夫銘會說這項科學研究的失敗，是這個時代在走下坡的另一個跡象。或許他也是對的，只不過他是指普遍的退化與平均效應。謝頓並未感到自己的能力與智力有任何退化。

他以略帶興致的口吻說：「你的意思是，他們爬到穹頂上面，進入外面的露天大氣？」

「沒錯，那就是上方。不過，這可不是好玩的事。大多數川陀本地人不會那樣做，他們不喜歡到上方去，光是想想就會令他們產生眩暈或其他症候。參與這個氣象研究計畫的大多是外星人士。」

謝頓從窗口往外望，視線穿過草地與校園中的小花園。一片陽光普照，沒有任何陰影或絲毫悶熱。他語重心長地說：「我不會責怪川陀人貪圖溫室的舒適，但我認爲好奇心能驅使某些人到上方去，而我就是其中之一。」

「你的意思是，你想看看氣象學的實際工作？」

「我想就是這樣，怎樣到上方去？」

「毫無困難。一部升降機就能把你帶上去，門一打開，你就到了。我曾經去過，感覺實在……新奇。」

「這會讓我暫時忘掉心理史學。」謝頓嘆了一口氣，「很高興有這個機會。」

「此外，」阮達道：「我伯父常說『知識皆一體』，或許很有道理。你也許會從氣象學那裡學到些什麼，能對你的心理史學有所幫助。難道沒這個可能嗎？」

謝頓露出孱弱的笑容。「很多很多事都有可能。」然後，他又在心中補充道：但實際上卻不可行。

22

鐸絲似乎覺得很有意思。「氣象學？」

謝頓說：「對。他們明天排了工作，我要跟他們一起上去。」

「你對歷史厭倦了？」

謝頓憂鬱地點了點頭。「是的，的確如此，我希望來點變化。此外，阮達說，這是另一個過於複雜，以致數學難以處理的問題。讓我看看自己的處境並不孤獨，對我也會有好處的。」

「我希望你沒有空曠恐懼症。」

謝頓微微一笑。「我沒有，但我知道你為何這樣問。阮達說川陀人通常都有空曠恐懼症，不願意到上方去。我可以想像，喪失這個保護層，他們會感到不舒服。」

鐸絲點了點頭。「你看出的是一件很自然的事，但是在銀河系其他行星上，也能發現不少川陀人——觀光客、行政官員、軍人。反之，在外星人士之間，空曠恐懼症也並不罕見。」

「或許吧，鐸絲，不過我並沒有這個毛病。我感到好奇，我喜歡來點變化，所以明天我要加入他們。」

鐸絲遲疑了一下。「我應該跟你一起上去，可是明天我的時程排得很滿。話說回來，只要你沒有空曠恐懼症，那就應該沒問題，你可能會玩得很開心。喔，記得緊跟著那些氣象學家，我曾經聽說有人在上面迷路。」

「我會小心的。我很久沒有眞正迷路了。」

23

傑納爾．雷根生有一副陰鬱的外表。這並非由於他的膚色，其實它相當順眼；甚至也不是由於他又濃又深的眉毛。給人如此印象的眞正原因，應該是那兩道眉毛突出於深陷的眼窩與又高又凸的鼻子之上。因此，他總是帶著一種極不快樂的表情。他的眼角一向沒有笑意，而他的話也很少，不過他一旦開口，就會有一種深沉而雄渾的聲音，從相當瘦小的體內發出驚人的共鳴。

他說：「謝頓，你需要暖和一點的衣服。」

謝頓說：「哦？」然後四下望了望。

另有兩男兩女準備跟雷根與謝頓一同上去，他們都和雷根一樣，在光滑如緞的川陀服裝外面罩了一件厚毛衣。每件毛衣都是色彩鮮艷、設計大膽，但謝頓已經見怪不怪。當然，沒有哪兩件有絲毫雷同之處。

謝頓低頭看了看自己。「對不起，我不知道。可是我並沒有合適的外套。」

「我可以給你一件，我想這裡應該還有多出來的——好，找到了。有點破舊，但總比不穿好。」

「穿這樣的毛衣會讓人熱得很不舒服。」謝頓說。

「在這裡的確會。」雷根說：「上方的情形卻不一樣，那裡又冷風又大。可惜我沒有多餘的綁腿和靴子能借你，等會兒你就會想要了。」

他們帶著一整輛推車的儀器，正在一個一個測試，謝頓覺得他們的動作慢到沒有必要的程度。

「你的母星冷嗎？」雷根問道。

謝頓說：「赫利肯某些地區當然冷。我住的地方則氣候溫和，而且經常下雨。」

「太糟了，你不會喜歡上方的天氣。」

「我想我們在上面這段時間，我總有辦法挺得住。」

準備就緒之後，一行人便魚貫進入標示著「公務專用」的升降機。

「那是因為它直接通往上方，」其中一名年輕女子說：「要是沒有好理由，一般人不該到那裡去。」

謝頓以前未曾見過這名年輕女子，但剛才聽別人叫她克勞吉雅。他不知道那究竟是名還是姓，或者只是一個暱稱。

較諸謝頓之前在川陀或赫利肯所搭過的升降機，這部升降機似乎沒什麼不同（當然，那次他與夫銘使用的重力升降機例外）。但是，由於知道它將帶著自己脫離這顆行星的範圍，抵達空無一物的上方，令人有置身太空船的感覺。

謝頓在心中暗笑，這實在是愚蠢的幻想。

升降機在微微顫動，使謝頓想起夫銘有關銀河帝國衰敗的預言。雷根與另外兩男一女似乎進入入定狀態，彷彿在踏出升降機前，他們將暫停一切思想與行動。不過克勞吉雅卻頻頻瞥向他，好像發現他極爲引人注目。

謝頓向她湊近，對她耳語道（他唯恐打擾到其他人）：「我們要到非常高的地方嗎？」

「高？」她重複了一遍。她以正常的音量說話，顯然並未感到其他人需要安靜。她似乎非常年輕，謝頓想到她可能是大學部的學生，或許只是來見習的。

「我們上升已有好一陣子，上方一定在很多層樓那麼高的空中。」

一時之間，她露出疑惑的表情。然後她說：「喔，不對，一點也不高。我們從非常深的地方出發，校園在很低的層級。我們使用大量的能源，住得夠深，能量的消耗就會相對降低。」

這時雷根說：「好，我們到了。大家把設備推出去吧。」

升降機在微微震顫中停下來，寬大的機門迅速滑開。此時氣溫立刻下降，謝頓趕緊將雙手插進口袋，並慶幸自己身上套了一件毛衣。一陣冷風吹亂他的頭髮，他才想到最好還能有頂帽子。正當他這樣想的時候，雷根已經從毛衣折袋掏出一樣東西，一把將它扯開，再戴到自己頭上，而其他人也紛紛照做。

只有克勞吉雅猶豫不決。正想戴上帽子之際，她卻暫停了動作，然後將帽子遞給謝頓。

謝頓搖了搖頭。「克勞吉雅，我不能拿你的帽子。」

「拿去吧。我有長頭髮，而且相當濃密。你的頭髮短，而且有點……薄。」

謝頓很想極力否認這一點，若是換個場合，他就一定會這麼做。然而，此時他只是接過帽子，咕噥道：「謝謝你。如果你的頭覺得冷，我馬上還給你。」

也許她並非那麼年輕，而只是因爲她有一張幾乎是娃娃臉的圓臉。由於她提到自己的頭髮，謝頓才注意到它是迷人的紅褐色。在赫利肯，他從未見過這種顏色的頭髮。

外面是沉沉的陰天，正如他經過露天的鄉間，前往皇宮途中所遇到的天氣。今天比那天冷了許多，但他猜想這是因爲前後相隔六週，如今已是深冬的緣故。此外雲層也比那時還厚，而且天色更加陰暗和惡劣——或者只是因爲天快黑了？當然，他們既然到上面來從事重要工作，不會不爲自己預留充分的白晝時間。或者說，他們算準了很快就能完成工作？

他原本想要開口發問，又想到此刻他們或許不喜歡有人問東問西。這些人似乎都進入一種特殊的精神狀態，從興奮到憤怒都有可能。

謝頓檢視了一下周圍的環境。

他站在某種東西上面，猜想可能是黯淡的金屬。這是他暗中重踏一腳之後，根據響起的聲音所判斷的。然而，那並非裸露在外的金屬，他行走時會在上面留下腳印。這個表面顯然覆蓋著一層灰塵，或是細沙或黏土。

嗯，爲何不會呢？幾乎不可能有人上來打掃這個地方。出於好奇心，他彎下腰來掐了一點塵土。

克勞吉雅已經走到他身邊，注意到他的動作。她像家庭主婦被人逮到漏洞那樣，以尷尬的口吻說：「爲了這些儀器，我們的確經常清掃這附近。上方大多數地方比這裡糟得多，不過其實沒什麼關係。你知道嗎，可以用來隔熱。」

謝頓含糊應了一聲，又繼續四下張望。那些看來像是從薄土壤（如果能這樣稱呼的話）長出來的各種儀器，他根本不可能瞭解它們的功用。對於它們究竟是些什麼，或者測量些什麼，他連最模糊的概念都沒有。

這時雷根走過來，一路小心翼翼地輪流舉起雙腳。謝頓想到，他這樣做是爲了避免儀器受到震動。於是他提醒自己，從現在起也要這樣走路。

「你！謝頓！」

謝頓不太喜歡這種語調，冷淡地答道：「什麼事，雷根博士？」

「好吧，既然這樣，謝頓博士。」他的口氣很不耐煩，「阮達那小個子告訴我，說你是個數學家。」

「是的。」

「優秀的數學家？」

「我希望如此，但這是難以保證的事。」

「你對棘手的問題特別有興趣？」

謝頓若有所感地說：「我正陷在一個難題裡面。」

「而我陷在另一個難題裡。你可以隨便看看，如果有什麼問題，我們的見習生克勞吉雅會幫你解答。你也許有辦法助我們一臂之力。」

「我樂意效勞，可是我對氣象學一竅不通。」

「謝頓，這沒有關係。我只希望讓你對這件事有點感覺，然後我再跟你討論我的數學問題，如果它也能稱爲數學的話。」

「我隨時候教。」

雷根轉身離去，那張又長又苦的臉看來繃得很緊。然後他又轉回來，對謝頓說：「如果你覺得冷，冷得受不了，記著升降機的門是開著的。你只要走進去，在標著『大學底層』的地方按一下，它就會帶你下去，然後又會自動回到我們這裡。萬一你忘了，克勞吉雅會教你。」

「我不會忘記的。」

這次他眞的走了開。謝頓目送他的背影，感到冷風如利刃般切割著身上的毛衣。此時克勞吉雅走回來，她的臉被風吹得有些發紅。

謝頓說：「雷根博士似乎心浮氣躁，或是他的人生觀一向如此？」

她吃吃笑了起來。「大多數時候，他的確都顯得浮躁，不過現在卻是真的。」

謝頓非常自然地問道：「爲什麼？」

克勞吉雅轉頭望了望，長髮隨之飛舞一圈。然後她說：「我不該知道的，不過我還是知道了。雷根博士本來全都算好了，今天這個時候，雲層會裂開一道隙縫，他原本打算在陽光下做些特殊的測量。只不過……嗯，你看這個天氣。」

謝頓點了點頭。

「我們在這上面裝有全相接收機，所以他早就知道烏雲密佈——比平常還要糟。我猜，他很希望是那些儀器出了毛病，這樣問題就在於儀器，而不在他的理論。不過直到目前爲止，他們還沒有發現任何故障。」

「所以他顯得這麼悶悶不樂。」

「嗯，他從未顯得快樂。」

謝頓瞇著眼睛四下眺望。雖然烏雲遮日，光線仍舊刺眼。他察覺到腳下的表面並非全然水平，他其實是站在一個淺坡的穹頂上。當他極目望去，四面八方都能見到許多穹頂，各有各的寬度與高度。

「上方似乎崎嶇不平。」他說。

「我想很少有例外，當初就是這樣興建的。」

「有沒有什麼理由？」

「其實也沒什麼理由。你知道嗎，我剛來的時候和你一樣，也是到處張望，逢人就問。我聽到的解釋是這樣的，川陀居民原本只在特定場所，例如室內購物中心、體育競技館這種地方建造穹頂，後來才擴及整個城鎮。那時，全球各處有許多穹頂，高度和寬度都不盡相同。等到它們通通連起來，各處自然凹凸不平。不過到了那個時候，人們已經認定它就應該是這個樣子。」

「你的意思是，原本相當偶然的一件事，後來卻被視為傳統？」

「我想是吧，你要這麼說也可以。」

（假如某些相當偶然的事件，會很容易就被視為傳統，因而再也無法打破，或者幾乎牢不可破，謝頓想道，這算不算心理史學的一條定律呢？它聽來相當顯易，可是，其他同樣顯易的定律還有多少呢？一百萬條？十億條？究竟有沒有少數幾條一般性定律，能將這些顯易的定律逐一導出？他怎麼弄得清楚呢？一時之間他陷入沉思，幾乎忘記了刺骨的寒風。）

然而，克勞吉雅依舊感到強風的存在，因爲她一面發抖一面說：「天氣眞是惡劣，躲在穹頂底下好多了。」

「你是川陀人嗎？」謝頓問道。

「是的。」

謝頓想起阮達曾經識笑川陀人都有空曠恐懼症，於是說：「你不介意待在上面嗎？」

「我恨透了。」克勞吉雅說：「可是我想取得學位、專長和地位，而雷根博士說，除非我做些田野工作，否則就無法畢業。所以我只好來啦，雖然我恨透了，尤其是這麼冷的時候。對了，像這麼冷的天氣，你做夢也想不到眞有植物在穹頂上生長吧？」

「眞的嗎？」他以銳利的目光望著克勞吉雅，懷疑這是專門設計來愚弄他的一種惡作劇。她看來全然天眞無邪，不過這有多少是眞的，又有多少只是由於她的娃娃臉？

「喔，當然是眞的。即使在這裡，天氣暖和時也有植物。你注意到此地的土壤嗎？我說過，爲了我們的研究工作，我們總是把泥土掃走。可是在其他地方，到處都累積有泥土，穹頂交接的低窪處積得尤其深，植物就在那裡生長。」

「可是，那些泥土又是從哪裡來的？」

「當穹頂尚未將這顆行星全部覆蓋的時候，風把泥土吹到上面，一點一點累積起來。然後，當川陀整個被穹頂籠罩、活動層級愈挖愈深時，不時會有些土壤被掘出來，合適的話，就會被灑到穹頂上。」

「不用說，這樣會把穹頂壓壞的。」

「喔，不會。這些穹頂非常堅固，而且幾乎到處都有支撐。當初的想法，根據我從一本影視書所讀到的，是準備在上方種植農作物，結果卻發現在穹頂裡面發展農業更加實際。而酵母和藻類也可以在穹頂內培養，減輕了普通農作物的需求壓力，所以人們最後決定任由上方荒蕪。此外上方也有一些動物——蝴蝶、蜜蜂、老鼠、兔子，都好多好多。」

「植物根部不會對穹頂造成損害嗎？」

「好幾千年以來，一直未曾發生這種情形。穹頂都經過處理，對根部有排斥性。大多數植物都是草，不過也有樹木。如果是暖和的季節，或者我們再往南走，或者你在一艘太空船上，那麼你自己就能看出來。」她很快瞟了他一眼，「你從太空降落時，有沒有看一看川陀？」

「沒有，克勞吉雅，我必須承認並未看過。超空間飛船一直沒轉到適宜觀景的角度。你自己從太空中眺望過川陀嗎？」

她露出孱弱的笑容。「我從未上過太空。」

謝頓往四處望去，只見一片灰暗。

「我實在無法相信。」他說：「我是指上方有植物這件事。」

「不過，這是千眞萬確的。我聽人家說過——他們像你一樣，也是其他世界人士，但他們眞的從太空看過川陀——據說這顆行星看來綠油油一片，好像一塊草地，因爲表面大多是草叢和矮樹叢。事實上，還有樹木呢。離這裡不遠就有一片樹林，我曾經見過。它們都是常綠樹，最高的有六公尺。」

「在哪裡？」

「你在這裡看不見，它在某個穹頂的另一側。是……」

這時傳來一陣微弱的呼喚：「克勞吉雅，回來這裡，我們需要你。」（謝頓發覺他們邊聊邊走，已經與其他人有了一段距離。）

克勞吉雅說：「嗚——喔，來啦。抱歉，謝頓博士，我得走了。」她拔腿就跑，雖然穿著厚實的靴子，仍然設法將腳步放得很輕。

她有沒有在跟他鬧著玩？是不是爲了找樂子，才對一個容易受騙的外人灌輸那麼多謊言？這種事在任何時間、任何世界上都時有所聞。透明般誠實的態度也無法作準；事實上，成功的說謊家總會刻意製造這種態度。

所以說，上方眞有六公尺高的樹木嗎？他並未多加思索，便朝地平線上最高的一個穹頂走去。他不停擺動雙手，試圖使自己暖和一點，雙腳卻覺得愈來愈冷。

克勞吉雅並未指出方向。她應該給一點提示，告訴他那些樹木位在何方，可是她沒有。爲什麼沒有呢？是啊，她剛好被人叫走了。

穹頂一律十分寬廣，可是都不太高。這是個好現象，否則這趟路程更要困難許多。另一方面，緩坡代表他必須吃力地走一大段路，才能登上一座穹頂的頂峰，俯視另一側的景象。

最後，他終於看到那座穹頂的另一側。他回頭望去，想確定自己仍看得見那些氣象學家以及他們的儀器。他們待在一個遙遠的谷地，與他有好大一段距離，不過他還是看得足夠清楚，很好。

他沒有發現任何樹林或樹木，卻看到兩個穹頂間有一道蜿蜒曲折的凹窪。這條乾溝兩側的土壤比較厚，偶爾可見一些綠色斑點，看來或許是苔蘚。假如他沿著這條乾溝前進，而前面的凹窪夠低、土壤夠厚的話，就有可能發現樹木。

他向後眺望，試圖將一些地標牢記心中，目力所及卻盡是起伏的穹頂，這使他躊躇不前。鐸絲曾警告他有迷路的可能，當時這似乎是毫無必要的忠告，如今已經顯得較有道理。話說回來，他覺得那條乾溝明明是一種小路。如果沿著它走一段，那麼他只要向後轉，就能循原路走回這個出發點。

他故意邁開大步，沿著拐彎抹角的乾溝往下走。頭頂上傳來一陣輕微的隆隆噪音，不過他並未留意。他已下定決心要看看那些樹木，此時此刻，他心中只有這一個念頭。

苔蘚愈來愈厚，像地毯一樣四處蔓延，還不時可見一簇簇的草叢。上方雖然一片荒蕪，這些苔蘚卻生得鮮嫩青翠，謝頓因而想到，在一個多雲而陰暗的行星上，很可能有大量的雨水。

這條乾溝繼續彎來彎去，不久，在另一座穹頂的正上方，有個黑點鑲在灰暗的天空背景中。他知道終於發現樹木了。

看到這些樹木之後，他的心靈好像獲得解放，總算能想到其他事情，這時謝頓才注意到那陣隆隆聲。剛才他不假思索，就把它當作機器運轉的聲音，因此根本未曾理會。現在，他開始考慮這個可能性：它真是機器發出的噪音嗎？

為何不是呢？他如今站在一座穹頂上，而這個全球性都會的二億平方公里面積，全部覆蓋著無數類似的穹頂。在這些穹頂之下，一定隱藏著各式各樣的機械，例如通風系統的發動機。或許，在這個大都會的其他聲音盡皆消逝的時空點，它的聲音便清晰可聞。

只不過它似乎並非從底下傳來的。他抬頭看了看陰沉單調的天空，什麼也沒有。

他繼續仔細掃瞄天空，兩眼之間擠出筆直的皺紋。然後，在遠方——

在灰暗的背景中，跳出一個小黑點。不論那是什麼東西，它似乎正在四下移動，彷彿想在它被雲層再度遮掩之前，趁機趕緊定好方位。

他突然有一種毫無來由的想法：他們是在找我。

幾乎在他尚未想出行動方針之前，他已經採取行動。他沿著那條乾溝，拚命朝那些樹木奔去。爲了更快抵達目的地，他在半途左轉，飛也似地越過一個低矮的穹頂，踏過遍地垂死的棕色羊齒類，包括那些長著鮮紅莓果的多刺嫩枝。

24

謝頓氣喘吁吁，面對著一棵樹，雙手緊緊環抱著。他凝望天空，等待那個飛行物再度出現，以便能像松鼠那樣，及時躲到樹木的另一側。

這株樹木觸手冰涼，樹皮粗糙，抱起來一點也不舒服，但是卻提供了掩護。當然，如果對方使用熱源追蹤儀搜尋他的下落，這個掩護或許還不夠。不過，反之，冰冷的樹幹仍有可能造成干擾。

他腳下是硬邦邦的密實土壤。即使在這個躲躲藏藏的時刻；即使他一方面想要看清追捕他的人，一方面又要保持自己的隱匿，他仍然忍不住納悶：這層土壤會有多厚？花了多久時間累積而成？在川陀較溫暖的地區，有多少穹頂的背上長了森林？樹木是否一律局限於穹頂之間的乾溝，而將較高的區域留給苔蘚、草叢與矮樹叢？

他再次看到那個飛行物。它並非一艘超空間飛船，甚至不是普通的噴射機，而只是一架噴射直升機。他能看見離子尾的黯淡光輝，從一個六角形的六個頂點噴射出來。離子中和了重力的吸引，讓機翼托著它像大鳥般翱翔。這是一種可以在空中盤旋、用來探勘行星地表的飛行器。

幸好雲層救了他。即使他們使用熱源追蹤儀，也頂多只能知道有些人在下面。噴射直升機必須做一次短暫的俯衝，來到連綿不斷的雲幕之下，才有希望確定這裡究竟有多少人類，以及是否包括機員正在尋找的特定對象。

現在，那架噴射直升機飛得更近，但也因此無法躲過他的眼睛。引擎的隆隆聲洩露了行蹤，而只要希望繼續進行搜索，他們就不能將它關掉。謝頓熟悉這種噴射直升機，因爲不論是在赫利肯，或是在任何沒有穹頂、天空時陰時晴的世界，它們都是很普遍的交通工具，有很多還是私人所有的。

噴射直升機在川陀可能有什麼用呢？這個世界的人通通生活在穹頂下面，天上幾乎永遠飄著低空雲幕——唯有政府才會擁有少數這種飛行器，目的正是爲了追捕被引誘到穹頂上的通緝犯。

這有何不可？政府軍警人員無法進入大學校園，但謝頓現在可能已不在校園內。他正在穹頂上，它或許不屬於任何地方政府的管轄範圍。帝國飛行器也許絕對有權降落在任何穹頂上，盤問或帶走那裡的任何人。這點夫銘未曾警告他，但可能是他剛好沒想到。

此時那架噴射直升機更接近了。它正在四處鑽探，像一隻瞎了眼的野獸，想用鼻子嗅出獵物的蹤跡。他們會不會想到搜查這群樹木？他們會不會降落，再派出一兩名武裝士兵，把這片樹林整個翻一遍？

眞是這樣的話，他又該怎麼辦？他手無寸鐵，而面對神經鞭帶來的劇痛，他矯捷的身手將毫無用武之地。

但它並未試圖降落。若非他們並未發現這些樹木有可疑之處……

就是……

他突然冒出一個新的念頭：它會不會根本不是一艘緝兇飛行器呢？會不會只是氣象試驗的一環呢？氣象學家當然也想對高層大氣進行測試。

自己是傻子嗎，竟然躲避它？

天空愈來愈陰暗，雲層也愈來愈厚。或者，更可能的情況，是夜晚即將降臨。

氣溫則愈來愈低，而且會繼續下降。難道他要留在這裡讓全身凍僵，只因為出現一架全然無害的噴射直升機、觸發了他從未察覺的妄想症？他興起一種強烈的衝動，想要離開這片樹林，回到那個氣象站去。

畢竟，夫銘怕得不得了的那個傢伙——丹莫刺爾——又怎麼會知道，謝頓將在這個時候來到上方，向他們自投羅網？

一時之間，這似乎已成定論。他一面冷得發抖，一面從樹幹後頭走出來。

然後，他又匆匆跑回原處，因為那架飛行器重新出現，而且比剛才更加接近。他一直沒看到它在進行任何類似氣象研究的工作，它的動作完全不像是在採樣、測量或試驗。話說回來，如果他們眞在進行這類工作，他又是否能夠判斷？他不知道這架飛機上究竟載有什麼儀器，以及那些儀器如何運作。倘若他們的確是在進行氣象研究，他或許也看不出來。然而，他能冒險走出去嗎？

無論如何，萬一丹莫刺爾果眞知曉他正在上方呢？這很簡單，只要在這所大學工作的一名特務，獲悉此事而立刻向他報告即可。最初，是那個喜氣洋洋、滿臉笑容的小個子東方人李松・阮達，建議他到上方來看看的。他相當賣力地提出這個建議，但在他們的交談中，這個話題出現得並不自然，至少還不夠自然。他有沒有可能是政府的特務，而且已經設法通報丹莫刺爾？

此外，還有借他一件毛衣的雷根。這件毛衣的確派上用場，可是雷根為何不早些告訴他需要毛衣，好讓他能自己準備一件？他現在穿的這件有什麼特別嗎？它是單純的紫色，其他人穿的卻都是川陀流行的花花綠綠。任何人從高空向下眺望，都會看到有個單色斑點在繽紛的色彩中運動，而立刻知道要找的是誰。

至於克勞吉雅呢？她到上方應該是來見習，並充當那些氣象學家的助手。她怎麼可能有時間來找他，跟他悠閒地聊天，不動聲色地把他從眾人身邊引開，將他孤立起來，令他很容易被捉到？這樣想來，鐸絲．凡納比里有沒有嫌疑？她知道他要來上方，卻沒有阻止這件事。她大可跟他一道來，可是她偏偏很忙。

這是一項陰謀。毫無疑問，這是一項陰謀。

現在他已經說服自己，再也不會想離開那些樹木的蔭庇。（他感到雙腳好像兩塊冰，用力跺了幾步，卻似乎根本沒用。）那架噴射直升機永遠不會走嗎？

正當他這樣想的時候，引擎的隆隆音調陡然升高，噴射直升機重新鑽入雲層，一下子就無影無蹤。

謝頓盡力傾聽，連最小的聲音都不放過，最後確定它終於遠去。不過，即使在確定這點之後，他仍舊無法肯定這是不是引他現身的計謀。時間一分一秒慢慢溜走，他依然留在原處，而夜幕則繼續低垂。

最後，當他覺得再不冒險走出來，唯一的可能是被凍僵時，他終於邁開腳步，小心翼翼地離開樹林的蔭庇。

畢竟，此時已是暮色蒼茫。除非使用熱源追蹤儀，他們再也無法偵測到他，但若果真如此，他就能聽見噴射直升機折返的聲音。他在樹林邊等著，心中暗自盤算，準備只要聽到一點點聲音，就立時再躲進樹林。不過，一旦被偵察到，躲回去又有什麼用，他卻根本無法想像。

謝頓四下張望。假如他能找到那些氣象學家，他們一定有人工照明設備，但除此之外，再也不會有任何光亮。

他勉強還能看清周遭的景物，可是再過一刻鐘，頂多半小時，他將什麼也看不見。身邊沒有燈光，頭上不再有多雲的天空，四周將被黑暗籠罩，伸手不見五指。

想到被全然黑暗吞沒的可怕後果，謝頓瞭解到必須盡快設法回到那條乾溝，然後循著原路回去。他一面緊抱雙臂藉以保暖，一面朝著心目中那條乾溝的方位前進。

當然，樹林周圍的乾溝或許不只一條，但他隱約認出一些剛剛見到的莓果嫩枝，不過它們現在不再鮮紅，幾乎成了黑色的果子。他不能再耽擱，必須假設自己的判斷正確。藉著愈來愈弱的視力，以及腳下植物的指引，他盡快爬上那條乾溝。

可是他不能永遠待在乾溝裡。他已來到一座他自認為附近最高的穹頂，找到另一條與他的行進方向剛好垂直的乾溝。根據他的計算，他現在應該向右轉，接著向左急轉，然後沿著那條路一直走，就能走到那些氣象學家所在的穹頂。

謝頓左轉之後，抬起頭來，只能剛好看見一座穹頂的輪廓，鑲嵌在明亮些許的天空中。一定就是它！

或者，那只是他一廂情願的想法？

他沒有選擇的餘地，只能假設事實並非如此。他盡可能加快腳步向那座穹頂走去，眼睛一直盯著那個頂峰，以便能夠盡量沿著直線前進。當他逐漸接近，穹頂顯得愈來愈大時，它鑲在天空的輪廓卻愈來愈難以確定。假使他沒有弄錯，他很快就會爬上一道緩坡，而當坡度變得水平時，他就能俯瞰另一側，看到那些氣象學家的燈火。

在一片漆黑中，他無法判斷路上橫亙著什麼東西。他好希望至少有幾顆星星射出些微光線，不禁想到失明是否便是這種感覺。他一面走一面揮舞雙臂，彷彿將手臂當成兩根觸角。

氣溫一分一秒地降低，他偶爾會停下腳步，對雙手吹一口暖氣，再將手掌塞在腋下取暖。他又突發奇想，眞心希望雙腳也能如法泡製。他還想到，如果現在開始降水，那一定是下雪，或是更糟的情況——下冰珠。

繼續……繼續，沒有其他的辦法。

最後，他終於發現自己好像在往下走。如果不是一廂情願的幻想，就代表他已經越過穹頂的頂峰。

他停下腳步。假如他已經越過穹頂的頂峰，應該就能看見氣象站的人工照明。他會看到那些氣象學家帶著燈火到處走動，彷彿螢火蟲般閃爍飛舞。

謝頓閉上雙眼，彷彿要讓眼睛先適應黑暗，以便再試一次，不過那只是個糊塗的舉動。當他閉起眼睛的時候，並未感到比張開時更黑；而等到他重新張開眼睛，也不比剛才閉起時更亮一點。

也許雷根與其他人皆已離去，不但帶走了他們的照明設備，還將儀器的燈光全數關閉。或者也有可能，是謝頓錯爬了另一座穹頂。或者因爲他沿著那座穹頂周圍的彎路前進，以致如今面對著另一個方向。或是剛才他選錯了乾溝，從樹林出發時早已朝錯誤的方向走去。

他該怎麼辦？

假如他面對的是另一個方向，那還有機會在左方或右方看到光線——可是並沒有。若是他一開始就選錯了乾溝，現在絕不可能再回到那片樹林，重新尋找另一條乾溝。

他如今唯一的機會，在於假設方向正確，那個氣象站差不多在他的正前方。只不過那些氣象學家全走了，而將它留在黑暗中。

所以說，前進吧。成功的機會也許不大，卻是他僅有的機會。

根據他的估計，當初從氣象站走到穹頂的頂峰，總共花了半個小時。其中一半路程有克勞吉雅作伴，兩人悠閒地走著，並沒有邁開步伐。而此時此刻，處於令人毛骨悚然的黑暗中，他的步伐則要比悠閒漫步稍微快了點。

謝頓繼續拖著沉重的腳步，有氣無力地往前走。若能知道現在幾點就好了，他身上當然有一條計時帶，不過在黑暗中……

他停了下來。他戴的是一條川陀計時帶，它能顯示銀河標準時間（如同所有的計時帶一樣）以及川陀當地時間。通常計時帶在黑暗中並不會失效，磷光裝置讓人在昏暗的寢室裡也能知曉時間。至少，赫利肯的計時帶絕對具有這項功能，川陀計時帶又爲何沒有呢？

他帶著遲疑而憂慮的心情望著計時帶，觸摸了一下將電能轉換成光能的開關。計時帶立刻發出微弱的光芒，告訴他現在時間是一八四七。由於夜晚已經降臨，謝頓知道如今一定是冬季——冬至過去多久了？川陀的軸傾角是多少度？一年有多長？此時他的位置距離赤道多遠？對於這些問題，他毫無線索，但重要的是眼前出現了可見的光芒。

他並沒有失明！不知道爲什麼，計時帶的微弱光輝重新燃起他的希望。

他的精神振奮起來。他要朝那個方向繼續前進，要再走上半個小時。假如什麼也沒有遇到，他將繼續再走五分鐘，就是五分鐘，絕不會再多。倘若他仍舊什麼也沒遇到，他便要停下來，好好想一想。然而，那將是三十五分鐘之後的事。在此之前，他要全神貫注往前走，並運用意志使自己感到溫暖（他使勁動了動腳趾，仍能感到它們的存在）。

謝頓邁著蹣跚的步伐前進，半小時很快過去了。他停了一下，然後猶豫地再走了五分鐘。

現在他必須做出決定。什麼也沒有看到，他可能在任何地方，遠離任何一個穹頂入口。反之，他也可能正站在氣象站的左方或右方三公尺處——甚至更近。他或許與穹頂入口只有兩臂之遙，只不過它並未開啓。

現在怎麼辦？

喊叫有沒有用呢？除了颼颼的風聲之外，全然的死寂將他重重包圍。若說穹頂植物裡藏有鳥類、野獸或昆蟲，牠們也不會在這個季節、這個時刻，或是這個地方出沒。此時，只有刺骨的寒風不停襲來。

或許他應該一路不停地喊叫。在寒冷的空氣中，聲音有可能傳得很遠。但是，會有任何人聽到嗎？

穹頂裡的人會聽到他的喊叫嗎？有沒有任何儀器專門偵測上方的聲音或運動？裡面會不會正好有人值班？

這似乎是個可笑的想法。眞有的話，他們早該聽到他的腳步聲，對不對？

然而……

他還是大聲喊道：「救命！救命！有沒有人聽到？」

他的叫聲一半卡在喉嚨裡，還帶著幾分尷尬。衝著無邊而黑暗的虛空大叫大嚷，似乎是一件愚蠢的事。

不過，他覺得在這種情況下遲疑不決，卻是更愚蠢的行爲。恐慌逐漸湧現他心中。他深深吸了一口冷空氣，再度開始尖叫，並且盡可能將叫聲拉長。接著他再吸一口氣，以不同的音調發出尖叫。然後又再試了一次。

謝頓暫停叫喊，上氣不接下氣地轉頭望向四面八方，雖然他什麼也看不見，甚至無法察覺到回聲。除了等待天亮，已經沒有什麼辦法了。可是在這個季節，夜晚究竟有多長？又會變得多冷呢？

他覺得臉上像是被寒針刺了一下，不久之後又是一下。

那是漆黑中落下的隱形冰珠，而他根本無法找到任何遮蔽。

他想：假如讓那架噴射直升機看到我，把我抓走，那麼情況應該還要好些。此時我或許已是一名囚犯，但至少會感到溫暖與舒適。

或者，假如夫銘從來沒有插手，我可能早就回到赫利肯了。雖然生活在監視之下，卻能享有溫暖與舒適。此時此刻，那是他僅有的渴望——溫暖與舒適。

然而，這時他唯一能做的卻只有等待。他將身子縮成一團，不論夜有多長，他絕不敢入睡，這點他相當明白。他脫下鞋子，搓了搓凍僵的雙腳，然後趕緊重新套上。

他知道必須整晚不斷重複這個動作，而且還要摩擦自己的雙手與耳朵，以保持血液循環流暢。但最重要的一件事，是記住一定不能讓自己睡著，否則必死無疑。

將一切仔細想清楚之後，他不知不覺閉上眼睛，逐漸進入夢鄉，而冰珠仍不停落下。

第六章：拯救

傑納爾．雷根：……他在氣象學上雖頗有貢獻，但與所謂的「雷根懸案」相較之下，那些貢獻盡皆黯然失色。他的行動曾將哈里．謝頓置於險境，這已是不爭的事實。不過引起眾人爭論——而且始終爭論不休的——在於這些行動究竟是無意間導致的結果，抑或是蓄意陰謀的一部分。雙方爭得面紅耳赤，但即使最深入的研究也無法得出定論。無論如何，在其後數年間，這個嫌疑幾乎毀掉雷根的事業與私生活……

——《銀河百科全書》

12020GE　Encyclopedia

25

當鐸絲・凡納比里找到傑納爾・雷根的時候，白晝時光尚未完全結束。對於她帶著焦慮的問候，他的回應是哼了一聲，並隨便點了點頭。

「好，」她帶點不耐煩地說：「他怎麼樣了？」

雷根一面將資料輸入電腦，一面說：「誰怎麼樣了？」

「我的圖館課學生哈里，哈里・謝頓博士。你今天帶他到上面去，他對你有沒有什麼幫助？」

雷根將雙手從電腦鍵盤上移開，轉過身來。「那個赫利肯佬？他一點用都沒有，也沒表現出任何興趣。他一直在看風景，其實根本沒什麼風景可看。眞是個怪人，你爲什麼要讓他上去？」

「那不是我的主意，是他自己想去的。我無法瞭解，但他的確非常有興趣——現在他在哪裡？」

雷根聳了聳肩。「我怎麼會知道？在附近吧。」

「跟你們下來之後，他到哪裡去了？他有沒有說？」

「他沒有跟我們一起下來。我跟你說過，他沒興趣。」

「那麼，他是什麼時候下來的？」

「我不知道。我沒看著他，我有一大堆事要做。大約兩天前，一定曾有一場風暴和某種豪雨，兩者都是始料未及的。我們預期今天會出現的陽光，卻又偏偏不肯露臉。我們的儀器所顯示的數據，對這些現象都無法提出一個好的解釋。現在我正試圖弄明白，而你卻在打擾我。」

「你的意思是，你沒看到他下來？」

「聽著，我根本未曾想到他。那個白癡沒穿對衣服，我看得出來，不到半小時他就會受不了上面的寒冷。我給了他一件毛衣，那對他的腿和腳卻沒什麼幫助。所以我讓升降機開著，並且告訴他如何使用：我對他解釋，說升降機把他帶下去之後，會自動回到上面來。整個程序非常簡單，我確定他果眞耐不住寒冷，果眞提早離去，然後升降機又回到上面，最後我們也都下來了。」

「可是，你不曉得他究竟何時下來的？」

「對，我不知道。我告訴過你，當時我很忙。不過我們離開時，他的確不在那裡。而且那時暮色即將降臨，看來好像還要下冰珠。所以他必定早就離開了。」

「有沒有任何人看到他下來？」

「我不知道。克勞吉雅也許看到了，她曾經跟他在一起一會兒。你爲何不去問她？」

鐸絲在克勞吉雅的寢室找到她，她剛沖完一個熱水浴。

「上面可眞冷。」她說。

鐸絲問道：「在上方的時候，你和哈里．謝頓在一起嗎？」

克勞吉雅揚起眉毛，答道：「是的，有一陣子。他想要到處走走，還問了些有關該處植物的問題。鐸絲，他是個心思敏銳的人。萬事萬物似乎都會引起他的興趣，所以我盡量把知道的全告訴他，直到雷根把我叫回去爲止。雷根當時脾氣壞得想殺人，天氣並不理想，而他……」

鐸絲插嘴道：「那麼，你沒有看到哈里搭升降機下來？」

「雷根把我叫回去之後，我就再也沒有看到他——不過他一定下來了，我們離開的時候，他已經不在上面。」

「可是我到處都找不到他。」

克勞吉雅看來也慌了。「眞的？可是他一定在下面。」

「不，他並不一定在下面。」鐸絲愈來愈焦急，「萬一他還在上面呢？」

「那是不可能的，他絕不在上面。離開之前，我們自然到處找了找。雷根曾教他怎麼下來。他的衣服不夠，而且當時天氣很糟。雷根告訴他，覺得冷的話就不必等我們。那時他已經開始冷了，我知道！所以除了下來之外，他還會做什麼呢？」

「可是沒有人親眼看到他下來——他在上面有沒有出什麼問題？」

「絕對沒有，至少我和他在一起的時候沒有。他好得很——當然，不過一定覺得冷。」

鐸絲此時心亂如麻，又說：「既然沒有人看到他下來，他就可能還在上面。我們不該上去看看嗎？」

克勞吉雅緊張兮兮地說：「我告訴過你，我們下來之前到處找過了。當時還相當明亮，但誰也沒見到他的蹤影。」

「我們還是去看看吧。」

「可是我無法帶你上那裡去。我只是個見習生，沒有開啓穹頂出口的密碼。你得去求雷根博士。」

26

鐸絲．凡納比里知道雷根現在一定不願到上方去，必須強迫他才行。

首先，她又到圖書館與用餐區巡視一遍，然後再打電話到謝頓的房間。最後，她走到他的宿舍門口，按下門上的訊號鈕。在確定無人應門之後，她請來該層的管理員開門，發現他果然不在裡面。她還問了幾個過去數週謝頓陸續結識的人，沒有一個人看到過他。

好吧，她只好硬逼著雷根帶她到上方去。不過現在已經入夜，他一定會極力拒絕。然而，在這個能凍死人的夜晚，冰珠眼看就要轉爲雪花，哈里．謝頓倘若果眞困在上面，她又能浪費多少時間來和雷根爭論？

她突然冒出一個念頭，立刻衝到一台小型「大學電腦」前，這種電腦專門記錄所有學生與教職員的最新狀況。

她的十指在鍵盤上飛舞，很快就找到她要的資料。

有三個人可以求助，卻都住在校園另一角。她召來一輛小型滑車將她載到那裡，很快就找到了那棟宿舍。不用說，三人之中總該有一個在家——或起碼找得到。

這回她很幸運。她按下第一個房門上的訊號鈕，詢問燈隨即亮起。她鍵入自己的身分識別碼，其中還包括她所隸屬的學系。房門打開後，一個胖胖的中年男子好奇地盯著她。他顯然正在梳洗，準備出去晚餐。他的深色金髮凌亂不堪，而且上身未穿任何衣服。

他說：「抱歉，你來得眞不是時候。凡納比里博士，我能爲你做些什麼嗎？」

她帶著輕微的喘息說：「你就是羅根．班納斯楚，首席地震學家嗎？」

「沒錯。」

「這是緊急事件，我必須看看過去幾小時內上方的地震記錄。」

班納斯楚瞪著她。「爲什麼？什麼事也沒有啊。如果有我一定會知道，地震儀會通知我們。」

「我不是指流星撞擊。」

「我也不是，那還輪不到求助地震儀。我是指砂礫造成的細微裂縫，今天一個也沒有。」

「我指的也不是那種情況。拜託，帶我去地震儀那裡，幫我解讀一下。這是生死攸關的大事。」

「我有個晚餐約會……」

「我說生死攸關，絕非開玩笑。」

班納斯楚說：「我不懂……」但在鐸絲的瞪視下，他的話只說了一半。他擦了擦臉，對著留言機很快說了一句話，然後慌忙套上一件襯衣。

在鐸絲毫不留情的催促下，他們小跑步前往地震學中心的矮小建築。對地震學一竅不通的鐸絲問道：「往下？我們在往下走？」

「要到居住層之下，這是理所當然的。地震儀必須固定在基岩上，遠離都會層的恆常擾嚷和震動。」

「可是在這下面，你怎能知道上方發生些什麼事？」

「地震儀和穹頂夾層內的一組壓力轉換器聯線。即使一粒砂礫的撞擊，也會使螢幕上的指標開始躍動。我們能偵測到強風令穹頂扁化的效應，還可以……」

「很好，很好。」鐸絲不耐煩地說，她不是來這裡學習這些儀器的優點與精巧程度。「你能偵測到人類的腳步嗎？」

「人類的腳步？」班納斯楚露出困惑的表情，「上方不大可能有。」

「當然可能。今天下午，就有一組氣象學家到上方去。」

「喔。不過，腳步幾乎辨識不出來。」

「只要看得足夠認眞，你就能辨識出來，我要你做的就是這件事。」

班納斯楚或許痛恨她那種堅決的命令口吻，不過即使眞是這樣，他也什麼都沒有說。他只是按下一個開關，電腦螢幕上便有畫面出現。

螢幕右緣中央有個粗大的光點，一條水平細線從那裡一直延伸到螢幕左緣。水平線正在輕輕蠕動，那是一組隨機而絕不重複的微弱起伏，穩定地向左方前進。鐸絲感到它幾乎有催眠作用。

班納斯楚說：「這是再平靜不過的情況。你所看到的，全都是上面的氣壓變化，當然也可能是雨滴，或是遠處的機械裝置所造成的結果。上面什麼也沒有。」

「好吧，可是幾小時之前又如何呢？比如說，檢查一下今天一五〇〇時的記錄吧。你當然有那時候的記錄。」

班納斯楚對電腦下了必要的指令，一兩秒鐘之後，螢幕上便出現一片混亂。畫面不久便平靜下來，那條水平線再度出現。

「我要把靈敏度調到最大。」班納斯楚喃喃說道。於是那種起伏變得十分明顯，而當它們向左方蹣跚游移時，它們的圖樣同時發生顯著變化。

「那是什麼？」鐸絲說：「告訴我。」

「凡納比里，既然你說曾經有人上去，我猜這就代表腳步，包括重量的挪移、鞋子的撞擊。若非事先知道上面有人，我眞不曉得自己能不能猜到。這是我們所謂的良性震動，和我們所知的任何危險現象無關。」

「你能不能看出有多少人？」

「肉眼絕對看不出來。你瞧，我們看到的是所有撞擊的合成效應。」

「你說『肉眼』看不出來，但是能否利用電腦，將合成效應解析成各別成分呢？」

「我很懷疑。這些都是極小的效應，你還得考慮無所不在的雜訊。分析結果不會可靠的。」

「好吧，那麼把時間再往後推，直到腳步訊號消失爲止。比如說，能不能讓它正向快轉？」

「如果我那樣做——你所謂的正向快轉——畫面會變得很模糊，會只剩下一條直線，上下各有一片朦朧的光影。我能做的是每次向後跳十五分鐘，迅速觀察一下，然後繼續這個程序。」

「好，就這麼辦！」

兩人緊盯著螢幕，直到班納斯楚說：「現在什麼都沒有了，看到沒？」

螢幕上又剩下一條直線，此外就只有雜訊的微小起伏。

「腳步什麼時候消失的？」

「兩小時以前，再多一點點。」

「它們消失的時候，是不是比原先的腳步少了些？」

班納斯楚看來有點冒火了。「我看不出來。我想即使最精密的分析，也無法做出肯定的判斷。」

鐸絲緊抿一下嘴唇，接著又說：「你是不是正在檢查靠近氣象偵測站的轉換器——你管它叫轉換器是嗎？」

「是的，我們的儀器就在那裡，那些氣象學家當時也應該是在那裡。」然後，他又用難以置信的口吻說：「你想要我試試附近其他的嗎？一個一個試？」

「不，就留在那裡，繼續以十五分鐘為間隔推進。有個人也許落在後面，也許後來才回到儀器附近。」

班納斯楚搖搖頭，低聲嘀咕了幾句。

畫面再度變換，鐸絲突然指著螢幕喊道：「那是什麼？」

「我不知道，雜訊吧。」

「不對，它是週期性的。有沒有可能是單獨一人的腳步？」

「當然可能，但也可能是不下十種的其他現象。」

「它的變化和步行的快慢差不多，對不對？」過了一會兒，她又說：「再推進一點。」

他照做了。等到畫面穩定下來之後，她說：「這些凹凸不平是不是愈來愈大？」

「有可能，我們可以測量一下。」

「不必了。你可以看出它們愈來愈大，代表那些腳步逐漸接近轉換器。再推進些，看看它們什麼時候消失。」

又過了一會兒，班納斯楚說：「是在二十或二十五分鐘之前。」然後，他謹慎地補充了一句：「不論那是什麼。」

「就是腳步。」鐸絲以排山倒海的信心，斬釘截鐵地說：「還有一個人在上面，當你我在這裡浪費時間的時候，他已經不支倒地，馬上就要凍死。不要再說『不論那是什麼』，趕緊打電話到氣象學系，幫我找傑納爾．雷根。生死攸關，我告訴你。就這麼說！」

班納斯楚的嘴唇開始打顫，到了這個地步，他再也無法違抗這個古怪而衝動的女人所下達的任何命令。

不到三分鐘，雷根的全相像便出現在訊息平台。他是從餐桌上被拉下來的，手中還握著一條餐巾，嘴唇下面油膩膩的，不知道是什麼東西。

他的長臉露出可怕的陰沉表情。「生死攸關？這是怎麼回事？你是什麼人？」然後他看到了鐸絲，她故意湊近班納斯楚，好讓她的影像出現在傑納爾的螢幕上。於是他說：「又是你，這簡直就是騷擾。」

鐸絲說：「這不是騷擾。我已經諮詢過羅根．班納斯楚，他是本校的首席地震學家。在你和你的小組離開上方之後，地震儀又顯示出清楚的腳步，代表還有一個人在那裡。他就是我的學生哈里．謝頓，當初是你護送他上去的，如今我們相當肯定，他已經倒地昏迷不醒，可能活不了多久了。

「因此，你要盡快帶我上去，並且帶著一切必要裝備。假如你不立刻照辦，我就去找校方安全單位——甚至找校長本人，若有必要的話。無論如何，我總有辦法上去的。若是因爲你耽誤了一分鐘，而讓哈里有什麼差池，我保證會拿失職、無能，以及我能安在你身上的一切罪名，讓你吃上官司，讓你喪失所有的地位，並且被趕出學術圈。萬一他不幸喪生，當然，那就是過失殺人。或者更嚴重的罪，因爲我現在已警告過你，他快要死了。」

火冒三丈的傑納爾轉向班納斯楚。「你是否偵測到……」

鐸絲卻突然打斷他的話。「他把偵測到的全告訴了我，而我又已經告訴你。我不準備讓你把他嚇得心神恍惚。你來不來？啊？」

「你有沒有想到過，也許是你弄錯了？」傑納爾以刻薄的口吻說：「你知不知道，如果這是個惡作劇的假警報，我又能怎樣對付你？喪失地位同樣會應驗在你身上。」

「謀殺罪卻不會。」鐸絲說：「我可不怕你控告我惡意惡作劇，你怕不怕被控謀殺罪呢？」

傑納爾漲紅了臉，主要原因或許並非受到威脅，而是他不得不向對方低頭。「我會來的，不過，年輕女士，如果事實證明，在過去三個小時裡，你的學生安然無事地待在穹頂內，那我可絕不會對你客氣。」

27

在直達上方的升降機中，三個人保持著摻雜敵意的沉默。雷根的晚餐只吃了一半，他沒有做充分的解釋，就將妻子獨自留在用餐區。班納斯楚根本未進晚餐，可能還令某位女伴大失所望，他同樣未能做出充分解釋。鐸絲．凡納比里也沒有吃任何東西，而在他們三人之間，她似乎是最緊張、最悶悶不樂的一位。她帶了一條熱力毯，以及兩個光子源。

當他們到達上方入口時，雷根緊繃著面部肌肉，將他的身分識別碼一一輸入，那道門隨即打開。一陣冷風襲來，班納斯楚不禁哼了一聲。他們三人都穿得不夠，不過兩位男士並未打算在上面久留。

鐸絲以生硬的聲音說：「下雪了。」

雷根說：「這是『濕雪』，因爲溫度剛好在冰點上下。它並不是『殺霜』。」

「那可不一定，要看你在這裡待多久，對不對？」鐸絲說：「而浸在融雪裡也沒什麼好處。」

雷根咕噥道：「好了，他在哪裡？」他忿忿地瞪著眼前全然的黑暗，由於身後入口處透出光線，能見度因而變得更差。

鐸絲說：「來，班納斯楚博士，幫我拿這條毯子。而你，雷根博士，把你身後的門關上，不過別鎖起來。」

「門上沒有自動鎖。你以爲我們是傻瓜啊？」

「也許不是。不過你能從裡面把它鎖上，讓留在外面的人無法進入穹頂。」

「如果有人在外面，請把他指出來，讓我看一看。」雷根說。

「他可能在任何角落。」鐸絲舉起雙臂，兩個光子源分別繞在她的左右手腕。

「我們不可能查看每一個角落。」班納斯楚可憐兮兮地喃喃道。

此時光子源發出亮光，灑向四面八方。雪花被照得閃閃發亮，好像一大群螢火蟲，而使得視線更加受阻。

「腳步聲當初是穩定地增大。」鐸絲說：「他一定是漸漸接近轉換器。它會裝設在哪裡呢？」

「我毫無概念。」雷根吼道：「這不是我的本行，也不是我的責任。」

「班納斯楚博士呢？」

班納斯楚的回答顯得很遲疑。「其實我也不知道。老實跟你說，以前我從未來過這裡。它是在我接掌之前裝設的，電腦知道確切位置，但我們一直沒想到問它。我覺得很冷，我看不出我在這裡有什麼用。」

「你必須在這裡再待一會兒。」鐸絲堅決地說：「跟我來，我要以入口為中心，沿著一條螺線由內向外繞圈圈。」

「我們在雪中看不到什麼。」雷根說。

「我知道。如果沒有下雪，我們早就看到他了，這點我可以肯定。在如今這種情況下，大概要花上幾分鐘的時間，我們應該還受得了。」雖然話中信心十足，她內心卻根本不是這麼想。

她開始前進，同時不停揮動雙臂，把光線的照射範圍盡量拉大，極目尋找白雪中的黑暗斑點。

結果是班納斯楚最先說：「那是什麼？」他一面說，一面伸手指去。

鐸絲讓兩個光子源重疊，沿著他所指的方向形成一個明亮的光錐。然後她趕緊跑過去，另外兩人則緊跟在後。

他們總算找到他了。他縮成一團，全身濕透，距離門口大約十公尺，距離最近的氣象裝置則只有五公尺。鐸絲摸了摸他的心跳，隨即發現沒有這個必要，因為在她的觸摸下，謝頓立刻動了動，同時發出一聲抽噎。

「班納斯楚博士，把毯子給我。」鐸絲孱弱的聲音總算放輕鬆了一點。她抖開毯子，鋪到雪地上。「小心地把他抬到毯子上，我要把他裹起來，然後我們抱他下去。」

在升降機中，當熱力毯加熱到血液的溫度時，裹在毯子裡的謝頓開始冒出蒸汽。

鐸絲說：「等到我們把他送到他的房間，雷根博士，你馬上去找醫生——找個好的，並且務必請他立刻趕來。假如謝頓博士安然度過這一關，沒有任何損傷，我就再也不會說什麼，但一定要在這個前提之下。記住……」

「你不必教訓我。」雷根冷冰冰地說：「我為此感到遺憾，會盡力負責到底。可是我唯一的錯誤，就是竟然准許此人到上方去。」

熱力毯動了一下，傳出一聲微小而虛弱的聲音。

班納斯楚嚇了一跳，因爲謝頓的頭正好枕在他的臂彎。他說：「他想要說話。」

鐸絲說：「我知道，他在問：『發生了什麼事？』」

她忍不住小聲笑出來。他會這麼說，似乎是很自然的事。

28

醫生顯得很開心。

「我從來沒見過感冒症。」他解釋道：「在川陀沒有人會感冒。」

「或許吧，」鐸絲冷冷地說：「我很高興你有機會經驗這個新奇病例。但這是否代表你不知道如何醫治謝頓博士？」

這位蓄著兩小撇灰鬍子的禿頭老醫生，此時突然齜牙咧嘴。「我當然知道。感冒症在外圍世界相當普通，簡直是家常便飯，我讀過一大堆病例。」

治療的方法包括注射抗病毒血清，以及使用微波包裹。

「這樣應該可以了。」醫生說：「在外圍世界的醫院裡，他們會使用精緻得多的設備，不過我們川陀當然沒有。這是對輕微症狀的治療法，我確定它會生效。」

當謝頓逐漸恢復，並未顯現任何後遺症時，鐸絲曾經想，這次他能大難不死，或許正是由於他是外星人士。黑暗、寒冷，甚至冰雪，對他而言都並非全然陌生。換成川陀人，處在類似情況下就有可能喪命，但主因並非生理上的創傷，而是心理上的震撼。

不過，她當然無法確定這一點，因為她自己也不是川陀人。

將這些思緒通通收起來之後，她拉過一張椅子坐到床邊，開始靜下心來等待。

29

第三天早上，謝頓緩緩醒來，一眼就看到鐸絲。她正坐在床沿，一面讀著影視書，一面做著筆記。

謝頓以近乎正常的聲音說：「鐸絲，你還在這兒？」

她放下那本影視書。「我不能讓你一個人在這裡，對不對？而且我再也信不過別人了。」

「好像每次醒來的時候，我都會看到你。你一直待在這裡嗎？」

「不論是睡是醒，我都沒離開。」

「可是你的課呢？」

「我有一個助教，暫時幫我代一下課。」

鐸絲俯下身來，抓住謝頓的手。但她馬上注意到他的尷尬（畢竟他躺在床上），於是又將手縮回去。

「哈里，發生了什麼事？把我嚇壞了。」

謝頓說：「我要招認一件事。」

「什麼事，哈里？」

「我曾想到或許你也參與一項陰謀……」

「一項陰謀？」她激動地說。

「我的意思是，把我設計到上方去，這樣我就離開了大學的管轄範圍，帝國軍警就可以來抓我。」

「可是上方並未脫離大學的管轄範圍。川陀各區的管轄範圍，都是從星核一直延伸到空中。」

「啊，我可不知道。但你並未跟我一起去，因爲你說你的日程很忙。當我開始妄想時，便想到你是故意要遺棄我。請你原諒我吧。顯然是你把我從那裡救下來的，除了你，還有誰會關心？」

「他們都是大忙人。」鐸絲以謹愼的口吻說：「他們以爲你早就下來了。我的意思是，那還算是合理的設想。」

「克勞吉雅也這樣想？」

「那個年輕見習生？對，她也一樣。」

「嗯，這仍有可能是一項陰謀。我的意思是不包括你在內。」

「不，哈里，這的確是我的錯。我絕對無權讓你獨自到上方去，保護你是我的職責。我無法停止自責，我竟然讓這種事發生，竟然讓你迷路。」

「嘿，等一等。」謝頓突然發火，「我並沒有迷路，你把我當成什麼了？」

「我倒想知道你管它叫什麼。其他人離去時，到處都找不到你，而且直到天黑許久之後，你才回到入口處——或者該說是入口處附近。」

「可是事實並非如此。我不是因爲到處亂跑，找不到歸途才迷路的。我告訴過你，我懷疑有一項陰謀，而且我有充分的理由。我可沒有全然陷入妄想。」

「好吧，那麼究竟發生了什麼事？」

謝頓一五一十告訴了她。他毫無困難就記起了全部的細節；在此之前，幾乎有一整天的時間，他都在惡夢中不斷重溫那些經歷。

鐸絲一面聽，一面皺著眉頭。「但這是不可能的事。一架噴射直升機？你確定嗎？」

「我當然確定。你認爲我心生幻覺嗎？」

「可是帝國軍警絕對不可能搜捕你。他們若在上方把你逮捕，造成的反彈將和派遣警力在校園逮捕你一樣嚴重。」

「那你要怎麼解釋呢？」

「我不確定。」鐸絲說：「不過，我未能跟你一起到上方去，後果說不定要比實際情況更糟，夫銘一定會很生我的氣。」

「那我們就別告訴他。」謝頓說：「結局還算圓滿。」

「我們必須告訴他。」鐸絲繃著臉說：「事情可能尚未結束。」

30

當天傍晚，晚餐時間過後，傑納爾．雷根前來拜訪。他輪流望向鐸絲與謝頓，彷彿不知道如何開口。兩人並未主動幫他，不過都在耐心等待。在他倆的感覺中，他實在不是個善於閒聊的人。

最後，他終於對謝頓說：「我來看看你的狀況。」

「好極了，」謝頓說：「只不過有點睏。凡納比里博士告訴我，這種療法會讓我疲倦好幾天，想必是要確定我能得到應有的休息。」他微微一笑，「坦白說，我並不在乎。」

雷根做了一個深呼吸，遲疑了一下，然後，幾乎像是將一番話勉強擠出來一樣，說道：「我不會打擾你太久，我完全瞭解你需要休息。不過，我的確想要說，我對發生的一切感到很抱歉。我不該假設——那麼隨便就假設你已經自己下去。既然你是個新手，我應該感到對你有更重的責任。畢竟，是我同意讓你上去的。我希望你能衷心地……原諒我。我想要說的，眞的就是這些。」

謝頓用手遮住嘴巴，打了一個呵欠。「對不起——既然似乎是喜劇收場，我們沒有必要怪你。就某個角度而言，這並不是你的錯。我不該逛到別處去，況且，眞正的情況……」

鐸絲打岔道：「好啦，哈里，拜託，別再講了，好好休息吧。趁雷根博士還沒走，我要和他說幾句話。首先，雷根博士，我相當瞭解，你很擔心這個事件對你可能產生的影響。我曾經說過，只要謝頓博士能夠康復，沒有任何後遺症，我們就不會追究。目前看來似乎正是這樣，所以你可以寬心——暫且寬心。我想要問你另一件事，而我希望這次能得到你的主動合作。」

「凡納比里博士，我盡力而爲。」雷根硬生生地說。

「你們在上方時，有沒有發生任何不尋常的事？」

「你明知故問。我把謝頓博士弄丟了，剛才我還特別鄭重道歉。」

「顯然我不是指這件事。還有沒有其他不尋常的事情？」

「沒有了，什麼事也沒有。」

鐸絲看了看謝頓，令謝頓皺起眉頭。他感到鐸絲在試圖取得一組獨立的口供，以便查證他的敘述是否屬實。難道她認爲搜索飛機是他的幻想嗎？他原本想提出強烈抗議，她卻已經舉起一隻手，示意他保持沉默，好像早已防到這個變故。他果然平靜下來，一部分是由於她的手勢，此外也是因爲他的確睏了。現在他只希望雷根不會待太久。

「你確定？」鐸絲問道：「沒有外人闖進來嗎？」

「沒有，當然沒有。喔……」

「怎麼了，雷根博士？」

「有一架噴射直升機。」

「你覺得這點不尋常嗎？」

「不會，當然不會。」

「爲什麼不會？」

「聽來非常像是我在接受盤問，凡納比里博士，我不太喜歡這樣。」

「雷根博士，這點我能體會，可是這些問題和謝頓博士的遭遇有關。整個事件有可能比我當初的設想還要複雜。」

「怎麼說？」他的聲音又變得尖刻，「你打算提出新的問題，好讓我再一次道歉？這樣的話，我覺得有必要告辭了。」

「在你做出解釋之前，或許還不該走。爲什麼一架在上空盤旋的噴射直升機，不會令你覺得有絲毫不尋常？」

「親愛的女士，因爲在川陀，許多氣象站都擁有噴射直升機，以便對雲層和高層大氣進行直接研究。不過我們的氣象站並沒有。」

「爲什麼沒有？它應該很有用。」

「當然有用。但我們不是在相互競爭，彼此間也從不保密。我們會發表我們的研究成果，他們也會發表他們的。因此，將題目和專長打散是很合理的做法。兩組人員從事完全相同的工作，會是一件很蠢的事。我們本來可能花在噴射直升機上的財力和人力，可以拿來用在『介子折射計』上，別人則可省下對後者的投資，而集中於前者的計畫。畢竟，雖然各區之間或許存在著很多競爭和芥蒂，但科學卻是一個——唯一的一個——將我們凝聚起來的力量。我想，這點你也該知道。」他以譏諷的口吻補充道。

「我知道。可是在你要去氣象站的那天，剛好有人派一架噴射直升機飛到你們上空，這會不會太巧了些？」

「根本不是什麼巧合。我們事先宣佈過要在當天進行測量，因此，其他一些氣象站便會理所當然想到，他們可以同時做些懸浮物測量——就是測量雲量，你懂吧。把雙方的結果放在一起，會比分別測量更有意義、更有用處。」

謝頓突然以相當含糊的聲音說：「那麼，他們只是在進行測量？」說完他又打了一個呵欠。

「沒錯。」雷根說：「他們還有可能做什麼嗎？」

鐸絲眨了眨眼，這是她進行快速思考時常有的小動作。「這些聽來都很有道理。那架噴射直升機屬於哪個氣象站？」

雷根搖了搖頭。「凡納比里博士，你怎能指望我會知道呢？」

「我想每架氣象飛機上面，都可能畫著所屬氣象站的標誌。」

「當然，但我並未抬頭仔細研究，你懂了吧。我有我自己的工作，他們則忙他們的。當他們發表測量結果時，我就會知道那是誰的噴射直升機。」

「萬一他們沒發表呢？」

「那我就會推想是他們的儀器失靈了，這種情形時有所聞。」他的右手緊握成拳，「好，問完了嗎？」

「等一下。根據你的推測，那架噴射直升機可能是從哪裡來的？」

「任何一個擁有噴射直升機的氣象站都有可能。只要提早一天通知，它就能從本星任何角落從容飛來——何況他們早就知道。」

「可是哪裡最有可能呢？」

「很難說。海斯特婁尼亞、衛荷、齊勾瑞斯、北達米亞諾，我會說這四個區的可能性最大，但是至少還有其他四十個可能。」

「那麼，只剩最後一個問題，最後一個。雷根博士，當你宣佈你的小組將前往上方時，你有沒有順口提到一名數學家，哈里．謝頓博士，也會跟你同行？」

雷根臉上明顯地掠過一陣深沉而眞實的驚訝，但這個表情很快轉變爲不屑。「我爲什麼要列出名單？誰會對它有興趣？」

「很好。」鐸絲說：「那麼，實情是這樣的。謝頓博士看到一架噴射直升機，因而感到心神不寧。我不確定原因是什麼，顯然對於這件事情，他的記憶有點模糊。可以說，他是因爲躲避那架噴射直升機才迷了路。在黃昏將盡之前，他沒想到要試圖折返，或者說不敢那麼做。而後來在黑暗中，他未能找到完全正確的歸途。這件事不該責怪你，所以我們雙方都把這整件事忘掉吧。同意嗎？」

「同意，」雷根說：「再見！」說完便轉身離去。

當他離去後，鐸絲站起來，輕輕脫掉謝頓的拖鞋，讓他在床上躺直，並替他蓋好被子。當然，他早就睡著了。

然後她坐下來開始尋思。雷根剛才說的有多少是實情？他的一番說詞有可能隱瞞了什麼嗎？她眞的不知道。

第七章：麥曲生

麥曲生：……古川陀的一區……麥曲生埋葬在自己的傳說裡，對整個行星幾乎沒有任何影響。高度的自滿與自我隔離……

——《銀河百科全書》

12020GE Encyclopedia

31

謝頓醒來時，發現另有一張嚴肅的面孔正望著自己。一時之間，他愁眉深鎖，然後說：「夫銘？」

夫銘露出極淡的笑容。「這麼說，你還記得我？」

「總共只有一天時間，而且已經將近兩個月，不過我還是記得。所以說，你並沒有被捕，或是有任何……」

「你看得出來，我人在這裡，相當安全，毫髮無損。可是——」他瞥了瞥站在一旁的鐸絲，「我來一趟不怎麼容易。」

謝頓說：「我很高興見到你——對了，你是否介意？」他用拇指朝浴室的方向指了指。

夫銘說：「慢慢來，吃了早餐再說。」

夫銘沒有和他一起吃早餐，鐸絲也沒有，但他們兩人也並未交談。夫銘利用時間瀏覽一本影視書，看得津津有味。鐸絲先是細心檢視她的指甲，然後又取出一台微電腦，用一支鐵筆開始做筆記。

謝頓若有所思地望著他們兩人，並未試圖打開話匣子。現在這個肅靜的氣氛，或許正反映出川陀人在病床前的禁聲習俗。事實上，他現在感到完全正常，只是他們或許還不瞭解。

等到他吃完最後一口食物，喝完最後一滴牛奶（他顯然已逐漸習慣，因爲它再也沒有怪味），夫銘才終於開口。

他說：「你好嗎，謝頓？」

「好極了，夫銘。至少，絕對好得可以起身走動。」

「我很高興聽到這句話。」夫銘以平板的口氣說：「鐸絲・凡納比里竟然這麼不小心，真該好好責備一番。」

謝頓皺起眉頭。「不，是我堅持要到上方去的。」

「我相信，可是她應該跟你一起去，不計任何代價。」

「是我告訴她的，我不要她跟我一起去。」

鐸絲說：「哈里，不是這樣的。別用俠氣的謊言替我辯護。」

謝頓氣呼呼地說：「可是別忘了，鐸絲也克服了強大的阻力，趕到上方去找我，無疑是她救了我的命。這些話絲毫沒有扭曲事實。你將這點加入你的評斷了嗎，夫銘？」

鐸絲顯然感到很尷尬，再度打岔道：「哈里，拜託。契特・夫銘的想法完全正確，我應該阻止你前往上方，否則就該跟你一起上去。至於我後來的行動，夫銘已經稱讚過了。」

「然而，」夫銘說：「這件事已成過去，我們就別再提了。謝頓，我們來談談你在上方的遭遇。」

謝頓環顧四周，然後小心謹慎地說：「這樣做安全嗎？」

夫銘淡淡一笑。「鐸絲已將這個房間置於畸變電磁場中。我可以相當確定，這所大學裡的帝國特務——如果眞有的話——都沒本事穿得透它。謝頓，你是個多疑的人。」

「不是天生的，」謝頓說：「而是因爲你在公園以及後來對我講的那些話。夫銘，你是個很有說服力的人。當你講完後，我就開始擔心伊圖・丹莫刺爾隱藏在每個陰暗的角落。」

「我有時認爲眞有這個可能。」夫銘以嚴肅的口吻說。

「即使他那樣做，」謝頓說：「我也不會知道那就是他。他長得什麼樣子？」

「這幾乎並不重要。你根本見不到他，除非他要讓你看見，不過那時一切都完了，我這麼想——這正是我們必須防範的。我們來談談你見到的那架噴射直升機。」

謝頓道：「夫銘，正如我所說，你讓我心中充滿對丹莫刺爾的恐懼。我一看到那架噴射直升機，就猜想是他追來了；而我糊裡糊塗跑到上方去，脫離了斯璀璘大學的保護；還有我是被引誘到那裡去的，目的就是要毫無困難地把我抓走。」

鐸絲說：「另一方面，雷根……」

謝頓立刻說：「他昨晚來過這裡嗎？」

「來過，你不記得了？」

「很模糊。當時我累得要死，我的記憶一片模糊。」

「嗯，昨晚在這裡時，雷根說那架噴射直升機只是別的氣象站派來的氣象飛機。全然普通，全然無害。」

「什麼？」謝頓吃了一驚，「我不相信。」

夫銘說：「現在的問題是：你究竟爲什麼不相信？那架噴射直升機是否有任何不對勁，令你想到它帶有威脅性？我是說，排除了我在你腦子裡灌輸的疑心之後，它還有什麼特殊之處？」

謝頓一面咬著下唇，一面回想了一下。「有，它的動作。它似乎將尖端推到雲蓋之下，好像在找什麼東西；接著它又在另一個位置出現，重複同樣的動作；然後又換到下一個位置，如此周而復始。它似乎是在規律地搜尋上方，一塊接著一塊，而目標就是我。」

夫銘說：「謝頓，也許你把它擬人化了。你可能把那架噴射直升機當成了一頭正在追捕你的怪獸，它當然不是。它只不過是一架噴射直升機，而如果它眞是氣象飛機，它的行動就完全正常……而且無害。」

謝頓說：「我當時覺得並非如此。」

夫銘說：「我確信你有那種感覺，但我們實際上什麼也不知道。你深信自己當時身陷險境，但那只不過是一種假設。雷根判斷它是一架氣象飛機，也只是另一種假設罷了。」

謝頓頑固地說：「我無法相信這是一件全然單純的事件。」

「好吧，那麼，」夫銘說：「就讓我們假設最糟的情況——那架飛機的確是來找你的。不論是誰派它來的，他又怎麼知道能在那裡找到你？」

鐸絲突然插嘴：「我問過雷根博士，在他宣佈這次氣象任務的時候，有沒有提到哈里會跟那個小組一起上去。照常理說，他沒有理由那樣做，而他也否認了。他對這個問題還十分驚訝，我相信他說的是眞話。」

夫銘語重心長地說：「別太輕易就相信他。無論如何，難道他不會否認嗎？問問你自己，他當初爲何要准許謝頓與他同行。我們知道他原本反對，不過並未經過什麼激辯，他的態度就軟化了。在我的感覺中，那似乎不太像雷根的個性。」

鐸絲皺了皺眉頭，然後說：「我想你這樣說，的確讓人比較相信整個事件眞是他的陰謀。或許他允許哈里同行，只是爲了使他成爲容易得手的獵物；他可能是奉命行事。我們還可以進一步推論，是他慫恿那位年輕見習生，克勞吉雅，去吸引哈里的注意，引他遠離衆人，把他孤立起來。這就能解釋當他們準備下來時，雷根對哈里的失蹤爲何毫不關心。他堅持哈里早已離去，因爲這件事本來就是他安排的，他已經仔細告訴哈里，教他如何搭升降機自行下來。這也能解釋他爲何不願再回去找他，因爲他不想浪費時間，去尋找一個他認爲根本找不到的人。」

一直在細心傾聽的夫銘，此時說道：「你對他做出一個很有意思的指控，但我們同樣不該輕易接受。畢竟，最後他的確跟你到上方去了。」

「因爲我們偵測到腳步，首席地震學家是見證人。」

「嗯，發現謝頓時，雷根是否顯得震驚和訝異？我的意思是，超過了正常的反應——發覺到由於他自己的疏忽，而將某人置於險境之後的反應。雷根是否表現得彷彿謝頓不該在那裡？是否顯得好像在問自己：他們怎麼沒有把他抓走？」

鐸絲仔細想了想，然後說：「他看到哈里躺在那裡，顯然十分震驚。但我無法判斷除了對當時情況自然而然的恐懼，他還有沒有任何其他感覺。」

「沒錯，我也認爲你辦不到。」

當兩人一來一往時，謝頓輪流望著他們，而且一直專心傾聽。現在他卻突然說：「我認爲不是雷根。」

夫銘將注意力轉移到謝頓身上。「你爲何這麼說？」

「理由之一，正如你提到的，最初他顯然不願讓我同行。我們爭論了一整天，我想他最後會改變主意，只因爲在他的印象中，我是個聰明的數學家，能對他的氣象理論有所幫助。我十分渴望到上面去，假使他奉命務必將我帶到上方，大可不必表現得如此勉強。」

「他接受你只是爲了你的數學嗎，這個假設是否合理？他有沒有和你討論過數學？有沒有試圖向你解釋他的理論？」

「沒有，」謝頓說：「他沒有。不過，他的確說過等一下再討論這種話。問題是，後來他將全副心神放在那些儀器上。我猜是因爲他預期該有陽光，結果陽光並未出現，於是他指望是儀器出了毛病。可是它們的運作顯然完全正常，這令他十分沮喪。我想這是個意料之外的發展，這件事不但惹毛了他，也讓他的注意力從我身上移開。至於克勞吉雅，那個曾吸引我幾分鐘注意的年輕女子，當我回顧當時的情景時，並未感到她曾故意將我引開原地。採取主動的是我；我對上方的植物產生了好奇心，是我將她帶走的，而並非剛好相反。雷根非但沒有慫恿她那麼做，而且在他們還看得見我的時候，他就把她叫了回去。後來完全是我自己愈走愈遠，最後終於從他們的視線中消失。」

「然而，」夫銘似乎打定主意反對每項提議，「假如那架飛機是來找你的，機上人員必定知道你會在那裡。假如情報並非來自雷根，他們又是怎麼知道的？」

「我懷疑的人，」謝頓說：「是一位名叫李松．阮達的年輕心理學家。」

「阮達？」鐸絲說：「我無法相信。我瞭解這個人，他絕不會為大帝工作，他是徹頭徹尾的反帝人士。」

「他可能是裝的。」謝頓說：「事實上，若想掩飾自己是帝國特務這項事實，他就必須公開地、強烈地、偏激地表現出反帝主張。」

「但他正好不像那樣。」鐸絲說：「他一點也不強烈，一點也不偏激。他這個人和藹可親，總是以溫和的，近乎羞怯的方式表達自己的觀點。我確信這些都絲毫不假。」

「然而，鐸絲，」謝頓一本正經地說：「是他首先告訴我那個氣象計畫，是他力勸我到上方去，是他說服雷根准我加入，還特別誇大我的數學功力。這就不得不令人懷疑，他為何那麼渴望讓我上那兒去，為何如此盡心盡力。」

「或許是為你好吧。他對你有好感，哈里，他一定是認為氣象學對心理史學可能有所助益。這難道不可能嗎？」

夫銘以平靜的口吻說：「我們來考慮另一個可能性。在阮達告訴你那個氣象計畫之後，以及你真正前往上方之前，這中間有好長一段時間。假如阮達和任何祕密活動毫無牽連，他就沒有特別理由要對這件事保密。假使他是個友善外向、喜愛社交的人——」

「他就是這樣。」鐸絲說。

「——那麼，他很有可能對許多朋友提到這件事。這樣的話，我們根本無從判斷告密者是誰。

事實上──我只是提出另一個可能性──假如阮達的確是個反帝人士，也不一定就代表他絕對不是特務。我們必須探討：他是誰的特務？他替什麼人工作？」

謝頓很驚訝。「除了帝國，除了丹莫刺爾，他還能替誰工作？」

夫銘舉起一隻手來。「謝頓，你對川陀政治的複雜性一點都不瞭解。」他又轉向鐸絲說：「再告訴我一遍：雷根博士認爲那架氣象飛機最可能來自哪四個區？」

「海斯特婁尼亞、衛荷、齊勾瑞斯，以及北達米亞諾。」

「你並未以任何引導的方式發問？你並未問他某一區是不是有可能？」

「沒有，絕對沒有。我只是問他，能不能推測那架噴射直升機來自何方。」

「而你，」夫銘轉向謝頓，「或許看到那架噴射直升機上有某種標誌，某種徽章？」

謝頓本想強烈反駁，想說由於雲層遮掩，他幾乎看不見那架飛機，想說它只是偶爾短暫現身，想說他自己並未尋找什麼標誌，而只想到逃命──不過他都忍住了。不用說，這些夫銘全部知道。反之，他只是簡單答道：「只怕沒有。」

鐸絲說：「假如那架噴射直升機負有綁架任務，難道不會把徽章遮起來嗎？」

「這是個理性的假設，」夫銘說：「而且很有可能是事實，不過在這個銀河系，理性不一定總是勝利者。無論如何，既然謝頓似乎未曾注意那架飛機的任何細節，我們如今只能做些推測。而我所想到的是：衛荷。」

「爲何？」謝頓重複那兩個音，「不論飛機上是些什麼人，我猜他們想要抓我的原因，是爲了我所擁有的心理史學知識。」

「不，不。」夫銘舉起右手食指，像是在教訓一個年輕學生。「保衛的衛，電荷的荷，它是川陀一個區的名字。這是一個很特別的行政區，三千多年來，它一直被同一個世系的區長統治。那是個連續的世系，是個單一的朝代。曾有一段時間，大約五百年前，帝國有兩位皇帝和一位女皇出自衛荷世族。那是一段相當短的時期，而這幾位統治者都不怎麼傑出，也沒有什麼特殊的功績，但是歷代衛荷區長都沒忘記這段稱帝的過去。

「對於後繼的統治者，他們並無積極的不忠行動，卻也從未聽說他們如何主動爲那些世族效命。在偶爾發生的內戰時期，他們一律保持某種中立的立場，採取的行動則似乎經過詳細計算，目的在於盡量延長戰事，並讓情勢演變得似乎必須求助衛荷，才能獲取一個折衷之道。這種計謀從未得逞，但他們也從未放棄嘗試。

「目前的衛荷區長特別精明能幹。他已經老了，可是野心尚未冷卻。假如克里昂有什麼三長兩短，即使是自然死亡，那位區長也有機會趕走克里昂的親生幼子，自己來繼任皇位。對於一位具有皇室傳統的逐鹿者，銀河黎民總會稍有偏愛。

「因此之故，假如衛荷區長聽說過你，或許便會想到可善加利用，讓你成爲替他們那個世族宣傳的科學預言家。衛荷有個歷史悠久的動機，會試圖以簡便的手法結束克里昂，再利用你來預測衛荷乃是不二的繼位者，能帶來千年的和平與繁榮。當然，一旦衛荷區長登上皇位，再也不必利用你時，你就很可能被埋在克里昂旁邊。」

隨之而來的一段陰鬱沉默最後被謝頓打破，他說：「可是我們並不確定，想抓我的就是這個衛荷區長。」

「沒錯，我們不確定。此時此刻，我們也不確定究竟是否有人想抓你。畢竟，那架噴射直升機仍有可能如雷根所言，只是一架普通的氣象試驗飛機。話說回來，隨著有關心理史學與其潛力的消息愈傳愈廣——這是一定的事——愈來愈多川陀上的強權，甚至其他世界的野心家，都會想要好好利用你。」

「那麼，」鐸絲說：「我們該怎麼辦？」

「這的確是個問題。」夫銘沉思了一會兒，然後說：「也許來到這裡是個錯誤。對一位教授而言，選擇一所大學藏身實在太有可能。大學雖然爲數衆多，斯璀璘卻是最大、最自由的幾所之一。所以要不了多久，各處的觸鬚就會悄悄摸索過來。我想謝頓應該盡快——或許就是今天——換到另一個較佳的藏匿地點。只是……」

「只是？」謝頓問。

「只是我也不知道該去哪裡。」

謝頓說：「從電腦螢幕上叫出地名目錄，然後隨機選取一處。」

「當然不行。」夫銘說：「那樣做的話，我們會剛好有一半的機會，找到一個安全値低於平均値的地方。不，必須客觀推論出來才行——總有辦法的。」

32

午餐之前，他們三人一直擠在謝頓的房間。在此期間，謝頓與鐸絲偶爾輕聲閒聊些毫不相關的話題。但夫銘卻幾乎維持著完全的靜默，他坐得筆直，吃得很少，而他嚴肅的表情（使他看來比實際年齡更老些，謝頓心想）則始終保持著沉靜與內斂。

謝頓暗自猜想，他一定是在心中檢視川陀遼闊的地理，試圖尋找一個理想的角落。毫無疑問，這不是一件簡單的事。

謝頓的故鄉赫利肯比川陀大了百分之一、二，而且海洋面積較小。因此，赫利肯的陸表或許多過川陀百分之十。不過赫利肯人口稀疏，表面僅有零星分佈的一些城市，而川陀則是單一的大都會。赫利肯總共劃分為二十個行政區，川陀的行政區則超過八百，而且這八百多個區又各自細分成許多複雜的單位。

最後，謝頓帶著幾分絕望說：「夫銘，也許最好的辦法，是在那些覬覦我的所謂能力的角逐者中，找一個最接近善類的，然後把我交給他，仰仗他來保護我。」

夫銘抬起頭來，以極嚴肅的口吻說：「沒這個必要。我知道哪個角逐者最接近善類，而你已經在他手中。」

謝頓微微一笑。「你將自己和衛荷區長，以及統治整個銀河的皇帝等量齊觀嗎？」

「就地位而言，當然不行。但是論及想要控制你的渴望，我足以和他們匹敵。然而他們，以及我所能想到的其他任何人，這些人想要你的目的，是為了增加他們自己的財富和勢力；而我卻毫無野心，只為整個銀河的福祉著想。」

「我猜想，」謝頓以平板的語氣說：「你的每一位競爭者——如果有人問起——都會堅持他心中也只有銀河的福祉。」

「我確信他們會這麼回答。」夫銘說：「可是目前為止，套用你的稱呼，在我的競爭者之中，你唯一見過的是那位皇帝。他對你有興趣，是希望你提出一個有助於穩定其皇朝的虛構預測。而我並未要求你做任何類似的事。我只要求你將心理史學的技術發展完備，以便做出具有數學根據的預測，哪怕本質上只是統計性的。」

「這倒是實話，至少目前為止。」謝頓似笑非笑地說。

「因此之故，我或許該問一問：這項工作你進行得如何？可有任何進展？」

謝頓不知道該大笑還是大怒。頓了一會兒之後，他放棄了這兩種選擇，只是勉力以冷靜的口吻說：「進展？在不到兩個月之內？夫銘，這種事很可能會花上我一輩子的時間，還要賠上十幾代後繼者的一生——即使如此仍一無所獲。」

「我並不是指拍板定案的正確解答，甚至不是指出現什麼曙光。你曾經好多次斷然地說，實用的心理史學是可能卻不可行的。我所問的是，有沒有出現將它變成可行的任何希望？」

「坦白說，沒有。」

鐸絲說：「對不起，我不是數學家，所以希望我的問題不會太蠢。你怎麼能知道某樣事物既有可能又不可行？我曾經聽你說過，理論上而言，你也許能親自拜訪帝國的每一個人，和每一個人打招呼，但是這項壯舉實際上卻不可行，因為你的命不可能那麼長。可是，你又怎麼知道心理史學也是屬於這種範疇的事物？」

謝頓帶著幾分不可置信望著鐸絲。「你想要我解釋這點？」

「是的。」她使勁點頭，牽動了滿頭鬈髮。

「事實上，」夫銘說：「我也想聽聽。」

「不用數學？」謝頓帶著一絲笑意說。

「拜託。」夫銘說。

「好吧——」他沉默了一下，尋思一個適當的表達方式。然後他說：「如果你要瞭解宇宙的某個層面，倘若你能盡量簡化它，乃至僅僅包含與該層面息息相關的性質及特徵，將對這個問題有莫大幫助。假如你想研究一個物體如何落下，你不必關心它是新還是舊，是紅還是綠，或者是否具有某種氣味。你忽略掉這些性質，避免掉不必要的複雜。這種簡化可稱為模型或模擬，你可以把它實際展現在電腦螢幕上，或是用數學關係式來描述。如果你考慮原始的非相對論性重力理論……」

鐸絲立刻抗議：「你答應不提到數學的。別企圖用『原始』這個稱呼來偷渡。」

「不，不。我所謂的『原始』，是指有史以來便已存在，而就像輪子或火的發明一樣，它的發現早已湮沒在遠古迷霧中。無論如何，這種重力理論的方程式，蘊涵了對行星系、雙星系、潮汐現象，以及其他許多事物的描述。利用這種方程式，我們能建立一個圖像模擬，而在二維螢幕上表現行星環繞恆星，或是兩顆恆星互繞的模式；甚至可在三維全相像中，建立更加複雜的系統。比起研究該現象本身，這種簡化的模擬使我們更加容易掌握那些現象。事實上，若是沒有重力方程式，我們對於行星運動的知識，以及一般天體力學的知識，都將變得既貧乏又淺薄。

「且說，當你希望對某個現象瞭解得更多，或是某個現象變得更複雜時，你就需要更精緻的方程式，以及更詳細的電腦程式。最後，你會得到一個愈來愈難掌握的電腦化模擬。」

「你不能為一個模擬再建立模擬嗎？」夫銘問道：「這樣你就會再簡化一級。」

「這樣的話，你就得忽略該現象的某些特徵，而它卻正是你想要涵蓋的，如此你的模擬將變得毫無用處。所謂的『最簡模擬』——也就是說，最簡化的可行模擬——其複雜度的累增會比被模擬的對象更迅速，到最後模擬終將和現象本身並駕齊驅。因此，早在數千年前，就有人證明出宇宙整體，包括全部的複雜度，無法用比它更小的任何模擬來表現。

「換句話說，除非你研究整個宇宙，否則無法獲得宇宙整體的任何圖像。此外也有人證明，倘若企圖以模擬取代宇宙的一小部分，再用另一個模擬取代另一小部分，其他依此類推，然後打算把這些模擬放在一起，形成宇宙的整體圖像，你將發現這種部分模擬共有無限多個。因此你需要無限長的時間，才能瞭解整個宇宙，這正是不可能獲得宇宙全部知識的另一種說法。」

「目前為止，我都瞭解。」鐸絲的聲音帶著一點驚訝。

「好的，此外，我們知道某些相當簡單的事物是很容易模擬的，而當事物愈來愈複雜時，模擬就變得愈來愈難，最後終於變得絕無可能。但是究竟在何等複雜度之下，模擬就變得沒有可能呢？嗯，我利用上個世紀才發明的數學技巧——即使動用巨大而高速的電腦，這種技巧目前也幾乎沒什麼用——證明出我們的銀河社會在臨界點這一邊。換言之，它的確可用比本身更簡單的模擬來表現。我還進一步證明，這將導致一種預測未來的能力。它是統計性的，也就是說，我算出的是各組可能事件的機率，而並非斷定哪一組會發生。」

「這樣一來，」夫銘說：「既然你的確能有效地模擬銀河社會，剩下的問題只是如何進行而已。為什麼實際上又不可行呢？」

「我所證明的，只是並不需要無限長的時間來瞭解銀河社會，不過若是得花上十億年，它仍然是不可行的。對我們而言，這和無限長的時間並沒有分別。」

「眞要花那麼久的時間嗎？十億年？」

「我還無法算出需要多少時間，但是我有一種強烈的感覺，覺得至少需要十億年之久，所以我才會提出這個數目。」

「但你並非眞的知道。」

「我正試圖把它算出來。」

「沒有成功？」

「沒有成功。」

「大學圖書館沒有幫助嗎？」夫銘一面問，一面向鐸絲望了一眼。

謝頓緩緩搖了搖頭。「一點也沒有。」

「鐸絲幫不上忙嗎？」

鐸絲嘆了一口氣。「契特，我對這個題目一竅不通，只能建議尋找的方向而已。假如哈里試過之後一無所獲，那我就無能為力了。」

夫銘站了起來。「這樣的話，留在這所大學就沒什麼大用，我必須想個別的地方安置你。」

謝頓伸出手，按住夫銘的袖子。「然而，我卻有個想法。」

夫銘微微瞇起雙眼盯著他，這種表情足以掩飾驚訝——或是懷疑。「你是何時想到的？剛才嗎？」

「不，早在我去上方之前，它就在我腦中縈繞好幾天了。那個小變故暫時把它壓了下去，不過你一問起圖書館，我馬上想了起來。」

夫銘重新坐下。「把你的想法告訴我——除非它從頭到尾都是數學產物。」

「完全沒有數學。只不過是當我在圖書館研讀歷史時，突然想到銀河社會過去並沒有那麼複雜。一萬兩千年前，帝國正要建立的時候，銀河系僅僅包含大約一千萬個住人世界。兩萬年之前，前帝國時代的衆王國總共只有一萬個世界左右。而在更早更早以前，誰知道人類社會縮成什麼樣子？甚至也許只有一個世界，夫銘，正如你自己提到的那個傳說所描述的。」

夫銘說：「而你認爲，假如你研究一個簡單得多的銀河社會，就有可能發展出心理史學？」

「是的，我覺得應該有這個可能。」

「這樣的話，」鐸絲突然以熱切的口吻說：「假設你針對過去一個較小的社會，發展出心理史學；假設你能根據對前帝國時代的研究，預測出帝國形成一千年後的種種——你馬上可以核對當時的實際情形，看看你距離正確目標還有多遠。」

夫銘冷冷地說：「既然你能事先知道銀河紀元一千年的情形，這就不算是個客觀的測驗。你會不自覺地受到既有知識的左右，於是你爲方程式所選取的參數，一定會是那些能給你正確答案的數值。」

「我倒不這麼想。」鐸絲說：「我們對銀紀一千年的情況並不很清楚，必須深入探討才行。畢竟，那是十一個仟年以前。」

謝頓現出惶惑的表情。「你說我們對銀紀一千年的情況不很清楚，這究竟是什麼意思？當時已經有電腦了，對不對，鐸絲？」

「當然。」

「還有記憶儲存單元以及視聽記錄？我們應該還保有銀紀一千年的所有記錄，就像我們擁有今年——銀紀一二〇二〇年的記錄一樣。」

「理論上沒錯，可是實際的情形——嗯，你瞧，哈里，這正是你常掛在嘴邊的。想要保有銀紀一千年的一切記錄，是有可能但卻不切實際的。」

「沒錯，可是鐸絲，我常掛在嘴邊的是數學論證。我看不出如何適用於歷史記錄。」

鐸絲以辯護的口吻說：「哈里，記錄不會永久留存的。記憶庫會由於戰亂而毀壞或損傷，甚至只因爲時日久遠而腐朽。任何的記憶位元，任何的記錄，如果很長一段時間未被引用，最後就會淹沒在不斷積累的雜訊中。據說在帝國圖書館，整整三分之一的記錄已不知所云，不過，當然，援例是不得移走那些記錄的。其他圖書館沒有那麼多傳統的包袱，在斯璀璘大學的圖書館，我們每隔十年就清除一次無用的資料。

「自然，經常被引用，以及經常在各個世界、各個政府或私人圖書館被複製的記錄，幾千年後依然清晰可辨。因此銀河歷史的許多重大事件，即使發生在前帝國時代，至今仍舊家喻戶曉。然而，你愈是向前回溯，保存的資料就愈少。」

「我無法相信。」謝頓說：「我以爲任何記錄在瀕臨損毀時，都會即時重製一份副本。你怎能任由知識消失呢？」

「沒人要的知識就是沒用的知識。」鐸絲說：「爲了不斷維新無人使用的資料，你能想像需要消耗多少時間、精力和能量嗎？這種浪費會隨著時間而愈來愈嚴重。」

「不用說，你總該考慮到一件事實：某一天，某個人可能會需要那些被隨便丟棄了的資料。」

「對某個特定項目的需求，可能一千年才有一次。僅僅爲了預防這種需求而保存它，絕不是一件划算的事。即使在科學領域也不例外。你剛才提到重力的原始方程式，說它之所以『原始』，是因爲它的發現遺失在遠古迷霧中。爲什麼會這樣呢？你們數學家和科學家爲何不保存所有的數據、所有的資料，爲何不能遠溯到發現那些方程式的迷霧般原始時代？」

謝頓哼了一聲，並未試圖回答這個問題。他說：「好啦，夫銘，我的想法差不多就是這樣。當我們回溯過去，社會變得愈來愈小的時候，實用的心理史學就變得愈來愈有可能。可是，相關知識甚至比社會規模縮減得更迅速，因此心理史學卻又愈來愈沒有可能——而後者的效應超越了前者。」

「對了，有個麥曲生區。」鐸絲若有所思地說。

夫銘迅速抬起頭來。「沒錯，那裡是安置謝頓最理想的地方。我自己應該想到的。」

「麥曲生區？」謝頓一面說，一面輪流望向另外兩人，「麥曲生區在哪裡，又是個什麼地方？」

「哈里，拜託，我等一下會告訴你。現在我需要做些準備，你今晚就要動身。」

33

鐸絲曾經力勸謝頓小睡片刻。他們準備於照明熄滅與開啓之間、大學裡其他人都熟睡之際，在「夜色」的掩護下離去。她堅持動身前他還可以稍事休息。

「而讓你再睡地板？」謝頓問道。

她聳了聳肩。「這張床只能容納一個人，假如我倆硬要擠在一起，誰都沒法睡好。」

他以渴望的目光望了她一會兒。「那麼這次換我睡地板吧。」

「不，不行，在冰珠中不省人事的可不是我。」

結果兩個人都沒有睡。雖然他們將室內照明調暗；雖然在相當安靜的校園中，川陀永不止息的嗡嗡聲成了催眠曲，謝頓卻覺得必須講幾句話。

他說：「鐸絲，我來到這所大學後，爲你添了這麼多麻煩，甚至讓你無法工作。話說回來，如今不得不離開你，我還是感到很遺憾。」

鐸絲說：「你不會離開我，我跟你一塊走。夫銘正在幫我安排一次長假。」

謝頓驚慌地說：「我不能要求你那樣做。」

「你沒有，是夫銘要求的，而我必須保護你。畢竟，上方的意外我未能盡到責任，應該彌補一下。」

「我跟你說過，請別爲那件事感到內疚。然而，我必須承認，有你在身邊我會感到自在許多。只要我能確定，我不會干擾你的生活……」

鐸絲柔聲說道：「哈里，你沒有，拜託去睡會兒吧。」

謝頓靜默了一陣子，然後悄聲道：「鐸絲，你確定夫銘眞能安排一切嗎？」

鐸絲說：「他是個了不起的人。他在各處都有影響力，在這所大學也不例外，我這麼想。他要是說能爲我安排一次無限期的長假，我就確信他能做到。他是最有說服力的人。」

「我知道。」謝頓說：「有時我不禁懷疑，他究竟想從我身上得到什麼？」

「就是他所說的，」鐸絲道：「他是個懷抱著強烈而完美的理想和夢想的人。」

「聽來好像你十分瞭解他，鐸絲。」

「喔，對，我十分瞭解他。」

「親密嗎？」

鐸絲發出一下怪聲。「我不確定你在暗示什麼，哈里，可是，姑且假設是最無禮的那種意思——不，我對他的瞭解並不親密。無論如何，這又關你什麼事？」

「我道歉。」謝頓說：「我只是不想，無意之間，侵犯到別人的……」

「財產？那更是無禮之至。我認為你最好還是睡覺吧。」

「鐸絲，我再度道歉。可是我無法入睡，至少容我改變一下話題。你還沒有解釋麥曲生區是什麼樣的地方，為什麼我適合到那裡去？它像什麼樣子？」

「它是個小區，人口大約只有兩百萬——如果我沒記錯的話。重要的是，麥曲生人緊守著一套與早期歷史有關的傳統，而且想必擁有非常古老的記錄，那是任何外人都無法取得的。既然你企圖檢視前帝國時代的歷史，他們可能比正統歷史學家對你更有幫助。在我們談論那些早期歷史問題時，我突然想到了這個區。」

「你曾經看過他們的記錄嗎？」

「沒有，我不知道有誰看過。」

「那麼，你能確定那些記錄真的存在嗎？」

「其實，我也不敢說。在許多外人心目中，他們只是一群狂妄之徒，不過這也許相當不公平。他們確實聲稱擁有那些記錄，所以或許是真的。無論如何，我們在那裡不會受到任何注意。麥曲生人絕對不跟外人來往——現在請你務必睡會兒吧。」

這回謝頓總算睡著了。

34

哈里．謝頓與鐸絲．凡納比里在〇三〇〇時離開大學校園。謝頓明白必須讓鐸絲領頭，因爲她比他更熟悉川陀——有著兩年的落差。她顯然是夫銘的一位密友（有多親密？這個問題一直在他腦際迴響），而且她能瞭解他的指示。

她與謝頓都套上一件附有貼身兜帽、隨風搖曳的輕質斗篷。幾年前，這種款式的服裝曾在這所大學（以及一般年輕知識份子間）流行過一段短時間。雖然如今也許會引人發笑，但它至少有一項優點，那就是能將他們遮掩得很好，讓他們不會被認出來——至少匆匆一瞥之下不會。

先前夫銘曾說：「謝頓，上方那件事有可能是百分之百的單純事件，根本沒有特務想抓你，不過我們還是要做最壞的打算。」

謝頓則以渴求的口吻問道：「你不跟我們一塊走嗎？」

「我很想這麼做。」夫銘說：「可是，爲了避免自己成爲目標，我一定不能離開工作崗位太久。你瞭解嗎？」

謝頓嘆了一聲，他的確瞭解。

他們上了一輛捷運，並在盡量遠離車廂裡的幾名乘客處找了一個座位。（謝頓不禁納悶，清晨三點的時候，捷運中爲何還會有人。然後才想到這是他們的運氣，否則他與鐸絲就實在太顯眼了。）

當綿延不絕的捷運車廂，沿著綿延不絕的單軌，在綿延不絕的電磁場上前進時，謝頓開始觀賞同樣綿延不絕、像接受檢閱般通過窗外的風景。

捷運經過一排又一排的居住單位，其中非常高的只佔極少數，但是據他所知，有些卻相當深入地底。然而，既然二億平方公里形成一個都會化整體，即使人口高達四百億之衆，也不會需要非常高的建築，或是住得非常緊密。他們的確也曾通過空曠地區，其中大部分似乎都種有農作物，不過某些顯然像是公園。此外還有許多建築，他根本猜不到用途。工廠嗎？辦公大廈嗎？誰知道呢？有個巨大而毫無特色的圓柱體，他認爲好像是儲水槽。無論如何，川陀必須有清水供應系統。他們是否將雨水從上方引下來，加以過濾消毒，然後儲存起來？這似乎是他們唯一的辦法。

不過，謝頓沒有太長的時間來研究這些景物。

鐸絲突然低聲說：「我們該下車的地方快到了。」她站了起來，強有力的手指緊緊抓住他的臂膀。

不久他們便下了捷運，重新站在堅實的地板上，鐸絲開始研究方向指示標誌。

那些標誌毫不起眼，而且爲數衆多，謝頓的心不禁一沉。其中大多數是圖形符號與縮寫，川陀本地人一定都能瞭解，但是對他而言卻完全陌生。

「這邊走。」鐸絲說。

「哪邊走？你怎麼知道？」

「看到那個嗎？兩根翅膀加一個箭頭。」

「兩根翅膀？喔。」他本以爲那是一個寫得又寬又扁的字母，不過現在看來，還眞有點像形式化的一對鳥翼。

「他們爲什麼不用文字？」他繃著臉問。

「因爲文字在各個世界不盡相同。這裡所謂的『噴射機』，在錫納或許是『飛翔機』，在其他一些世界卻是『雷霆機』。而兩根翅膀加一個箭頭，則是代表飛行器的銀河標準符號，任何地方的人都看得懂——你們在赫利肯不用這些符號嗎？」

「不多。就文化而言，赫利肯是個相當同質化的世界。我們傾向於緊守自己的行事方式，因爲近鄰的強勢文化令我們有危機感。」

「想到了嗎？」鐸絲說：「這就是你的心理史學可能派上用場的地方。你可以證明，雖然有許多不同的方言，使用泛銀河符號仍是一種團結的力量。」

「這沒什麼幫助。」他跟著她穿過空曠而陰暗的巷道，一部分心思在嘀咕川陀的犯罪率有多高，而這裡是否屬於高犯罪率地區。「你可以找出十億條規則，每條涵蓋一個單一現象，卻無法從中導出一般性的通則。這就是所謂的：一個系統只能用和它本身同樣複雜的模型來解釋——鐸絲，我們要去搭噴射機嗎？」

她停了下來，轉身望向他，皺著眉頭露出苦笑。「既然我們沿著噴射機的符號前進，你以爲我們要去高爾夫球場嗎？你是不是像許多川陀人一樣，對噴射機感到恐懼？」

「不，不。我們在赫利肯總是飛來飛去，我自己也常搭噴射機。只不過當夫銘帶我到斯瑺璘大學時，他刻意避免商業空中交通，認爲那會使我們留下太明顯的行跡。」

「哈里，那是因爲當初他們知道你在哪裡，而且已經在跟蹤你。如今，或許他們並不知道你的行蹤。何況我們將使用一座偏僻的機場，以及一架私人噴射機。」

「由誰來駕駛呢？」

「夫銘的一位朋友吧，我猜。」

「你認爲能信任他嗎？」

「只要他是夫銘的朋友，當然就信得過。」

「你確實對夫銘推崇備至。」謝頓十分不以爲然地說。

「這是有理由的。」鐸絲毫無靦腆之色，「他是最棒的。」

謝頓心中的不服並未因此減輕。

「噴射機就在前面。」她說。

那是一架小型飛機，有著一對奇形怪狀的機翼。一個身材矮小的人站在旁邊，穿著一身令人眼花撩亂的川陀流行色彩。

鐸絲說：「我們是心理。」

那位駕駛員說：「那麼我是史學。」

他們跟他上了噴射機，謝頓說：「這組口令是誰的點子？」

「夫銘的。」鐸絲說。

謝頓哼了一聲。「我一直不曉得夫銘還會有幽默感，他是那麼嚴肅的人。」

鐸絲微笑不語。

第八章：日主

日主十四：……古川陀麥曲生區的一位領袖……與這個故步自封地區的其他領袖一樣，其生平事蹟鮮爲人知。他在歷史上得以稍佔一席之地，全是由於他與「逃亡期」的哈里·謝頓有著千絲萬縷的關係……

——《銀河百科全書》

12020GE —— Encyclopedia

35

小型的駕駛艙後面只有兩個座位。當謝頓坐下來，椅墊緩緩下陷之後，突然出現一團網狀物，將他的雙腿、腰際、胸部緊緊纏住，此外還有一個頭罩套住他的前額與耳朵。他覺得像是被五花大綁，而當他勉強轉頭向左望去——只轉動了很小的角度——他能看到鐸絲也處於相同的處境。

駕駛員就位之後，開始檢查控制面板。然後他說：「我是恩多．列凡尼亞，在此為你們服務。你們現在被緊緊網住，是因為起飛時將有可觀的加速度。一旦我們到達露天空間，開始正常飛行，你們就會恢復自由。兩位的名字不必告訴我，那不關我的事。」

他在座位上轉過頭來，對兩位旅客微微一笑。當他的嘴角向外撇時，妖精般的臉孔皺成一團。「年輕人，有任何心理上的障礙嗎？」

鐸絲輕描淡寫地說：「我是外星人士，我飛慣了。」

「我也一樣。」謝頓帶著一絲高傲答道。

「好極了，年輕人。當然，這不是你們常見的噴射機，你們或許也沒有夜間飛行經驗，但我會指望你們支持得住。」

他自己同樣被網住，不過謝頓看得出他的雙臂仍活動自如。

從噴射機內部傳出一陣單調的嗡嗡聲，強度與音調都愈來愈高。雖然並未真正變得刺耳，卻也逐漸接近刺耳的邊緣。謝頓做了一個動作，彷彿想要搖搖頭，將耳朵裡的噪音甩出來，但他的努力似乎只讓頭罩箍得更緊。

然後噴射機便彈入空中（謝頓只能想到用「彈」這個動詞來描述），他發覺自己被一股大力壓向坐墊與椅背。

透過駕駛員面前的擋風玻璃，謝頓看到有一面牆陡然升起，令他冒出一身冷汗。接著那面牆上出現一個圓形洞口，類似當日他與夫銘離開皇區時，駕著出租飛車衝進去的那個小洞。不過，這個洞口雖然足以容納噴射機的機身，卻絕對沒有爲機翼留下任何餘地。

謝頓盡可能將頭轉向右方，剛好及時看到右側機翼正在收縮折疊。

噴射機衝進洞口之後，立刻被電磁場攫獲，開始沿著一條明亮的隧道向前疾駛。加速度始終維持定值，但偶爾會傳來「卡答卡答」的噪音，謝頓猜想可能是機身經過各個磁體時造成的。

不到十分鐘，這架噴射機便被隧道「噴」入大氣層，迅疾衝進突然變成一片黑暗的夜空。

噴射機在離開電磁場後開始減速，謝頓感到整個身子頂住安全網，黏在那裡好一陣子，幾乎令他無法呼吸。

最後壓力終於消失，安全網也一下子不見了。

「年輕人，你們還好嗎？」駕駛員快活的聲音傳了過來。

「我不確定。」謝頓說完，又轉向鐸絲問道：「你還好嗎？」

「當然。」她答道：「我想列凡尼亞先生是故意在考驗我們，看看我們是否眞是外星人士。是不是這樣，列凡尼亞先生？」

「有些人喜歡刺激。」列凡尼亞說：「你們呢？」

「要有限度。」鐸絲答道。

謝頓隨即附和：「任何理智的人都會承認這一點。」

接著，謝頓繼續說：「萬一你把機翼折斷了，閣下，似乎就沒那麼好玩了。」

「閣下，不可能的。我告訴過你，這不是你們常見的噴射機。它的機翼完全電腦化，會隨時改變長度、寬度、曲率和整體形狀，來配合噴射機的速率、風速、風向、氣溫，以及其他五、六種變數。除非噴射機處於足以粉碎機身的應力之下，否則機翼絕不會單獨折斷。」

謝頓的窗口忽然一陣嘩啦嘩啦，於是他說：「外面在下雨。」

「經常如此。」駕駛員說。

謝頓向窗外望去。在赫利肯或是其他任何世界，一定都能看到光線——人工照明。唯獨在川陀，下面將是一片漆黑。

——嗯，並不盡然。在某一處，他看見一個閃爍的信號燈光。或許，上方的高處都裝有警告燈號。

如同往常一樣，鐸絲察覺到謝頓的不安。她拍拍他的手，說道：「哈里，我確信駕駛員知道自己在做什麼。」

「我也會試著確信這一點，鐸絲，但我希望他能和我們分享一些他知道的事。」謝頓故意用駕駛員聽得到的音量說。

「我不介意和你們分享。」駕駛員說：「聽好，我們目前正在上升，幾分鐘之後，我們即將抵達雲蓋之上。那時就不會有任何雨水，我們甚至看得到星辰。」

他將這句話的時間算得準確無比，剛一說完，羽毛般的殘雲中便閃現幾顆星星，而在他關掉機艙內的光源之後，其他星辰也都突然大放光明。此時機艙內只剩下儀錶板的微弱光芒，窗外的天空則是明亮耀眼的星光。

鐸絲說：「這是兩年多來，我第一次看見星辰。是不是很壯觀？它們是那麼明亮，而且數量那麼多。」

駕駛員說：「川陀比大多數外星世界更接近銀河中心。」

由於赫利肯位於銀河系星辰稀疏一隅，它的星像場黯淡而不起眼，因此謝頓不禁目瞪口呆。

鐸絲說：「飛行變得多麼寧靜啊。」

「的確如此。」謝頓說：「列凡尼亞先生，這架噴射機用什麼動力？」

「微融合發動機，以及稀薄的熱氣流。」

「我不知道我們已有實用的微融合噴射機。是有人在討論，不過……」

「只有幾架像這樣的小型機種，目前僅在川陀可見，專供政府高級官員使用。」

謝頓說：「這種旅行的費用一定很高。」

「的確非常高，閣下。」

「那麼，夫銘得付多少錢？」

「這趟飛行完全免費，夫銘先生是本公司的好朋友。」

謝頓咕噥一聲，然後問道：「這種微融合噴射機爲何不多見？」

「理由之一是太貴，閣下，現存的幾架已足敷需求。」

「若能製造更大的噴射機，就能創造更多的需求。」

「或許吧，但公司始終無法強化微融合引擎，以提供大型噴射機使用。」

謝頓想起夫銘的牢騷——科技的進展已經衰退到一個低水平。「衰落。」他喃喃地說。

「什麼？」鐸絲問。

「沒什麼。」謝頓說：「我只是想起夫銘對我說的一些話。」

他望著外面的繁星，又說：「列凡尼亞先生，我們往西飛嗎？」

「是啊，沒錯。你怎麼知道？」

「因爲我想到，如果我們往東迎向黎明，現在應該看到曙光了。」

不過，環繞這顆行星的曙光最後還是追上他們，陽光——眞正的陽光——照亮了整個艙壁。然而陽光露臉的時間並不長，噴射機很快就向下俯衝，重新鑽入雲層。藍色的天空與金色的陽光隨即消失，取而代之的是一片灰暗。謝頓與鐸絲都發出失望的感嘆，惋惜他們無法再多享受片刻的眞正陽光。

等到他們沉到雲層之下，上方立刻出現在他們下面，而它的表面——至少在這個地區——是一片綠色的起伏波浪，由樹木茂密的凹窪與夾雜其間的草地交織而成。根據克勞吉雅的說法，上方的確存在這種景觀。

然而，他仍然沒有多少時間仔細觀察。不久之後，下面出現一個洞口，邊緣標示著「麥曲生」幾個大字。

他們馬上衝進去。

36

他們降落在某座噴射機場，看在謝頓少見多怪的眼中，這座機場似乎已被廢棄。駕駛員在完成任務後，與謝頓及鐸絲握了握手，便駕著噴射機一飛衝天，鑽進一個專門爲他打開的洞口。

然後，似乎唯有等待一途。附近有許多長椅，或許可以坐上一百人，但放眼望去卻只有謝頓與鐸絲．凡納比里兩個。這座機場呈長方形，四周皆圍有高牆，其中一定有許多可開啓的隧道，用以迎送來來往往的噴射機。但在他們搭乘的噴射機離去後，這裡就一架也不剩；而在他們等候的過程中，也沒有其他飛機抵達。

沒有任何人到來，也沒有任何人煙，連川陀從不間斷的嗡嗡聲都靜止了。

謝頓覺得這種孤寂令人窒息，他轉向鐸絲說：「爲什麼我們必須待在這裡？你有任何概念嗎？」

鐸絲搖了搖頭。「夫銘告訴我，日主十四會和我們碰頭，除此之外我一無所知。」

「日主十四？那是什麼東西？」

「一個人吧，我猜。單從這個名字，我無法確定是男是女。」

「好古怪的名字。」

「古怪源自聽者有意。有些時候，一些從未見過我的人，會誤以為我是男性。」

「他們眞是笨啊。」謝頓微笑著說。

「一點也不。光從我的名字判斷，其實是他們有理。有人告訴我，在某些世界上，這是個很普遍的男性名字。」

「我以前從沒碰到過。」

「那是因為你還不算銀河旅者。『哈里』這個名字各地都很普通，不過我遇見過一位名叫『哈莉』的女性，發音和你的名字很接近，但第二個字是茉莉的『莉』。我記得在麥曲生，各個家族都有些專屬的特殊名字——並且加上編號。」

「可是，拿『日主』當名字似乎太狂了。」

「自誇一點又有何妨？在我們錫納，『鐸絲』源自當地一個古老的詞彙，意思是『春天的禮物』。」

「因為你是春天出生的？」

「不是，我張開眼睛時正逢錫納的盛夏。不過家人覺得這個名字很好聽，姑且不論它的傳統意義，何況原意幾乎已經被遺忘了。」

「既然這樣，或許日主……」

一個低沉而嚴肅的聲音說道：「外族男子，那是我的名字。」

謝頓嚇了一跳，立刻朝左方望去。一輛敞篷地面車不知何時已悄然接近，它的式樣古樸，外型四四方方，看來幾乎像一輛貨車。駕駛座上坐著一位高大的老者，他雖然上了年紀，看來仍然精力充沛。此時他走下車來，舉止顯得高貴而威嚴。

他身穿一件白色長袍，寬大的袖子在手腕處束緊。長袍下面是一雙軟質涼鞋，讓兩根拇趾露在外面。雖然他的頭型生得不錯，卻一根頭髮也沒有。他正以一雙深藍色的眼珠，冷靜地打量面前這兩個人。

他說：「你好，外族男子。」

謝頓自然而然客客氣氣地說：「你好，閣下。」然後，由於實在感到困惑，他又問道：「你是怎麼進來的？」

「從入口進來的。我進來之後入口就重新關閉，你沒有留意。」

「我想我們的確沒有留意。可是剛才我們不知道在等什麼，其實現在還是不知道。」

「外族男子契特．夫銘通知兄弟們，將有兩個外族成員前來。他囑託我們好生照顧。」

「這麼說，你認識夫銘嘍。」

「沒錯，他幫助過我們。因為這位可敬的外族男子幫過我們，所以我們現在務必要幫他。很少有人來到麥曲生，也很少有人離去。我會負責你的安全，會為你提供住所，並確保你不受侵擾。你在這裡將高枕無憂。」

鐸絲低下頭來。「日主十四，我們萬分感激。」

日主轉頭望向她，帶著一種不為所動的不屑神情。「我並非不懂外族習俗，」他說：「我知道在他們之間，女人大可主動開口說話，因此我並不生氣。若是面對其他不大清楚內情的兄弟，我請她一定要注意。」

「哦，眞的嗎？」雖然日主沒有生氣，鐸絲卻顯然被惹火了。

「千眞萬確。」日主說：「此外，當我是本支族唯一的在場者時，沒有必要使用我的識別編號。稱我『日主』就足夠了。現在我請兩位跟我走，我們要離開這個地方。此地外族氣氛太重，令我感到不自在。」

「自在是我們大家的渴望，」謝頓的音量或許稍嫌大了一點，「除非我們能得到保證，不會強迫我們放棄自我來順應你們，否則我們不會移動半步。根據我們的習俗，女性想說話隨時可以開口。既然你答應保障我們的安全，這種安全必須身心兼顧。」

日主直勾勾地凝視著謝頓。「外族年輕男子，你很大膽。你的名字？」

「我是來自赫利肯的哈里．謝頓，我的同伴是來自錫納的鐸絲．凡納比里。」

當謝頓報出自己的姓名時，日主曾經微微欠身，但聽到鐸絲的名字時他卻毫無動作。「我曾對外族男子夫銘發誓，我們會保障你的安全，所以在這件事情上，我將盡一己之力保護你的女伴。若是她想表現得厚顏無恥，我也會竭力幫她脫罪。可是，有一點你們一定要順從。」

然後他帶著無比的輕蔑，先指了指謝頓的頭部，然後再指向鐸絲。

「你是什麼意思？」謝頓問道。

「你們的頭部毛髮。」

「怎麼樣？」

「絕不能讓人看見。」

「你的意思是，我們得像你一樣把頭剃光？當然不行。」

「外族男子謝頓，我的頭並不是剃的。我剛進入青春期，就接受了脫毛手術，正如所有的兄弟以及他們的女人一樣。」

「如果我們討論的是脫毛手術，那麼否定的答案就更加確定——絕對辦不到。」

「外族男子，我們既不要求你們剃頭，也不要求你們脫毛。我們只要求和我們相處時，遮掩起你們的頭髮。」

「怎麼做？」

「我帶來一些人皮帽，它可以緊貼你們的頭顱，並附有兩條帶子，用來遮住眼上毛髮，也就是眉毛。你們和我們在一起時，一律要戴著它。此外，外族男子謝頓，當然你還得每天刮臉——或是更勤，若有必要的話。」

「可是我們爲何非這樣做不可？」

「因爲對我們而言，頭上的毛髮既淫穢又可憎。」

「不用說，你和你的同胞都該知道，在銀河系所有的世界上，蓄留頭部毛髮是其他族人共有的習俗。」

「我們知道。而在我們族人中，那些必須偶爾和外族人打交道的，例如我自己，有時就不得不目睹毛髮。我們雖能勉強忍受，但若是要一般兄弟受這種罪，卻實在不公平。」

謝頓說：「很好，那麼，日主——請告訴我，既然你原本有與生俱來的毛髮，像我們大家一樣，而且公然蓄留到青春期，又爲何一定要除掉呢？是否只是習俗使然，還是背後有什麼理論基礎？」

這位麥曲生老者驕傲地說：「我們藉由脫毛手術，向年輕人昭示他們已長大成人。此外，藉由脫毛手術，成年人將一直記得他們是什麼人，永遠不會忘記其他人都只是外族人。」

他未等對方做出回應（老實說，謝頓也想不出能有什麼回應），便從長袍的隱藏式套袋中掏出一把五顏六色的塑膠薄膜，並以尖銳的目光望著面前兩張面孔。然後他陸續拿出兩片薄膜，分別在兩人臉旁比了比。

「顏色必須配合得有分寸。」他說：「沒有人會傻到以為你們未戴人皮帽，但一定不能明顯到令人起反感。」

最後，日主終於挑出一片遞給謝頓，並示範如何將它拉成一頂帽子。

「外族男子謝頓，請你戴上。」他說：「起初你會笨手笨腳，不過你會漸漸習慣的。」

謝頓戴上人皮帽，但是當他試圖向後拉，以便蓋住頭髮的時候，人皮帽卻滑掉了兩次。

「從你的眉毛正上方開始。」日主的手指似乎在扯動，一副很想幫忙的樣子。

謝頓強忍住笑意，問道：「你能不能幫我？」

日主後退了幾步，以近乎激動的口氣說：「不行，那樣我會碰到你的頭髮。」

謝頓設法讓人皮帽勾住前額，然後遵照日主的指導，拉拉這裡，扯扯那裡，總算將頭髮全部蓋住。接下來，眉毛遮帶倒很容易調整。鐸絲從頭到尾都在仔細觀看，所以毫不費力就戴上了她那一頂。

「怎麼脫掉呢？」謝頓問。

「你只要找到任何一端，就能輕易將它剝下來。你若把頭髮剪短一點，將會發覺脫戴都比較容易。」

「我寧願多費點力氣。」然後謝頓轉向鐸絲，壓低了聲音說：「鐸絲，你還是一樣漂亮，不過你的臉部特徵的確不見了一部分。」

「那些特徵依然完好地藏在下面。」她答道：「我敢說，你會漸漸習慣沒有頭髮的我。」

謝頓則以更小的聲音說：「我不想在這裡待太久，不至於會習慣這一點。」

日主表現出明顯的高傲，毫不理會兩個外族人之間的低語。「請登上我的地面車，我現在就帶你們進麥曲生。」

37

「坦白說，」鐸絲悄聲道：「我幾乎無法相信自己還在川陀。」

「那麼，我想你是從未見過像這樣的景觀？」謝頓說。

「我來到川陀只不過兩年，大多時間都待在大學裡，所以我不算是個環球旅客。然而，我還是去過一些地方，聽說過一些風土民情。但我從未見過或聽過像這樣的——這樣的千篇一律。」

日主穩當地駕車前進，一點也沒有急著趕路。路上還有些同樣類似貨車的車輛，坐在駕駛座的人一律寸髮不生。在光線照耀下，他們的光頭閃閃發亮。

道路兩旁有些樸實無華的三層樓建築，所有的線條皆以直角相交，每一個角落都是灰色。

「死氣沉沉，」鐸絲誇張地說：「眞是死氣沉沉。」

「平等主義。」謝頓輕聲說道：「據我猜想，沒有一個兄弟能聲稱在任何方面比任何人更有特權。」

沿途的人行道上有許多行人。但是不見任何活動迴廊的蹤跡，附近也聽不到任何捷運的聲音。

鐸絲說：「我猜穿灰色的是女性。」

「很難判斷。」謝頓說：「長袍遮掩了一切，而且每個光頭看來都一樣。」

「穿灰色的總是成雙成對，否則就和一個穿白色的在一起。穿白色的可以單獨行走，而且日主也是一身白色。」

「你也許說對了。」謝頓提高音量說道：「日主，我感到好奇……」

「你若是好奇，就隨便問吧，不過我絕無回答的義務。」

「我們似乎正在經過一個住宅區。沒有任何商用建築，或是工業區的跡象……」

「我們是個純粹的農業社會。你從哪裡來，怎麼會不曉得？」

「你知道我是外星人士，」謝頓硬生生地說：「我來川陀只不過兩個月。」

「夠長了。」

「但你們如果是個農業社會，日主，我們怎麼也沒經過任何農場呢？」

「都在較低的層級。」日主簡短答道。

「那麼，麥曲生的這一層整個是住宅區嗎？」

「還有其他幾層也是。我們就是你見到的這個樣子：每位兄弟和他的家人都住在同等的寓所，每個支族都住在同等的社區，大家都有同樣的地面車，所有的兄弟都自己駕駛。沒有任何奴僕，也沒有人靠他人的勞力享清福。此外，更沒有人能覺得高人一等。」

謝頓衝著鏗絲揚了揚被遮起的眉毛，又說：「但是有些人穿白袍，有些則穿灰袍。」

「那是因爲有些是兄弟，而有些是姐妹。」

「我們呢？」

「你是一名外族男子，一位客人。你和你的──」他頓了一下，「同伴不會受到麥曲生生活方式的任何束縛。然而，你還是得穿一件白袍，而你的同伴得穿一件灰的。你們將住在特別的客房，但它和我們的寓所一模一樣。」

「衆生平等似乎是個迷人的理想，可是隨著人口的增加，又會發生什麼情形呢？是不是將大餅切成許多小塊？」

「人口絕不會增加。那樣一來，我們就必須爭取更多土地，周圍的外族人不會允許這種事情；而若不然，我們的生活方式便會每況愈下。」

「可是萬一……」謝頓的話只講了一半。

日主將他的話打斷。「夠了，外族男子謝頓。我提醒過你，我沒有義務回答你的問題。我們的任務，我們對我們的朋友——外族男子夫銘所做的承諾，是只要你不侵犯我們的生活方式，我們便會盡力保障你的安全。我們會做到這一點，不過僅止於此。好奇心可以有，但你若是糾纏不休，我們的耐性很快會被磨光。」

他的語調透出不容對方再開口的意思，令謝頓又急又氣。夫銘雖然幫了那麼大的忙，卻顯然將重點本末倒置。

謝頓尋求的不是安全，至少不僅是安全而已。他還需要尋找線索，要是得不到，他就不能——也不會——待在此地。

38

謝頓懷著幾分不悅打量他們的住所。它包含一間小而獨立的廚房，以及一間小而獨立的浴室。此外還有兩張窄床、兩個衣櫃、一張桌子和兩把椅子。簡言之，只要兩個人願意擠一擠，一切生活所需倒也一應俱全。

「在錫納，我們也有獨立的廚房和浴室。」鐸絲以逆來順受的口氣說。

「我可沒有。」謝頓說：「赫利肯或許是個小型世界，可是我住在一個現代化的都市，大家一律使用公共廚房和浴室——哪像這麼浪費。在不得不暫時棲身旅館的時候，有可能碰到這種情形，但如果全區都像這樣，試想會有多少廚房和浴室，會造成多少重複。」

「這是平等主義的一環吧，我猜。」鐸絲說：「大家的都一樣。不必搶奪屬意的那幾間，也不必爭先恐後。」

「可是也沒有隱私。我並不會太介意，鐸絲，但是你也許會，而我不要造成一種佔你便宜的假象。我們應該跟他們說清楚，我們兩人的房間一定要分開——相連但分開。」

鐸絲說：「我確定不會有什麼用的。此地空間至為寶貴，他們給了我們這麼大的地方，我想他們自己都會為這份慷慨感到驚訝。哈里，我們就湊合一下吧。我們兩人都不小了，足以應付這種狀況。我不是個害羞的閨女，你也無法讓我相信你是個稚嫩的少年。」

「要不是我，你也不會到這裡來。」

「那又怎麼樣？這是一次探險啊。」

「好吧，那麼，你要選哪張床？何不選靠近浴室那張？」他坐到另一張床上，「還有一件事困擾著我。不論我們在這裡待多久，我們總是外族人，不只你和我，甚至夫銘也是。我們屬於其他部族，不是他們自己的支族，因此大多數的事都和我們無關——可是，大多數的事其實都和我有關。那正是我來這裡的目的，我要探聽一些他們才知道的事。」

「或者該說，他們自認為知道。」鐸絲以歷史學家的懷疑口吻說：「我瞭解他們擁有許多傳說，理論上可遠溯太初時代，但我不相信這些傳說值得認眞看待。」

「在我們找出這些傳說之前，我們不能妄下斷語。外界沒有相關的記錄嗎？」

「據我所知並沒有。這些人極端故步自封，他們墨守成規幾乎到了瘋狂的地步。夫銘竟然有辦法打破他們的藩籬，甚至讓他們接納你我，這實在了不起——太了不起了。」

謝頓沉思了一下。「一定可以在哪裡找到缺口。我居然不知道麥曲生是個農業社會，這點令日主感到驚訝——事實上是憤怒。這似乎不是他們想要保密的一件事。」

「問題是，那並非什麼祕密。『麥曲生』想必源自古文，原意爲『酵母生產者』。至少我是這麼聽說的，我可不是古代語言學家。總之，他們培養各式各樣的微生食品，酵母菌當然不在話下，此外還有藻類、細菌、多細胞眞菌等等。」

「這沒什麼不尋常。」謝頓說：「大多數世界都有這種微生養殖業，連我們赫利肯也有一些。」

「麥曲生卻與衆不同，這是他們的專長。他們使用的方法和本區的名字同樣古老——祕密的肥料配方、祕密的養殖環境。誰知道還有什麼？反正全是祕密。」

「故步自封。」

「極端而且徹底。結果是他們培養出豐富的蛋白質和精妙的香料，所以他們的微生食品和其他世界完全不同。他們將產量控制得相當低，因此得以賣到天價。我從來沒嚐過，而我確定你也沒有，不過它大量出售給帝國官僚，以及其他世界的上層社會。麥曲生依賴這些出口維持穩健的經濟，因此他們希望大家都知道，此地是這種珍貴食品的出產地。這一點，至少並不是祕密。」

「所以說，麥曲生一定很富有。」

「他們並不窮，但我懷疑他們追求的並非財富，而是一種保護。帝國政府會保護他們，因爲沒有他們的話，就不會有這些微生食品爲每道菜餚加添最精妙、最濃烈的香味。這就代表說，麥曲生可以維持古怪的生活方式，並對近鄰擺出高傲的姿態，雖然後者或許覺得無法忍受。」

鐸絲四下望了望。「他們過著一種簡樸的生活。我注意到根本沒有全相電視，也沒有影視書。」

「我在架子上的小櫥中看到一本。」謝頓將它取下，仔細看了看標籤，然後以明顯的嫌惡口吻說：「一本食譜。」

鐸絲伸手把它要過來，開始撥弄上面的控制鍵。這花了她一會兒工夫，因爲鍵鈕的設置並非相當正統，不過最後她總算開啓了螢幕，開始檢視各頁的內容。她說：「裡面有些食譜，不過大部分內容似乎都是有關烹飪的哲學小品。」

她關掉這本影視書，拿在手裡上下左右翻弄。「它似乎是一體成型的單元，我看不出如何彈出微縮書卡，再插進另一片——一本書的專用掃瞄機，這才叫作浪費。」

「或許他們認爲，這本影視書就是大家唯一需要的。」說完，他從兩床間的茶几上拿起另一樣物件。「這可能是個話筒，只不過沒有螢幕。」

「說不定他們認爲有聲音就夠了。」

「不知道怎樣操作？」謝頓將它舉起來，從不同的角度觀察。「你曾見過像這樣的東西嗎？」

「在博物館看過一次，但不確定是否相同。麥曲生似乎刻意要維持古風。我想，這是他們的另一個妙招，以便和周遭比例懸殊的所謂外族人區隔開來。他們的古風和古怪習俗，這麼說吧，使他們變得難以消化。這裡頭有一種邪門的邏輯。」

仍在玩弄那個裝置的謝頓突然說：「哈！打開了，至少某樣功能開啓了。可是我什麼也沒聽到。」

鐸絲皺了皺眉頭，拿起留在茶几上、具有毛氈襯裡的一個小圓柱體，將它湊到耳邊。「有聲音從這裡傳出來，」她說：「來，試試看。」說完便將它遞給謝頓。

謝頓依言照做，隨即喊道：「喔！被它夾住了。」他聽了一會兒，又說：「是的，它弄痛了我的耳朵。我想你能聽到我……是的，這裡是我們的房間……不，我不知道號碼。鐸絲，你對房間號碼有任何概念嗎？」

鐸絲說：「話筒上有一組號碼，也許就行。」

「也許吧。」謝頓以懷疑的口吻答道，然後又對著話筒說：「這個裝置上的號碼是六LT三六四八A，這樣行嗎？好，我在哪裡可以找到如何使用這個裝置，以及廚房的正確方法？你所謂『都是通常的方法』是什麼意思？這樣說對我一點用也沒有。聽好，我是一個……一個外族人，是一位貴客。我不知道什麼是通常的方法。是的，抱歉我有口音，我很高興你聽到我的聲音就認出我是外族人。我的名字叫哈里・謝頓。」

等了一下之後，謝頓抬頭望向鐸絲，臉上露出飽受苦難的表情。「他得查查我的記錄。我猜他會告訴我，說他根本找不到。喔，你找到了？太好了！這樣的話，你能提供我這些資訊嗎？是的，是的，是的。還有，我要怎樣打電話給麥曲生外面的人？喔，那比方說，又要如何聯絡日主十四呢？好吧，那麼他的助手，或是他的助理要怎麼聯絡？喔——喔，謝謝你。」

他放下話筒，又花了一點力氣才從耳朵上取下收聽裝置。關掉整個機件後，他說：「他們會找個人來告訴我們需要知道的一切細節，但他不能保證什麼時候能安排好。你不能打電話到麥曲生外面去——反正這玩意不行，所以如果我們需要夫銘，也無法即時和他取得聯絡。而如果我想找日主十四，我得先說上一大堆廢話。這也許是個平等主義的社會，可是似乎仍有例外，而我敢打賭沒有人會公開承認。」

他看了看計時帶。「無論如何，鐸絲，我可不要閱覽一本食譜，更不要閱覽說教的小品。我的計時帶仍然使用斯璀璘時區，所以我不知道現在是不是正式的就寢時間，不過此時此刻我也不在乎。我們大半夜都沒有合眼，我想要睡一會兒。」

「我沒有意見，我自己也累了。」

「謝謝。不管新的一天什麼時候開始，等我們補足睡眠之後，我將要求他們安排參觀微生食品養殖場。」

鐸絲顯得有些驚訝。「你會有興趣？」

「並非眞有興趣，但那若是他們引以爲傲的一件事，他們就該願意談一談。一旦讓他們有了談話的興致，那麼，藉著施展我的所有魅力，或許就能讓他們也談談他們的傳說。在我個人看來，這不失爲一個高明的策略。」

「希望你會成功，」鐸絲半信半疑地說：「不過我想，麥曲生人不會那麼容易落入圈套。」

「我們等著瞧，」謝頓繃著臉說：「我的意思是那些傳說的內容。」

39

隔天早上，謝頓再度使用通話裝置。他一肚子火，原因之一則是他肚子空了。

他試圖聯絡日主十四，不料卻遭到阻擋，對方堅持現在不可打擾日主。

「爲何不可？」謝頓氣沖沖地問道。

「顯然，這個問題沒有回答的必要。」傳回一陣冰冷的聲音。

「我們被帶到此地，不是來當囚犯的。」謝頓以同樣冰冷的聲音說：「也不是來挨餓的。」

「我確定你那裡有廚房，並有充足的食物。」

「沒錯，的確有。」謝頓說：「但我不懂如何使用廚房的設備，也不知道怎樣料理這些食物。你們是生吃、油炸、水煮、燒烤……？」

「我不信你對這種事情毫無概念。」

在這段對話進行中，鐸絲一直在旁邊踱來踱去。此時她伸手要搶通話裝置，謝頓卻格開她的手，悄聲說道：「如果有女人想和他說話，他會立刻切斷通訊。」

然後，他對著通話裝置，以更加堅定的語氣說：「無論你信不信，都和我一點關係也沒有。你馬上派個人來這裡，派一個可以改善我們目前處境的人。否則等到我聯絡上日主十四——我總會找到他的——你就會吃不了兜著走。」

然而，過了兩小時，才終於有人來到。（此時，謝頓已陷入兇暴蠻橫的狀態，一直試圖安撫他的鐸絲幾乎快絕望了。）

來者是一名年輕男子，他的光頭生有一些斑點。若是未曾脫毛，他或許會有一頭紅髮。

他隨身帶了幾個鍋子，好像正準備說明裡面是什麼，卻突然露出不安的神色，慌慌張張地轉身背對謝頓。「外族男子，」他顯然心亂如麻，「你的人皮帽沒調整好。」

謝頓的耐性達到了崩潰的臨界點，他說：「我一點也不介意。」

不過鐸絲趕緊說：「哈里，讓我來調整一下，只是左邊這裡高了點。」

然後，謝頓咆哮道：「年輕人，現在你可以轉身了。你叫什麼名字？」

「我叫灰雲五。」這位麥曲生青年一面以遲疑的口吻回答，一面轉過身來謹慎地打量謝頓，「我是個新手，爲你送一頓飯來。」他猶豫了一下，又說：「外族男子，這是在我自家的廚房，由我的女人準備的。」

他將那些鍋子放到桌上之後，謝頓掀起其中一個鍋蓋，狐疑地湊過去聞了一下。然後他抬起頭來，帶著驚訝的神情望向鐸絲。「你知道嗎，聞起來眞不賴。」

鐸絲點了點頭。「說得沒錯，我也能聞到。」

灰雲說：「現在已經沒有剛出爐那麼熱，在途中冷了不少。你們的廚房裡一定有碗盤和刀叉吧。」

鐸絲隨即取出必需的餐具。在狼吞虎嚥飽餐一頓之後，謝頓才覺得重新恢復文明。

鐸絲明白如果讓這個年輕人與一名女性獨處，他一定會感到不高興；而自己倘若和他說話，會令他更加不高興。因此她發覺，將鍋碗端進廚房清洗，理所當然成了她的工作——只要她能弄懂如何操作洗碗裝置。

與此同時，謝頓問到了當地時間，立刻有些羞愧地說：「你的意思是，現在正是午夜？」

「外族男子，的確沒錯。」灰雲說：「正因爲如此，所以得花點時間才能滿足你的需求。」

謝頓突然瞭解了日主爲何不能受到打擾，又想到灰雲的女人不得不半夜起床替他準備這頓飯，良心便感到陣陣不安。「我很抱歉，」他說：「我們只是外族人，不知道如何使用廚房和如何料理食物。明天早上，你能不能找個人來指導我們？」

「外族男子，我能做的最好安排，」灰雲以撫慰的口吻說：「就是派兩個姐妹前來。敬請原諒女性的出現所造成的不便，但這些事只有她們才清楚。」

剛從廚房走出來的鐸絲（尚未想起自己在麥曲生男性社會中的身分）脫口而出道：「沒關係，灰雲，我們很高興接待姐妹。」

灰雲以迅速而不安的目光望了她一下，卻什麼也沒說。

謝頓確信根據根深柢固的傳統，這個麥曲生人將拒絕承認曾經聽見一名女性對他說過話，於是又重複了一遍：「沒關係，灰雲，我們很高興接待姐妹。」

他的表情立時豁然開朗。「我會讓她們天亮之後馬上來。」

當灰雲離去後，謝頓帶著幾分滿意說：「姐妹可能正是我們需要的。」

「眞的？怎麼說呢，哈里？」鐸絲問。

「嗯，只要我們把她們視爲人類，她們一定就會十分感激，而自動說出他們的傳說。」

「也得她們知道才行。」鐸絲以懷疑的口吻說：「我就是不敢相信麥曲生的兄弟會好好教育他們的女人。」

40

兩位姐妹大約在六小時後來到。在此之前，謝頓與鐸絲又睡了一覺，希望藉此調整他們的生物時鐘。

兩位姐妹羞答答、近乎躡手躡腳地走進這間寓所。她們的長袍（原來在麥曲生的方言中，這種長袍稱為『襏服』）是天鵝絨般的柔和灰色，裝飾著具有精巧圖案的深灰色細緻滾邊，每件的圖案都不盡相同。這些襏服並非真的不好看，但它們遮掩人體曲線確實功效卓著。

此外，當然，她們兩人也是光頭，而且臉上沒有任何化粧。她們看到鐸絲眼角的淡藍色眼影，以及唇邊的淡紅色唇膏，不禁頻頻投以好奇的目光。

有好一陣子，謝頓都在納悶：如何才能確定姐妹真是姐妹呢？

為他帶來答案的，是兩位姐妹正式而禮貌的問候。兩人的聲音都是既清脆又嘹喨。謝頓依然記得日主低沉的聲調，以及灰雲緊張兮兮的男中音，不禁懷疑在缺乏明顯性別標誌的情況下，女性不得不培養出獨特的聲音與獨特的社交禮儀。

「我叫雨點四十三，」其中一位以清脆的聲音說：「這是我的妹妹。」

「雨點四十五，」另一位以嘹喨的聲音答道：「我們這個支族有很多『雨點』。」她吃吃笑了起來。

「很高興見到你們兩位。」鐸絲以莊重的口吻說：「不過，我必須知道該怎麼稱呼你們。我不能光說『雨點』吧？」

「不行。」雨點四十三說：「如果我們都在場，你就必須使用全名。」

謝頓說：「兩位小姐，只用四十三和四十五如何？」

兩人都偷偷地迅速瞥了他一眼，卻未作任何回答。

鐸絲柔聲道：「哈里，我來和她們談。」

於是謝頓退了幾步。她們想必是單身少女，而且非常有可能，她們根本不能和男性交談。年長的那位似乎比較嚴肅，或許也較爲守清規。僅由幾句話與一個照面，實在很難做出判斷，不過他就是有這種感覺，而且願意接受這個假設。

鐸絲說：「兩位姐妹，事情是這樣的，我們外族人不懂如何使用這間廚房。」

「你的意思是你不會烹飪？」雨點四十三看來難以置信又不敢苟同，雨點四十五則強忍住一聲大笑。（謝頓因此斷定，他對兩人最初的評估是正確的。）

鐸絲說：「我也有過一間自己的廚房，不過它和這間不一樣。我也不知道那些食物是什麼，以及該如何料理。」

「眞的相當簡單，」雨點四十五說：「我們可以示範給你看。」

「我們會幫你做一頓美味營養的午餐。」雨點四十三說：「讓我們替你……你們兩位準備。」在補充最後半句話之前，她曾經猶豫了一下，顯然需要花費一番力氣，她才能承認一名男性的存在。

「你們要是不介意，」鐸絲說：「我希望能和你們一起待在廚房。假如你們願意切實解釋每樣事物，那我更會感激不盡。畢竟，兩位姐妹，我不能指望你們每天三餐都來幫我們料理。」

「我們會一一爲你示範。」雨點四十三一面說，一面生硬地點著頭，「然而，外族女子學來或許不容易。你不會有……那種感覺。」

「我願意試試看。」鐸絲帶著開心的笑容說。

然後她們便消失在廚房中。謝頓凝望著她們的背影，試圖規劃出他所打算使用的策略。

第九章：微生農場

麥曲生：……麥曲生的微生農場頗具傳奇色彩，不過如今卻僅保存於一些譬喻中，諸如「如同麥曲生微生農場那般豐饒」，「有如麥曲生酵母那般美味」。事實上，這種讚美有與日俱增之勢。但「逃亡期」的哈里·謝頓曾造訪過那些微生農場，而他在回憶錄中所記載的見聞，則傾向於支持這個公認的看法……

——《銀河百科全書》

12020GE —— Encyclopedia

41

「眞好吃！」謝頓爆出一聲讚嘆，「比灰雲帶來的食物好得多……」

鐸絲以中肯的態度說：「你別忘了，灰雲的女人得在半夜臨時準備。」她頓了頓，又說：「我眞希望他們會說『妻子』。他們讓『女人』聽來只像一種附屬品，就像『我的房子』或『我的袍子』一樣。這絕對是貶抑的稱呼。」

「我知道，這的確令人氣憤。但他們大可讓『妻子』聽來也像一種附屬品。這是他們的生活方式，姐妹們似乎並不在意。你我不必勸喻他們做任何改變——不管這些，你看到兩位姐妹如何烹飪了嗎？」

「看到了，她們讓每件事看來都非常簡單。我懷疑自己能否記得她們所做的一切，可是她們堅持沒有這個必要，我只要會加熱便能應付。我推測那些麵包在烘焙過程中，曾經加入某種微生衍生物，不但讓麵團脹了起來，還讓它帶有爽脆的硬度和親切的香味。只有一點點辛辣，你不覺得嗎？」

「我無法判斷，但不論加了什麼，我都覺得不夠。還有這碗湯，你認得出裡面的蔬菜嗎？」

「認不出來。」

「這些肉片又是什麼？你能分辨嗎？」

「其實，我認爲它並不是肉片，雖然它的確令我想起錫納的羔羊肉。」

「絕不是羔羊肉。」

「我說過，我懷疑它根本不是肉類——我認爲麥曲生以外的人都沒吃過這樣的好東西。就連皇帝也沒有，我敢肯定。麥曲生賣出去的那些，我願意打賭，全部是下等貨色。他們把上好的留給自己享用。哈里，我們最好別在這裡待太久。假如我們習慣了這種吃法，就再也不能適應外面那些低賤的食物。」說完她哈哈大笑。

謝頓也笑了起來。他又呷了一口果汁，那味道遠比他喝過的任何果汁都醉人得多。「聽我說，當夫銘帶我到大學去的時候，我們曾經停在一個路邊速食店，吃了一些添加濃重酵母的食物。味道好像——不，別管味道像什麼，反正，當時我絕不會相信微生食品能有這種美味。我希望兩位姐妹還在這裡，禮貌上應該向她們致謝。」

「我想她們相當清楚我們會有什麼感受。當菜餚還在加熱的時候，我讚美著散發出來的絕妙香氣，她們則以相當自滿的口氣說，其實吃起來味道會更好。」

「年紀較大的那個說的吧，我猜。」

「沒錯，年輕的那個只是吃吃笑。她們還會再來，會幫我帶一套裰服，這樣我就能跟她們出去逛街。她們講得很明白，我若想出現在公共場所，就必須把臉上的化粧洗掉。她們會告訴我哪裡能買到高級的裰服，還有哪裡能買到各種熟食——我需要做的只有加熱而已。她們解釋說，有教養的姐妹都不會那樣做，一定都會從頭做起。事實上，在她們為我們準備的食物中，有些也是加熱一下即可，她們還特地為此道歉。不過，她們在話中透露了一項訊息，那就是無法指望外族人懂得欣賞真正的廚藝，所以只要把熟食加熱就能打發我們。對了，她們似乎認為，我理所當然會負責所有採購和烹飪的工作。」

「就好像我們家鄉的一句俗話：在川陀行，如川陀人。」

「是啊，我早就知道你對這件事的態度會是這樣。」

「我只是個凡人。」謝頓說。

「老套的藉口。」鐸絲露出淺淺的微笑。

謝頓帶著一種心滿意足的充實感仰靠在椅背上。「鐸絲，你來川陀已經兩年，所以你或許瞭解一些我不瞭解的事。在你的見解中，麥曲生這種古怪的社會系統，是不是他們的『超自然宇宙觀』的一環？」

「超自然？」

「對，你會不會剛好聽說過？」

「你所謂的『超自然』是什麼意思？」

「最明顯的意思——相信某些實體獨立於自然律之外，比如說不受能量守恆或作用量常數的限制。」

「我懂了，你是在問麥曲生是不是一個宗教性社會。」

這回輪到謝頓困惑不已。「宗教？」

「是的。這是個古老的詞彙，不過我們歷史學家經常使用——我們的研究充滿古老的詞彙。『宗教』並不完全等同於『超自然』，但它含有豐富的超自然成分。然而，我無法回答你這個特定的問題，因為我從未對麥曲生做過任何特別研究。話說回來，根據我在此地的一點所見所聞，以及我對古老宗教的認識，倘若麥曲生社會具有宗教本質，我也不會驚訝。」

「這樣的話，如果麥曲生的傳說也具有宗教本質，你會不會驚訝？」

「不會。」

「因此沒有歷史根據？」

「這倒不一定。傳說的核心仍有可能是貨真價實的歷史，只不過遭到扭曲，並摻雜了超自然的成分。」

「啊。」謝頓說完之後，似乎便陷入沉思。

最後由鐸絲打破沉默，她說：「你知道嗎，這沒什麼不尋常的。許多世界都帶有可觀的宗教成分，而過去這幾個世紀，隨著帝國愈來愈動盪，宗教的勢力也愈來愈強。在我自己的世界錫納，至少有四分之一人口是三神論的信徒。」

謝頓再度察覺自己對歷史的無知，因而深感痛苦與懊悔。他說：「歷史上，有比如今更盛行宗教的時期嗎？」

「當然有。除此之外，還不斷有新生的派別冒出來。不論麥曲生擁有什麼宗教，都有可能相當新穎，也或許僅局限於麥曲生一區。尚未進行深入研究之前，我不能下任何斷言。」

「鐸絲，可是現在我們談到重點了。在你的見解中，女性是否比男性更具宗教傾向？」

鐸絲．凡納比里揚起雙眉。「我不確定我們能否做這麼簡單的假設。」她稍微想了一下，「根據我的猜想，在物質世界中擁有較少本錢的成員，比較容易在你所謂的超自然論中找到慰藉。例如窮人、家世欠佳者，以及遭受壓迫的人。在超自然論和宗教重疊的部分，他們可能有比較多的宗教情操。但是兩方面顯然都有不少例外：許多受壓迫者可能缺乏宗教信仰，許多有錢有勢、生活安逸的人反而信教。」

「可是在麥曲生，」謝頓說：「女性似乎被當成次等人類。我若假設她們比男性更具宗教傾向，對這個社會所保存的傳說更加投入，這樣說正確嗎？」

「我不會拿我的生命打賭，哈里，不過我願意押上一週的收入。」

「很好。」謝頓若有所思地說。

鐸絲對他微微一笑。「哈里，你的心理史學又多了一點內容。第四七八五四條法則：受壓迫者比生活安逸者更容易接受宗教。」

謝頓搖了搖頭。「鐸絲，別拿心理史學開玩笑。你知道我不是在蒐集細碎的法則，而是在尋找普適的通則和運作的方法。我不要一百種特殊法則所導出的比較宗教學。我所要的東西，是藉由某種數學化邏輯系統的運作後，便能讓我斷言：『啊哈，只要下列判據全部符合，這群人就會比那群人更具宗教傾向。因此，當人類遇到這些刺激時，就會表現出這些反應來。』」

「多可怕啊。」鐸絲說：「你把人類看成簡單的機械裝置，只要按下這個按鈕，就會得到那種抽動。」

「並非如此，因爲會有許多按鈕同時被按下不同的程度，以致引發許許多多相異的反應。所以說，對未來的整體預測必將是統計性的，而獨立個體仍然都是自由因子。」

「你怎麼知道？」

「我無法知道。」謝頓說：「至少，我還不知道。我只是有這種感覺，認爲事情應該這樣才對。如果我能找到一組公設，比如說人性學基本定律，再加上必要的數學運算方法，我就會得到我想要的心理史學。我已經證明過，理論上是可能的……」

「但是並不實際？」

「我一直都這樣說。」

鐸絲的嘴角露出一抹微笑。「哈里，這就是你正在做的嗎，爲這個問題尋找某種解答？」

「我不知道，我向你發誓我不知道。可是契特．夫銘如此渴望找到一個答案，而且不知道爲什麼，我也渴望能滿足他。他是如此具有說服力。」

「是的，我知道。」

謝頓並未深究這句話的意思，臉上卻迅速掠過一絲愁容。

謝頓繼續說：「夫銘堅持帝國正在衰敗，並說它終將崩潰，又說若想拯救帝國，或是緩衝或改善銀河的命運，心理史學將是唯一的希望。他還說倘若沒有心理史學，人類終將遭到毀滅，或至少會經歷一段長久的悲慘歲月。他似乎把這個重責大任，擺到我一個人身上。雖然在我有生之年，帝國絕對不會崩潰，但我若想活得心安理得，就必須把這個重擔卸下來。我必須說服自己——甚至要說服夫銘——心理史學並非實際可行的方法；儘管有理論，卻無法眞正建立。所以每條可能的途徑我都得走走看，才能證明沒有任何一條活路。」

「途徑？像是回溯歷史，探索人類社會小於如今的時代？」

「要小很多，而且簡單得多。」

「然後證明實際上仍然無解。」

「沒錯。」

「可是誰來爲你描述那個早期世界呢？即使麥曲生人擁有太初銀河的完整描述，日主也當然不會透露給一個外族人。沒有任何麥曲生人會那麼做。這是個故步自封的社會，這句成語我們用過多少次了？而且它的成員對外族人的提防已經到了偏執的地步，他們什麼也不會告訴我們的。」

「我必須想個辦法說服某些麥曲生人開口，比如說那對姐妹。」

「她們甚至不會聽到你說的話，因爲你是男性，正如日主對我裝聾作啞一樣。即使她們願意和你說話，除了幾句口號之外，她們還會知道什麼呢？」

「我必須從某處著手。」

鐸絲說：「好吧，讓我想想。夫銘說過我必須保護你，我把這句話解釋爲必須盡力幫助你。我對宗教瞭解多少呢？你可知道，那和我的專長相隔甚遠。我研究的一向是各種經濟力量，而不是那些哲學性力量，可是，你不能把歷史分割成許多毫不相交的小單元。舉例而言，成功的宗教具有積聚財富的傾向，到頭來就會扭曲一個社會的經濟發展。順便提一下，這是人類歷史的無數法則之一，你的人性學基本定律，或者無論你管它叫什麼，都必須能把它導出來。不過……」

說到這裡，鐸絲不知不覺陷入沉思，聲音因此逐漸消失。謝頓仔細打量她，發現她的雙眼呆滯無神，彷彿正在凝視自己內心深處。

最後她終於說：「有個並非一成不變的法則，我覺得在許多個案中，一種宗教都擁有一本或數本神聖的典籍，記載著他們的儀禮、他們的歷史觀、他們的聖詩，誰曉得還有些什麼東西。通常這些典籍都對外公開，當作勸人歸依的一種工具。不過有些時候，也可能是不可示人的密典。」

「你認爲麥曲生有這種典籍嗎？」

「說老實話，」鐸絲語重心長地說：「我從沒聽說過。若是公開的典籍，我應該有所耳聞。這就代表它們或是不存在，或是一直被視爲密典。不論何者爲眞，似乎你都見不到。」

「這至少是個起點。」謝頓繃著臉說。

42

大約謝頓與鐸絲用過午餐兩小時後，那對姐妹便再度來訪。兩人臉上都掛著微笑，較嚴肅的那位（雨點四十三）拿著一件裰服讓鐸絲檢視。

「非常好看。」鐸絲露出開懷的笑容，並以一種眞誠的態度點著頭。「我喜歡這部分的精巧刺繡。」

「沒有什麼。」雨點四十五以清脆的聲音說：「它是我穿舊了的，而且不會非常合身，因爲你比我高，但至少能湊合一下。我們會帶你到最好的裰服店，買幾件完全符合你的身材和品味的。到時你就知道了。」

雨點四十三露出稍嫌緊張的微笑，不過什麼也沒說，只是將目光固定在地上，然後把一件白色裰服交給鐸絲。那件裰服折疊得很整齊，鐸絲並未想要打開，而是直接將它遞給謝頓。「哈里，根據顏色判斷，我敢說是給你的。」

「想必沒錯。」謝頓說：「但我要你還回去，她並沒有直接拿給我。」

「喔，哈里。」鐸絲做出這幾個字的口形，同時微微搖了搖頭。

「不行。」謝頓堅決地說：「她並沒有直接拿給我。把衣服還給她，我等她自己拿給我。」

鐸絲遲疑了一下，然後勉強試圖將那件裰服還給雨點四十三。

那位姐妹卻將雙手背到背後，身子閃開，臉上的血色似乎完全消失無蹤。雨點四十五偷偷瞥了謝頓一眼，動作非常迅速，然後快步走向雨點四十三，張開雙臂將她抱住。

鐸絲說：「好啦，哈里。我確信姐妹們不准和非親非故的男性說話。你讓她這麼為難又有什麼用？她根本身不由己。」

「我可不相信。」謝頓粗聲道：「如果眞有這樣一條規定，也只適用於兄弟們。我非常懷疑她以前遇見過任何外族男子。」

鐸絲以輕柔的聲音對雨點四十三說：「姐妹，你遇見過外族男子，或是外族女子嗎？」

猶豫許久之後，她才慢慢搖了搖頭。

謝頓攤開雙臂。「好，你看吧。即使眞有一條保持緘默的規定，它也只適用於兄弟們。若有任何禁止和外族男子說話的規定，他們還會派年輕女子——這兩位姐妹——來幫我們嗎？」

「或許是這樣的，哈里，她們只能和我講話，再由我轉達給你。」

「簡直荒謬。我可不信，永遠不會相信。我不只是一名外族男子，我還是麥曲生的貴客；契特．夫銘要求他們將我待為上賓，日主十四親自護送我來到此地。我不要被當成彷彿不存在，我會跟日主十四取得聯絡，還會向他大吐苦水。」

雨點四十五開始啜泣，雨點四十三則保持著一貫無動於衷的態度，但臉孔也難免漲紅少許。

鐸絲好像打算再向謝頓說情，他卻憤怒地猛然伸出右臂，阻止她做進一步的努力。然後，他皺著眉頭凝視著雨點四十三。

最後她終於開口，但不再是清脆嘹喨之聲。反之，她的聲音顫抖而嘶啞，彷彿她必須用力將聲音傳到一名男性所在的位置，而這樣做完全違背她的本能與意願。

「外族男子，你不可以告我們的狀，那是不公平的。你強迫我打破我們族人的習俗，到底想要我做什麼？」

謝頓立刻露出敵意盡消的笑容，並伸出一隻手。「你帶給我的那件衣服，那件裰服。」

她默默地伸長手臂，將裰服放到他手中。

他微微一欠身，以溫和而熱誠的聲音說：「謝謝你，姐妹。」然後，他朝鐸絲的方向投以一個非常短促的目光，彷彿在說：你瞧？鐸絲卻氣呼呼地轉過頭去。

這件裰服毫無特色，謝頓打開時便注意到這點（刺繡與裝飾圖樣顯然是女性裰服的專利）。不過它附有一條綴著流蘇的腰帶，也許需要以特殊方式穿戴。毫無疑問，這絕對難不倒他。

他說：「我要進浴室去把這玩意穿上。我想頂多一分鐘吧。」

他走進狹小的浴室，卻發現無法關上門，原來是鐸絲也要擠進來。直到他們兩人都進入浴室，那扇門才關了起來。

「你在做什麼？」鐸絲氣沖沖地細聲道：「哈里，你是一頭不折不扣的野獸。你爲何那樣對待這個可憐的女子？」

謝頓不耐煩地說：「我必須讓她和我說話。你也知道，我得靠她提供資料。我很抱歉不得不這樣殘酷，可是除此之外，我又如何能打破她的心防？」說完，他便示意要她出去。

當他走出浴室的時候，發現鐸絲也換上了裰服。

雖然人皮帽使鐸絲成了光頭，而且裰服本身帶有邋遢的感覺，她看來仍然相當迷人。這種袍子的剪裁只能呈現一個人形，無法襯托任何身形曲線。她的腰帶比他的寬些，也和她自己的灰裰服顏色稍有不同。非但如此，它更藉著正面兩顆閃閃發光的藍石按扣來固定。（即使在最困難的情況下，女性仍能設法美化自己，謝頓這麼想。）

鐸絲打量謝頓一遍，然後說：「你現在看起來相當像個麥曲生人，兩位姐妹可以帶我倆去逛街了。」

「沒錯，」謝頓說：「可是逛完之後，我要雨點四十三帶我去參觀微生農場。」

雨點四十三將雙眼張得老大，立刻向後退了一步。

「我很希望去看看。」謝頓以平靜的口吻說。

雨點四十三馬上望向鐸絲。「外族女子……」

謝頓說：「姐妹，或許是你對那些農場一無所知。」

這句話似乎觸動了她的神經。她高傲地抬起下巴，但仍然刻意面對著鐸絲說：「我曾在微生農場工作。所有的兄弟姐妹，一生總有一段時間在那裡工作。」

「好啊，那麼帶我參觀一下，」謝頓說：「我們就別再爲這件事爭論了。你不能和兄弟交談，也不能和他們有任何來往，但我卻不是你們的兄弟。我是一名外族男子，也是一位貴客。我穿戴著人皮帽和裰服，以免吸引太多的注意，但我是一名學者，我在此地這段期間必須繼續學習。我不能坐在這個房間，對著牆壁乾瞪眼。我要看看全銀河只有你們才有的東西……你們的微生農場。我以爲你會驕傲地帶我去開眼界。」

「我們的確引以爲傲，」雨點四十三終於面對謝頓開口，「我也會帶你去開眼界。你若想藉此打探我們的任何祕密，我相信你絕對無法得逞。明天早上我再帶你去看微生農場，安排這種參觀需要花點時間。」

謝頓說：「我願意等到明天早上。可是你眞的答應嗎？你以榮譽向我擔保嗎？」

雨點四十三帶著明顯的輕蔑說道：「我是一名姐妹，我言出必行。即使是對一名外族男子，我也會說話算數。」

她最後幾個字的聲音愈來愈冰冷，但她的眼睛卻張得很大，而且似乎閃閃發光。謝頓不禁懷疑有什麼念頭掠過她心底，因而感到一陣不安。

43

謝頓又過了不寧的一夜。首先，鐸絲宣稱一定要陪他參觀微生農場，他則極力表示反對。

「整個行動的目的，」他說：「就是要讓她自由自在地說話，要讓她處於一個不尋常的環境——和一名男性獨處，即使是一名外族男子。破除那麼多習俗之後，就會更容易打破更多。如果你跟來，她會專門和你講話，而我就只能撿些殘渣。」

「萬一因爲我不在場，你又像在上方那樣發生什麼變故，那可怎麼辦？」

「不會發生任何變故。拜託！你若想幫我，就不要插手。如果你不肯，那我再也不要和你有任何瓜葛。鐸絲，我是說眞的。這件事對我很重要，雖然我愈來愈喜歡你，也不能把你擺在它前面。」

她極不情願地勉強答應，只說了一句：「那麼，答應我至少你會善待她。」

謝頓說：「你要保護的是我還是她？我向你保證，我對她粗暴不是爲了找樂子，而我以後再也不會那麼做了。」

與鐸絲的這番爭執——他們的第一次爭執——縈繞在他的腦海，令他大半夜無法成眠。雪上加霜的是，雖然雨點四十三曾鄭重保證，他還是一直擔心那對姐妹明早可能會爽約。

然而，她們卻準時出現了。當時謝頓剛吃完一頓簡陋的早餐（他決心不要因爲耽溺於美食而發胖），穿上了那件十分合身的褻服。他曾仔細調整那條腰帶，將它固定在完全正確的位置。

雨點四十三的眼神還是有些冰冷，她說：「外族男子謝頓，你準備好了吧，我妹妹會留下來陪伴外族女子凡納比里。」她的聲音既不清脆也不嘶啞，彷彿她花了一夜的時間來穩定情緒，並在心中練習如何與一位並非兄弟的男性交談。

謝頓懷疑她是否也曾失眠，但他只是說：「我都準備好了。」

半小時後，雨點四十三與哈里·謝頓兩人開始一層層往下走。雖然目前的時刻屬於白晝，可是此地光線昏暗，比川陀其他各處都要黯淡。

這似乎沒有明顯的原因。不用說，緩緩繞行川陀表面的人工日光不至於遺漏麥曲生區。但是爲了固守某種原始的習慣，謝頓想，麥曲生人一定是故意這樣做的。不久之後，謝頓的眼睛慢慢適應了幽暗的環境。

謝頓試著冷靜地迎向路人的目光，不論是來自兄弟或姐妹的。他假定自己會被當作一名兄弟，而雨點四十三則是他的女人，只要他不做出招搖的舉動，就不會有人注意他們兩人。

不幸的是，雨點四十三卻彷彿想要引人注意。她和他的對話都只有幾個字，低沉的聲音一律從緊閉的嘴巴發出來。顯然，陪同一位名不正言不順的男性，即使只有她自己知道這個事實，也完全摧毀了她的自信。謝頓相當肯定，自己倘若請她放鬆心情，只會使她變得加倍不安。（謝頓很納悶，如果她遇到熟人會有什麼反應。直到他們來到較低的層級，路人變得較少的時候，他才總算比較寬心。）

他們搭乘的並非升降機，而是成對的一組活動階梯坡道，其中一個向上升，另一個向下降。雨點四十三稱之爲「自動扶梯」，謝頓不確定有沒有聽錯，因爲他從未聽過這個名稱。

他們一層一層往下降，謝頓的焦慮則一點一點向上升。大多數世界都擁有微生農場，也都生產自家的微生作物。謝頓在赫利肯的時候，偶爾也會到微生農場買調味品，每次總會聞到一股令人反胃的惡臭。

在微生農場工作的人似乎並不在意，即使訪客們皺起鼻子，他們自己卻好像毫無感覺。然而，謝頓一向對那種味道特別敏感。他總是受這種罪，這回也做好了心理準備。他試圖在心中安慰自己：他是因爲需要蒐集資料，才會做出這麼高貴的犧牲。但這樣做毫無用處，他的胃照樣在焦慮中扭成一團。

等到他數不清下了多少層級，而空氣似乎仍然相當清新時，他忍不住問道：「我們何時才會抵達微生農場的層級？」

「現在已經到了。」

謝頓深深吸了一口氣。「聞起來並不像。」

「聞起來？你是什麼意思？」雨點四十三相當生氣，嗓門突然變大不少。

「根據我的經驗，微生農場總有一股腐敗的臭味。你該知道，那是從細菌、酵母菌、眞菌，以及腐生植物所需要的肥料散發出來的。」

「根據你的經驗？」她的音量再度降低，「那是在哪裡？」

「在我的母星。」

這位姐妹的臉孔扭成厭惡至極的表情。「你的同胞偏偏愛吃拉汲？」

謝頓從未聽過這種說法，不過根據她的表情與語氣，他明白那是什麼意思。

他說：「你該瞭解，端上餐桌的時候，就不會再有那種味道了。」

「我們的產品任何時候都沒有那種味道，我們的生物科技人員研發出了完美的品系。藻類生長在最純的光線和盡可能平衡的電解溶液中，腐生植物的養分則是精心調配的有機物質。那些公式和配方都是外族人不會知道的——來吧，我們到了。你盡量聞吧，絕對聞不到任何異味。這就是為什麼全銀河都歡迎我們的食品，而且聽說皇帝絕不吃其他東西。但如果你問我，我會說外族人都不配享用那麼好的食品，就算他自稱皇帝也一樣。」

她話中帶著一股怒氣，矛頭似乎直指謝頓。然後，她彷彿怕他沒聽出來，又補充道：「或者，就算他自稱貴客也一樣。」

他們來到一個狹窄的迴廊，兩側都有許多又大又厚重的玻璃槽，渾濁的暗綠色溶液裡長滿團團轉的藻類，受到上升氣泡的推動而不斷搖晃。裡面一定充滿二氧化碳，他這麼判斷。濃烈的薔薇色光線照在這些玻璃槽上，這種光線比長廊的照明強了許多，他若有所思地發表這個評論。

「當然。」她說：「這些藻類在光譜紅端長得最好。」

「我想，」謝頓說：「一切都是自動的。」

她聳了聳肩，但未做出回應。

「我沒看到附近有許多兄弟姐妹。」謝頓毫不放鬆地說。

「縱使如此，還是有工作要做，而他們做得很好，雖然你沒看到他們在工作。細節不是給你看的，不要浪費時間問這些事。」

「等一等，別生我的氣。我並不指望聽到什麼國家機密。好啦，親愛的。」（他一不小心說溜了嘴。）

正在她似乎要匆忙離去時，他抓住她的手臂，令她留在原處。但他感到她在微微顫抖，遂在一陣尷尬中將手鬆開。

他說：「只不過在我看來，一切都是自動的。」

「隨便你愛怎樣想都可以。然而，這裡仍有需要腦力和判斷力的地方。每位兄弟和姐妹，一生中總有一段時間在此工作，有些人還將它當成專業。」

現在她說話更爲自由自在，但他注意到她的左手偷偷移向右臂，輕撫著剛才被他抓過的地方，彷彿他曾經刺了她一下，令他再度感到尷尬。

「它們綿延無數公里，」她說：「不過我們若在這裡轉彎，你就能看到一片真菌區。」

他們繼續前進，謝頓注意到每樣東西都清潔無比，連玻璃也晶瑩剔透。瓷磚地板似乎是濕的，等到他趁機彎腰摸了一下，卻發覺並非如此。而且地板也不滑——除非是因爲他的涼鞋（他也將拇趾伸在外面，這是麥曲生社會認可的行爲）具有防滑鞋底。

有一件事雨點四十三的確沒說錯。不時可見兄弟或姐妹在默默工作，例如判讀量計、調整控制裝置，還有些做著諸如擦拭設備這類毫無技術性的工作——不論做的是什麼，每個人都全神貫注。

謝頓小心地避免問及他們在做些什麼，他不想讓這位姐妹因爲答不出來而感到羞愧，也不想讓她因爲必須提醒他別亂打聽而發脾氣。

他們通過一扇微微搖擺的門，謝頓突然察覺到一絲記憶中的味道。他向雨點四十三望去，但她似乎渾然不覺，而他自己也很快就習慣了。

光線的特徵忽然起了重大變化，薔薇色調與明亮的感覺通通消失。除了有聚光燈爲各項設備照明外，四周似乎都籠罩在昏黃的光芒中。在每個聚光處，好像都有一名兄弟或姐妹，有些還戴著發出珍珠般光輝的頭帶。而在不遠的地方，謝頓可以看到四下都有細小的閃光在做不規則運動。

當兩人並肩行走時，他朝她的側面瞥了一眼，那是他能評價她的唯一依據。在其他任何時候，他總是意識到她突出的光頭、無眉的雙眼，以及一張素淨的臉龐。它們掩蓋了她的個體性，似乎使她變得隱形。然而從這個輪廓中，他卻能看出一些別的：鼻子、下巴、豐唇、勻稱、美麗。黯淡的光線好像使那個大沙漠不再那麼顯眼與刺眼。

他驚訝地想到：如果留起頭髮，並且好好修剪，她可能就是個大美人。

然後他又想到：她無法長出頭髮，她這一生注定永遠光頭。

爲什麼呢？他們爲什麼一定要讓她變成這樣？日主說，是爲了使麥曲生人一輩子記得自己是麥曲生人。這點爲何那麼重要，以致大家都得接受脫毛的詛咒，作爲身分的象徵與標記？

然後，因爲他習慣從正反兩方面思考問題，於是又想到：習俗是第二天性，如果習慣了光頭，到了根深柢固的地步，那麼頭髮就會顯得怪異恐怖，令人感到噁心與厭惡。他自己每天早上都會刮臉，將鬍鬚完全除去，剩下一點點鬍根都不舒服。但他並不認爲自己的臉是禿的，或是有任何不自然。當然，只要他願意，隨時可以留鬍子，但他就是不願那麼做。

他知道在某些世界上，男人一律不刮臉；甚至有些世界的男人根本不修剪鬍鬚，任由它胡亂生長。如果讓他們看到自己光禿的臉龐、沒有任何鬍鬚的下巴、雙頰與嘴唇，他們又會怎麼說呢？

他一面想，一面跟著雨點四十三向前走，這條路似乎沒有盡頭。每隔一會兒，她就會拉著他的手肘引導他。在他的感覺中，她似乎愈來愈習慣這樣做，因爲她並未急忙縮回手去，有時還持續將近一分鐘。

她說：「這裡！到這裡來！」

「那是什麼？」謝頓問道。

他們站在一個小盤子前面，盤內裝滿了小型球體，每個球體的直徑大約二公分。有位兄弟在照顧這一區，剛才就是他將盤子放在那裡的。此時他抬起頭來，帶著和氣的詢問神情。

雨點四十三低聲對謝頓說：「向他要一些。」

謝頓明白她不能主動和一位兄弟說話，除非對方先開口。於是他以遲疑的口氣說：「我們能要一些嗎，兄……兄弟？」

「兄弟，拿一把吧。」對方熱誠地答道。

謝頓抓起一個球體，正準備遞給雨點四十三，卻發現她已將對方的好意解釋為同樣適用於她，已經伸手拿了兩大把。

這種球體感覺上光滑柔潤。等到他們離開那個培養桶以及照料該區的那位兄弟之後，謝頓對雨點四十三說：「這些能吃嗎？」他舉起那個球體，小心翼翼地湊到鼻端。

「它們沒有味道。」她突然冒出一句。

「它們究竟是什麼？」

「美食，未經加工的美食。銷到外界的，會經過各種方式的調味，可是在麥曲生，我們一律吃原味——唯一的吃法。」

她放進嘴裡一個，然後說：「我從來沒夠。」

謝頓將手上的球體放入嘴裡，感覺它迅速溶化殆盡。一時之間，他嘴裡出現一股流動的液體，然後幾乎自動滑進他的喉嚨。

他停了一下腳步，感到相當驚訝。它有一點點甜味，後來甚至出現一絲更淡的苦味，但主要的感覺卻令他難以捉摸。

「我能再吃一個嗎？」他說。

「再吃五、六個吧。」雨點四十三一面說，一面向他伸出手，「它們從來沒有重複的口味，而且根本不含熱量，只有味道而已。」

她說得沒錯。他試圖讓這種美食在口中多留一會兒；試圖小心地舔著；試圖咬下一小口。然而，不論他多麼小心，它也經不住輕輕的一舔。而只要稍微咬下一點，其餘部分也立刻消失。每個球體的味道都無以名狀，而且都和先前吃的不盡相同。

「唯一的麻煩是，」這位姐妹快活地說：「偶爾你會吃到一個非常特殊的口味，令你終身難忘，可是你卻再也碰不到了。我九歲的時候吃過一個……」她的興奮表情突然斂去，「這是一件好事，讓你體認到世事的無常。」

這是個訊號，謝頓心想。他們漫無目標地逛了許久，她已經開始習慣他，而且主動和他說話。現在，他們一定要進入正題。就是現在！

44

謝頓說：「姐妹，我來自一個露天的世界。其實除了川陀之外，其他世界都是那樣。雨水時有時無，河水不是太少就是氾濫，溫度不是太高就是太低，這就代表收成有好有壞。然而在此地，環境眞正受到控制，收成想不好也不行。麥曲生多麼幸運啊。」

他開始等待。她的回答可能會有幾種不同的方式，他的行動方針將視她如何回答而定。

現在她說話已經自由自在，似乎對他這位男性不再有任何心防，所以這趟長途旅程的目的業已達到。雨點四十三說：「環境也不是那麼容易控制。偶爾會有病毒感染，有時還會有意料之外的不良突變。還有一些時候，大批作物會整個枯萎或變得毫無價值。」

「你這話令我驚訝。那時會怎樣處理？」

「通常都沒什麼辦法，只好把腐壞的那批盡數銷毀，甚至包括那些僅有腐壞嫌疑的。盤子和水槽一定都要完全消毒，有時還得全部丟棄。」

「那麼，這等於是一種外科手術。」謝頓說：「將染病的組織切除。」

「沒錯。」

「你們如何預防這些情況？」

「我們能怎麼辦？我們不停地進行測試，看看有沒有可能的突變，有沒有可能的新病毒，有沒有意外的污染或環境的變化。我們很少會偵測到什麼問題，但若是發現了，我們就會採取非常措施。這樣做的結果，使得歉收的年分非常少，而且縱然歉收，也只是對部分地區稍有影響。歷史上收成最差的一年，只比平均年產量少了百分之十二，不過已經足以造成困境。問題是，即使是最謹慎的深謀遠慮，以及設計得最高明的電腦程式，也無法百分之百預測本質上不可預測的事物。」

（謝頓覺得一陣顫慄不由自主傳遍全身，因為她說的彷彿就是心理史學——事實上，她只是在談論極少數人所經營的微生農場。而他自己，卻是從各個層面在考慮這個龐大的銀河帝國。）

這使他無可避免地感到氣餒，他說：「當然，也並非全然不可預測。有些力量在引導、在照顧我們每一個人。」

這位姐妹突然僵住。她轉頭望向謝頓，似乎是以具有透視力的目光在打量他。

但她卻只是說：「什麼？」

謝頓覺得坐立不安。「在我的感覺中，談到病毒和突變這些話題時，我們只是在討論自然界的事物、那些服從自然律的各種現象。我們並未考慮到超自然，對不對？並沒有包括不受制於自然律，進而能控制自然律的力量。」

她繼續盯著他，彷彿他突然改說某種陌生的、不為人知的銀河標準語方言。她又說了一句：「什麼？」這回音量近乎耳語。

他繼續結結巴巴地用一些不太熟悉而令自己有幾分困窘的詞彙說：「你必須求助某種偉大的本體，某種偉大的聖靈，某種……我不知道該叫它什麼。」

雨點四十三將音區提高，但仍將音量壓低。「我就知道，我就知道你是那個意思，可是我本來不敢相信。你是在指控我們擁有宗教。你為什麼不直接那麼說？為什麼不直接用那個詞彙？」

她在等待一個答案。謝頓被這輪猛攻弄得有點不知所措，他說：「因為那不是我使用的詞彙，我管它叫超自然論。」

「隨便你怎麼稱呼。反正它就是宗教，而我們沒有這種東西。宗教是外族人才有的，是那群渣……」

這位姐妹突然住口，吞了一下口水，彷彿差點就要嗆死。謝頓可以確定，令她嗆到的一定是「渣滓」兩個字。

她再度恢復自制，以低於她平常的女高音音調緩緩說道：「我們不是一個信仰宗教的民族，我們的國度是這個銀河系，而且一向如此。如果你信教……」

謝頓感到中了圈套，怎麼也沒料到會有這種發展。他舉起一隻手，做出辯護的手勢。「不是這樣的。我是個數學家，我的國度也是這個銀河系。只不過我想到，根據你們那些刻板的習俗，你們的國度……」

「外族男子，別那樣想。若說我們的習俗刻板，那是因為我們只有幾百萬人，卻被幾十億人包圍起來。我們總得設法表現得與眾不同，唯有這樣，我們這些珍貴的少數，才不會被你們滿坑滿谷的多數所吞沒。我們必須靠我們的脫毛、我們的衣著、我們的行為、我們的生活方式來和他人區隔。我們必須知道自己是什麼人，也必須確保你們外族人知道我們是什麼人。我們在農場中辛勤工作，好讓你們對我們刮目相看，如此才能確保你們放我們一馬。這就是我們對你們唯一的要求……放我們一馬。」

「我無意傷害你或是任何族人。我只是來這裡尋求知識，就像在其他地方一樣。」

「你卻藉著詢問我們的宗教來侮辱我們，彷彿我們曾經仰賴一種神祕的、虛無的聖靈，幫助我們做到我們自己做不到的事。」

「有許多人、許多世界都相信某種形式的超自然論……宗教，你喜歡這樣說也可以。我們或許因為某種理由而不同意他們的見解，但我們的不信也有可能是個錯誤，雙方的錯誤機率剛好一半一半。無論如何，這種信仰沒什麼可恥的，我的問題也並非打算侮辱任何人。」

她卻沒有講和的意思。「宗教！」她氣呼呼地說：「我們根本不需要。」

在這段對話進行中，謝頓的心持續往下沉，此時則跌到谷底。這整個行動，這趟和雨點四十三所做的遠征，最後竟然一無所獲。

不料她繼續說：「我們另有好得多的東西，我們有歷史！」

謝頓的心情立刻回升，他隨即露出笑容。

第十章：典籍

毛手毛腳的故事……哈里・謝頓曾經提到，在他找尋心理史學發展方法的過程中，這是第一個轉捩點。不幸的是，他的正式著作皆未指出它究竟是什麼「故事」，各種臆測（爲數眾多）則全是捕風捉影。有關謝頓生平始終存在著許多有趣的謎，這只是其中之一。

——《銀河百科全書》

45

雨點四十三瞪著謝頓，眼睛張得老大，呼吸則相當沉重。

「我不能待在這裡。」她說。

謝頓四下望了望。「沒有人會打擾我們。就連那位給我們美食的兄弟也沒說我們什麼，他似乎把我們當成一對完全普通的夫妻。」

「那是因爲我們沒有任何不尋常的地方——當時光線黯淡，當時你壓低聲音使外族口音不太明顯，還有當時我還算冷靜。可是現在……」她的聲音開始變得嘶啞。

「現在怎麼樣？」

「我既焦慮又緊張，我在……流汗。」

「誰會注意到呢？放輕鬆，冷靜下來。」

「我在這裡無法輕鬆。當我可能引起注意時，我冷靜不下來。」

「那麼，我們要到哪兒去？」

「附近有些供人休憩的小屋。我曾在這裡工作，所以我知道。」

她快步向前走，謝頓則緊跟在後。他們爬上一個小坡道，若沒有她帶路，在昏黃的光線下，他不可能會注意到這條小路。在坡道盡頭，有一長列互相間隔很遠的門。

「最旁邊那間，」她低聲道：「如果沒人的話。」

那間果然是空的。一塊發亮的矩形小板映出「無人使用」幾個字，而且門只是微掩著。

雨點四十三迅速張望一番，便示意謝頓進去，接著自己也走進來。當她關上門的時候，天花板的一盞小燈隨即照亮這間斗室。

謝頓說：「有沒有辦法讓門上號誌顯示這間小屋有人使用？」

「門一關上就自動切換，外面的燈已經亮了。」這位姐妹答道。

謝頓感覺得到空氣在輕柔地循環，還帶著一種微弱的風聲。然而在川陀，又有哪裡聽不到、覺不著這種永不止息的微風呢？

這個房間並不大，卻擺了一張具有硬實床墊的便床，上面的床單顯然相當清潔。此外還有一把椅子、一張桌子、一台小型冰箱，以及一個看來像是「密封熱板」的東西，或許是個微型的食物加熱器。

雨點四十三坐到椅子上，將上身挺得筆直，看得出她在企圖強迫自己放鬆。

謝頓不確定自己該怎麼做，只好繼續站著。直到她有點不耐煩地做了個手勢，他才依照示意坐到便床上。

雨點四十三輕柔地、彷彿自言自語地說：「萬一讓人知道我曾和一名男子在這裡，即使只是個外族男子，我也注定會被驅逐出境。」

謝頓急忙站起來。「那我們別待在這裡。」

「坐下，我在這種心情之下絕不能出去。你一直在問有關宗教的事，究竟是在找什麼？」

謝頓覺得她完全變了一個人，被動與順從都已經消失無蹤。面對一名男性，她也不再害羞，不再畏縮不前。此時，她正瞇起雙眼，兇狠地瞪著他。

「我告訴過你，我在尋求知識。我是一名學者，追求知識是我的專業和欲望。我尤其想要瞭解人類，所以我想學習歷史。因爲在許多世界上，古代的歷史記錄——眞正的古代歷史記錄，都已經變質爲神話和傳說，常常成了宗教信仰或超自然論的一部分。但麥曲生如果沒有宗教，那麼……」

「我說過我們有歷史！」

謝頓道：「你已經說了兩遍。你們的歷史有多古老呢？」

「上溯兩萬年前。」

「眞的嗎？讓我們坦白說吧，它究竟是眞實的歷史，還是已經退化成傳說的那種東西？」

「當然是眞實的歷史。」

謝頓正想問她如何能判斷，卻在最後關頭打消這個念頭。歷史眞有可能上溯兩萬年，而仍舊眞實可信嗎？他自己不是歷史學家，所以必須去問問鐸絲。

可是他有一種強烈的感覺，那就是在每個世界上，最早期的歷史都是一堆大雜燴，充滿說教式的英雄事蹟與迷你劇本，僅能視爲一種道德劇，不能太過當眞。赫利肯的情形當然如此，你卻很難找到一個不深信那些傳說、不堅持它們全是眞實歷史的赫利肯人。他們就連完全荒誕的故事也照樣支持不誤，例如人類首次探勘赫利肯時，遇到了危險的巨型飛行爬蟲——雖然在人類曾經探勘與殖民的所有世界上，都從未發現任何土生土長的、類似飛行爬蟲的動物。

不過他只是問：「這個歷史是如何開始的？」

這位姐妹的雙眼射出恍惚的目光，並未聚焦在謝頓或屋內任何一樣東西上。她說：「它開始於某個世界——我們的世界，獨一的世界。」

「獨一的世界？」（謝頓想起夫銘提到過有關人類起源於單一世界的傳說。）

「獨一的世界。後來又有了其他世界，但我們的世界是第一個。獨一的世界，上面有生存的空間、有露天的空氣、有萬物的一席之地，還有肥沃的田園、友善的人家，以及熱情的人們。上萬年的時間，我們一直住在那裡。後來我們不得不離開，開始四處東躲西藏，直到有些人在川陀的一角找到容身之地。我們在此學會栽種食糧，爲我們帶來了一點自由。而在麥曲生這裡，我們現在擁有自己的生活方式——以及我們自己的夢想。」

「而你們的歷史詳細記載了那個起源世界？那個獨一的世界？」

「喔，沒錯，全部記在一本書裡。這本書大家都有，我們每一個人都有。我們總是隨身攜帶，這樣一來，人人都能隨時隨地翻閱，以便牢記我們現在是什麼人、過去是什麼人，並且下定決心，總有一天會收復我們的世界。」

「你可知道這個世界在哪裡，現在住著什麼人嗎？」

雨點四十三遲疑了一下，然後猛力搖了搖頭。「我們不知道，但總有一天會找到答案。」

「你現在就帶著這本書嗎？」

「當然。」

「我可以看看嗎？」

此時，這位姐妹臉上掠過一陣緩緩的笑容。她說：「原來你要的是這個。當你要求由我獨自帶你參觀微生農場時，我就知道你在打什麼東西的主意。」她似乎有點發窘，「我沒想到竟然是爲了這本典籍。」

「那是我唯一想要的，」謝頓一本正經地說：「我心裡眞的沒打別的主意。如果你帶我到這裡來，是由於你以爲……」

她沒讓他把話說完。「可是我們已經來到這裡。你到底是想還是不想看這本典籍？」

「你準備讓我看嗎？」

「有一個條件。」

謝頓愣了一下。若是自己將這位姐妹的心防解除得過了頭，他就得衡量導致嚴重後果的可能性。「什麼條件？」他問。

雨點四十三的舌頭輕輕伸出來，迅速舔了一下嘴唇。然後她以帶著明顯顫抖的聲音說：「脫掉你的人皮帽。」

46

哈里·謝頓茫然地凝視著雨點四十三。有好一會兒，他根本不明白她在說什麼，因爲他早已忘記自己戴著一頂人皮帽。

然後，他將一隻手放到頭上，才意識到自己戴著那頂帽子。它的表面光滑，但他仍然感覺得到下面頭髮所產生的輕微彈性。那並不太明顯，畢竟他的頭髮髮質纖細，而且不怎麼濃密。

他一面摸著頭，一面說：「爲什麼？」

她說：「因爲我要你這麼做。因爲如果你想看典籍，這就是交換條件。」

他說：「好吧，如果你眞要我這麼做的話。」他開始動手摸索帽緣，以便剝掉人皮帽。

但她卻說：「不，讓我來，我來幫你脫。」她以饑渴的眼神望著他。

謝頓將雙手放在膝蓋上。「那就來吧。」

這位姐妹迅速起身，坐到他身邊的床沿。她慢慢地、仔細地將他耳前的人皮帽撕開，同時又舔了舔嘴唇。而當她將他的前額部分弄鬆，並將人皮帽向上掀的時候，她則開始大口喘氣。然後人皮帽便被摘下，而在重獲自由之後，謝頓的頭髮似乎微微雀躍了一下。

他不安地說道：「我的頭髮一直蓋在人皮帽下面，我的頭皮也許出汗了。眞是這樣的話，我的頭髮就會有點潮濕。」

他舉起手來，好像是要檢查一下。她卻抓住他的手，並將它拉開。「我來做這件事。」她說：「這是條件的一部分。」

她的手指緩緩地、遲疑地觸碰到他的頭髮，又趕緊縮回去。然後她再次伸出手來，並以非常輕柔的動作撫摸著。

「是乾的，」她說：「摸起來感覺……很好。」

「你以前摸過頭部毛髮嗎？」

「只是偶爾摸過小孩子的，這個……不一樣。」她再度開始撫摸。

「哪裡不一樣？」即使處於這種尷尬情境中，謝頓仍然能被勾起好奇心。

「我說不上來，就是……不一樣。」

過了一會兒，他說：「你摸夠了嗎？」

「沒有，別催我。你能隨意讓它朝任何方向趴下嗎？」

「並不盡然，它有自然的俯貼方向。但我需要一把梳子才行，而我手邊並沒有。」

「梳子？」

「一種具有好些分叉的東西……啊，就像一把叉子……但是分叉多得多，而且比較柔軟。」

「你能用手指代替嗎？」她一面說，一面用她的手指梳過他的頭髮。

他說：「馬馬虎虎，效果不是很好。」

「後面的硬一點。」

「那裡的頭髮比較短。」

雨點四十三似乎想起什麼事。「眉毛，」她說：「是這樣叫的嗎？」她拉下那兩條遮帶，手指沿著眉毛構成的輕微弧度逆向劃過。

「感覺很好。」說完她就發出高亢的笑聲，幾乎能和她妹妹的吃吃笑聲媲美。「眞可愛。」

謝頓有點不耐煩地說：「這個條件還有沒有其他部分？」

在相當黯淡的光線下，雨點四十三彷彿在考慮提出肯定的答案，但她什麼也沒有說出口。反之，她突然將手縮回去，再把雙手舉到鼻尖。謝頓納悶她究竟想聞些什麼。

「多麼奇特，」她說：「我可以……我可以改天再試一次嗎？」

謝頓硬著頭皮答道：「如果你把典籍多借給我幾天，讓我有充分的時間研究，那麼或許可以。」

雨點四十三將手伸進袍服的一個隙縫，謝頓過去從未注意到它的存在。然後，她從一個隱藏式內袋，取出一本由某種又硬又韌的質料充作封面的書。謝頓接了過來，盡量控制住內心的激動。

當謝頓調整人皮帽，重新遮起頭髮之際，雨點四十三再度把雙手舉到鼻尖，接著伸出舌頭，很輕很快地舔了舔手指。

47

「摸你的頭髮？」鐸絲．凡納比里一面說，一面望著謝頓的頭髮，彷彿她自己也有意摸一摸。

謝頓稍微避開一點。「拜託別這樣，那女人表現得好像性違常患者。」

「我想應該就是——從她的觀點而言。你自己沒有從中得到樂趣嗎？」

「樂趣？我全身起雞皮疙瘩。等到她終於停手，我才能繼續呼吸。我本來一直在想：她還會提出什麼樣的條件？」

鐸絲哈哈大笑。「你怕她會強迫和你發生性關係？或是默默期待？」

「我向你保證我不敢那麼想，我只想要那本典籍。」

此刻他們在自己房間裡，鐸絲開啓她的電磁場扭曲器，以確保不會有人偷聽到他們的談話。

麥曲生的夜晚即將降臨。謝頓早已脫下人皮帽與裰服，並且已經洗過澡——他特別加強清洗自己的頭髮，總共沖洗了兩次。現在他坐在他的便床上，穿著一件輕薄的睡衣，那是他在衣櫥裡找到的。

鐸絲雙眼骨碌碌地亂轉，並說：「她知不知道你的胸部也有毛？」

「當時我衷心祈禱她不會想到這一點。」

「可憐的哈里。你該知道，這些都是絕對自然的。我若和一位兄弟單獨相處，也可能會有類似的麻煩。不，我確信還更糟，因為他會相信——從麥曲生這種社會結構看來——我身為女性，一定會服從他的命令，絕不會有任何遲疑或異議。」

「不，鐸絲。你或許認為這是絕對自然的事，可是你並未親身體驗過。當時，那個可憐的女人處於高度性興奮的狀態。她動用了所有的感官……不但聞她的手指，還伸舌頭來舔。她如果能聽見頭髮生長的聲音，也會貪婪地專心傾聽。」

「但那正是我所謂的『自然』，任何遭禁的事物都會產生性的吸引力。假使你生活在一個婦女隨時隨地袒胸的社會，你會不會對女性的乳房特別感興趣？」

「我想可能會。」

「假如它們總是被遮起來，就像在大多數社會那樣，難道你不會更感興趣嗎？聽著，讓我告訴你一件我親身的經歷。當時，我是在母星錫納的一個湖濱度假勝地……我猜你們赫利肯也有度假勝地，例如沙灘之類的地方？」

「當然有，」謝頓有些惱火，「你把赫利肯想成什麼了？一個只有山脈和岩石，只有井水可喝的世界？」

「哈里，我無意冒犯，只是要確定你能瞭解故事的背景。在我們錫納的沙灘上，我們很不在意穿些什麼……或不穿什麼。」

「裸體沙灘？」

「並非眞正如此，不過我想，假如有人把衣服全部脫掉，旁人也不會多說什麼。習慣上的穿著是得體即可，但我必須承認，我們心目中的『得體』並未留下什麼想像空間。」

謝頓說：「在赫利肯，我們對得體的標準多少要高一點。」

「沒錯，我從你對我的謹愼態度就看得出來，可是各個世界總有個別差異。言歸正傳，我正坐在湖濱的小沙灘上，一名年輕男子走了過來，當天稍早的時候，我曾和他講過幾句話。他是個舉止得體的人，我不覺得他有什麼不對勁。他坐上我的椅子扶手，把他的右手放在我的左大腿上，以便穩住他的身子。當然，我的大腿裸露在外。

「我們聊了大約一分半鐘之後，他以頑皮的口氣說：『我坐在這裡。你幾乎不認識我，但我覺得將手放在你的大腿上，似乎是一件絕對自然的事。非但如此，你好像也感到絕對自然，因爲你似乎不介意讓它留在那裡。』

「直到那個時候，我才眞正注意到他的手放在我的大腿上。裸露在大庭廣衆之下的肌膚，多少喪失了一些性的本質。正如我剛才所說，不讓人看見的部分才是關鍵。

「這一點，那年輕男子也察覺到了，因爲他繼續說：『但我若是在較正式的場合遇到你，你穿著一件禮服，那你做夢也不會讓我掀起你的禮服，將我的手放在一模一樣的位置。』

「我哈哈大笑，然後我們繼續聊了些別的。當然，由於我已經注意到他的手，那年輕人感到讓它再留在那兒並不妥當，便將手移開了。

「當天晚上用餐時，我打扮得比平常更用心，衣著的正式程度則遠超過那個場合的需要以及餐廳中其他女士的穿著。我在一張餐桌旁發現那個年輕人。於是我走過去，跟他打招呼，並說：『我現在穿著一件禮服，但裡面的左腿是赤裸的。我准許你把我的禮服掀起來，然後像白天那樣，把你的手放在我的左大腿上。』

「他試了一下，這點我不得不佩服他，可是大家都盯著我們看。我是不會阻止他的，我也確定沒有別人會阻止他，但他卻無法做到這件事。當時的場合並不比白天更爲公開，而且在場的是同樣一批人。何況採取主動的顯然是我，我顯然絕不會反對，但他就是不能讓自己踰矩。當天下午讓他能『毛手毛腳』的條件，到了晚上便不復存在，這要比任何邏輯更有意義。」

謝頓說：「是我的話，就會把手放在你的大腿上。」

「你確定嗎？」

「絕對肯定。」

「即使你們對於沙灘穿著的得體標準比我們還高？」

「沒錯。」

鐸絲坐到她的便床上，然後躺下來，以雙手枕著頭。「所以說，雖然我穿著一件晚禮服，裡面幾乎沒穿什麼，也不會帶給你特別的困擾。」

「我不會特別震驚。至於困擾，要看這個詞怎樣定義。我當然曉得你如何穿著。」

「嗯，假如我們將被關在這裡一段時間，你我必須學習如何漠視這種事。」

「或者善加利用。」謝頓咧嘴笑了笑，「而且我喜歡你的頭髮，看了一整天光頭的你，我特別喜歡你的頭髮。」

「唉，別摸，我還沒洗頭。」她瞇起眼睛，「這很有趣，你們將正式和非正式的莊重層面分了開。你這話是說，赫利肯在非正式層面比錫納更莊重，在正式層面則沒有錫納那麼莊重。對不對？」

「事實上，我只是在講那個對你『毛手毛腳』的年輕人，以及我自己而已。至於我們兩個分別對錫納人和赫利肯人有多少代表性，這我可不敢說。我很容易想像，兩個世界上都有中規中矩的君子，也都有些粗魯無禮的傢伙。」

「我們是在談論社會壓力。我不算是眞正的銀河旅者，但我總是必須投注許多心力在社會史上面。比方說，狄羅德行星上曾有過一段時期，未婚性行爲是絕對自由的，未婚者可以擁有多重性伴侶，公然性行爲只有阻礙交通時才會引起反感。然而一旦結了婚，雙方就會絕對遵守一夫一妻制。他們的理論是先讓一個人實現所有的綺想，這個人就能定下心來面對嚴肅的生活。」

「有用嗎？」

「大約三百年前就終止了，不過我的一些同事說，那是其他幾個世界對它施壓的結果，因爲狄羅德搶走了太多的觀光客。別忘了，還有銀河社會整體壓力這種東西。」

「就這個例子而言，或許應該是經濟壓力。」

「或許吧。此外，即使我並不是銀河旅者，但我常年待在大學裡，所以仍有機會研究社會壓力。我能遇到來自川陀裡裡外外、許許多多地方的人，而在社會科學相關系所裡，深受喜愛的消遣之一就是比較各種社會壓力。

「比方說在麥曲生這裡，給我的印象是性受到嚴格控制，只有在最嚴苛的規範下才被允許。而且實施得一定很徹底，因爲沒有任何人敢討論。而在斯瓙璘區，人們也從不討論性的話題，但它並未受到譴責。我曾在堅納特區進行過一週的研究，該區的人無止無休地談論性，但唯一的目的只是爲了譴責。我認爲川陀上的任何兩個區——或是川陀之外的任何兩個世界——對性的態度都不是完全一樣的。」

謝頓說：「你可知道這話聽來像在說什麼嗎？它好像……」

鐸絲說：「我來告訴你它好像什麼。我們談論的這些有關性的話題，使我認清一件事：我再也不要讓你離開我的視線。」

「什麼？」

「我兩度讓你單獨行動，第一次出於我自己的誤判，第二次則因為你出言恫嚇。兩次顯然都是錯誤的決定，你自己也知道第一次發生了什麼事。」

謝頓憤慨地說：「沒錯，可是第二次並未發生什麼意外。」

「你差點惹上天大的麻煩。萬一你和這位姐妹沉迷於性遊戲時被逮個正著，那還得了？」

「那不是性……」

「你自己說過，她當時處於高度性興奮的狀態。」

「可是……」

「這是不對的，哈里，請把這點裝進你的腦袋。從現在起，你到哪裡我就跟到哪裡。」

「聽著，」謝頓以冰冷的口吻說：「我的目的是找出麥曲生的歷史。所謂和一位姐妹玩性遊戲，結果是我得到了一本書——那本典籍。」

「典籍！是啊，有一本典籍，我們來看看吧。」

謝頓將它取出來，鐸絲若有所思地拿在手中掂了掂。

她說：「哈里，它也許對我們沒什麼用。看來它好像和我見過的投影機都不相容，這就代表你得找一台麥曲生投影機。這樣一來，他們便會想知道你要做什麼。然後他們勢必會發現你擁有這本典籍，一定會從你手中搶回去。」

謝頓微微一笑。「倘若你的假設全部正確，鐸絲，那麼你的結論便無懈可擊。但它剛巧不是你所想的那種書，它並不需要使用投影機。它的內容印在許多書頁上，可以一頁一頁翻閱。這些雨點四十三都對我解釋過了。」

「一本字體書！」很難判斷鐸絲究竟是震驚或是高興，「那是石器時代的古物。」

「絕對是前帝國時代的，」謝頓說：「但還不至於那麼古老。你曾經見過字體書嗎？」

「哈里，你忘了我是歷史學家？當然見過。」

「啊，但是像這本嗎？」

他將典籍遞過去。鐸絲笑著把它打開，再翻到另一頁，接著從頭到尾迅速翻了一遍。「是空白的。」她說。

「應該說看來是空白的。麥曲生人雖是頑固的原始主義者，但也並不盡然。他們會固守原始的精髓，卻不會反對爲了增加便利，而利用現代科技進行改良。誰知道呢？」

「或許吧，哈里，但我不懂你在說些什麼。」

「這些書頁並不是空白的，每頁上面都有微縮字體。來，還給我。如果我按下封面內緣的這個小球——看！」

翻開的那一頁突然出現許多行緩緩向上滾動的字體。

謝頓說：「你只要前後稍微轉動這個小球，就能調節上移的快慢，來配合你自己的閱讀速度。一旦本頁的字跡達到上限，也就是說，當你讀到底端那一行的時候，它們就會猛然下落，然後自動關掉。這時，你就該翻到下一頁。」

「執行這些功能的能量從哪裡來？」

「它裡面封裝著一個微融合電池，和這本書的壽命一樣長。」

「那麼等到電用完了……」

「你就丟掉這本書，甚至或許在此之前，由於磨損得太厲害，你就得提前丟掉了。然後再換一本就行，你永遠不必更換電池。」

鐸絲再次接過那本典籍，從各個角度仔細觀察。「我必須承認，我從未聽說過像這樣的書。」

「我也沒有。一般而言，銀河系早已無比迅速地邁入視訊科技，以致略過了這個可能性。」

「這正是視訊啊。」

「沒錯，但並不是正統。這種型式的書自有優點，它比普通視訊書籍的容量大許多倍。」

鐸絲說：「開關在哪裡？啊，我看看自己會不會操作。」她早已隨便翻開一頁，此時她將字體設定成上移。然後她又說：「只怕對你沒有任何用處，哈里，它是前銀河時代的。我不是指這本書，我指的是字體……它的語文。」

「鐸絲，你讀得懂嗎？身為歷史學家……」

「身為歷史學家，我經常接觸古代語文，但總有個限度。這對我而言實在太古老了，我能零零星星認出幾個字，卻不足以派上用場。」

「很好。」謝頓說：「如果真正古老，它就一定有用。」

「你讀不懂就沒用。」

「我讀得懂，」謝頓說：「它是雙語的。你該不會以為雨點四十三能讀古代手稿吧？」

「倘若她受過良好教育，又有何不可？」

「因為我懷疑，麥曲生女性接受的教育不會超過家事的範疇。某些較有學問的人想必讀得懂，但其他人一律需要銀河標準語的譯本。」他按了按另一個小球，「這樣就行了。」

字體立刻變作銀河標準語。

「真可愛。」鐸絲讚嘆道。

「我們可以向麥曲生人學習一些事物，但我們卻沒有這麼做。」

「我們還不知道啊。」

「這點我無法相信。現在我知道了，而你也一樣。偶爾一定會有外人來到麥曲生，無論爲了商業或政治目的，否則不會有許多人皮帽隨時備用。所以每隔一段時間，總會有人瞥見這種字體書，而且目睹它的運作。可是，它也許只被視爲稀奇有趣卻不值得深入研究的東西，只因爲它是麥曲生的產品。」

「但它眞值得研究嗎？」

「當然。每樣東西都值得，或者說應該值得。對這些書漠不關心的普遍現象，或許會被夫銘指爲帝國正在衰落的一項徵兆。」

他舉起那本典籍，帶著一股興奮說道：「可是本人有好奇心。我會閱讀這玩意，它或許會將我推向心理史學的正道。」

「希望如此。」鐸絲說：「但你若肯接受我的勸告，就該先睡一覺，明早神清氣爽時再來研究。假如你對著它打瞌睡，是不可能學到什麼的。」

謝頓遲疑了一下，然後說：「你多有母性啊！」

「我是在照顧你。」

「可是家母在赫利肯活得好好地，我寧願你當我的朋友。」

「這點嘛，我第一次見到你，就已經是你的朋友了。」

她衝著他微笑，謝頓卻猶豫起來，彷彿不確定怎樣回答才算妥當。最後他終於說：「那我就接受你的勸告——一位朋友的勸告，先睡一覺再說。」

他好像是要把典籍放在兩床之間的茶几上，遲疑一會兒之後，他又轉過身來，將它放在自己的枕頭底下。

鐸絲·凡納比里輕聲笑了笑。「我想你是怕我會整夜不睡，在你還沒有機會閱讀這本典籍之前，就搶先看到其中的內容。是不是這樣？」

「嗯，」謝頓試著避免顯露愧色，「也許是吧，即使友誼也該適可而止。這是我的書，是我的心理史學。」

「我同意，」鐸絲說：「我向你保證，我們不會爲這件事爭吵。對了，剛才你正想說什麼，卻給我打斷了。還記得嗎？」

謝頓很快想了一下。「不記得了。」

在黑暗中，他想到的只是那本典籍，並未將心思分給那個「毛手毛腳的故事」。事實上，他幾乎已經忘光了，至少在意識層面上。

48

鐸絲·凡納比里突然醒來，隨身的計時帶告訴她夜晚只過了一半。由於沒有聽到謝頓的鼾聲，她斷定他的便床是空的。他若未曾離開這間寓所，就一定是在浴室裡。

她輕輕敲了敲門，柔聲說：「哈里？」

他以心不在焉的口氣答道：「進來吧。」於是她走了進去。

馬桶蓋放了下來，謝頓坐在上面，那本典籍則攤開在他膝蓋上。「我正在讀書。」這句話其實相當多此一舉。

「是啊，我看得出來。可是爲什麼呢？」

「眞抱歉，我睡不著。」

「可是爲什麼要在這裡讀呢？」

「如果開房間的燈，會把你驚醒的。」

「你確定這本典籍不能自我照明嗎？」

「十分確定。當雨點四十三講述它的功能時，她從未提到照明裝置。此外，我想那樣會消耗太多能量，使電池無法撐到這本典籍壽命結束。」他的口氣聽來並不滿意。

鐸絲說：「那麼，你現在可以出去了。我要用這個地方，而且我已經在這裡。」

用完浴室出來後，她發現他正盤腿坐在自己的便床上，仍在專心閱讀，而房間則大放光明。她說：「你看來不太高興，這本典籍使你失望嗎？」

他抬起頭來，眨著眼睛望著她。「是的，的確如此。我隨便挑了幾段，我的時間只夠這樣做。這東西簡直是一部百科全書，索引幾乎全是一串串的人名和地名，對我根本沒什麼用。它完全沒提到銀河帝國或前帝國時代的衆王國，它記載的幾乎全是單一世界的歷史。而根據我讀到的部分來研判，內容一律是無止無休的內政議題。」

「或許你低估了它的年代。說不定它記述的眞是只有一個世界的時期……只有一個住人世界。」

「沒錯，我知道。」謝頓顯得有點不耐煩，「其實那正是我想要的——只要我能確定那是史實，而不是傳說。這點我還存疑。我可不要爲了相信而相信。」

鐸絲說：「嗯，有關單一世界起源的說法，近來實在流傳甚廣。整個銀河系的人類都屬於單一物種，所以必定源自同一個角落。至少，那是目前最流行的觀點。同樣的物種，不可能獨立起源於許多不同的世界。」

「但我一直看不出那個論證的必然性。」謝頓說：「假如人類起源於許多個世界，分別屬於許多不同的物種，爲什麼不能經由異種雜交，而形成一種中間型的單一物種呢？」

「因爲不同物種之間不能雜交，這正是物種的定義。」

謝頓想了一會兒，然後聳聳肩，將它拋到腦後。「好啦，我把這個問題留給生物學家。」

「他們正是對『地球假說』最熱衷的一群人。」

「地球？這是他們對那個所謂『起源世界』的稱呼嗎？」

「這是個最普遍的名字，不過我們無法知曉當初它叫什麼，即使它眞有個名字。至於它的可能位置，任何人都沒有絲毫線索。」

「地球！」謝頓噘著嘴說，「在我聽來和渾球差不多。無論如何，如果這本書討論的是起源世界，我還沒有碰到這個名字。它怎麼寫？」

她告訴他之後，他便迅速查閱那本典籍。「你看，這個名字沒有列在索引裡面，不論是剛好那兩個字，或是任何同義字。」

「眞的？」

「但他們的確隨口提到其他一些世界，不過沒有寫出名字。他們對其他世界好像都沒興趣，除非它直接侵擾到他們所敘述的那個世界……至少，根據我目前讀到的內容，我的心得是這樣的。在某個地方，他們談論到『伍拾』這個概念，我不知道他們是什麼意思。五十位領袖？五十個城市？在我看來似乎是五十個世界。」

「他們有沒有說自己的世界叫什麼名字？」鐸絲問道：「這個世界似乎佔據他們所有的心思。如果不稱之爲地球，他們又管它叫什麼呢？」

「你該料想得到，他們管它叫『本世界』或『本行星』。有時也稱之爲『最古世界』或『黎明世界』，我猜後者帶有詩意的象徵，但我不清楚其中的意思。我想必須將這本典籍從頭到尾讀一遍，某些內容才會變得較有意義。」他帶著幾分嫌惡的表情，低頭望著手中的典籍。「不過，那會花上很長一段時間，而我不確定會不會眞有收穫。」

鐸絲嘆了一口氣。「哈里，我很遺憾。聽你的口氣，你十分失望。」

「那是因爲我的確失望。不過，這是我自己的錯，我不該讓自己抱太大的希望——在某一處，我現在想起來了，他們稱自己的世界爲『奧羅拉』。」

「奧羅拉？」鐸絲揚起眉毛。

「聽來像個專有名詞，據我所知，沒有任何其他含意。它對你有任何意義嗎，鐸絲？」

「奧羅拉。」鐸絲一面想，一面露出些許凝重的神色，「在銀河帝國的整個歷史中，甚至在它的發展階段，我都不敢說聽過有哪顆行星叫那個名字。但是，我不會裝作知道兩千五百萬個世界每一個的名字。我們可以在大學圖書館查一下——假如我們還有機會回斯璀璘的話。在麥曲生這裡，想找圖書館是徒勞無功的。我總有一種感覺，他們所有的知識都在這本典籍中。不在裡面的東西，他們就不會有興趣。」

謝頓打了一個呵欠。「我想你說得對。無論如何，再讀下去也沒什麼用，我也懷疑我的眼睛還能張多久。我想把燈關掉，你認爲可好？」

「哈里，我會很高興。還有，我們明天早上睡晚一點。」

在接下來的黑暗中，謝頓輕聲說道：「當然，他們的記述有些實在荒謬。比方說，他們提到在他們的世界上，平均壽命介於三至四個世紀之間。」

「世紀？」

「沒錯，他們不用年來計算年齡，至少以十年爲單位。這會帶來一種詭異的感覺，因爲他們敘述的事絕大多數平淡無奇，一旦他們舉出一件古怪事物，你便會發覺自己險些就要相信了。」

「假如你覺得自己快要相信了，那麼你就該瞭解，許多有關原始起源的傳說，都會假設早期領袖人物擁有倍增的壽命。既然將他們刻劃成不可思議地神勇，你想，配以倍增的壽命似乎是很自然的事。」

「是這樣的嗎？」謝頓又打了一個呵欠。

「是的。而重度冤大頭症的療法就是趕緊睡覺，等明天再來想這些問題。」

謝頓讓思緒暫停，轉而想到某人倘若試圖瞭解整個銀河系的人類，倍增的壽命或許正是必要的條件。剛想到這裡，他便進入夢鄉。

49

隔天早上，謝頓覺得心情輕鬆、神清氣爽，迫不及待要繼續研究那本典籍。他對鐸絲說：「你說雨點姐妹有多大年紀？」

「我不知道。大概二十……二十二？」

「嗯，假設他們眞能活三、四個世紀……」

「哈里！那太荒謬了。」

「我是說假設。在數學中，我們一天到晚『假設』，看看是否會導致什麼明顯的錯誤，或是自相矛盾的結果。倍增的壽命幾乎確定會導致倍增的發育期。她們可能看來二十出頭，實際上已經六十幾歲。」

「你可以試著問問她們的芳齡。」

「我們可以假定她們會說謊。」

「查查她們的出生證明。」

謝頓露出一抹苦笑。「隨便你賭什麼——讓我獻身給你都行，只要你願意。我賭她們會說並不保存那種記錄，即使有的話，她們也會堅持那些記錄不能對外族人曝光。」

「不賭。」鐸絲說：「假如眞是那樣，那麼試圖對她們的年齡做任何假設都沒用。」

「喔，不。你這樣想想：如果麥曲生人擁有倍增的壽命，長達普通人類的四、五倍，他們就不太可能生育很多子女，否則他們的人口一定急劇增加。你該記得，日主說過不能讓人口增加之類的話，然後連忙憤憤地住口。」

鐸絲道：「你到底想說什麼？」

「我和雨點四十三在一起的時候，始終沒看到小孩子。」

「在微生農場？」

「對。」

「你指望那裡會有小孩嗎？昨天我和雨點四十五在商店購物，還經過一些居住層。我向你保證，我看見許許多多各種年齡的兒童，包括嬰兒在內，爲數還眞不少。」

「啊。」謝頓露出懊惱的表情，「這就代表他們不可能享有倍增的壽命。」

鐸絲說：「根據你的推論，我會說絕無可能。你原來眞以爲是那樣嗎？」

「不，我並不認眞。可是話說回來，你也不能封閉自己的心靈，不能僅僅做出一些假設，而不利用各種方法一一檢驗。」

「假如你碰到表面上荒謬絕倫的事，一律停下來咀嚼一番，同樣會浪費很多時間。」

「有些事情表面上似乎荒謬，事實卻不然。這倒提醒了我，你是歷史學家。在你的研究工作中，曾經碰到一種稱爲『機僕』的物件或現象嗎？」

「啊！現在你又轉到另一個傳說，而且是非常熱門的一個。許多世界都猜想史前時代曾有人形機器存在，它們通稱爲『機僕』。

「機僕的故事也許通通源自同一個母傳說，因爲大意都差不多。機僕是人類發明的，後來，它們的數量和能力都增長到近乎超人的地步。它們威脅到人類，最後被盡數毀滅。在每個傳說中，毀滅行動都發生於眞正可靠的歷史記錄出現之前。我們通常的感覺是這個故事只是一種意象，代表人類從一個或數個源頭母星開始向外擴張、探索整個銀河系的過程中所面臨的風險和危險。他們必定始終懷有一種恐懼，擔心會遇到其他的，而且是超人的智慧生靈。」

「或許他們的確至少碰過一次，才會衍生出這個傳說。」

「只不過在人類居住的每一個世界，都沒有任何『前人類』或『非人類』智慧生靈的記錄或遺跡。」

「可是爲什麼要叫『機僕』呢？這個名字有任何意義嗎？」

「即使有我也不知道，但它和耳熟能詳的『機器人』是同義詞。」

「機器人！哼，他們爲何偏偏不這樣說？」

「因爲在講述古老傳說時，人們喜歡使用古典詞彙來營造氣氛。對了，你爲什麼要問這些？」

「因爲在這本古老的麥曲生典籍中，他們就提到了機僕。而且，還有極佳的評價呢。聽我說，鐸絲，你今天下午不是又要跟雨點四十五出去嗎？」

「原則上——如果她現身的話。」

「你能不能問她一些問題，試著從她嘴裡套出答案？」

「我可以試試。哪些問題呢？」

「我想要問問——以盡可能技巧的方式——麥曲生有沒有哪座建築是特別有意義的，是和過去息息相關的，是具有某種神話價值的，是可以……」

鐸絲打斷了他的話，壓抑著笑意說：「我想你試圖問的，是麥曲生有沒有一座寺廟。」

謝頓不可避免地露出茫然的表情。「寺廟是什麼？」

「另一個起源不明的古老詞彙。它意味著你問及的所有事物——重大意義、過去、神話。很好，我會問問她。然而，這種事正是她們可能難以啓齒的。當然，我是指對外族人而言。」

「縱然如此，還是試試吧。」

第十一章：聖堂

奧羅拉：……一個神話世界，在太初時代、星際旅行的黎明期，應該曾有人類居住。有人認爲它就是「地球」的別名，就是那個或許同樣神祕的「人類起源世界」。據說在古川陀麥曲生區（參見該條），民眾自視爲奧羅拉居民的後裔，將這一點當作他們信仰體系的中心教條。除此之外，外人對這個信仰幾乎一無所知……

——《銀河百科全書》

12020GE Encyclopedia

50

雨點姐妹在上午時分抵達。雨點四十五似乎快活依舊，雨點四十三卻只是佇立在門邊，一副愁眉苦臉又小心謹愼的樣子——她一直保持目光向下，連瞥也未瞥謝頓一眼。

謝頓顯得有些不安，對鐸絲做了一個手勢。於是鐸絲以愉悅而老到的語氣說：「姐妹們，等一下。我必須對我的男人做些指示，否則他不知道自己今天該怎麼辦。」

他們走進浴室後，鐸絲悄聲問道：「有什麼不對勁嗎？」

「沒錯，雨點四十三顯然魂不守舍。請告訴她，我會盡快歸還那本典籍。」

鐸絲對謝頓露出驚訝的神情良久。「哈里，」她說：「你很可愛，很體諒人，但你的敏感度還比不上一條變形蟲。只要我對這個可憐的女人提到那本典籍，她就會確定你把昨天的事全告訴了我，然後她才會眞的神不守舍。我唯一能做的，就是和平常一模一樣地對待她。」

謝頓點了點頭，垂頭喪氣地說：「我想你說得對。」

鐸絲趕在晚餐前回來，發現謝頓正坐在便床上，仍在翻閱那本典籍，可是顯得愈來愈不耐煩。他帶著一臉陰霾抬起頭來，說道：「如果我們要在這裡多待一些時日，我們就需要弄一套通訊裝置。我完全不曉得你何時會回來，眞有點擔心。」

「好啦，現在我回來了。」她一面說，一面小心翼翼地脫下人皮帽，帶著相當嫌惡的表情望著它。「我眞的很高興你會擔心。我還以爲你早就被這本典籍迷住，甚至沒有察覺我出門了。」

謝頓哼了一聲。

鐸絲說：「至於通訊裝置，我猜在麥曲生可不容易弄到。否則，那就代表能輕易和外面的外族人通訊。我覺得麥曲生的領袖都有堅定的意志，決心切斷和外界一切可能的接觸。」

「沒錯，」謝頓把典籍丟到一旁，「根據閱讀這本典籍的心得，這點我也料想得到。你有沒有問到你所謂的那個……寺廟？」

「問到了，」她一面說，一面摘下眉毛遮帶，「果然存在。在本區範圍內，這種建築爲數衆多，可是某座中心建築似乎是最重要的——你相不相信，有個女的注意到我的睫毛，跟我說我不該在公共場所露面？我有一種感覺，她打算告發我犯了暴露罪。」

「別擔心那個，」謝頓不耐煩地說：「你可知道那座中心寺廟坐落何處？」

「我問到了地址，但是雨點四十五警告我，除非是特別的日子，否則女性一律不准進入，而最近都不會有那些日子。對了，它稱爲聖堂。」

「什麼？」

「聖堂。」

「多難聽的名字，有什麼意義嗎？」

鐸絲搖了搖頭。「我是第一次聽到。兩位雨點也都不知道它的意思，對她們而言，聖堂並非那座建築的名字，它就是那座建築物本身。問她們爲何這樣稱呼，也許就像問她們牆壁爲何叫作牆壁。」

「關於這個聖堂，有沒有她們眞正知道的事？」

「當然有，哈里，她們知道它的用途。那個地方貢獻給一種不屬於麥曲生此地的生活。它是爲了紀念另一個世界，原先的那個較佳的世界。」

「他們之前居住的那個世界，你是這個意思嗎？」

「完全正確。雨點四十五幾乎就是這麼說的，但沒有說明白。她無法說出那個名字。」

「奧羅拉？」

「就是這個名字，但我覺得你若是對一群麥曲生人大聲說出來，他們會感到極度震驚和恐懼。雨點四十五說到『聖堂是紀念……』就突然打住，改用手指在手掌上仔仔細細、一筆一畫寫下那個名字。她還漲紅了臉，彷彿做了什麼淫穢的事。」

「眞奇怪。」謝頓說：「倘若這本典籍是正確的指南，奧羅拉就是他們最親密的記憶，是他們凝聚一體的首要原因，是麥曲生境內萬事萬物運轉的樞紐。提到它爲什麼會被視爲淫穢呢？你確定沒有誤解那位姐妹的意思？」

「我很肯定，而這也許沒什麼神祕。談得太多便會被外族人聽去，最好的保密辦法就是讓它成爲禁忌。」

「禁忌？」

「這是人類學的一個專用術語，意指一種嚴厲而有效的社會壓力，足以禁止某種行動。女性不准進入聖堂這件事，或許就牽涉到禁忌的力量。假如你建議一位姐妹侵入它的界域，我確定她一定會嚇得半死。」

「你打聽到的地址，能讓我自己找去聖堂嗎？」

「首先我要強調，哈里，你不會單獨行動，因爲我要跟你一起去。我想我們已經討論過這個問題，而且我說得很明白，我無法在遠距離保護你——不論是對抗夾著冰珠的暴風雪，或是如狼似虎的女人。其次我要說，步行去那裡是不切實際的想法。就行政區而言，麥曲生或許是個小區，但絕未小到那種程度。」

「那麼，就搭捷運吧。」

「麥曲生境內沒有任何捷運經過，那會讓麥曲生人和外族人的接觸變得太容易。話說回來，這裡還是有大衆交通工具，屬於低度開發行星常用的那種。事實上，這就是麥曲生的寫照：一小塊未開發的行星，像碎片一樣嵌在川陀表面，除此之外，川陀完全由已開發社會連綴而成。還有，哈里，盡快讀完那本典籍。只要它還在你手上，顯然雨點四十三就身處險境，萬一被發現了，我們也會一起完蛋。」

「你的意思是，外族人閱讀典籍是一種禁忌？」

「我肯定。」

「好吧，還回去也不會有太大損失。在我看來，百分之九十五的內容都枯燥得不可思議：政治團體間無止無休的明爭暗鬥，以及對一些無從判斷多麼高明的政策無止無休的辯護。此外還有對倫理議題無止無休的說教，即使它是文明開化的思想，措詞中也充滿令人憤慨的自以爲是，讓人不想違反也難，況且通常根本不知所云。」

「聽你的口氣，好像我要是把它拿走，等於幫了你一個大忙。」

「不過，總是還有另外百分之五，討論到那個絕不可直呼其名的奧羅拉。我一直在想，那裡也許有什麼東西，而它也許對我有幫助。這正是我想打聽聖堂的原因。」

「你希望在聖堂裡找到線索，以支持典籍中對奧羅拉的說法？」

「可以這麼說。此外，我對典籍中提到的機器人——或者用他們的說法，對那些機僕起了強烈的好奇心。我發現自己被這個想法深深吸引。」

「不用說，你不會認眞吧？」

「幾乎認眞了。倘若接受典籍中某些片段的字面意義，那麼它就暗示著一件事實：某些機僕具有人形。」

「自然如此。假如你想建構人類的擬像，就會把它造得看起來像人類。」

「沒錯，擬像的意思正是『相像』，但相像可以是很粗略的。一位藝術家畫出一張線條畫，你也該認得出來，知道他想表現一個人形。圓圈代表腦袋，長方形代表身體，四根彎曲的線條代表手腳，這就行了。但我的意思是，就每個細節而言，機僕看來都真正酷似人類。」

「哈里，這簡直荒謬。想想看，要花多少時間才能把金屬軀體塑造成完美比例，並且表現出內部肌肉的平滑紋理。」

「鐸絲，誰說金屬了？我所得到的印象是，這些機僕都是使用有機或假有機材料；它們的外表覆蓋著一層皮膚；你很難用任何方法區分它們和真人的不同。」

「典籍上這麼說嗎？」

「沒有用那麼多字句。然而，根據推論……」

「是根據『你的』推論，哈里。你不能太認真。」

「讓我試試看。我已找遍索引中每一條相關資料，根據那本典籍對機僕的記述，我發現可以推論出四件事。第一，我已經說過，它們——或者其中的一部分——形體和人類一模一樣。第二，它們擁有極度倍增的壽命，如果可以這麼說的話。」

「最好說『有效期』，」鐸絲說：「否則你會慢慢把它們完全當成人類。」

「第三，」謝頓並未理會她，繼續說道：「有些——或者，無論如何至少有一個——一直活到今天。」

「哈里，這是人類流傳最廣的傳說之一。古代英雄永遠不死，只是進入一種生機停頓的狀態，隨時會在緊要關頭回來拯救他的同胞。真的，哈里。」

「第四，」謝頓仍然沒有上鉤，「有幾行字似乎指出，那個中心寺廟——或者就是聖堂，雖說事實上，我在典籍裡沒找到這個詞彙——裡面有個機僕。」他頓了一下，然後說：「你懂了嗎？」

鐸絲說：「不懂，我該懂些什麼？」

「如果我們把這四點組合起來，那就代表聖堂裡也許有個和眞人一模一樣的機僕，他至今仍舊活著，而且已經存活了……比如說兩萬年。」

「得了吧，哈里，你不可能相信這種事。」

「我並非眞正相信，但我無法完全漠視。萬一這是眞的呢？我承認，這只是百萬分之一的機會，不過倘若是眞的呢？你看不出他對我會有多大幫助嗎？他能記得古老的銀河系是什麼樣子，那是比任何可靠的歷史記錄還要古老許多的年代。他或許能幫助我將心理史學變成可能。」

「即使這是眞的，你以爲麥曲生人會讓你和這個機僕見面或晤談嗎？」

「我並不打算請求他們准許。至少我可以先到聖堂去一趟，看看那裡是否眞有什麼晤談的對象。」

「不是現在，最快也要等明天。假如明早你還沒改變心意，我們就去。」

「你自己告訴我，他們不允許女性……」

「他們允許女性站在外面看，這點我能肯定，而我懷疑我們能做的也僅止於此。」

她的語氣斬釘截鐵。

51

哈里·謝頓極爲樂意讓鐸絲帶路。她曾經逛過麥曲生的大街，因此比他更熟悉這些街道。

鐸絲·凡納比里眉心打著結，對情況並沒有那麼樂觀。她說：「你可知道，我們很容易迷路。」

「有這本小冊子就不會。」謝頓說。

她抬起頭，不耐煩地望著他。「哈里，把你的心思放在麥曲生上面。我眞該拿一套電腦地圖，我能對它發問的那種東西。這份麥曲生地圖只是一疊塑膠布，我不能對它說我在哪裡，不能用嘴巴告訴它，甚至不能藉著按鍵告訴它。而它也不能告訴我什麼，它只是個印刷品。」

「那就讀讀它的內容。」

「我正試著做這件事，但它是寫給本來就熟悉這種系統的人看的。我們必須找人問路。」

「不，鐸絲，那是最後的辦法，我可不想引人注意。我寧可我們自己碰碰運氣，試著找出正確路徑，即使轉錯一兩個彎也無所謂。」

鐸絲極其專心地翻閱那本小冊子，然後不情不願地說：「嗯，它對聖堂做了顯要的描述，我想這只不過是很自然的事。我敢說，每一個麥曲生人都會偶爾想要去那裡。」更加全神貫注一會兒之後，她又說：「讓我告訴你吧，從這兒到那兒根本沒有交通工具。」

「什麼？」

「別激動。顯然有辦法從這裡搭車到另一處，再改搭另一輛車去那裡。也就是說，我們必須換一次車。」

謝頓鬆了一口氣。「嗯，理所當然。即使搭捷運，如果不換車，川陀也有一半地方到不了。」

鐸絲不耐煩地瞥了謝頓一眼。「這點我也知道，只不過我習慣了讓這些東西主動告訴我。當它們指望你自己找出答案時，最簡單的事也能讓你好一陣子摸不著頭緒。」

「好啦，親愛的，別生氣。如果你知道該怎麼走，就趕緊帶路吧，我將謙卑地跟在後面。」

於是他亦步亦趨跟著她，直到抵達一個交叉路口，兩人才停下腳步。

在這個路口等車的人，還有三位身穿白色襁服的男性，以及兩位穿灰襁服的女性。謝頓試著向他們投以天下通用的笑容，他們卻回敬一個白眼，並隨即轉開目光。

交通工具不久就來了。那是一輛式樣過時的車子，在謝頓的家鄉赫利肯，通常稱之為重力公車。它裡面有二十幾張精緻的長椅，每張能容納四個人。在公車的兩側，每張長椅都有專屬的獨立車門。它停下來之後，乘客紛紛從兩側下車。（一時之間，謝頓不禁為那些從街心側下車的人擔心，但他隨即注意到，來往車輛在接近公車時都停了下來，而在公車尚未開動前，也沒有任何一輛超越它。）

鐸絲不耐煩地推了謝頓一下，他趕緊走到一張還有兩個相連座位的長椅旁，鐸絲則跟在他後面。（他注意到，男士總是優先上下車。）

鐸絲喃喃抱怨道：「別再研究人性了，注意你的四周。」

「我會試試。」

「例如這個。」她一面說，一面指著正前方椅背上隔出的一方平坦區域。公車一旦開動，那上面立刻亮起字跡，標示出下一站的站名、著名的建築物，或是即將穿越的街道。

「好了，接近轉車站的時候，它或許會告訴我們。本區至少並非全然混沌未開。」

「很好。」謝頓答道。過了一會兒，他傾身湊向鐸絲，又悄聲說：「沒有人在看我們。在任何擁擠的地方，似乎都設有人工的界線，好讓人人都能保有隱私。你注意到了嗎？」

「我總是視之為理所當然。假如這將成為你的心理史學法則之一，沒有任何人會重視的。」

鐸絲猜得沒錯，最後他們面前的方向指示牌終於宣佈：即將抵達「聖堂直達專車」的轉車站。

他們下車之後，又需要再等一下。前面幾輛公車已經離開這個路口，不過另有一輛重力公車即將進站。這是一條熱門路線，而這也沒什麼好奇怪的，因為聖堂必定是本區的樞紐與心臟。

他們上了那輛重力公車，謝頓悄聲道：「我們都沒付錢。」

「根據這份地圖，大衆運輸工具是免費的服務。」

謝頓噘起下唇。「多麼文明啊。我想任何事物都不能一概而論，不論落後或是開化，都不能以偏概全。」

鐸絲卻用手肘輕推他一下，壓低聲音說：「你的法則被打破了。有人盯著我們，坐在你右邊那個男的。」

52

謝頓的眼睛很快瞟了一下。坐在他右邊的那位男士稍嫌瘦削，而且似乎相當年長。他有一對深褐色的眼珠，以及一身黝黑的皮膚。謝頓可以確定，他若未曾接受脫毛手術，就一定會有一頭黑髮。

他再度面向前方，開始尋思：這位兄弟的外表相當特殊。在此之前，他曾注意過少數幾位兄弟，他們的個子都不算矮，而且膚色很淡，有著藍色或灰色的眼珠。當然，他尚未遇見夠多的人，還不足以列出一條通則。

然後，謝頓感到綴服的右手袖子被輕輕碰了一下。他遲疑地轉過頭去，發覺眼前出現一張卡片，上面寫著一行淡淡的字跡：「外族人，小心！」

謝頓嚇了一跳，自然而然伸手去摸人皮帽。身旁那位男士則做出一組無聲的口型：「頭髮。」

謝頓摸到了，原來鬢角處有一綹短髮露出來。不知道什麼時候，他一定扯到了這頂人皮帽。他趕緊盡可能若無其事地將它向下拉，然後裝作好像是在摸頭，用手在附近探了探，以確定人皮帽已回到定位。

他向右轉身，對鄰座輕輕點了點頭，也做出一組口型：「謝謝你。」

鄰座那人微微一笑，改用正常的聲音說：「去聖堂嗎？」

謝頓點了點頭。「對，正要去。」

「很容易猜到。我也一樣，我們要不要一塊下車？」他的笑容相當友善。

「我帶著我的……我的……」

「你的女人。沒問題，那就三個人一塊吧？」

謝頓不知道該如何回應。他向另一側迅速望了望，發覺鐸絲的眼睛已轉向正前方。她在刻意表現對男性的交談不感興趣，這是符合姐妹身分的態度。然而，謝頓感到左膝被輕拍了一下，他把這個意思（也許沒有什麼正當理由）詮釋為：「沒關係。」

無論如何，禮數使他自然而然認同這一點。於是他說：「好，當然好。」

他們之間並未再做任何交談。不久，方向指示牌告訴他們聖堂到了，那位麥曲生友人便起身準備下車。

重力公車繞著聖堂廣場做了一個大轉彎。車子停妥後，眾多乘客都要在此下車。男士紛紛先行走出車門，女士則一律跟在後面。

這位麥曲生人上了年紀，因此聲音有點沙啞，不過口氣十分快活。「我說……朋友們，現在吃午餐早了點。但是請相信我，要不了多久就會非常擁擠。你們願不願意買點簡單的食物，先在外面吃完？我對這一帶非常熟，我知道一個好地方。」

謝頓疑心這是個圈套，誘騙無知的外族人購買什麼不堪的或昂貴的東西。然而，他決定冒一次險。

「你實在太好了。」他說：「既然我們對這個地方一點也不熟，我們很高興有你當嚮導。」

他們在一個露天小攤買了午餐——三明治以及一種看來像是牛奶的飲料。既然天氣很好，而他們又是遊客，所以那位麥曲生老者建議一同走到聖堂廣場，在戶外將這一餐解決，這還有助於他們熟悉周圍的環境。

當他們拿著午餐一路向前走的時候，謝頓注意到聖堂類似縮小許多倍的皇宮，周圍的廣場則彷彿是個具體而微的御苑。他幾乎不能相信麥曲生人竟會崇拜皇室建築，或是做出除了憎恨它、鄙視它之外的任何行為，但文化上的吸引力顯然無可抵禦。

「眞漂亮。」那位麥曲生人帶著明顯的驕傲說。

「是啊。」謝頓說：「它在白晝之下多麼燦爛耀眼。」

「周圍的廣場，」他說：「是模仿我們『黎明世界』上的政府廣場建造的……事實上，是縮小很多的仿製品。」

「你見過皇宮周圍的御苑嗎？」謝頓小心翼翼地問。

那麥曲生人察覺到了這句話的含意，卻似乎一點也不在意。「他們，也是在盡可能仿照黎明世界。」

謝頓的懷疑達到極點，但他什麼也沒說。

他們來到一個半圓形的白色石椅旁，它也像聖堂一樣，在人工日光下閃閃發亮。

「太好了。」這位麥曲生人的黑眼珠閃耀著喜悅的光采，「沒有人佔據我的地盤。我稱之為我的，只因為它是我最心愛的座位。從這裡穿過樹木看出去，可以見到聖堂邊牆的美麗景觀。請坐下來，我保證它並不冰冷。還有你的同伴，也歡迎她坐下。我知道她是一名外族女子，因而擁有不同的習俗。她……她若想說話，可以隨意。」

鐸絲狠狠瞪了他一眼，然後才坐下來。

謝頓體認到他們大概會跟這位麥曲生老者待一會兒，於是伸出手來說：「我叫哈里，我的女伴名叫鐸絲。抱歉，我們並不用號碼。」

「各人自有他自己……或她自己……的規矩。」對方以豪爽的口氣說：「我是菌絲七十二，我們是個大支族。」

「菌絲？」謝頓帶著點猶豫問道。

「你似乎很驚訝。」菌絲說：「那麼我猜想，你只遇見過那些長老家族的人。諸如雲朵、陽光、星光之類的名字——全都是天象。」

「我必須承認……」謝頓的話只說了一半。

「嗯，現在見見低下階層的人吧。我們從土地上，以及我們栽培的微生物中擷取我們的名字，它們尊嚴無比。」

「我相當確定。」謝頓說：「再次謝謝你在重力公車上幫我……解決問題。」

「聽著，」菌絲七十二說：「我幫你免除了許多麻煩。假使一位姐妹在我之前看到你，她肯定會發出尖叫，旁邊的兄弟們就會把你推下公車——也許甚至不等它停下來。」

鐸絲身子往前傾，以便讓視線越過謝頓。「你自己爲何沒有這種反應呢？」

「我？我對外族人沒有恨意，我是一名學者。」

「學者？」

「我們支族中的頭一個。我就讀於聖堂學院，而且成績非常好。我對一切古代藝術都有研究，而且我還有許可證，可以進入外族圖書館，那裡收藏著外族人的影視書和字體書。我能隨心所欲瀏覽任何影視書，或是閱讀任何一本字體書。我們甚至有一間電腦化參考圖書館，而我也能使用。這種事有助於開拓心靈，所以我不介意見到有點頭髮露出來。我在照片上看過許多次留著頭髮的男人，還有女人。」他瞥了鐸絲一眼。

他們默默吃了一會兒午餐，然後謝頓說：「我注意到每位進出聖堂的兄弟，身上都披掛著一條紅色肩帶。」

「喔，沒錯。」菌絲七十二說：「從左肩垂下來，在腰際右側繞一圈——通常都有非常別緻的刺繡。」

「那是爲什麼？」

「它稱爲『和帶』，象徵著進入聖堂所感受到的喜悅，以及爲了保有它而甘願噴灑的鮮血。」

「鮮血？」鐸絲皺著眉頭說。

「只是一種象徵罷了，我從未眞正聽說有什麼人血濺聖堂。此外，這裡其實也沒什麼喜悅，主要都是對『失落世界』的慟哭、悲嘆，或是頂禮膜拜。」他的聲音壓低了，並且轉趨柔和。「非常愚蠢。」

鐸絲說：「你不是一名……一名信徒？」

「我是一名學者。」菌絲帶著明顯的驕傲說。當他咧嘴而笑時，他的臉孔皺成一團，使得老態更加明顯。謝頓發覺自己對此人的年紀感到好奇——數個世紀？不，他們已經排除這個假設。那是不可能的，然而……

「你有多大歲數？」謝頓不知不覺突然問道。

對於這個問題，菌絲七十二沒有表現生氣的意思，他的回答也未顯現任何遲疑。「六十七。」

謝頓非要追根究柢不可。「我聽說你們族人相信，在極早的時代，每個人都能活好幾世紀。」

菌絲七十二以古怪的神情望著謝頓。「你是怎麼知道的？一定是誰口沒遮攔……但那是眞的，的確有這種信仰。只有天眞的人才會相信，但長老們卻鼓勵有加，因爲它能顯出我們的優越。事實上，我們的平均壽命確實高於其他地區，因爲我們吃得比較營養，可是即使能活一個世紀的人都少之又少。」

「我猜你並不認為麥曲生人比較優越。」謝頓說。

菌絲七十二答道：「麥曲生人沒有什麼問題，他們絕不低人一等。話說回來，我認為人人平等——甚至包括女人。」他在補充這句話時，朝鐸絲的方向望了一眼。

「而我則認為，」謝頓說：「你們族人同意這點的不會太多。」

「同理，你們族人同意的也不多。」菌絲七十二帶著一絲憤恨說道：「不過，我卻深信不疑，身為學者理當如此。外族人所有的偉大文學作品，我全部觀賞甚至閱讀過。我瞭解你們的文化，還寫過這方面的文章。我可以自在地和你們坐在一起，就好像你們是……我們的一份子。」

鐸絲略嫌唐突地說：「聽你的口氣，好像頗自豪於瞭解外族人的種種。你到麥曲生之外旅行過嗎？」

菌絲七十二似乎後退了一點。「沒有。」

「為什麼呢？那樣你會對我們更加瞭解。」

「我會覺得不對勁。我必須戴一頂假髮，那令我感到羞愧。」

鐸絲問道：「為何要假髮？你大可保持光頭啊。」

「不行，」菌絲七十二說：「我才不會那麼傻，否則擁有毛髮的人通通會欺負我。」

「欺負？為什麼？」鐸絲說：「不論是在川陀任何角落，或是其他任何一個世界上，都有許許多多天生的禿子。」

「我的父親就相當禿，」謝頓嘆了一聲，「我猜未來幾十年內，我也會變成禿頭。我的頭髮現在就不怎麼濃密。」

「那不是光頭。」菌絲七十二說：「你們保有側面的毛髮，還有眼睛上面的。我的意思是光禿禿——完全沒有毛髮。」

「全身都沒有嗎？」鐸絲很感興趣地說。

這回菌絲七十二看來眞生氣了，他並未回答這個問題。

謝頓急著想把話題拉回來，他說：「菌絲七十二，請告訴我，外族人能以旁觀者的身分進入聖堂嗎？」

菌絲七十二猛力搖了搖頭。「絕對不行，它的門只爲黎明之子而開。」

鐸絲說：「只有黎明之子？」

菌絲七十二顯得震驚了一陣子，然後又不以爲意地說：「好吧，你們是外族人。只有在特定的日子和時辰，黎明之女方可進入。規定就是這樣，我可沒說我也贊同。如果由我作主，我會說：『進去吧，玩個盡興。』事實上，我自己會排在最後。」

「你從來沒進去過嗎？」

「我小的時候，父母曾經帶我去過。可是——」他搖了搖頭，「裡面只有一些凝視著典籍的人，他們誦讀其中的章句，爲古老的日子嘆息和流淚。氣氛非常沉悶，你不能交談，不能笑出聲來，甚至不能望著別人。你的心靈必須完全放在失落世界上，完完全全。」他揮了揮手，表示無法認同。「我可不吃這一套。我是一名學者，我要整個世界對我開放。」

「說得好。」謝頓發覺機會出現了，「我們有同感。我們也是學者，鐸絲和我都是。」

「我知道。」菌絲七十二說。

「你知道？你怎麼會知道？」

「你們一定是。獲准進入麥曲生的外族人，僅限於帝國官員、外交使節和重要的行商，此外就是學者。在我看來，你倆都有學者的長相。這就是我對你們感興趣的原因，物以類聚嘛。」他露出開懷的笑容。

「果不其然。我是數學家，鐸絲是歷史學家。你呢？」

「我的專長是……文化。我讀過外族人所有的偉大文學作品：黎叟爾、曼通、諾維葛……」

「我們則讀過你們族人的偉大作品。比如說，我曾經讀過你們的典籍——有關失落世界的記述。」

菌絲七十二驚訝得張大雙眼，橄欖色的皮膚似乎也稍微褪色。「你讀過？怎麼會？在哪裡？」

「在我們的大學裡有些副本，只要獲得允許就能閱讀。」

「典籍的副本？」

「沒錯。」

「我懷疑長老們是否知道這件事？」

謝頓又說：「我還讀過有關機僕的記載。」

「機僕？」

「是的。所以我才會希望能夠進入聖堂，我想看看那個機僕。」（鐸絲輕踢謝頓的腳踝，但他並未理會。）

菌絲七十二不安地說：「我不相信這種事，有學問的人都不相信。」但他隨即東張西望，彷彿擔心有人偷聽。

謝頓說：「我讀到過一段記載，說有個機僕仍在聖堂裡面。」

菌絲七十二說：「我不想討論這種無稽之談。」

謝頓毫不放鬆。「假使它真在聖堂裡面，會在哪個角落呢？」

「即使那是眞的，我也無法告訴你什麼。我只在小時候進去過。」

「你可知道裡面是否有個特別的地方，一個隱密的場所？」

「有個長老閣，只有長老才能去，可是那裡什麼也沒有。」

「你去過嗎？」

「沒有，當然沒有。」

「那你又怎麼知道呢？」

「我不知道那裡有沒有石榴樹，我不知道那裡有沒有雷射風琴，我不知道那裡有沒有其他一百萬種東西。我不知道它們存不存在，是否就代表它們全部存在？」

一時之間，謝頓無言以對。

茵絲七十二憂慮的臉龐閃過一絲飄忽的笑容。他說：「那是學者的論證方式。你瞧，我可不是容易對付的人。無論如何，我還是建議你別試圖上長老閣去。萬一讓他們發現有個外族人在裡面，我想你是不會喜歡那種後果的。好啦，願黎明與你同在。」他突然起身——毫無預警——然後匆匆離去。

謝頓望著他的背影，感到相當訝異。「什麼東西把他嚇得落荒而逃？」

「我想，」鐸絲說：「是因爲有人來了。」

的確有人來了。那人身材高大，穿著一件精緻的白色袍服，斜掛著一條更爲精緻且隱隱生輝的紅色肩帶。他踏著嚴肅的步伐趨近他們，臉上掛著無庸置疑的權威，以及更加無庸置疑的不悅神色。

53

新出場的那位麥曲生人走近後，哈里．謝頓馬上站起來。至於這是不是合宜的禮貌舉動，他並沒有絲毫概念，不過他清清楚楚地感覺到，這樣做不會有任何害處。鐸絲．凡納比里跟著他起身，小心翼翼地保持著下垂的目光。

對方站在他們兩人面前。他也是一名老者，卻比菌絲七十二更不容易看出年齡。歲月似乎使他依然英俊的臉龐顯得更加高貴。他的光頭渾圓美觀，他的眼珠則是驚人的湛藍色，與火紅而明亮的肩帶形成強烈對比。

來人說道：「我看得出你們是外族人。」他的聲音比謝頓預料的更爲高亢，不過他說得很慢，彷彿意識到他吐出的每個字都具有權威。

「我們的確是。」謝頓以客氣但堅定的語氣說。他覺得無論如何應該尊重對方的身分，卻並未打算放棄自己的身分。

「你們的姓名？」

「我是來自赫利肯的哈里．謝頓，我的同伴是來自錫納的鐸絲．凡納比里。你呢，麥曲生先生？」

那人不悅地瞇起眼睛，不過當他面對威嚴的態度時，他自然也體會得到。

「我是天紋二，」他將頭抬高了一些，「聖堂的長老之一。外族男子，你的身分爲何？」

「我們，」謝頓刻意強調這個代名詞，「是斯璀璘大學的學者。我是數學家，我的同伴是歷史學家，我們前來研究麥曲生的風土民情。」

「經由誰的許可？」

「經由日主十四的許可。我們抵達時，他曾親自迎接。」

天紋二陷入沉默好一會兒，然後他臉上出現淺淺笑意，態度則變得幾乎和藹可親。他說：「原來是元老，我和他很熟。」

「你理當如此。」謝頓以溫和的語氣說：「還有什麼事嗎，長老？」

「有的。」這位長老極力想要重新掌握優勢，「剛才和你們在一起，當我走近時匆匆離去的是什麼人？」

謝頓搖了搖頭。「長老，我們以前從未見過他，對他一無所知。我們遇到他純粹是巧合，只是向他詢問有關聖堂的事。」

「你問他些什麼？」

「兩個問題，長老。我們問他這座建築是否就是聖堂，還有它是否准許外族人進入。他對第一個問題的回答是肯定的，對第二個則是否定的。」

「相當正確。你又對聖堂哪方面有興趣？」

「長老，我們來此是要研究麥曲生的風土民情。聖堂難道不是麥曲生的大腦和心臟嗎？」

「它完全是我們的，專門保留給我們。」

「即使是某位長老——不，元老——看在我們做學問的份上，也不能特准我們進去嗎？」

「你眞得到元老的許可？」

謝頓只遲疑了很短一下子，鐸絲趁機揚起眼珠，迅速從旁望了他一眼。他斷定自己無法扯這麼大的謊，於是說：「不，還沒有。」

「或者永遠不會。」長老說：「你們雖然獲得許可來到麥曲生，可是即使最高當局也無法絕對控制公衆。我們珍惜我們的聖堂——不論在麥曲生哪個角落出現一個外族人，都很容易引發大衆的激動情緒，但是，尤其以聖堂附近最為嚴重。只要有個容易衝動的人高喊一聲『侵略！』，像這樣一群平和的群眾就會變成一群猛獸，非得將你們碎屍萬段才肯罷休。我這樣說絕非誇大其辭。即使元老對你們表示親善，爲了自己好，你們還是走吧。立刻就走！」

「可是聖堂……」謝頓頑固地說，不過鐸絲卻在輕扯他的裰服。

「聖堂裡面究竟有什麼能引起你的興趣？」長老說：「你已經從外面看到了，而裡面沒有任何值得你看的東西。」

「有個機僕。」謝頓說。

長老驚駭萬分地瞪著謝頓。然後他彎下腰來，將嘴巴湊到謝頓耳邊，嚴厲地悄聲道：「立刻離開，否則我自己會高喊那聲『侵略！』。要不是看在元老的份上，我連這個機會也不會給你。」

此時鐸絲展現驚人的力量，拉著謝頓急步離去，幾乎使他站立不穩。她一路拖著他走，直到他恢復平衡，快步跟在她後面爲止。

54

一夜無話，直到次日上午吃早餐的時候，鐸絲才重拾這個話題——用的是謝頓感到最傷人的說法。

她說：「唉，昨天眞是一敗塗地。」

謝頓面色凝重，他原本還眞以爲已經躲過批判。「憑什麼說一敗塗地？」

「我們的下場是被轟出來。爲了什麼？我們又得到了什麼？」

「我們只是得知那裡面有個機器人。」

「菌絲七十二說沒這回事。」

「他當然那樣說。他是個學者，或說自認是個學者。有關聖堂的點點滴滴，他不知道的也許能裝滿他常去的那間圖書館。你看到那個長老的反應了。」

「我當然看到了。」

「假使裡面並沒有機器人，他不會表現出那樣的反應。我們的情報把他嚇壞了。」

「哈里，那只是你的猜想。即使眞有其事，我們也進不去。」

「我們當然能試一試。吃完早餐我們就出去，我要買一條肩帶，就是所謂的和帶。我把它掛在身上，虔敬地保持目光向下，就這樣走進去。」

「人皮帽和其他一切呢？他們會在一微秒內認出你來。」

「不，不會的。我們先走進那間保存外族人資料的圖書館，反正我也想去看看。那間圖書館是聖堂的一棟附屬建築，我推測裡面或許有進入聖堂的入口……」

「你進去後會立刻遭到逮捕。」

「絕對不會。你也聽到菌絲七十二是怎麼說的，人人都保持目光向下，冥思他們那個偉大的失落世界奧羅拉。沒有人會望向其他人，說不定那是嚴重違反戒律的行爲。然後，我就能找到長老閣……」

「那麼容易？」

「在昨天的談話中，菌絲七十二曾建議我別試圖上長老閣去。上去！它一定是在聖堂的高塔中，那個中央高塔。」

鐸絲搖了搖頭。「我不記得那人使用的是哪些字眼，我想你也記不清了。那實在是太過微弱的根據……慢著。」她突然打住，同時皺起眉頭。

「怎麼了？」謝頓問。

「『閣』是個古老的字眼，意思是位於高處的住所。」

「啊！我就說吧。你看，從你所謂的一敗塗地中，我們獲悉了一些重要的事。如果我再找到一個已經兩萬歲的、活生生的機器人，如果它能告訴我……」

「假設這種東西果眞存在，這已經難以置信；再假設你能找到它，這又是不大可能的事。在這兩個前提下，你認爲你在行蹤暴露之前，可以跟它談多久的話？」

「我不知道。可是如果我能證明它的存在，而我又能找到它，那我總會想辦法和它交談。不論在任何情況下，我想打退堂鼓都已經太晚了。在我認爲心理史學根本無法建立時，夫銘就該放我一馬。現在似乎有了眉目，我不會讓任何事物阻止我——除非把我殺了。」

「麥曲生人可能會被迫那樣做，哈里，你不能冒這個險。」

「不，我可以冒險，我要去試試看。」

「不，哈里。我必須照顧你，我不能讓你去。」

「你一定要讓我去。找到建立心理史學的方法，比我自身的安全更重要。我的安全之所以重要，只因爲我或許能夠建立心理史學。若是阻止我這麼做，你的工作就失去意義——好好想一想。」

謝頓覺得一股全新的使命感注入體內。心理史學——那個模糊不清的理論，不久之前，他還認爲絕無成功的希望——隱隱約約變得愈來愈大，愈來愈眞實。現在，他必須相信它是有可能的，他打心眼裡感覺得到。拼圖的碎片似乎開始逐漸聚攏，雖然還不能看出整體的圖樣，他卻可以確定聖堂能夠提供另一塊碎片。

「那我要和你一起進去，這樣，我才能及時把你這個白癡拉出來。」

「女人是不准入內的。」

「什麼東西讓我看來像個女人？只是這件裰服罷了。穿著這種服裝，你看不見我的胸部。而戴上人皮帽之後，我也不再擁有女人的髮型。我的臉洗得乾乾淨淨，未施任何脂粉，和男人沒什麼兩樣，何況這裡的男人連短髭都沒有。我需要的只是一件白色裰服和一條肩帶，然後我就能進去。要不是受到禁忌的限制，每位姐妹都能這麼做。我可不受任何的限制。」

「你受我的限制。我不讓你那樣做，太危險了。」

「對我和對你一樣危險。」

「但我非得冒這個險不可。」

「那麼我也一樣。你的使命為什麼能壓過我的？」

「因為……」謝頓突然住口，陷入沉思。

「你這樣想吧，」鐸絲的聲音堅如岩石，「我絕不會讓你一個人去，假如你想嘗試，我會把你打昏，再把你綁起來。倘若你不喜歡那樣，就別再有單獨行動的念頭。」

謝頓猶豫不決，還悶悶不樂地嘀咕了幾句。但他放棄了爭論，至少暫時如此。

55

天空幾乎萬里無雲，但晴空卻是灰藍色的，彷彿罩在一片高層輕霧中。那是個美好的畫面，謝頓心想，不過他忽然又懷念起太陽。川陀的居民都看不見這顆行星的太陽，除非他們前往上方，而且即便如此，也必須等到自然的雲層裂出一道縫。

土生土長的川陀人是否懷念太陽？是否想到過它？當他們訪問其他世界，抬頭便能望見真實太陽之際，他們是否帶著敬畏的心情，凝視著那顆眩目欲盲的火球？

他感到納悶，為何那麼多人過著庸庸碌碌的日子，從未試圖找出許多問題的答案——甚至根本未曾想到那些問題？人生難道還有什麼事，會比尋找答案更令人感到振奮？

他又將視線移到水平線上。寬廣的道路兩側排列著低矮的建築，其中大多數是商店。來來往往的個人地面車為數眾多，每一輛都緊貼著右側。它們似乎像一批古董，不過都是電力驅動的，而且幾乎安靜無聲。謝頓不禁懷疑，「古董」這個詞難道總是值得嘲笑嗎？安靜是否能彌補慢速的缺點？畢竟，人生又有什麼特別需要趕場的呢？

看到人行道上有些兒童，謝頓在心煩意亂中抿緊了嘴唇。顯然，麥曲生人不可能擁有倍增的壽命，除非他們願意大肆進行殺嬰的舉動。無論男孩或女孩（雖然很難分辨）都穿著裰服，長度僅達膝蓋以下數吋，好讓孩童狂野的活動不至束手束腳。

那些兒童也都還有頭髮，長度不超過一吋。不過即使如此，較大的兒童在裰服上一律附有兜帽，而且都把它拉上，將頭頂完全遮起來。彷彿他們年齡已經不小，足以使頭髮看來有點淫穢之意——或者是年齡已經夠大，因而主動希望遮掩頭髮，並渴望脫毛的成年禮早日來臨。

謝頓突然閃過一個念頭。他說：「鐸絲，你去購物的時候由誰付帳，是你還是雨點姐妹？」

「當然是我。雨點姐妹從未掏出信用瓷卡，但是她們應該那樣做嗎？買的東西全是給我們用的，和她們無關。」

「但你拿的是一張川陀信用瓷卡，外族女子的信用瓷卡。」

「當然，哈里，可是這根本不成問題。麥曲生人或許如願地保持著獨有的文化、思考模式和生活習慣。他們還可以毀棄頭部毛髮，並且一律穿著裰服。然而，他們必須使用這個世界所通用的信用點。倘若他們拒絕，便會扼殺一切商業活動，但任何理智的人都不會想那麼做。哈里，信用點是萬能的。」她舉起一隻手，彷彿正握著一張隱形信用瓷卡。

「所以他們接受你的信用瓷卡？」

「他們連看都沒看我一眼，對我的人皮帽也從來不予置評。信用點消除了一切疑慮。」

「嗯，那很好。所以我也能買……」

「不，由我來買。信用點或許能消除一切疑慮，但比較起來，還是更容易消除對一名外族女子的疑慮。他們習慣了對女性不太注意或毫不注意，所以自然而然對我一視同仁——這就是我曾經光顧的那家服裝店。」

「我在外面等。幫我買一條好看的紅肩帶——特別引人注目的。」

「你別假裝忘了我們的決定。我會買兩條，還會再買一件白色綴服……符合我的尺寸的。」

「一個女人想買白色綴服，他們不會奇怪嗎？」

「當然不會。他們會假定我是幫男伴買的，而他的身材剛好和我一樣。事實上，只要我的信用瓷卡沒問題，我想他們根本懶得做任何假定。」

於是謝頓開始等待，並有幾分期望會有人和他這個外族人打招呼，或者公然抨擊他這個外族人——後者其實更有可能，不料這兩種人皆未出現。在他面前經過的人都沒看他一眼，即使是那些朝這個方向望來的人，也似乎無動於衷地繼續前進。尤其讓他敏感的是那些灰色綴服——那些成雙成對行走的女性，而身邊有個男伴的更糟。她們是屬於受到壓制、遭到冷落、不受重視的一群，還有什麼舉動，比看到外族男子後尖叫一聲更能引起短暫的側目？可是就連女性也對他不屑一顧。

他們並未預期看到外族人，謝頓想，所以就視而不見。

這點，他認定將有助於兩人即將侵入聖堂的行動。更不會有人預期在那裡見到外族人，自然會對他們兩人更加視若無睹！

鐸絲出來的時候，謝頓的心情相當好。

「買齊了嗎？」

「絕對齊全。」

「那我們回去吧，好讓你換衣服。」

新買的白色裰服不如灰色那件合身。顯然她剛才根本不能試穿，否則即使最愚鈍的店主也會嚇得不知所措。

「哈里，我看來怎麼樣？」她問道。

「和男生一模一樣。」謝頓說：「現在我們來試試肩帶……或者該說和帶，我最好習慣這個說法。」

未戴人皮帽的鐸絲正心滿意足地甩著頭髮。她突然說：「別急著戴上，我們並不準備披掛著肩帶遊行麥曲生。引人注目是我們最不願發生的事。」

「不，不。我只是想看看是否合身。」

「好吧，不是那條。這條的品質比較好，而且比較精緻。」

「你說得對，鐸絲。我必須吸引所有的注意力，我可不想讓他們察覺你是女的。」

「我不是那個意思，哈里，我只是要你看來帥氣。」

「萬分感謝，但我懷疑那是不可能的。現在，讓我們想想看，這究竟該怎樣穿戴。」

謝頓與鐸絲兩人一起練習戴上與摘下和帶的動作，練了一次又一次，直到能以流暢的動作一氣呵成爲止。這回是由鐸絲擔任謝頓的老師，因爲昨天她在聖堂外曾看到一名男子全程的動作。

當謝頓稱讚她具有敏銳觀察力的時候，她紅著臉說：「這實在沒什麼，哈里，只不過是我剛好注意到。」

謝頓答道：「那麼，你是個注意力過人的天才。」

終於練得滿意之後，他們站得相隔老遠，互相審視著對方的穿著。謝頓的和帶閃閃發亮，有個鮮紅的龍形圖案浮現在較淡的同色調背景上。鐸絲那條的設計比較不那麼大膽，僅在中央處點綴著一條簡單的細紋，而且色調非常淺。「這樣，」她說：「剛好足以顯示我們的品味不賴。」說完她就摘下那條和帶。

「現在，」謝頓說：「我們把它疊起來，放進一個內袋。我的信用瓷卡——其實是夫銘的——和此地的鑰匙在這個內袋，而這裡，另一邊的內袋是那本典籍。」

「典籍？你應該帶著它到處跑嗎？」

「我必須這麼做。我猜進入聖堂的人都該隨身攜帶一本典籍，他們可能會吟詠或齊聲朗讀其中的章句。有必要的話，我們就共用這本典籍，或許沒有人會注意到。準備好了嗎？」

「我絕不會準備好，但我會跟你一起去。」

「這會是一趟沉悶的旅程。能否請你檢查一下我的人皮帽，確定這次沒有頭髮露出來？記著別抓你的頭。」

「我不會。你看來一切正常。」

「你也是。」

「還有，你看來緊張兮兮的。」

謝頓以挖苦的口氣說：「猜猜爲什麼！」

鐸絲衝動地伸出手去，緊緊握住謝頓的手，卻又趕緊抽回來，好像對自己的舉動驚訝不已。然後她低下頭，將身上的白色裰服拉直。謝頓自己也有點驚訝，卻又異樣地高興，他清了清喉嚨，說道：「好啦，我們走吧。」

第十二章：長老閣

機僕：……某些世界的古代傳說中所使用的詞彙，與較通行的名稱「機器人」同義。根據記載，機僕一般皆由金屬製成，外形酷似人類，不過有些機僕的材料可能爲假有機物質。盛傳哈里·謝頓在「逃亡期」曾親眼見到一個眞正的機僕，但此一軼聞並不可靠。在謝頓浩瀚的著作中，從未提到任何機僕，不過……

——《銀河百科全書》

56

沒有人注意他們。

哈里．謝頓與鐸絲．凡納比里重複著昨日的行程，這次沒有任何人多看他們一眼，甚至幾乎沒有人注意到他們。在公車上有好幾次，他們必須將膝蓋偏向一側，好讓坐在內側的人下車。而在有人上車之後，只要內側還有空位，他們立刻明白應該向內移動。

這一回，他們很快就受不了久未洗滌的衲服所發出的氣味，因爲他們不再那麼容易被車外的事物吸引。

無論如何，他們總算抵達目的地。

「那就是圖書館。」謝頓低聲道。

「我想沒錯。」鐸絲說：「至少，它就是菌絲七十二昨天指的那棟建築。」

他們以悠閒的步伐朝它走去。

「深呼吸一下，」謝頓說：「這是第一道關卡。」

前面的門開著，裡面的光線柔和而偏暗，門前則有五級寬闊的石階。他們踏上最低的一級，等了好一會兒，才瞭解自己的重量並未使階梯上升。鐸絲做了一個淺淺的鬼臉，揮手示意謝頓往上走。

當他們一起走上階梯時，都爲這種落後而替麥曲生感到難爲情。然後，他們走進一道門，室內近門處擺著一張辦公桌，有個男的伏在一台電腦上，謝頓從未見過那麼簡單、那麼粗陋的電腦。

那個男的並未抬頭看看他們。根本沒有必要，謝頓這麼想。白色的衲服，光禿的頭顱——所有的麥曲生人看來幾乎都差不多，眼光掃過並不會留下任何印象。而在這個節骨眼上，這點成了外族人的有利因素。

那人似乎仍在研究桌上的一樣東西。「學者嗎？」他問。

「學者。」謝頓答道。

那人突然朝一扇門擺了擺頭。「進去吧，盡情研究。」

他們進去後，發現目力所及的範圍內，他們是圖書館這一區僅有的兩個人。若非這間圖書館並不是熱門的去處，就是學者爲數極少，而更可能的情況，則是兩者同時成立。

謝頓悄聲道：「我本來以爲，我們一定得出示某種執照或許可文件，我準備辯稱我忘了帶。」

「不論在任何情況下，說不定他都會歡迎我們。你見過像這樣的地方嗎？如果地方像人一樣也會死亡，我們就是在一具屍體裡面。」

這一區的圖書大部分是字體書，就像謝頓內袋裡的那本典籍一樣。鐸絲一面沿著書架遊走，一面研究其上陳列的書籍。「古書，大多數都是。部分是經典名著，部分則一文不值。」

「是外界的書籍嗎？我的意思是非麥曲生的？」

「喔，沒錯。如果他們有自己的書籍，也一定收藏在另一區。本區專供那些可憐的自命學者進行『外界研究』，比如說昨天那位。這是參考圖書部，這裡有一套《帝國百科全書》……一定有五十年的歷史，絕少不了……還有一台電腦。」

她伸手想觸動按鍵，謝頓卻阻止她。「等一等。萬一出什麼問題，我們就會被耽擱了。」

他指著一排獨立書架上的一個樸素標示，上面映著「往聖堂」三個閃亮的字體，其中「聖」字有些筆劃黯淡無光，也許是最近才壞的，也可能是因爲無人在意。（帝國正在衰敗，謝頓想道，每一部分皆然，麥曲生也不例外。）

他四下張望一番。這間簡陋的圖書館似乎空無一人，沒有人跟在他們後面進來。雖說對麥曲生的驕傲而言，它是不可或缺的一環；而它對長老們則可能極爲有用，他們得以從中找到隻字片語，用來支撐他們的信仰，再將疑點歸咎於世故的外族人。

謝頓說：「我們走到這兒來，避開門口那人的視線，然後戴上肩帶。」

在那扇門前，他突然意識到只要越過這第二道關卡，他們就再也無法回頭。他說：「鐸絲，別跟我進來。」

她皺起眉頭。「爲什麼？」

「這不安全，我不要你身陷險境。」

「我來這裡就是要保護你。」她以堅定的口吻，不疾不徐地說。

「你能提供什麼樣的保護？我可以保護自己，雖然你也許不以爲然。反之，我卻會爲了保護你而縛手縛腳，難道你不明白嗎？」

「哈里，你絕不要爲我擔心。」鐸絲說：「擔心是我的事。」她拍拍藏在裰服下的胸脯，落手處正好是肩帶。

「因爲夫銘要求你這麼做？」

「因爲這是我的使命。」

她伸出雙手，抓住謝頓的上臂。如同往常一樣，她的鐵爪令他驚訝不已。她說：「我反對這樣做，哈里，但你若是覺得非進去不可，那我也一定要跟進去。」

「既然這樣，好吧。可是，萬一發生什麼事，而你能逃脫的話，那就趕快跑，不要顧慮我。」

「你在白費唇舌，哈里，而且是在侮辱我。」

謝頓按了一下開啓觸板，那扇門便向一側滑開。他們兩人一起走進去，動作幾乎完全一致。

57

這是一間很大的房間，由於沒有任何家具之類的陳設，因此顯得更為寬敞。沒有椅子，沒有長凳，沒有任何種類的座位。也沒有高台，沒有簾幔，沒有任何的裝潢。

甚至沒有燈光，只有均勻、柔和、漫射的照明光線。四面牆壁並非全然空洞，上面嵌裝著許多小型而原始的二維電視螢幕，而且全都開著。它們相互間有固定的間隔，彼此的高度卻不盡相同，其中的規律並不容易掌握。從鐸絲與謝頓的位置看過去，甚至無法產生第三維的幻覺，換句話說，連全相電視的影子都沒有。

那裡已經有些人，但人數不多，而且並沒有聚在一塊。他們零星站在各處，也像那些電視顯像器一樣，其中的規律不易掌握。每個人都身穿白色裰服，每個人都披掛著肩帶。

大部分的時間，這裡面安靜無聲。沒有人以平常的方式說話，只有一些人蠕動著嘴唇，輕聲地喃喃自語。走動的人都躡手躡腳，而且一律目光朝下。

這種氣氛簡直與葬禮無異。

謝頓傾身湊向鐸絲，她立刻伸出一根指頭放在唇邊，然後朝一個電視顯像器指了指。螢幕上映出一個如詩如畫、花朵盛開的花園，鏡頭正在緩緩移動，將全景逐一呈現。

他們模仿其他人的方式，朝那個顯像器走去——緩緩挪動腳步，每一步都輕輕放下。

當他們距離螢幕只有半公尺時，傳來一陣輕柔而媚氣的聲音：「安特寧花園，坐落於伊奧斯近郊，根據古代旅遊指南與照片複製。請注意……」

鐸絲開始悄聲說話，令謝頓無法再聽清楚電視機傳出的聲音。她說：「有人走近時它就開啓，我們走開後就會自動關閉。如果我們靠得夠近，便能在它的掩護之下交談，可是別望著我，萬一有人接近就立刻閉嘴。」

謝頓低著頭，雙手交握擺在胸前（他早已注意到，這是最受歡迎的一種姿勢），說道：「我隨時預期有人會放聲哭泣。」

「也許有人會這麼做，他們正在哀悼他們的失落世界。」鐸絲說。

「我希望他們每隔一陣子會更換一次影片，總是看同樣的內容可眞要命。」

「影片全都不一樣。」鐸絲的眼睛來回掃瞄了一下，「或許會定期更換內容，我也不知道。」

「等一等！」謝頓的音量升高了絲毫，接著又壓低聲音說：「到這裡來。」

鐸絲皺起眉頭，她沒聽清楚那幾個字，好在謝頓又輕輕擺頭示意。他們再度躡手躡腳地走動，但謝頓的腳步愈邁愈大，因爲他感到有需要加快步伐。鐸絲追上來，猛然拉住他的袍服——只是一瞬間的動作，他便放慢了腳步。

「這裡有機器人。」他在電視機聲音掩護下說道。

畫面是一棟住宅的一角，前景是一片起伏的草坪與一列樹籬，此外還有三個只能形容爲機器人的東西。它們顯然都是金屬製品，外形有幾分接近人類。

錄音的旁白說：「這是新近製做的畫面，是三世紀時溫都姆屬地的著名建築。接近正中央的那個機僕，根據民間傳說名叫本達；而根據古代的記錄，它在被替換前服務了二十二年。」

鐸絲說：「『新近製做的』，所以他們一定經常更換畫面。」

「除非他們這句『新近製做的』說了有一千年。」

此時，另一個麥曲生人走進這個聲域。他壓低聲音，不過並沒有謝頓與鐸絲的耳語那麼低，說道：「兩位兄弟，你們好。」

當他說話的時候，雙眼並未望著謝頓與鐸絲。謝頓在驚嚇之餘，曾不自覺地瞥了他一眼，便趕緊將頭轉開；鐸絲則完全沒有理會這個人。

謝頓感到猶豫不決。菌絲七十二曾說聖堂內禁止交談，也許他言過其實。話說回來，他成年後再也未曾進入聖堂。

走投無路之下，謝頓認定自己必須開口。他悄聲道：「這位兄弟，你好。」

他根本不曉得這是不是正確的答覆用語，或者這種用語是否存在。不過，那位麥曲生人好像並不覺得有什麼不對勁。

「願你重歸奧羅拉懷抱。」他說。

「也願你重歸，」謝頓說到這裡，由於感到對方似乎期待他再說下去，於是趕緊補上：「奧羅拉懷抱。」直到這個時候，緊張狀態才消弭於無形，謝頓察覺自己的額頭正在冒汗。

那位麥曲生人說：「真漂亮！我以前從沒看過這個畫面。」

「做得很精巧。」接著，謝頓壯著膽子加上一句：「這是永難忘懷的失落。」

對方似乎嚇了一跳，回應道：「的確，的確。」說完便逕自離去。

鐸絲發出噓聲，並說：「不要冒險，也別說沒有必要的話。」

「這似乎很自然。無論如何，這的確是新近的作品。可是那些機僕令人失望，我心目中的機僕不是這個樣子。我想見見有機體的機僕——具有人形的那種。」

「前提是它們必須存在。」鐸絲的口氣有些遲疑，「在我的感覺中，它們不會用來從事園藝工作。」

「正是如此。」謝頓說：「我們必須找到長老閣。」

「前提是長老閣必須存在。在我的感覺中，這個空洞的洞穴除了空洞還是空洞。」

「我們來找找看。」

他們沿著牆壁向前走，經過一個又一個螢幕，刻意在每個螢幕前停留長短不一的時間。最後，鐸絲突然緊緊抓住謝頓的雙臂，原來在某兩個螢幕之間，有些線條隱約構成一個矩形的輪廓。

「一道門。」鐸絲說完，又有所保留地問道：「你認爲是嗎？」

謝頓暗中四下張望一番。爲了維持哀傷的氣氛，每個人的臉不是盯著電視顯像器，就是以悲傷的心情低頭面對地板。對他們兩人而言，這是最方便不過的情況。

謝頓說：「你猜它怎麼打開？」

「開啓觸片？」

「我找不到。」

「只是沒標出而已，不過那裡有點變色，你看到沒有？接觸過多少手掌？被按了多少次？」

「我來試試。你幫我把風，如果有人向這邊望來，趕緊踢我一下。」

他稍稍屏住氣息，碰了碰那個變色的部位，可是沒有任何反應。於是他將手掌完全按上去，並用力一壓。

嵌在牆上的那扇門靜靜開啓，沒有吱吱作響，也沒有摩擦聲。謝頓盡快鑽進去，鐸絲則緊跟在他後面。兩人進去後，那道門又重新關上。

「現在的問題是，」鐸絲說：「有沒有人看到我們？」

謝頓說：「長老們一定經常由這道門出入。」

「沒錯，可是會有人把我們當長老嗎？」

謝頓等了一下，然後說：「如果有人發現我們，而且覺得有點不對勁，那麼我們進來不到十五秒鐘，這道門就會被撞開了。」

「有這個可能，」鐸絲淡淡地說：「但也有可能穿過這扇門之後，根本沒什麼值得看、值得偷的東西，所以沒有人會在意不速之客。」

「這點還要等著瞧。」謝頓咕噥道。

他們進入的這個房間稍嫌狹窄，而且有幾分昏暗，不過他們走進一點之後，室內隨即大放光明。

房間裡有些寬大而舒適的椅子，以及幾張小桌、好幾張坐臥兩用的沙發、一台又深又高的冰箱，此外還有一些碗櫃。

「如果這就是長老閣，」謝頓說：「長老們似乎讓自己過得很舒服，雖然聖堂本身簡樸而肅穆。」

「這是意料中的事，」鐸絲說：「統治階級力行禁慾生活的少之又少，只有公開場合例外。把這點記在你的筆記簿上，作爲心理史學的金科玉律之一。」她四下望了望，「這裡也沒有機器人。」

謝頓說：「別忘了，閣代表高處，這個天花板卻並不高。上面一定還有許多樓層，而通道一定就在那裡。」他指著鋪有高級地毯的樓梯。

然而，他並未向樓梯走去，卻以曖昧的動作四下打量。

鐸絲猜到他在找什麼。「別再想升降機了。麥曲生有一種崇拜原始主義的風尙，不用說，這點你還沒忘記吧？不會有升降機的，而且，即使我們的重量壓在樓梯底端，我也相當確定，它絕不會向上移動。我們必須爬上去，也許有好幾層呢。」

「爬上去？」

「它一定是通往長老閣，這是理所當然的事——除非它哪裡也不通。你究竟是要還是不要去長老閣看一看？」

於是他們一起走向樓梯間，開始向上爬。

樓層愈高，光線的強度愈是穩定地、顯著地遞減。等到他們爬了三層之後，謝頓深深吸一口氣，悄聲說道：「我自認身體狀況相當好，但我痛恨這種運動。」

「你只是不習慣這種消耗體力的方式。」她一點也沒有筋疲力盡的跡象。

這道樓梯終止於第三層的頂端，然後，他們面前又出現了另一道門。

「萬一鎖住了呢？」謝頓這句話不大像是對鐸絲說的，反倒更像自言自語。「我們要試著撞開嗎？」

鐸絲卻說：「既然下面的門沒鎖，這裡又何必上鎖呢？假使這就是長老閣，我猜想應該有個禁忌，禁止長老之外的人進入，而禁忌要比任何的鎖更為牢靠。」

「只對那些接受禁忌的人有效。」謝頓雖然這麼說，卻並未向那道門走去。

「既然你躊躇不前，現在還有時間向後轉。」鐸絲說：「事實上，我很想勸你向後轉。」

「我之所以躊躇不前，只是因為不知道會在裡面發現什麼。萬一是空的……」

然後，他拉開嗓門補充道：「空的就空的吧。」說完他就大步向前，按了一下開啓觸板。

那道門迅疾無聲地縮入牆內，裡面立刻湧出一股強光，謝頓驚愕之餘，連忙後退一步。

面對著他的是一個人形，它的雙眼炯炯有光，雙臂平舉，一隻腳稍微向前踏出，全身閃耀著微弱的黃色金屬光芒。乍看它似乎穿著一件緊身短袖袍，但在仔細審視之下，那件衣服顯然是該物件整體的一部分。

「是個機器人，」謝頓以敬畏的口吻說：「但它是金屬製品。」

「更糟的是，」剛才曾迅速左右挪移腳步的鐸絲說：「它的眼睛沒跟著我移動，它的手臂連顫抖的動作都沒有。如果我們能說機器人也有死有活，那麼它顯然屬於前者。」

這時，一個人——百分之百的眞人——從那個機器人身後走出來，說道：「它也許是死的，但我可是活生生的。」

鐸絲幾乎自然而然立刻踏出一步，站到謝頓和那個突然出現的人之間。

58

謝頓將鐸絲推到一旁，這個動作或許比他的本意要粗魯些許。「我不需要保護，這是我們的老朋友日主十四。」

面對他們的那個人披掛著一雙肩帶，這也許是他身爲元老的一種權利。他說：「而你是外族男子謝頓。」

「當然。」謝頓說。

「而這位，儘管她穿著男性服裝，則是外族女子凡納比里。」

鐸絲什麼也沒說。

日主十四道：「你說得當然對，外族男子。你們沒有危險，我不會傷害你們。請坐，兩位都請坐。既然你不是一位姐妹，外族女子，你就沒有必要退下。你可以坐在這裡，你將是第一個坐上這個座位的女人，但願你珍視這樣的殊榮。」

「我不珍視這樣的殊榮。」鐸絲一字一頓地強調。

日主十四點了點頭。「隨你的便。我也要坐下來，因爲我必須問你們一些問題，而我不喜歡站著做這件事。」

他們在房間的一個角落坐定，謝頓的眼睛便游移到那個金屬機器人身上。

日主十四說：「那是個機僕。」

「我知道。」謝頓簡短地答道。

「這點我知道。」日主十四的話也同樣簡略，「既然我們已經達成這個共識，現在我要問，你們來這裡做什麼？」

謝頓目不轉睛地凝視著日主十四。「來看這個機僕。」

「你可知道除了長老或元老，任何人都不准進入長老閣？」

「我不知道這件事，但是我料到了。」

「你可知道外族人一律不准進入聖堂？」

「我聽說了。」

「而你卻漠視這件事，對不對？」

「正如我所說，我們想看那個機僕。」

「你可知道除了某些特定的——而且罕有的節日之外，任何一個女人，包括姐妹在內，都不可以進入聖堂？」

「我也聽說了。」

「你可知道不論任何時候，無論任何理由，女人都不准穿著男性服裝？在麥曲生境內，這點非但適用於姐妹，也同樣適用於外族女子。」

「這點我沒聽說過，但我並不驚訝。」

「很好，我要你瞭解這一切的前提。現在告訴我，你爲何想要看這個機僕？」

謝頓聳了聳肩，說道：「出於好奇。我從沒見過機僕，甚至不知道世上有這種東西。」

「那你怎麼知道它的確存在，而且還知道它就在這裡？」

謝頓沉默了一會兒，然後說：「我不願意回答這個問題。」

「難道這就是外族男子夫銘送你們來麥曲生的原因？前來調查機僕？」

「不，外族男子夫銘送我們來這裡，是希望確保我們的安全。然而，我們是學者，凡納比里博士和我都是。知識是我們的疆場，求取知識是我們的人生目標。麥曲生的一切鮮爲外界瞭解，我們希望多知道些你們的風土民情和思考方式。這是很自然的渴望，而且在我們看來，是無害的——甚至值得讚賞的渴望。」

「啊，我們卻不希望外族人和其他世界瞭解我們，這是我們的自然渴望。至於什麼對我們無害，什麼對我們有害，要由我們自己來判斷。所以外族男子，我再問你一遍：你怎麼知道麥曲生境內有個機僕，而且藏在這個房間裡？」

「道聽途說。」謝頓終於做了回答。

「你堅持這個答案嗎？」

「道聽途說，我堅持這個答案。」

日主十四銳利的藍眼珠似乎變得更爲尖銳，但他並未提高音量。「外族男子謝頓，我們和外族男子夫銘有長久的合作關係。就外族人而言，他似乎始終是高尙而且值得信賴的人。僅就一個外族人而言！當他把你們兩位送來，囑託我們保護你們的時候，我們答應了他。但不論外族男子夫銘有多少美德，他仍舊是個外族人，我們還是放心不下。當初，我們完全無法確定你們的——或是他的——眞正目的是什麼。」

「我們的目的是知識，」謝頓說：「學術性的知識。外族女子凡納比里是歷史學家，而我自己也喜歡歷史。我們爲何不該對麥曲生的歷史感興趣？」

「原因之一，是我們不希望你們感興趣。總之，我們派了兩位信得過的姐妹到你們身邊。她們奉命和你們合作，試圖查出你們究竟想要什麼，還有——你們外族人是怎麼說的——跟你們假戲眞做。然而，卻不讓你們察覺她們眞正的意圖。」日主十四微微一笑，但那卻是一個獰笑。

「雨點四十五，」日主十四繼續說：「陪同外族女子凡納比里逛街購物，但在幾次行程中，似乎並沒有發生什麼不尋常的事。自然，我們接獲了完整的報告。雨點四十三則帶領你，外族男子謝頓，去參觀我們的微生農場。本來，你可能會懷疑她爲何願意單獨陪你去，這對我們而言應該是門都沒有的事。但你卻自作聰明地推論，認爲適用於兄弟的規矩並不適用於外族男子；你還自欺欺人，相信這麼薄弱的理由就能解除她的心防。她順應了你的心意，雖然這對她內心的寧靜造成莫大傷害。最後，你開口要那本典籍。倘若輕易便交給你，有可能引起你的疑心，所以她假裝有一種違常的慾望，只有你才能滿足她。我們絕不會忘記她的自我犧牲。外族男子，我認爲你仍保有那本典籍，而且我猜你正帶在身上。我能要回來嗎？」

謝頓沉默地呆坐在那裡。

日主十四早已大剌剌地伸出佈滿皺紋的手。他說：「這比從你手中強行奪走好多了吧？」

謝頓交出那本書。日主十四隨便翻了翻，彷彿要確定它並未受損。

他輕輕嘆了一聲，又說：「必須以認可的方式謹愼銷毀。可悲啊！不過，一旦讓你拿到這本典籍，當你們啓程前往聖堂的時候，我們當然不會驚訝。你們隨時隨地受到監視，因爲，你該不會認爲有任何兄弟或姐妹，除非心無旁鶩，無法一眼就認出你們是外族人吧。我們看到人皮帽時，立刻就能分辨出來，而且在整個麥曲生，發出去的人皮帽還不到七十頂……幾乎都是發給前來洽公的外族男子，而他們在停留期間，自始至終都留在世俗的政府建築內。所以你們不只被人看見，而且總是一次又一次被正確無誤地指認。

「那位和你們不期而遇的年長兄弟，並沒有忘記告訴你們有關圖書館和聖堂的一切，但他也不忘告訴你們什麼事是不能做的，因爲我們並不希望誘捕你們。天紋二也警告過你們……以強而有力的方式。縱然如此，你們卻並未打消念頭。

「賣給你們白色襬服和兩條肩帶的那家商店，在第一時間就向我們通報，而根據這個情報，我們對你們的企圖瞭若指掌。圖書館故意撤空，館員也事先接到指示，要對你們不聞不問，而聖堂則保持低度使用的狀態。那位一時不察而和你攀談的兄弟，險些讓我們的計謀曝光，但在瞭解到面對的是誰之後，他連忙離去。然後，你們便來到這裡。

「所以你看，來到這裡是你們的本意，我們根本沒有引誘你們。是你們自己的行動、自己的渴望帶你們來的。而我想要問你們──再問一次的，還是：爲什麼？」

這回輪到鐸絲回答，她的語氣堅定而目光嚴厲。「麥曲生人，我們則要再一次告訴你，我們是學者，我們認爲知識是神聖的，而且是我們唯一的目標。你未曾引誘我們來到此地，可是你也沒有阻止我們，而在我們接近這座建築之前，你早就能那樣做了。反之，你替我們開路，讓我們通行無阻，這也可以視爲一種引誘。而我們造成了什麼損害嗎？我們完全沒有侵擾這座建築物，或是這間房間，或是你這個人，或是那玩意！」

她指了指那個機器人。「你們藏在這裡的是一堆破銅爛鐵，現在我們知道它是死的，我們尋求的知識也到此爲止。我們本來以爲它十分重要，可是我們失望了。既然我們知道它不過如此，我們馬上就走──若是你希望，我們還會馬上離開麥曲生。」

聆聽這番話的時候，日主十四臉上沒有絲毫表情，但是當她說完之後，他卻對謝頓說：「你見到的這個機僕是個象徵，它象徵著我們失落的一切、我們不再擁有的一切，也象徵著上萬年來我們未曾遺忘、總有一天將要收復的一切。如今還在我們身邊的，只剩下這一件既具體又可信的遺物，因此在我們眼中異常珍貴。可是對你的女人而言，它卻只是『一堆破銅爛鐵』。外族男子謝頓，你自己認同這個評價嗎？」

謝頓說：「我們兩人所屬的社會，並未將自己和上萬年之久的過去捆在一起，也並不碰觸那個過去和我們之間曾經存在的一切。我們生活在現在，我們將它視為『所有的過去』之總和，而並非僅僅源自我們緊擁的某個年代久遠的時刻。理智上，我們瞭解這個機僕對你們的意義，我們願意讓它繼續具有這樣的意義。但是我們只能用自己的眼光看它，正如你只能用你自己的眼光看它一樣。對我們而言，它就是一堆破銅爛鐵。」

「現在，」鐸絲說：「我們要走了。」

「你們不能走。」日主十四說：「你們來到這裡，就是犯了罪。這是只存在於我們眼中的罪行，我知道你馬上會指出這一點。」他的嘴角彎出一個冷冰冰的笑容，「但這裡是我們的領土，在這個範圍內，一切由我們來定義。而在我們的定義中，這是一項應當處死的重罪。」

「你準備射殺我們嗎？」鐸絲以倨傲的口氣說。

日主十四露出輕蔑的表情，繼續只對謝頓一個人說話。「外族男子謝頓，你以為我們是什麼人？我們的文化和你們的同樣古老，而且也同樣繁複、同樣文明、同樣人道。我並沒有攜帶武器。你們將會接受審判，而由於罪證確鑿，你們注定將被依法處決，既俐落又毫無痛苦。

「假如現在你們試圖逃離，我不會阻止你們，但是下面等著很多兄弟，比你們進聖堂時見到的要多得多。你們的行為令他們憤慨，所以他們也許會對你們動粗，下手絕不留情。在我們的歷史上，的確有外族人死在這種情況下的例子。那並非一種愉快的死法——絕不是毫無痛苦。」

「我們聽過這種警告，」鐸絲道：「天紋二說的。好一個繁複、文明又人道的文化。」

「外族男子謝頓，不論民眾在冷靜的時候，具有何種人道胸懷，」日主十四冷靜地說：「在情緒激動的時候，他們都能被煽動成暴力份子。在各個文化中通通一樣，你的女人據說是個歷史學家，這點她一定明白。」

謝頓說：「日主十四，讓我們保持理智。在地方性事務上，你也許就是麥曲生的法律，但你並非我們的法律，而你也心知肚明。我們兩人都不是麥曲生人，而是銀河帝國的公民，即使犯了死罪，也該交由大帝或是他任命的司法官員定奪。」

日主十四說：「在法令上、文件上，甚至全相電視螢幕上或許都是這樣，但我們現在可不是在談理論。長久以來，元老一向都有權力懲處褻瀆罪，從未受到皇權干涉。」

「前提是，罪犯是你們自己的同胞。」謝頓說：「如果是外人，情況就大大不同。」

「就本案而言，我對這點表示存疑。外族男子夫銘把你們當逃犯一樣送來這裡，我們麥曲生人腦袋裡裝的可不是發粉，自然深深懷疑你們是在逃避皇帝的法律。如果由我們代勞，他為什麼要反對呢？」

「因為他一定會。」謝頓說：「即使我們是欽命要犯；即使他要抓我們回去，只是為了懲罰我們，他仍然會想要將我們生擒。無論用什麼方式，無論為了什麼理由，只要是未經帝國的法律程序而讓你殺掉一個非麥曲生人，都等於在挑戰他的權威，沒有哪位皇帝敢開這種先例。不論他多麼希望微生食品的貿易不受干擾，他仍然會覺得有必要重建皇帝的權威。難道你希望，由於你逞一時之快殺了我們，因而招來一師帝國軍隊，掠奪你們的農場和住所，褻瀆你們的聖堂，並且非禮你們的姐妹？請三思。」

日主十四再度露出笑容，卻並未顯得軟化。「事實上，我已經三思過了，的確另有一個選擇。在我們將你倆定罪後，我們可以延緩死刑的執行，允許你們向大帝提出上訴，要求重審你們的案子。如此不但證明了我們臣服於他的權威之下，同時也把你們交到了他手中，大帝也許因此聖心大悅，而麥曲生便可能受惠。所以說，這就是你想要的嗎？找機會向大帝提出上訴，然後被解送到他那裡去？」

謝頓與鐸絲很快互望了一眼，兩人都沒吭聲。

日主十四說：「我覺得你們寧願被解送給大帝，也不願死在這裡。可是為什麼我會有一種印象，這兩者的差別僅僅微乎其微？」

「其實，」一個新的聲音說：「我認為這兩種選擇都無法令人接受，我們必須找出第三條路。」

59

鐸絲第一個認出來者的身分，或許因為她一直在期盼他。

「夫銘，」她說：「謝天謝地，你總算找到我們了。我和你聯絡的時候，已經瞭解到我無法讓哈里避免這——」她誇張地舉起雙手，「一切。」

夫銘露出淺淺的微笑，卻無法改變他天生的嚴肅神情。此外，他似乎帶著一股不甚明顯的倦意。

「親愛的，」他說：「我正在忙別的事，無法總是隨傳隨到。當我抵達此地之後，我還得像你們兩人一樣，先穿戴上袍服和肩帶，人皮帽就更不用說了，然後才能趕來這裡。要是來早了一點，我也許能阻止這一切，但我相信我來得並不算遲。」

日主十四似乎陷入一陣痛苦的錯愕中，而在終於恢復之後，他以不再那麼嚴肅深沉的語調說：「外族男子夫銘，你是怎麼進來的？」

「並不容易，元老，但正如外族女子凡納比里常說的，我這個人非常有說服力。這裡仍然有些居民還記得我是誰、我曾經為麥曲生做過些什麼，還有我甚至是一位榮譽兄弟。日主十四，你忘記了嗎？」

元老答道：「我並沒有忘記，但即使最美好的記憶，也經不起某些行動的衝擊。一個外族男子竟然來到這裡，還帶了一個外族女子。再也沒有比這更嚴重的罪行了，你為我們所做的一切也不夠抵銷。我的人民絕非忘恩負義之輩，我們會用別的方式補償你。可是這兩個必須受死，或是解送給大帝。」

「我也來了，」夫銘以平靜的口吻說：「不也是犯了同樣的罪嗎？」

「對你而言，」日主十四說：「對你個人而言，你是一位榮譽兄弟，我可以……寬容……一次。這兩個卻不行。」

「因為你指望大帝的獎賞？某種好處？某種特權？你已經和他接觸了嗎？或者更有可能的情形，和他的行政首長伊圖．丹莫刺爾聯絡上了？」

「這不是現在應該討論的事。」

「這句話本身就等於承認。好啦，我不問你大帝答應了什麼，但絕不可能太多。在這個衰微的年代，他沒有太多能給你的。我來向你提個條件，這兩位有沒有告訴你說他們是學者？」

「說過。」

「這是真的，他們不是在說謊。這位外族女子是歷史學家，這位外族男子是數學家。他們正試圖聯合兩人的才智，創造一套能夠處理歷史的數學，他們將這個合作題目稱為『心理史學』。」

日主十四說：「我對這個心理史學一無所知，也不想知道。你們外族人的學問，我一概沒興趣。」

「縱使如此，」夫銘道：「我建議你還是聽我說一說。」

夫銘大約花了十五分鐘，以精簡的語言描述心理史學的可能性——將社會的定律組織起來（每當提到這些定律時，他總會改變語調，讓人一聽就知道有『引號』存在），並在大量借助機率的前提下，使得預測未來變成可能。

等他講完後，一直面無表情地聆聽的日主十四說：「我認爲，這是極其不可能的臆想。」滿面愁容的謝頓似乎有話要說，無疑是要表示同意。但夫銘原先輕放在謝頓膝上的一隻手，此時卻突然收緊，用意至爲明顯。

夫銘說：「元老，可能性是有的，但大帝卻不這麼想。話說回來，大帝本人是個相當敦厚的人物，我指的其實是丹莫刺爾，他的野心不必由我來告訴你。他們非常希望得到這兩位學者，這正是我送他倆來這裡避難的原因。我不相信你會爲丹莫刺爾工作，要將這兩位學者送到他手上。」

「他們犯了一項重罪……」

「沒錯，元老，我們知道。可是這項罪名之所以成立，只是因爲你要如此認定。事實上，並沒有任何實質的傷害。」

「它對我們的信仰造成傷害，也對我們內心最深的感情……」

「可是想想看，假如心理史學落入丹莫刺爾之手，又會造成什麼樣的傷害。沒錯，我承認也許不會有什麼結果，但是姑且假設眞有了結果，而帝國政府又善加利用——能夠預測未來會發生什麼事；能夠掌握獨一無二的先見之明，並在它的指導下採取對策。事實上，他們所採取的對策，必將是營造一個帝制更加中意的未來。」

「怎麼樣？」

「帝制更加中意的未來勢必是極度中央集權，元老，這還有什麼疑問嗎？過去數世紀以來，你也非常清楚，帝國一直在穩定地朝地方分權發展。如今，許多世界只在口頭上承認大帝，實際上則在實行自治。甚至在川陀，也有地方分權的事實。麥曲生大部分的事務都不受皇權干涉，只是其中一個例子。你以元老的身分實行統治，沒有帝國官員在旁邊監督你的行動和決策。假如丹莫刺爾那種人能依照他們的喜好調整未來，你認爲這種局面還能維持多久？」

「仍然是最缺乏根據的臆測，」日主十四說：「但我必須承認，聽來令人不安。」

「另一方面，假設這兩位學者能完成他們的工作，你也許會說可能性不高，但我只是做個假設——那麼他們一定會記得，你曾經在一番內心交戰後，對他們網開一面。然後我們就不難想見，他們會研究出如何安排一個未來，比如說，能讓麥曲生得到一個自己的世界，一個能改造成和『失落世界』極爲相似的世界。即使這兩位忘了你的恩德，我也會從旁提醒他們。」

「這……」日主十四支吾著。

「好啦，」夫銘說：「你心裡究竟在怎麼想，實在不難猜到。在所有的外族人當中，你最不相信的一定是丹莫刺爾。雖然心理史學成功的機會或許不大（若非我對你誠實，我也不會承認這一點），但是並不等於零；假如它能幫助你們重建失落世界，你又夫復何求？難道你不願意爲這件事冒一絲風險嗎？好啦——我從不輕易承諾任何事，但我現在向你承諾。把這兩位放了，爲你內心的願望保留一點機會，總比全然無望要好。」

一陣沉默後，日主十四嘆了一聲。「我眞不明白，外族男子夫銘，可是我們每次見面，你總會說服我做些並非眞正心甘情願的事。」

「元老，我曾經誤導過你嗎？」

「你提出的條件，機會從來沒那麼小。」

「可能的報償卻那麼高，所以兩者扯平了。」

日主十四點了點頭。「你說得沒錯。把這兩個帶走，帶他們離開麥曲生，永遠不要讓我再見到他們。除非有一天——但絕不是在我有生之年。」

「或許吧，元老，可是你的族人已經耐心等待了近兩萬年。難道你們拒絕再等上……也許兩百年？」

「我自己一刻也不願再等，但不論需要多少時間，我的族人都會等下去。」

他一面起身，一面說道：「我會叫人讓開，帶他們走吧！」

60

他們終於來到一條隧道。當初，夫銘與謝頓駕著出租飛車，從皇區前往斯瑠璘大學時，就曾經穿越過這樣一條隧道。如今他們則置身於另一條隧道，從麥曲生前往……謝頓不知道要去哪裡，也不太敢開口發問。夫銘的臉龐像是花崗岩雕出來的，看來絕不歡迎交談。

夫銘坐在這輛四座飛車的前座，他右邊的座位是空的，謝頓與鐸絲則分坐在後座兩側。

謝頓對悶悶不樂的鐸絲試探性地笑了笑。「能再穿上眞正的衣服眞好，對不對？」

「我再也不要穿上或看到任何像裰服的東西。」鐸絲以極其正經的口吻說：「而且不論在任何情況下，我都絕對不要再戴上人皮帽。事實上，即使再看到一個普通的禿子，我都會有一種奇怪的感覺。」

那個謝頓一直不願提出的問題，最後是由鐸絲問了出來。「契特，」她以頗爲暴躁的口氣說：「你怎麼不告訴我們要到哪裡去？」

夫銘挪到座位一側，然後回過頭來，以嚴肅的表情望著鐸絲與謝頓。「反正是到某處去，」他說：「到一個你們或許不容易惹麻煩的地方——雖然我不確定這種地方是否存在。」

鐸絲立刻像是鬥敗了的公雞。「事實上，契特，這都是我的錯。在斯瑠璘的時候，我讓哈里一個人到上方去。而在麥曲生，我至少陪著他一起冒險，可是我想，當初我根本就不該讓他進入聖堂。」

「我當時心意已決，」謝頓熱切地說：「那絕不是鐸絲的錯。」

夫銘並未評斷兩人分別該受多少責難，他只是說：「我猜你是想去看那個機器人。你有沒有一個好理由？能告訴我嗎？」

謝頓感到自己臉紅了。「這件事是我的錯，夫銘，我並未見到我所預期或是希望見到的東西。倘若事先知道長老閣裡有些什麼，我絕對懶得到那裡去。眞可說是完全一敗塗地。」

「可是，謝頓，你希望見到的又是什麼呢？請告訴我。你不妨慢慢說，這是一趟長途旅行，我願意洗耳恭聽。」

「事情是這樣的，夫銘，我有個想法：此地藏著一些人形機器人，它們的壽命很長，至少有一個可能還活著，而且可能就在長老閣中。事實則是，那裡的確有個機器人，但它是金屬製品，已經死了，僅僅是一種象徵。我要是早知道……」

「沒錯，我們要是都能早知道，任何種類的問題或研究便一概沒有必要。有關人形機器人的資料，你是從哪裡獲得的？既然麥曲生人不會和你討論這種事，我只能想到一個來源，那就是麥曲生的典籍——古奧羅拉語和銀河標準語對照的電動字體書。我說對了嗎？」

「對了。」

「你是怎麼拿到的？」

頓了一下之後，謝頓咕噥道：「這件事有些令人臉紅。」

「謝頓，我可沒那麼容易臉紅。」

於是謝頓一五一十告訴了他。夫銘聽完後，臉上掠過一絲很淡的笑容。

夫銘說：「難道你就沒有想到，這必定是個啞謎遊戲？沒有哪個姐妹會做那種事——除非是奉命，而且經過極力勸說。」

謝頓皺著眉頭，兇巴巴地說：「這絕非顯而易見的線索，人們隨時隨地會有違常的舉動。你咧嘴笑笑倒很容易，我可沒有你所掌握的情報，而鐸絲也不知道。倘若你不希望我落入陷阱，就該事先警告我哪裡有圈套。」

「我同意，我收回剛才的話。無論如何，那本典籍已經不在你身上，我可以肯定。」

「沒錯，日主十四把它拿走了。」

「你讀了多少內容？」

「只有一小部分，我沒有多少時間。那是一本大書，而且我一定要告訴你，夫銘，它實在無聊極了。」

「沒錯，這我知道，因爲我想我比你還要熟悉這本書。它不只無聊，而且完全不足採信。它是麥曲生官方片面的歷史觀，主要目的也正是爲了闡揚那個史觀，而不是提出理性客觀的論述。它在某些地方甚至故意語焉不詳，好讓外人即使有機會讀到這本典籍，也絕對無法完全瞭解它的內容。比方說，令你感興趣的那些有關機器人的記載，你認爲究竟是在說些什麼？」

「我已經告訴過你。他們提到人形機器人，這些機器人外表上和眞人一模一樣。」

「這樣的機器人總共有多少？」夫銘問。

「他們沒有說。至少，我沒發現書裡有哪一段記載著數量。也許爲數不多，但是其中有一個，典籍中特別稱之爲『變節者』。它似乎具有負面意義，但我查不出是什麼意思。」

「你完全沒有跟我提這件事，」鐸絲插嘴道：「假如你說了，我就會告訴你它並非專有名詞，而是另一個古老的詞彙，意思接近銀河標準語中的『叛徒』。但這個古詞具有更可怕的意味：叛徒對叛變行徑多少還會遮掩，變節者卻會大肆誇耀。」

夫銘說：「我把古代語文的細節留給你來研究，鐸絲。不過無論如何，假如那個變節者果眞存在，而且是個人形機器人，那麼顯而易見的是，身爲一名叛徒和敵人，它不會被保存和供奉在長老閣內。」

謝頓說：「我原本不知道變節者的意義，但正如我所說，我的確有一種它是敵非友的印象。我想它後來可能被打敗了，將它保存下來是爲了紀念麥曲生的勝利。」

「典籍中曾經提到變節者被打敗了嗎？」

「沒有，但也許是我漏讀了那一部分……」

「不太可能。凡是麥曲生的勝利，必定會在典籍中大肆宣揚，而且會不厭其煩地一提再提。」

「關於這個變節者，典籍中還提到另外一點，」謝頓以遲疑的口氣說：「但我不敢保證我看懂了。」

夫銘道：「正如我說的……他們有時故意含糊其詞。」

「然而，他們似乎提到，那個變節者好像有辦法利用人類的情感……還能影響人類……」

「任何政治人物都能。」夫銘聳了聳肩，「一旦奏效，就可以叫作領袖魅力。」

謝頓嘆了一聲。「嗯，我偏偏相信了，事情就是這樣。當時，爲了找到一個古代的人形機器人，我情願付出很高的代價，只要它還活著，而且我能向它發問。」

「爲了什麼目的？」夫銘問。

「我想瞭解太初銀河社會的細節。當時只有少數幾個世界，從這麼小的一個社會中，心理史學比較容易推導出來。」

夫銘道：「你確定道聽塗說的事能信嗎？經過上萬年的時間，你還願意信賴那個機器人的早期記憶？那裡面會有多少的扭曲？」

「很有道理。」鐸絲突然說：「哈里，這就像我跟你提過的那些電腦化記錄。日久天長，機器人的記憶會逐漸被拋棄、遺失、清除、扭曲。你只能追溯到某個限度，而且愈往前追溯，那些資料就變得愈不可靠——不論你怎麼努力都沒用。」

夫銘點了點頭。「我聽說有人稱之爲『資訊不準原理』。」

「難道就沒有這個可能，」謝頓若有所思地說：「某些資料由於特別的原因，會一直保存下去？麥曲生典籍的某些部分，很可能是兩萬年前的事蹟，但絕大部分仍是第一手史料。愈是珍貴、愈是謹愼保存的特殊資料，就愈能持久而且愈爲正確。」

「關鍵在於『特殊』這兩個字。那本典籍想要保存的資料，並不一定是你所希望保存的；而一個機器人記得最清楚的事，說不定正是你最不需要它記得的。」

謝頓以絕望的口吻說：「不論我朝哪個方向尋找建立心理史學的方法，到頭來總是變得絕無可能。何必再自找麻煩呢？」

「現在或許似乎沒希望，」夫銘以毫無情緒的語氣說：「但只要有必要的天分，也許終能找到一條通往心理史學的大道，而它是此時此刻誰都無法預見的。再多給你自己一些時間——我們馬上就要到一個休息區，讓我們開出去吃頓晚餐吧。」

在吃羔羊肉餅的時候（其中的麵包平淡無味，尤其在吃慣麥曲生的美食後，更令人覺得難以下嚥），謝頓說：「你似乎做了一項假設，夫銘，我就是那個『必要天分』的來源。你可曾想到，也許不是我。」

夫銘說：「這倒是眞的，也許並不是你。然而，我不知道還有什麼替代人選，所以我必須抓著你不放。」

謝頓嘆了一口氣，答道：「好吧，我會試試看，但我已經看不見任何希望的火花。有可能卻不切實際，我一開始就這麼說，現在我比任何時候更加相信這句話。」

第十三章：熱鬧

雨果·阿馬瑞爾：……數學家，除了哈里·謝頓本人之外，可視爲對心理史學具體內容做出最大貢獻的一位。正是他……

……但相較於他的數學成就，他的早年境況幾乎更爲傳奇。他生於古川陀的達爾區，屬於毫無希望的貧困低下階級。若非謝頓在相當意外的情況下遇到他，終其一生都可能過著寒微的日子。謝頓當時……

——《銀河百科全書》

61

統治全銀河的皇帝感到一股倦意——生理上的倦意。他的嘴唇痠痛，因爲他必須在適當時刻將親切的笑容擺在臉上。他的頸部僵硬，因爲他剛才不斷以各種角度低下頭來，裝出一副很感興趣的樣子。由於聽覺得不到休息，他的耳朵感到疼痛。由於不得不常常起立、坐下、轉身、伸手、點頭，他整個身子都累得微微顫抖。

這只不過是一場國宴，但他得接見來自川陀各個角落，還有（更糟的是）來自銀河各個角落的衆多區長、總督、部長以及他們的妻子或夫君。出席者將近一千人，一律穿著各地的傳統服裝，從華麗無比到十足怪異應有盡有。此外，他還得忍受各種口音的嘮叨，更糟的是他們都在努力模仿帝國大學通用的銀河標準語，因爲那是皇帝所使用的語言。而最頭痛的一件事，莫過於在隨口說些毫無內容的空話時，他得牢記避免做出任何實質的許諾。

一切都會被非常謹愼地記錄下來，包括影像與聲音。事後，伊圖·丹莫刺爾會從頭到尾看一遍，看看克里昂一世是否行止得宜。這一點，當然只是大帝自己的見解。丹莫刺爾一定會說，他只是在蒐集客人無意中自行洩露的情資。也或許這是實情。

幸運的丹莫刺爾！

皇帝不能離開皇宮與外圍的御苑，丹莫刺爾卻能隨心所欲遍巡銀河。皇帝總是陳列在皇宮，總是隨時候教，總是被迫應酬一些訪客——從眞正重要的到不速之客都有。丹莫刺爾則始終銷聲匿跡，從不在御苑之內公開露臉。他只保持著一個令人生畏的名字，以及一個隱形的（因此更爲可怕的）存在。

皇帝是權力的核心，享有權力的一切外表與實惠。丹莫刺爾則是權力的糖衣，表面上看來一無所有，甚至沒有一個正式的頭銜，但他的指掌與心靈卻能探尋各個角落。他對自己的孜孜不倦別無所求，僅僅要求權力的本質作為獎賞。

大帝突然有個開心的想法——一種帶有死亡氣息的開心——無論任何時候，在毫無預警的情況下，或是炮製一個藉口，或是什麼藉口也不用，他都能將丹莫刺爾逮捕、監禁、放逐、嚴刑拷打或是處決。畢竟，在過去數個動盪不斷的世紀裡，皇帝或許難以將意志延伸到帝國每顆行星上，甚至想在川陀各區貫徹也難——地方行政機關與立法機關滿是亂臣賊子，使他每天必須面對千絲萬縷、糾纏不清的無數法令、草案、約定、條約，以及一般性的星際法案。但是，至少在皇宮與御苑範圍內，他仍舊擁有絕對的權力。

然而克里昂心知肚明，他的權力美夢根本徒勞無功。丹莫刺爾是父皇的老臣，在克里昂的記憶中，自己遇到問題總是轉向丹莫刺爾求助，從來沒有例外。瞭解一切、籌劃一切、執行一切的都是丹莫刺爾。更重要的是，任何事情出了問題，都可以怪罪到丹莫刺爾頭上。皇帝本人高高在上，永遠不受批判，因此毫無畏懼——當然也有例外，那就是擔心發生宮廷政變，遭到最親近的人行刺。而預防這一點，是他仰仗丹莫刺爾最重要的原因。

除掉丹莫刺爾、自己接掌一切的這個念頭，令克里昂大帝全身微微打顫。過去，的確有些皇帝親自治理帝國，他們的行政首長個個是庸才。他們讓無能之輩佔著這個職位，從來不想撤換——而在短時間內，他們竟然也能湊合著應付。

可是克里昂不行，他需要丹莫刺爾。事實上，既然他想到了行刺的可能性——鑑諸帝國的近代史，他必然會想到這個可能性——他看得出除掉丹莫刺爾是相當不可能的事，根本就做不到。不論他，克里昂，試圖以多麼高明的手法佈署，丹莫刺爾（他確定）總有辦法預見這個行動，會知道它正在默默進行，會以高明許多倍的手腕安排一場宮廷政變。在丹莫刺爾有可能被五花大綁押走之前，克里昂自己就會喪命。然後很快又會出現另一個皇帝，而丹莫刺爾將繼續侍奉他——並且駕馭他。

或者丹莫刺爾會厭倦了這種遊戲，自己做起皇帝來？絕對不會！他那隱藏幕後的習性太過根深柢固。假若丹莫刺爾讓自己在世上曝光，那麼他的權力、他的智慧、他的運氣（不論那是什麼）必將棄他而去。克里昂深深相信這一點，覺得毫無爭論的餘地。

所以只要安分守己，克里昂就安全無虞。由於丹莫刺爾本人並無野心，他會忠心地侍奉自己的。

現在丹莫刺爾就在這裡，他的穿著如此簡單樸素，使克里昂對自己禮袍上那些無用的裝飾感到十分不自在，還好剛才在兩個侍僕的幫助下，他把禮袍及時脫了下來。自然，總要等到他一人獨處，並且換上便裝，丹莫刺爾才會翩然出場。

「丹莫刺爾，」統治全銀河的皇帝說：「我累了！」

「啓稟陛下，國宴確實是一件累人的事。」丹莫刺爾喃喃道。

「必須每天晚上都來一場嗎？」

「並非每天晚上，但是每場國宴都很重要。無論見到您或是讓您注意到的人，都會感到心滿意足。這能幫助帝國的運作保持一帆風順。」

「過去，帝國是靠權力來保持一帆風順。」大帝以陰鬱的口吻說：「如今，卻必須靠一個微笑、一個揮手的動作、一句低聲的言語，以及一枚勳章或獎章來保持運作。」

「只要有助於天下太平，陛下，就非常值得這麼做。而您的統治一向相當成功。」

「你知道爲什麼嗎——因爲我有你隨侍在側。我唯一眞正的天賦，就是瞭解你的重要性。」他用狡獪的目光望著丹莫刺爾，「我兒子並不一定要做我的繼位者，他不是個才能出衆的孩子。我讓你當我的繼位者如何？」

丹莫刺爾以冷冰冰的口吻說：「啓稟陛下，這是不可思議的事。我絕不會篡奪皇位，絕不會從合法繼位者手中將它偷走。此外，若是我得罪了您，請以公平的方式懲處我。無論如何，我所做過的一切，或是可能做的任何一件事，都沒有嚴重到需要以皇位作爲懲罰。」

克里昂哈哈大笑。「衝著你對皇位所做的眞實評價，丹莫刺爾，我打消一切想要處罰你的念頭。好啦，我們來談一談。我即將就寢，但我暫時還不準備接受侍候我上床的那些繁文縟節。我們聊聊吧。」

「聊些什麼，陛下？」

「任何事都能聊——就聊聊那個數學家和他的心理史學吧。你知道嗎，我三天兩頭會想到他。剛剛在晚宴上我又想到他，我暗自嘀咕：心理史學分析若能提出一套辦法，讓我這個皇帝得以避免無止無休的繁文縟節，那會是什麼樣的局面？」

「我倒是認爲，陛下，即使最高明的心理史學家也無法做到這點。」

「好吧，告訴我最新狀況。他仍舊躲在麥曲生那些古怪的光頭之間嗎？你答應過我，會把他從那裡揪出來。」

「我的確答應過陛下，也曾經朝這方面進行。但是很遺憾，我必須承認我失敗了。」

「失敗了？」大帝毫不掩飾地皺起眉頭，「我不喜歡這種事。」

「啓稟陛下，我也不喜歡。我計畫引誘那個數學家做出某種褻瀆行爲，會遭致嚴重懲罰的那種——在麥曲生很容易觸犯褻瀆罪，尤其對外人而言。然後，那個數學家會被迫向大帝上訴，這樣一來，我們就能得到他。根據我的計畫，我們付出的代價只是微不足道的讓步——對麥曲生很重要，對我們則完全無關痛癢。在我的佈署中，我並未打算直接參與，只想巧妙地操縱這次行動。」

「我也這麼想，」克里昂道：「但是它失敗了。難道是麥曲生的區長……」

「啓稟陛下，他的頭銜是元老。」

「別和我爭辯頭銜。這個元老拒絕合作嗎？」

「恰恰相反，陛下，他一口答應。而那個數學家，謝頓，一下子就掉進了陷阱。」

「那後來呢？」

「他獲准離開，毫髮無損。」

「爲什麼？」克里昂氣沖沖地說。

「啓稟陛下，這件事我還不確定，但我懷疑有人出更高的價。」

「什麼人？衛荷區長嗎？」

「啓稟陛下，有此可能，可是我對這點存疑。衛荷在我的不斷監視之下，假如他們得到那個數學家，我現在就應該知道了。」

此時大帝不只是皺眉，他顯然已經火冒三丈。「丹莫刺爾，這太糟了，我極爲不高興。這樣子的失敗，不禁令我懷疑你是否變成了另一個人。麥曲生這種顯然違抗皇帝意旨的行爲，我們應該採取什麼手段教訓一番？」

丹莫刺爾察覺到一股奔騰的怒火，趕緊深深彎下腰來，但仍以鋼鐵般堅定的語氣說：「啓稟陛下，現在對麥曲生採取行動會是個錯誤。那必將造成四分五裂，正中衛荷下懷。」

「但我們必須做點什麼。」

「啓稟陛下，或許什麼都不該做，事態不如表面上那麼糟。」

「怎麼會不如表面上那麼糟？」

「您應該記得，陛下，這個數學家深信心理史學是不切實際的。」

「我當然記得這點，可是這並不重要，對不對？我是指對我們的目的而言。」

「或許吧。但啓稟陛下，假使它能變得可行，對我們的幫助將會增加無數倍。而根據我所能查到的線索，那個數學家正試圖使心理史學成爲可行。他在麥曲生做出的褻瀆行爲，據我瞭解，也是他試圖解出心理史學問題的一種努力。在這種情況下，陛下，值得我們暫且不去碰他。等到他接近或達到目標的時候再把他抓起來，對我們會更有用的。」

「除非衛荷先得到他。」

「我會盯牢，確保不會發生這種事。」

「就像你成功地把那個數學家揪出麥曲生一樣？」

「啓稟陛下，下次我不會再犯錯了。」丹莫刺爾冷靜地說。

大帝說道：「丹莫刺爾，你最好不會。在這件事情上，我絕不再容忍另一個錯誤。」然後，他又沒好氣地補充一句：「我想今晚我根本別想睡了。」

62

達爾區的吉拉德．提沙佛是個矮個子，他的頭頂只到哈里．謝頓的鼻尖。然而，他似乎沒有把這件事放在心上。他有一副英俊而端正的五官，總喜歡帶著笑容，而且留著兩撇又濃又黑的八字鬍，以及一頭波浪狀的鬈曲黑髮。

他與他的妻子，以及一個半大的女兒，住在一棟共有七個小房間的公寓。他們小心翼翼地保持得很乾淨，但裡面幾乎沒有什麼家具。

提沙佛說：「我萬分抱歉，謝頓老爺，凡納比里夫人，你們一定習慣了豪華的生活，我卻不能爲你們提供那些享受。不過達爾是個窮區，而我在自己同胞中也不能算混得好的。」

「正因爲如此，」謝頓答道：「我們更是必須向你致歉，我們的出現想必給你帶來很大負擔。」

「謝頓老爺，完全沒有負擔。爲了你們使用這間簡陋的房舍，夫銘老爺已經說好要付我們一大筆租金。即使我不歡迎你們，也會歡迎那些信用點——我只是說笑。」

謝頓還記得他們終於來到達爾後，夫銘在臨別前說的一番話。

「謝頓，」他說：「這是我幫你找的第三個避難所。前面兩個地方，都是出了名的皇帝勢力不及之處，因此很有可能吸引他們的注意。畢竟對你這個人而言，它們是合理的藏身之地。此地則不同，它相當貧窮，毫不起眼，而且事實上，可說並非十分安全。它不是你尋求庇護的理想選擇，因此大帝和他的行政首長也許不會將目光轉到這個方向。所以說，這次你可否別再惹麻煩？」

「夫銘，我會努力的。」謝頓有點不高興，「請你明白一件事，我想找的並不是麻煩。即使我眞有創立心理史學的一點點機會，我所試圖探尋的，也很可能是需要三十輩子才能尋獲的知識。」

「我能瞭解。」夫銘說：「你爲了尋找答案所做的努力，把你帶到了斯璀璘的上方，以及麥曲生的長老閣，誰猜得到你在達爾還會去哪裡。至於你，凡納比里博士，我知道你一直試著照顧謝頓，但你必須更加努力。你要把一件事牢牢記在腦子裡，他是川陀上最重要的人，甚至可說是全銀河最重要的人物，必須不計任何代價保護他的安全。」

「我會繼續盡力而爲。」鐸絲硬生生地說。

「至於你們的主人，他們有他們奇怪的地方，但他們本質上都是好人，我以前和他們打過交道。也要盡量別給他們惹上麻煩。」

不過，至少提沙佛似乎並未預期新房客會帶來任何麻煩。而他對他們的到來所表現的喜悅——

幾乎與他將賺到的租金無關——也似乎相當眞誠。

他從未踏出達爾一步，因此對遠方的傳聞有極大的胃口；而總是鞠躬哈腰、笑容滿面的堤沙佛夫人也喜歡聽。至於他們的女兒，則總是吮著一根手指，從門後露出一隻眼睛偷窺。

通常是在晚餐後，全家人聚在一起的時候，他們就會請求謝頓與鐸絲講述外面的世界。食物一向足夠豐盛，不過卻淡而無味，而且通常相當粗糙。由於不久前才享受過香味撲鼻的麥曲生食品，兩人都感到幾乎難以下嚥。而「餐桌」只是緊靠牆壁的一個長架子，大家全都站著進餐。

謝頓以委婉的方式問出了眞相，原來在達爾人之間，這是相當尋常的狀況，並非由於特別貧窮的緣故。當然，堤沙佛夫人解釋道，達爾也有些身居政府高位的人士，他們傾向於接受各種文弱的習俗，比如說椅子——她稱之爲「身體架子」——但純粹的中產階級都瞧不起那些東西。

雖然他們對沒必要的奢侈不敢苟同，堤沙佛一家卻很愛聽這類的敘述。當他們聽到由腳架撐起的床墊、華麗的櫥櫃與衣櫥，以及擺滿餐桌的餐具時，總是一個勁地嘖嘖稱奇。

他們也聽到了有關麥曲生習俗的描述。當時，吉拉德·堤沙佛得意地摸摸自己的頭髮，意思顯然是寧可去勢也不願接受脫毛手術。而每當提到女性百依百順時，堤沙佛夫人一律表現出無比的憤慨，根本拒絕相信「姐妹們」會默默接受這些待遇。

然而，他們最不放過的一點，則是謝頓隨口提到的御苑。而在進一步追問下，他們發現謝頓不但親眼見過皇帝，還跟皇帝說過話，一股敬畏的氣氛立刻籠罩這一家人。過了好一會兒，他們才敢繼續發問，謝頓卻發覺自己無法滿足他們。畢竟，他並未對御苑多做瀏覽，皇宮內部就更別提了。

這使得堤沙佛一家人相當失望，於是他們毫不放鬆，試圖問出更多事情。在謝頓講完他的皇宮歷險之後，鐸絲卻聲明自己從未踏進御苑一步，令他們實在難以置信。此外，謝頓曾經順口說到，皇帝的言行舉止與普通人非常接近，這點他們尤其拒絕接受。對堤沙佛一家而言，那似乎是絕不可能的事。

經過三個這樣的晚上，謝頓開始生厭了。起初，他很高興能夠暫時什麼也不做（至少白天如此），只是看看鐸絲推薦的幾本歷史影視書。堤沙佛一家人表現得很大方，白天都會將他們的閱讀鏡讓給客人。只是小女孩似乎不太高興，因為她被父母送到鄰居家，借用對方的閱讀鏡來做功課。

「這沒有任何幫助。」謝頓煩躁不安地說，此時他已關在自己房間，並弄出了一些音樂以防有人竊聽。「我看得出你對歷史如何著迷，但歷史全是無止無休的細節，是堆積如山——不，堆積如銀河的資料——我根本看不出任何基本的條理。」

「我敢說，」鐸絲道：「過去一定曾有一段時期，人類看不出天上的星星有什麼條理，但他們終究發現了銀河系的結構。」

「我確信這得花上好些世代，而絕非幾週的時間。過去一定也曾有一段時期，在最核心的自然定律發現之前，物理學似乎只是一堆毫無關聯的觀測結果，而那些發現也需要許多世代——堤沙佛這家人是怎麼回事？」

「他們又怎麼了，我認為他們一直很不錯。」

「他們太好奇了。」

「他們當然會。假如你是他們，難道你不會嗎？」

「但那僅僅是好奇嗎？他們對於我見過大帝這檔事，好像有興趣得不得了。」

鐸絲似乎不耐煩了。「同理……那只是自然反應。倘若易地而處，難道你不會嗎？」

「這令我神經過敏。」

「是夫銘把我們帶到這兒來的。」

「沒錯，但他並非十全十美。他把我帶去斯璀璘大學，結果我被誘騙到上方去；他送我們去找日主十四，結果那人卻陷害我們，你該知道他早有預謀。上兩次當，至少該學一次乖。我受夠了被問東問西。」

「哈里，那就反客爲主。難道你對達爾沒有興趣嗎？」

「當然有。你原先對它瞭解多少？」

「一無所知。它只不過是八百多個區其中之一，而我來川陀才兩年多一點。」

「正是如此。銀河系共有兩千五百萬個世界，而我研究這個問題才兩個月多一點。我告訴你，我很想回赫利肯去，重新著手研究湍流的數學，那是我的博士論文題目。我要忘掉我曾經看出——或說自以爲看出——湍流問題能對人類社會提供一種洞視。」

不過當天傍晚，他還是問堤沙佛說：「你知道嗎，堤沙佛老爺，你從未告訴我你做些什麼——你從事的行業。」

「我？」堤沙佛伸出五指按在自己胸口。他穿著一件單薄的白色短衫，裡面什麼也沒有，那似乎是達爾男性的標準制服。「沒做什麼，我在本地全相電視台做節目策劃。非常無聊的差事，但它總能養家糊口。」

「而且是個體面的職業，」堤沙佛夫人說：「這就代表他不必在熱閻工作。」

「熱閻？」鐸絲揚起淡淡的眉毛，硬是顯得很有興趣。

「喔，」堤沙佛說：「那是達爾最出名的東西。說穿了沒什麼，但川陀四百億人口都需要能源，而我們提供其中很大一部分。沒有人感謝我們，可是我眞想看看，那些高級區失去能源後是什麼情景。」

謝頓顯得相當困惑。「川陀的能源不是來自軌道上的太陽能發電站嗎？」

「一部分而已。」堤沙佛說：「此外，一部分來自一些島上的核融合發電站，一部分來自微融合發電機，一部分來自上方的風力發電站。可是有一半，」他舉起一根手指加強語氣，表情顯得嚴肅異常。「有一半是來自熱閭。許多地方都有熱閭，但沒有一處——沒有一處——像達爾的蘊藏這般豐富。你當眞不知道熱閭是什麼嗎？你坐在那裡瞪著我猛瞧。」

鐸絲很快接口：「你知道，我們是外星人士。」（她差點就要說『外族人』，但及時改了口）「尤其是謝頓博士，他在川陀只待了幾個月。」

「眞的嗎？」堤沙佛夫人說。她比丈夫稍微矮一點，豐滿但不算肥胖，擁有一對相當美麗的黑眼珠。她的黑髮梳在腦後，緊緊紮成一個髮髻。像她的丈夫一樣，她看來也是三十幾歲。

（在麥曲生住過一陣子之後，雖然並非眞的待了很久，但由於密集式的耳濡目染，如今對鐸絲而言，女性隨意加入男性的交談是很奇怪的一件事。風俗與習慣多麼容易不知不覺建立起來，她一面想，一面暗自提醒自己，要找機會對謝頓提一提，爲他的心理史學再加上一條定律。）

「喔，是眞的。」她說：「謝頓博士來自赫利肯。」

堤沙佛夫人禮貌地表現得孤陋寡聞。「那是在哪裡呢？」

鐸絲說：「啊，它在……」她轉向謝頓，「哈里，它究竟在哪裡？」

謝頓顯得難爲情。「老實告訴你們，如果不查座標，我想我也不容易在銀河模型中找到它的位置。我只能說從川陀看出去，它位於中心黑洞的另一側，搭超空間飛船到那裡還挺麻煩的。」

堤沙佛夫人說：「我想吉拉德和我永遠沒機會登上超空間飛船。」

「總有一天，凱西莉婭，」堤沙佛以快活的口氣說：「我們會有機會的。但請跟我們說說赫利肯，謝頓老爺。」

謝頓搖了搖頭。「對我來說那是一件無聊的事。它只不過是個普通的世界，就像任何世界一樣，只有川陀才和其他所有的世界大不相同。赫利肯上沒有熱閭，也許其他地方都沒有，唯有川陀例外。跟我說說熱閭吧。」

（「只有川陀才和其他所有的世界大不相同。」這句話在謝頓心中一再重複，而且有刹那的時間，它幾乎已在他的掌握中。不知道爲什麼，鐸絲那個毛手毛腳的故事突然再度浮現。但由於堤沙佛開始說話了，那點靈光來得急也去得快，隨即溜出謝頓的心靈。）

堤沙佛說：「如果你眞想瞭解熱閭，我可以帶你去參觀。」他轉頭面向妻子，「凱西莉婭，如果明天傍晚我帶謝頓老爺前往熱閭，你會不會介意？」

「還有我。」鐸絲趕緊說。

「還有凡納比里夫人。」

堤沙佛夫人皺起眉頭，以尖銳的聲音說：「我認爲這不是什麼好主意，我們的客人會覺得很無聊。」

「堤沙佛夫人，我想不至於。」謝頓以逢迎的口吻說：「我們非常希望去看看熱閭。如果你也加入，我們會十分高興……還有你的小女兒，如果她也想去的話。」

「到熱閭去？」堤沙佛夫人的態度轉趨強硬，「那絕不是一位端莊婦人能去的地方。」

謝頓對自己的魯莽感到很尷尬。「堤沙佛夫人，我並沒有惡意。」

「沒關係，」堤沙佛說：「凱西莉婭認爲它是低賤之地，事實也的確如此。但只要我不在那裡工作，光是帶客人參觀一下倒無妨。不過那裡很不舒服，而我絕不會讓凱西莉婭穿上適合的服裝。」

聊完之後，他們便從蹲伏的位置站起來。達爾的「椅子」只是個塑膠坐墊，下面裝了幾個小輪子。謝頓的膝蓋被它整得幾乎無法動彈，而且只要他的身子稍有動作，這種椅子似乎就會開始擺動。然而，堤沙佛一家人卻練就穩坐其上的本事，起身時也毫無困難，不需要像謝頓那樣得借助手臂。鐸絲也輕而易舉就站了起來，謝頓再次讚嘆她所表現的自然優雅。

在他們回到各自的房間就寢之前，謝頓對鐸絲說：「你確定自己對熱閭一無所知嗎？聽堤沙佛夫人的口氣，熱閭似乎惹人反感。」

「不可能多麼反感，否則堤沙佛不會提議要帶我們參觀。讓我們期待一場驚奇吧。」

63

堤沙佛說：「你們需要適當的服裝。」堤沙佛夫人則在背後大聲嗤之以鼻。

警覺的謝頓立刻聯想到裰服，心中興起一陣模糊的懊惱。他說：「你說適當的服裝是什麼意思？」

「輕便的衣服，像我穿的這種。袖子很短的短衫、寬鬆的家長褲、寬鬆的內褲、短襪、開口的涼鞋。我都爲你們準備好了。」

「很好，聽來不賴。」

「至於凡納比里夫人，我同樣準備了一套，希望能合身。」

堤沙佛提供他們兩人的服裝（都是他自己的）十分合身，甚至可說過分舒適。他們準備好之後，便向堤沙佛夫人告辭，她則帶著仍舊不以爲然卻已放棄努力的神情，站在門口目送他們三人。

此時是傍晚時分，上空有一團迷人的昏黃暮光。顯然，達爾的燈火很快便會紛紛眨眼。溫度適中，街上幾乎見不到任何車輛；人人都在步行。遠處傳來捷運無歇無止的嗡嗡聲，不時閃爍的車燈也不難看見。

謝頓注意到，這些達爾人似乎並非走向什麼特定的目的地。反之，他們像是參加一次漫步遊行，純粹爲了樂趣而走。假如達爾果眞是個窮區，正如堤沙佛暗示的那樣，低廉的娛樂或許就是很重要的一件事。還有什麼比黃昏漫步更有樂趣，而且更廉價的呢？

謝頓覺得自然而然融入這種毫無目標的閒適步調中，並且感到四周充滿親切與溫暖。人們擦身而過時，總會互相打個招呼，並簡單交談幾句。不同型式、不同粗細的黑色八字鬍處處可見，彷彿是達爾男性的一項必備要件，一如麥曲生兄弟的光頭一樣無處不在。

這是一種傍晚的儀式，用以確定又安穩過了一天，朋友們依舊身體健康、精神愉快。有一件事很快變得顯而易見，那就是鐸絲吸引了所有的目光。昏黃的暮色中，她略紅的金髮變得更加鮮紅，在一片黑髮海洋的襯托下（偶爾出現的灰髮是唯一的例外），好像一枚金幣閃閃發光地掠過一堆煤炭。

「實在非常愉快。」

「沒錯，」堤沙佛說：「通常，我都和我的妻子一起散步，她總是如魚得水。在方圓一公里範圍內，任何人的名字、職業，以及互相之間的關係她都曉得。這點我做不到，現在這個時候，和我打招呼的人有一半……我無法告訴你他們的名字。但無論如何，我們絕不能走得太慢。我們必須趕到升降機那裡，底層是個忙碌的世界。」

當他們進了升降機後，鐸絲說道：「堤沙佛老爺，我想所謂的熱闇，是利用川陀的地熱來產生蒸汽，以轉動渦輪機來發電的地方。」

「喔，並非如此，是利用高效率的大型『熱電堆』直接產生電力。別問我細節，拜託，我只是個全相電視節目策劃人。事實上，到了下面也別向任何人詢問細節。整個東西是個很大的黑盒子，它運作正常，卻沒有人知道是如何做到的。」

「萬一出了什麼問題呢？」

「通常都不會，不過萬一出了問題，會有一些懂得電腦的專家從別處趕來。當然，一切都是高度電腦化的。」

此時升降機停了下來，三人魚貫而出，一陣熱浪立刻撲來。

「眞熱。」謝頓多此一舉地說。

「的確沒錯，」堤沙佛說：「這正是達爾貴爲能源產地的原因。這裡的岩漿層比全球各處都更接近地表，所以你得在酷熱中工作。」

「空調設備呢？」鐸絲問。

「是有空調設備，可是這和成本有關。我們利用空調來通風、除濕和降溫，但如果我們做得太過分，就會用掉太多能量，整個過程就會變得太昂貴。」

堤沙佛停在一扇門前，並按下訊號鈕。門開了之後，隨即傳出一陣涼風。他喃喃說道：「我們應該可以找到什麼人，帶我們四下參觀一番。他自會控制那些冷嘲熱諷，否則凡納比里夫人會蒙受……至少男工的言語不堪入耳。」

「冷嘲熱諷不會令我感到尷尬。」鐸絲說。

「會令我感到尷尬。」堤沙佛說。

一名年輕男子從辦公室走出來，自我介紹說他叫漢諾·林德。他長得和堤沙佛十分相像，但謝頓心裡明白，在他尚未習慣幾乎千篇一律的矮小身材、黝黑皮膚、黑色頭髮，以及濃密的八字鬍之前，他無法輕易看出個別差異。

林德說：「我很樂意帶你們到値得看的地方逛一逛。但你們要知道，這可不是你們心目中的奇觀。」他和他們三人說話，目光卻固定在鐸絲身上。「不會怎麼舒服，我建議大家脫掉短衫。」

「這裡十分涼爽。」謝頓說。

「當然，但那是因爲我們是管理人員，階級自有其特權。在外面我們無法保持這麼強的空調，這就是爲什麼他們領的薪水比我還多。事實上在達爾，它是薪資最高的工作，這正是我們這裡找得到工人的唯一原因。即使如此，熱閭工還是一直愈來愈難找。」他深深吸了一口氣，「好，咱們鑽進熱鍋去吧。」

他自己脫掉短衫，塞進他的腰帶。堤沙佛也照做不誤，謝頓則有樣學樣。

林德瞥了鐸絲一眼，說道：「這樣你會比較舒服，夫人，但並非強迫性的。」

「沒問題。」鐸絲說完，便脫下她的短衫。

她的胸罩是白色的，沒有襯裡，中間有著可觀的開口。

「夫人，」林德說：「那可不是……」他想了一會兒，然後聳聳肩。「沒關係，我們過得了關。」

起初，謝頓只注意到電腦與機械裝置，包括巨大的輸送管、明滅不定的燈光，以及閃爍的螢光幕。

整體的光線相當黯淡，不過機件附近都有充足的照明。謝頓抬起頭，望著近乎黑漆漆的環境說：「爲何不要亮一點？」

「已經夠亮了……就此地而言。」林德說。他的聲音充滿抑揚頓挫；他說得很快，但口氣有點嚴厲。「整體照明保持黯淡是基於心理因素，太亮的話會在心中將光轉換成熱。要是我們把燈光調亮，即使將溫度降低，工人的抱怨仍會升高。」

鐸絲說：「這裡似乎十分電腦化，我認爲整個運作都能交由電腦負責。這種環境是人工智慧的天下。」

「完全正確，」林德說：「可是我們不敢冒這個險。萬一有任何不對勁，我們需要隨時有人在場。一台故障的電腦所引起的問題，可以影響到兩千公里之外。」

「人爲錯誤也一樣糟，難道不是嗎？」謝頓說。

「喔，是的，不過既然人類和電腦一塊工作，電腦的錯誤可以較快找出原因，再由人工進行矯正；反之，藉由電腦，人爲的錯誤也能較快修正。這就等於說，除非同時出現人爲錯誤和電腦錯誤，否則不會發生任何嚴重問題，而那種情況幾乎從未發生過。」

「幾乎從未，並不等於從來沒有，啊？」謝頓說。

「幾乎沒有，但並非從來沒有。電腦今非昔比，而人也一樣。」

「世事似乎一向如此。」謝頓說完，輕輕笑了幾聲。

「不，不。我不是在懷舊，不是在說過去的美好時光，我說的是統計數據。」

聽到這裡，謝頓再度想起夫銘所說的：時代正在衰退。

「懂得我的意思了吧？」林德的音量逐漸降低，「那邊有一群人，從他們的樣子看來，應該是在丙三層的。他們正在喝飲料，沒一個在工作崗位上。」

「他們在喝什麼？」鐸絲問道。

「補充電解質流失的特殊飲料——果汁。」

「你不能怪他們吧？」鐸絲忿忿不平地說：「在這種又乾又熱的環境裡，你當然得喝點東西。」

「你可知道一個熟練的丙三工人，喝一罐飲料可以磨多少時間？而我們根本一點辦法也沒有。如果你只給他們五分鐘，並且把大家的休息時間錯開，好讓他們不會聚成一群，你就等於挑起一場叛變。」

現在他們正朝那群人走去。這些工人有男有女（達爾似乎多少是個兩性平等的社會），不論男女皆未穿短衫。女性上身穿戴著一種裝置，勉強能稱爲胸罩，但純粹是功能性的。它的功用是撐起乳房，以增進通風效果，並降低排汗量，卻什麼也遮不住。

鐸絲悄悄對謝頓說：「這樣穿有道理，哈里，我那裡已經濕透了。」

「那就脫下胸罩，」謝頓說：「我不會舉一根手指阻止你。」

「不知怎麼回事，」鐸絲說：「我就猜到你不會。」她還是決定讓胸罩留在原處。

他們漸漸接近那群人——總共有十來個。

鐸絲說：「如果他們之中有人冒出粗言粗語，我還挺得住。」

「謝謝你，」林德說：「我無法保證他們不會——但我必須介紹你們一番。萬一他們誤以為你倆是督察員，而且在我的陪同之下，他們會變得無法無天。督察員應該自己獨立四處探訪，不能有管理部門的人在旁監督。」

他舉起雙臂。「熱闇工們，我來為你們介紹兩個人。他們是來自外界的訪客——兩位外星人士，兩位學者。他們的世界上能源日漸短缺，他們來到這裡，來看看我們達爾是怎麼做的。他們認為或許能學到些什麼。」

「他們會學到怎樣流汗。」一名熱闇工喊道，隨即響起一陣刺耳的笑聲。

「那女的已經滿胸是汗，」一名女工吼道：「竟然那樣遮掩起來。」

鐸絲吼了回去：「我很想脫掉，但我的胸部沒法跟你比。」笑聲立即轉趨友善。

不料一名年輕男工向前走來，一雙深陷的眼睛緊緊盯著謝頓，他的臉孔則活脫是毫無表情的面具。他說：「我認識你，你是那個數學家。」

他衝過來，一本正經地忙著審視謝頓的面孔。鐸絲自然而然站到了謝頓前面，而林德則站到她身前，並且吼道：「退下去，熱闇工，注意你的禮貌。」

謝頓說：「慢著！讓我和他說話。怎麼大家都排在我面前？」

林德壓低聲音說：「無論他們任何一個走近，你都會發覺他們的味道可不像溫室的花朵。」

「我受得了。」謝頓直率地說：「年輕人，你想要做什麼？」

「我名叫阿馬瑞爾，雨果．阿馬瑞爾。我在全相電視上看過你。」

「或許吧，可是又怎麼樣？」

「我不記得你的名字。」

「你不必記得。」

「你提到一種叫心理史學的東西。」

「你不知道我有多麼後悔。」

「什麼？」

「沒什麼，你到底要做什麼？」

「我想跟你談談，只要一下子就好，就現在吧。」

謝頓望向林德，後者堅決地搖了搖頭。「他值班時絕對不行。」

「阿馬瑞爾先生，你從什麼時候開始輪班？」謝頓問道。

「一六〇〇時。」

「你能在明天一四〇〇時來見我嗎？」

「當然可以，哪裡？」

謝頓轉頭望向堤沙佛。「你准我在你那裡見他嗎？」

堤沙佛顯得非常不高興。「沒這個必要，他只是個熱閻工。」

謝頓說：「他認出我來，還知道我的一些事，他不可能只是個普通人。我要在我的房間見他。」然後，由於堤沙佛的表情並未軟化，他又補充道：「是在我的房間，我定期付房租的那個房間。而且那時你正在上班，不在公寓裡。」

堤沙佛低聲道：「不是我的問題，謝頓老爺。而是我太太，凱西莉婭，她不會接受這種事。」

「我會跟她談，」謝頓繃著臉說：「她一定得接受。」

64

凱西莉婭．堤沙佛杏眼圓睜。「熱閭工？不准進我的公寓。」

「爲什麼不准？何況，他會直接到我的房間來。」謝頓說：「在一四〇〇的時候。」

「我就是不要，」堤沙佛夫人說：「這就是去熱閭所招惹的麻煩，吉拉德是個笨蛋。」

「沒這回事，堤沙佛夫人。熱閭是在我要求下前去的，而且我嘆爲觀止。我必須見這個年輕人，我的學術工作上有這個必要性。」

「果眞如此的話，我感到很抱歉，但我就是不要。」

鐸絲．凡納比里舉起右手。「哈里，讓我來吧。堤沙佛夫人，如果謝頓博士今天下午必須在他的房間裡見一個人，多一個人自然代表得多付房租。我們懂得這個道理，所以說，謝頓博士今天的房租將會加倍。」

堤沙佛夫人想了一想。「嗯，你們眞是大方，但這不只是信用點的問題，我還得考慮鄰居怎麼想。一個滿身是汗、臭氣沖天的熱閭工……」

「堤沙佛夫人，我不信他在一四〇〇時會滿身是汗、臭氣沖天，但請讓我繼續說下去。既然謝頓博士非見他不可，如果不能在這裡見他，他們就必須找別的地方會面。可是我們不能跑來跑去，那樣實在太不方便。因此，我們不得不在別處找個房間。這不是容易的事，我們也不想那樣做，可是我們別無選擇。所以我們會把房租付到今天，然後離開這裡。當然啦，我們必須向夫銘老爺解釋：他好心好意幫我們做的安排，我們爲何無法領情。」

「慢著，」堤沙佛夫人換成一副精打細算的模樣，「我們不希望拂逆夫銘老爺……或是你們兩位的心意。那東西得待多久？」

「他會在一四〇〇時抵達，又得在一六〇〇時上工。他在這裡待不到兩小時，也許還會短得多。我們兩人會在外面迎接他，再把他帶到謝頓博士的房間。任何鄰居看到我們，都會認爲他是我們的朋友，是外星人士。」

堤沙佛夫人點了點頭。「那就照你說的辦吧。今天謝頓老爺的房租加倍，而且那熱闊工只准來這麼一次。」

「下不爲例。」鐸絲說。

但是過了一會兒，當謝頓與鐸絲一起坐在她的房間時，鐸絲卻說：「哈里，你爲什麼一定要見他？會晤一名熱闊工對心理史學也很重要嗎？」

從她的聲音中，謝頓認爲自己聽出一點譏諷，於是他以鋒利的口吻說：「我不必每件事都打著這個偉大計畫的招牌，反正我對它並沒有什麼信心。我也是個有血有肉的人，具有人類的好奇心。我們在熱闊待了幾個小時，你也看到那些工人是什麼樣子。他們顯然沒受過教育，他們是低級的群眾——我不打算修飾文字——然而這個人卻認出我來。他一定是我在出席十載會議時，從全相電視上看到我的，而且他還記得『心理史學』這個名稱。他令我感到很不尋常，至少是很不相稱，我希望能和他聊一聊。」

「因爲連達爾的熱闊工都認識你，滿足了你的虛榮心？」

「這……或許吧。但也引起了我的好奇心。」

「你怎麼知道他不是奉命而來，打算引你步入陷阱，就像前兩次那樣。」

謝頓心頭一凜。「我不會讓他撫摸我的頭髮。無論如何，我們這回幾乎有了心理準備，對不對？而且我能確定，你會待在我身邊。我的意思是，你讓我單獨到上方去，又讓我單獨和雨點四十三到微生農場，但你再也不會這樣做了，是嗎？」

「這點你可以絕對肯定。」鐸絲說。

「好吧，那麼讓我和這個年輕人談談，你負責注意可疑的陷阱。我對你有百分之百的信心。」

65

阿馬瑞爾提前幾分鐘抵達，一面走一面謹慎地東張西望。他的頭髮相當整潔，濃密的八字鬍經過梳理，兩端微微向上翹起，身上的短衫則是白得驚人。他的確有一股味道，卻是一種水果香味，無疑是由於香水用得稍嫌過度。此外，他隨身帶了一個袋子。

早就等在外面的謝頓輕輕抓住他一隻手肘，鐸絲則抓住另一隻，然後三人便向升降機迅速走去。到了正確樓層之後，他們穿過公寓的外廳，朝謝頓的臥房直奔而去。

阿馬瑞爾卑躬地低聲道：「沒有人在家，啊？」

「大家都在忙。」謝頓中肯地說。然後，他指了指房裡僅有的一把椅子，那其實是個直接放在地板上的坐墊。

「不，」阿馬瑞爾說：「我不需要那個，你們兩人哪位坐吧。」他以優雅的動作蹲坐到地板上。

鐸絲模仿著那個動作，坐到那個坐墊旁邊。謝頓的墜勢卻相當笨拙，不得不伸出雙手幫忙，而且無法爲雙腿找到舒適的位置。

謝頓說：「好啦，年輕人，你爲什麼想見我？」

「因爲你是一位數學家，是我見到的第一位數學家——近距離見到，我甚至能碰到你，你知道我的意思。」

「數學家摸起來和其他人沒有兩樣。」

「對我而言可不一樣，謝……謝……謝頓博士？」

「那正是我的名字。」

阿馬瑞爾顯得很高興。「我終於想起來了。你知道嗎，我也想成爲一位數學家。」

「非常好。有什麼困難嗎？」

阿馬瑞爾突然皺起眉頭。「你這話認眞嗎？」

「我猜想你一定有什麼困難。是的，我很認眞。」

「困難就在於我是達爾人，而且是達爾的熱閻工。我沒錢接受教育，也賺不到足夠的信用點受教育，我的意思是『眞正的教育』。他們教我的只不過是閱讀、計算，以及怎樣使用電腦，然後我就足以當個熱閻工。可是我要學更多的東西，所以我一直在自修。」

「就某個角度而言，那是最好的教育方式。你是怎麼做的？」

「我認識一名圖書館員，她樂意幫助我。她是個非常好心的婦人，教導我如何使用電腦來學習數學。她還建了一個軟體系統，讓我能聯線到其他圖書館。我總是在假日以及早晨下工後到那兒去。有時她會把我鎖在她自己的房間，以免我被其他人打擾，而圖書館關閉時她也會讓我進來。她自己完全不懂數學，但她盡一切力量幫助我。她有些年紀了，是個寡婦。也許她把我當成她的兒子，她自己沒有子女。」

（也許，謝頓突然想到，這裡面還牽涉到其他的情感。但他隨即將這個想法拋到腦後，反正和他毫無關係。）

「我喜歡『數論』。」阿馬瑞爾說：「我根據自己從電腦以及影視書所學到的數學，自己做出一些結果。我得到一些新東西，是那些影視書裡沒有的。」

謝頓揚起眉毛。「眞有意思，比如說什麼？」

「我特地帶來一些，我從來沒有給任何人看過。我周圍那些人……」他聳了聳肩，「他們不是大笑就是嫌煩。有一次，我把我知道的試著告訴一個女孩，但她只是說我莫名其妙，以後再也不要見我。我拿給你看眞的沒關係嗎？」

「眞的沒關係，請相信我。」

謝頓伸出一隻手。經過短暫的猶豫後，阿馬瑞爾將身邊的袋子交給了他。

接下來好長一段時間，謝頓都在翻閱阿馬瑞爾的稿件。雖然內容極其素樸，但他刻意避免掠現任何笑容。他一個一個論證讀下去，當然，其中沒有任何創見——甚至接近創見的也沒有，更找不到任何重要的結果。

不過並沒有關係。

謝頓抬起頭。「這些全是你自己做出來的嗎？」

阿馬瑞爾看來有七、八分嚇呆了，只是一個勁點頭。

謝頓抽出幾頁來。「你是怎麼想到的？」他指著某一行數學推論。

阿馬瑞爾仔細看了看，皺起了眉頭，又想了一想。然後，他開始解釋自己的思路。

謝頓聽完之後說：「你曾經讀過艾南·比格爾寫的一本書嗎？」

「有關數論的嗎？」

「書名是《數學演繹法》，並不是專講數論的。」

阿馬瑞爾搖了搖頭。「很抱歉，我從來沒聽過這個人。」

「三百年前，他就推出了這個定理。」

阿馬瑞爾似乎受到當頭棒喝。「我不知道這件事。」

「我確定你不知道。不過，你的做法比較高明。雖然不夠嚴密，可是……」

「你所謂的『嚴密』是什麼意思？」

「這沒有關係。」謝頓將稿件重新紮成一捆，再放回那個袋子裡。「把這些整個複印幾份，然後找個官方電腦，將其中一份打上日期，並且加上電腦化封印。我的這位朋友，凡納比里夫人，能夠幫你申請到某種獎學金，讓你免費進入斯瓏璘大學就讀。你必須一切從頭學起，還要修習數學以外的其他課程，但是……」

阿馬瑞爾突然倒抽一口氣。「進斯瓏璘大學？他們不會收我的。」

「為什麼不會？鐸絲，你能幫他安排，對不對？」

「我確定可以。」

「不，你辦不到。」阿馬瑞爾激動地說：「他們不會收我的，我是個達爾人。」

「那又怎樣？」

「他們不會收達爾的同胞。」

謝頓望向鐸絲。「他在說些什麼？」

鐸絲搖了搖頭。「我真的不知道。」

阿馬瑞爾說：「夫人，你是一位外星人士。你在斯瓏璘待了多久？」

「兩年多一點，阿馬瑞爾先生。」

「你在那裡見過任何達爾人嗎——矮個子，黑色鬈髮，粗大的八字鬍？」

「那裡各式各樣外型的學生都有。」

「可是沒有達爾人，下次你再仔細看一看。」

「爲什麼沒有？」謝頓問道。

「他們不喜歡我們，我們看來不一樣，他們不喜歡我們的八字鬍。」

「你可以剃掉你的……」在對方激憤的目光下，謝頓的聲音陡然中斷。

「休想，我爲什麼要那樣做？八字鬍是我的男性象徵。」

「你剃掉了下面的鬍鬚，那同樣是你的男性象徵。」

「對我的同胞而言，八字鬍才是。」

謝頓再度望向鏗絲，並低聲抱怨：「光頭，八字鬍……愚昧行爲。」

「什麼？」阿馬瑞爾氣呼呼地說。

「沒什麼。告訴我，達爾人還有什麼是他們不喜歡的。」

「他們創造出許多不喜歡的事。他們說我們有臭味，說我們骯髒，說我們偷竊，說我們暴戾，還說我們愚蠢。」

「他們爲何這樣說？」

「因爲說說很容易，而且會讓他們覺得舒服。如果在熱閭裡頭工作，我們當然會變髒變臭。如果貧窮而又不得翻身，有些人難免就會行竊，並且染上暴戾之氣，不過並非我們大家都是那樣。那些居住在皇區，認爲他們擁有整個銀河——不，的確擁有整個銀河的黃髮高個子又有什麼了不起。他們絕不會有暴戾之氣嗎？他們從來不偷竊嗎？假使讓他們做我的工作，他們同樣會發出臭味；假使他們必須過著像我一樣的生活，他們也會變得骯髒。」

「誰能否認世界上有形形色色不同的人？」謝頓說。

「沒人議論這一點！他們視之為理所當然。謝頓老爺，我一定得離開川陀。我在川陀沒有任何機會，無法賺到信用點，無法接受教育，無法成為一位數學家，無法成為任何人物，只能是他們所謂的……一個沒用的廢物。」最後半句，他是在挫折與絕望中說出來的。

謝頓試圖和他說理。「租給我這間房的就是個達爾人，他有個乾淨的工作，而且受過教育。」

「喔，當然。」阿馬瑞爾慷慨激昂地說：「是有些這種人。他們讓少數人出人頭地，這樣他們就能說那是辦得到的。那些少數人只要不離開達爾，他們就能活得很好。讓他們到外面去一趟，他們就會曉得將受到何等待遇。關起門來的時候，他們把我們其他人視同糞土，這樣他們就會覺得舒服。在他們自己眼中，他們也成了黃髮階級。租給你這個房間的那位好好先生，當你告訴他要帶一個熱閻工進來的時候，他有沒有說些什麼？他有沒有說我像個什麼？他們現在都走光了……不願意和我待在同一個地方。」

謝頓舔了舔嘴唇。「我不會忘記你的。一旦我自己回到赫利肯，我保證會設法讓你離開川陀，進入我的那所大學就讀。」

「你答應這件事嗎？你以榮譽擔保？雖然我是個達爾人？」

「你是不是達爾人對我並不重要，重要的是你已經是一位數學家！但是你告訴我的這些事，我仍然無法完全理解。對於善良的族群竟有如此非理性的情緒，我覺得實在難以置信。」

阿馬瑞爾以挖苦的口吻說：「那是因為你從來沒有任何機會，讓自己對這種事發生興趣。它們從你的鼻端通過，你卻可以什麼也聞不到，因為對你毫無影響。」

鐸絲說：「阿馬瑞爾先生，謝頓博士和你一樣是數學家，他的腦袋有時會在九霄雲外，這點你必須瞭解。然而，我是一位歷史學家。在我看來，一群人瞧不起另一群人並沒有什麼不尋常。有些特殊的、幾乎已成慣例的仇恨，根本就沒有任何理性依據，而且會在歷史上造成嚴重的影響。這實在太糟了。」

阿馬瑞爾道：「說某件事『太糟了』倒很容易。你說你不敢苟同，這就使你成了好人，然後你就可以專心自己的事，再也不關心這個問題。這要比『太糟了』還要糟許多倍，它牴觸了所有高尚而自然的事物。我們大家都一樣，不論是黃髮或黑髮，高或矮，東方人、西方人、南方人或外星人士。我們都是一家人，無論你我，甚至皇帝，通通是地球的後裔，對不對？」

「什麼的後裔？」謝頓問道。他轉身望向鐸絲，雙眼張得老大。

「地球！」阿馬瑞爾喊道。「誕生人類的那顆行星。」

「一顆行星？只有一顆行星？」

「唯一的行星，這還用說，就是地球。」

「你所謂的地球，指的是奧羅拉吧？」

「奧羅拉？那是什麼？我指的就是地球。你從來沒聽過地球嗎？」

謝頓答道：「其實不能算有。」

「它是個神話世界……」鐸絲說到一半便被打斷。

「不是神話，它是一顆真實的行星。」

謝頓嘆了一口氣。「我以前也聽過這一套。好吧，讓我們從頭再來一遍。達爾是不是有一本書，裡面提到地球？」

「什麼？」

「那麼，某種電腦軟體？」

「我不知道你到底在說些什麼。」

「年輕人，你是從哪裡聽說地球的？」

「我爸爸告訴我的。人人都聽說過。」

「有沒有什麼人對它特別瞭解？你們在學校裡學過嗎？」

「那裡對地球一字不提。」

「那麼人們是怎麼知道的？」

阿馬瑞爾聳了聳肩，彷彿面對著一個無中生有的煩人問題。「就是人人都知道。如果你想聽這方面的故事，可以去找瑞塔嬤嬤，我還沒聽到她去世的消息。」

「你媽媽？你怎麼不知道……」

「她並不是我媽媽，只是他們都這樣叫她，瑞塔嬤嬤。她是個老婦人，住在臍眼，至少以前住在那裡。」

「那地方在哪裡？」

「朝那個方向一直走。」阿馬瑞爾一面說，一面做了一個含糊的手勢。

「我該怎麼去那裡？」

「去那裡？你不會想去那裡，否則你將有去無回。」

「爲什麼？」

「相信我，你不會想去那裡。」

「可是我希望見見瑞塔嬤嬤。」

阿馬瑞爾搖了搖頭。「你會用刀嗎？」

「做什麼用？什麼樣的刀？」

「切東西的刀，像這一把。」阿馬瑞爾伸手向下，抓住那條緊緊繫著褲子的皮帶。皮帶的一節隨即脫落，一端閃出一把利刃，它又薄又亮，足以取人性命。

鐸絲的手立刻攫下，用力抓住他的右腕。

阿馬瑞爾哈哈大笑。「我不是要動手，只是亮出來給你們看看。」他將刀子插回皮帶，「你需要一把來自衛，如果你沒有，或者雖有卻不會使用，你就無法活著離開臍眼。總之，」他忽然變得非常嚴肅，非常急切。「你說要幫助我去赫利肯，此話的確當眞嗎，謝頓老爺？」

「百分之百當眞，那是我的承諾。寫下你的名字，還有怎樣用超波電腦聯絡到你。我想你該有址碼吧。」

「我在熱閭的崗位上有一個，可以嗎？」

「可以。」

「好啦，」阿馬瑞爾一面說，一面抬起頭，一本正經地望著謝頓。「謝頓老爺，這就代表我的未來全部寄託在你身上，所以拜託你千萬別去臍眼。萬一馬上就失去你，我可承受不起這種損失。」他又將懇求的目光轉向鐸絲，並輕聲道：「凡納比里夫人，如果他肯聽你的，就不要讓他去。拜託了！」

第十四章：臍眼

達爾：……奇怪得很，本區最出名的一環竟是臍眼——一個半傳奇性的地方，曾孕育出數不盡的傳說。事實上，某些傳說已經形成一個完整的文學派別，其中的主角與冒險家（或犧牲者）必須挑戰穿越臍眼的危險。由於這些故事變得太形式化，因此有一則流傳甚廣而且想必眞實的傳說，卻因此看來近乎傳奇。那是哈里．謝頓與鐸絲．凡納比里的一次臍眼歷險……

——《銀河百科全書》

12020GE Encyclopedia

66

當哈里．謝頓與鐸絲．凡納比里再度獨處時，鐸絲語重心長地問道：「你真打算去見那個叫『嬤嬤』的女人？」

「我正在盤算呢，鐸絲。」

「你是個怪人，哈里，你似乎穩定地每況愈下。當初在斯璀璘，你為一個合理的目的到上方去，而且那樣做好像沒什麼害處。後來在麥曲生，你闖進長老閣，那是一項危險許多的行動，為的卻是一個愚蠢許多的目的。如今在達爾，你又想去那個地方，那年輕人似乎認為簡直就是自殺，然而這件事根本毫無意義。」

「我對他提到的地球感到好奇。若有任何蹊蹺，我一定要弄清楚。」

鐸絲說：「它只是個傳奇，內容甚至不算有趣。那是老生常談，不同的行星上使用不同的名稱，不過內容完全相同。有關起源世界和黃金時代的傳說，隨時隨地層出不窮。處身於複雜而邪惡的社會，人們幾乎一致渴望一個想必單純而且良善的過去。就某個角度而言，所有的社會都是這樣，因為人人都在想像自己的社會太複雜、太邪惡，不論它實際上多麼單純。把這點記下來，放進你的心理史學中。」

「即使如此，」謝頓說：「我還是得考慮某個世界真正存在過的可能性。奧羅拉……地球……名稱並不重要。其實……」

他頓了許久，最後鐸絲終於說：「怎麼樣？」

謝頓搖了搖頭。「你記不記得在麥曲生的時候，你對我說過一個毛手毛腳的故事？當時我剛從雨點四十三那裡拿到那本典籍……嗯，前兩天傍晚，我們正在和提沙佛一家聊天的時候，它又突然在我的腦海浮現。我說的什麼事提醒了我自己，有那麼一瞬間……」

「提醒你什麼？」

「我記不得了。它鑽進我的腦袋，馬上又鑽了出去。可是不知道怎麼搞的，每當我想到那個『單一世界』的概念，我就覺得好像摸到什麼東西，然後又讓它溜掉了。」

鐸絲驚訝地望著謝頓。「我想不到那會是什麼。毛手毛腳的故事和地球或奧羅拉並無任何關聯。」

「我知道，可是這件……事情……這件在我的心靈邊緣徘徊的事情，似乎就是和這個單一世界有關。而且我有一種感覺，我必須不惜任何代價，找出更多的相關資料。這點……以及機器人。」

「還有機器人？我以爲長老閣已經爲它劃上句點。」

「根本沒有，我還一直在想呢。」他帶著困惑的表情，凝視鐸絲良久，然後又說：「可是我並不確定。」

「確定什麼，哈里？」

不過謝頓只是搖著頭，並沒有再說什麼。

鐸絲皺了皺眉頭，然後說：「哈里，讓我告訴你一件事。在嚴肅的史學中——相信我，我知道自己在說些什麼——從來沒有提到過有個起源世界。它是個廣爲流傳的信仰，這點我承認。我指的不只是迷信民間傳說的天眞信徒，例如麥曲生人和達爾的熱閻工。還有許多生物學家，也都堅稱必定有個起源世界，但所持的理由遠超出我的專業領域。此外還有些傾向神祕主義的歷史學家，也喜歡對它做些臆測。而在有閒階級的知識份子之間，據我瞭解，這種臆測已逐漸變成時尙。話說回來，學院派的史學對它仍舊一無所知。」

謝頓說：「既然這樣，或許我們更有理由超越學院派的史學。我要找的只是一個能爲我簡化心理史學的機制，我不在乎那是什麼機制，無論是數學技巧、歷史技巧，或是某種全然虛無的東西都好。剛剛和我們晤談的那個年輕人，倘若多受過一點正規訓練，我就會把這個問題交給他。他的思考具有可觀的巧思和原創性……」

鐸絲道：「這麼說，你眞準備幫助他？」

「一旦我有這個能力，義不容辭。」

「可是，你該承諾一些無法確定能否兌現的事嗎？」

「我很想兌現。如果你對不可能的承諾那麼斤斤計較，想想夫銘是怎麼對日主十四說的。他說我會用心理史學幫麥曲生人重建他們的世界，這個機會根本等於零。即使我果眞完成心理史學，誰又曉得能不能用在如此狹窄而特定的目標？要說無法兌現的承諾，這是個現成的實例。」

鐸絲卻帶著一點火氣說：「契特・夫銘是在試圖救我們的命，讓我們不至落入丹莫刺爾和大帝手中。可別忘了這一點。而且我認爲，他眞的希望幫助那些麥曲生人。」

「而我眞的希望幫助雨果・阿馬瑞爾。何況，比起那些麥曲生人，我能幫助他的可能性要大得多，所以如果你認可前者，拜託別再批評後者。此外，鐸絲，」他的雙眼閃現怒火，「我眞的希望找到瑞塔嬤嬤，我已準備好獨自前往。」

「絕不！」鐸絲突然吼道：「你去我就去。」

67

阿馬瑞爾離去一小時之後，堤沙佛夫人牽著女兒一塊回來。她沒有對謝頓或鐸絲說半句話，僅僅在他們和她打招呼時隨便點了點頭，並且以銳利的目光掃瞄整個房間，彷彿要確定那名熱閭工未曾留下任何痕跡。接著她猛吸了幾口氣，又以興師問罪的眼光望向謝頓，這才穿過起居室走到主臥房。

堤沙佛自己則較晚回家。等到謝頓與鐸絲來到餐桌旁，堤沙佛趁著妻子還在張羅晚餐最後的細節，刻意壓低聲音說：「那人來過了嗎？」

「又走了。」謝頓嚴肅地說：「你太太當時也不在。」

堤沙佛點了點頭，又說：「你還需要這麼做嗎？」

「我想不會了。」謝頓答道。

「很好。」

晚餐幾乎都在沉默中進行。但在晚餐過後，當小女孩回到自己的房間，去練習趣味性可疑的電腦時，謝頓仰靠著，開口道：「跟我說說臍眼吧。」

堤沙佛看來吃了一驚，他的嘴巴一開一合，但未發出任何聲音。然而，凱西莉婭卻沒那麼容易目瞪口呆。

她說：「你的新朋友住在那裡嗎？你準備去回訪？」

「目前爲止，」謝頓平靜地說：「我只是提到臍眼而已。」

凱西莉婭尖聲說道：「那是個貧民窟，住在那裡的都是渣滓。沒有人到那裡去，只有穢物才把那裡當自己的家。」

「據我所知，有位瑞塔嬤嬤住在那兒。」

「我沒聽過這個人。」凱西莉婭說完，隨即「啪」地一聲閉上嘴巴。她的意思相當明顯，她不想知道任何住在臍眼的人叫什麼名字。

堤沙佛不安地望著妻子，說道：「我倒聽說過。她是個瘋癲的老婦人，據說靠算命爲生。」

「她住在臍眼嗎？」

「我不知道，謝頓老爺，我從未見過她。她做出預言的時候，全相新聞偶爾會提到。」

「預言成眞了嗎？」

堤沙佛嗤之以鼻。「哪裡有成眞的預言？她的預言甚至毫無意義。」

「她曾經提到過地球嗎？」

「我不知道，即使有我也不會驚訝。」

「提起地球並沒有讓你摸不著頭腦。你知道有關地球的事嗎？」

這時堤沙佛才顯出驚訝的表情。「當然啦，謝頓老爺。大家都來自那個世界……據說如此。」

「據說如此？你不相信嗎？」

「我？我受過教育。但許多無知民眾都相信。」

「有沒有關於地球的影視書？」

「兒童故事有時會提到地球。我記得，當我還是小孩的時候，我最喜歡的故事是這樣開頭的：『很久以前，在地球上，當時地球還是唯一的行星……』凱西莉婭，記得嗎？你也喜歡這個故事。」

凱西莉婭聳了聳肩，不願就此軟化。

「我希望改天能看一看，」謝頓說：「但我是指眞正的影視書……喔……學術性的……或是影片……或是列印表。」

「我從未聽說有這種東西，不過圖書館……」

「我會去試試看——有沒有任何禁忌不准提到地球？」

「禁忌是什麼？」

「我的意思是，有沒有一個強烈的習俗，不准人們提到地球，或是不准外人問起？」

提沙佛的訝異看來如此實實在在，似乎毫無必要等待他的回答。

鐸絲插嘴道：「有沒有什麼規定，不准外人前往髒眼？」

這時提沙佛變得一本正經。「沒有什麼規定，但任何人到那裡去都是不智之舉。我自己就絕對不會去。」

鐸絲問：「爲什麼？」

「那裡充滿危險，充滿暴力！人人攜帶武器——我的意思是，雖然達爾是個慣常武裝的地區，可是在髒眼他們眞的使用武器。留在這個社區，這裡才安全。」

「目前爲止如此。」凱西莉婭以陰鬱的口吻說：「我們最好還是遠走高飛吧，這年頭熱闇工無處不在。」說完，她又朝謝頓的方向白了一眼。

謝頓道：「你說達爾是個慣常武裝的地區，這是什麼意思？帝國政府早有管制武器的強硬規定。」

「我知道。」提沙佛說：「這裡並沒有麻痺鎗或震波武器，也沒有心靈探測器或任何類似的東西，可是我們有刀。」他看來有些尷尬。

鐸絲說：「提沙佛，你隨身帶刀嗎？」

「我？」他現出厭惡至極的表情，「我是個愛好和平的人，而且這是個安全的社區。」

「我們家裡藏了幾把。」凱西莉婭一面說，一面又哼了一聲，「我們並不那麼確定這是個安全的社區。」

「是不是人人都隨身帶刀？」鐸絲問道。

「凡納比里夫人，的確幾乎人人都帶。」提沙佛說：「這是一種習俗，但不代表人人都用得到。」

「不過我想，臍眼的人卻用得到。」鐸絲說。

「三天兩頭。他們激動時，就會打起來。」

「政府准許這種事嗎？我的意思是帝國政府？」

「他們偶爾會試圖把臍眼掃乾淨，可是刀子太容易藏匿，而且習俗又太強烈。此外，被殺害的幾乎總是達爾人，我想帝國政府不會爲這種事太操心。」

「萬一被殺的是個外人呢？」

「倘若有人報案，帝國官員可能也會激動。不過實際上，絕不會有人看到或知道任何事。帝國官員有時會根據普通法令圍捕民衆，但他們向來無法證明任何事。我想在他們看來，外人到那裡去是自己找死。所以即使你有刀，也別去臍眼吧。」

謝頓頗爲煩躁地搖了搖頭。「我不會帶著刀去。我不知道如何使用，一點也不熟練。」

「那麼很簡單，謝頓老爺，不要進去。」堤沙佛憂心忡忡地搖了搖頭，「總之不要進去。」

「我可能也無法這麼做。」謝頓說。

鐸絲氣呼呼地瞪著他，顯然是不耐煩了，她索性對堤沙佛說：「哪裡才能買到刀子？或是能借用你們的嗎？」

凱西莉婭隨即答道：「沒有人借用別人的刀子，你必須自己買。」

堤沙佛說：「賣刀的店到處都有。其實不該這樣，你知道吧，理論上這是不合法的。然而，任何用品店都有出售。只要看到展示著一台洗衣機，就準沒錯。」

「還有，要怎樣去臍眼？」謝頓問道。

「搭乘捷運。」堤沙佛望著鐸絲的愁眉苦臉，顯得不知如何是好。

謝頓說：「我抵達捷運站之後呢？」

「搭上向東的列車，注意沿途的路標。不過假如你非去不可，謝頓老爺，」堤沙佛遲疑了一下，又說：「你一定不能帶著凡納比里夫人。婦女有時會有……更糟的下場。」

「她不會去的。」謝頓說。

「只怕她會去。」鐸絲帶著沉穩的決心說道。

68

用品店老板的八字鬍顯然和年輕時代一樣濃密，只是如今已經斑白，雖說他的頭髮烏黑依舊。他一面凝視著鐸絲，一面伸手將那兩撇鬍子往後梳，全然是一種習慣性動作。

他說：「你不是達爾人。」

「沒錯，但我仍想要一把刀。」

他說：「賣刀是違法的。」

鐸絲說：「我不是女警，也不是任何一種政府特務。我是要到臍眼去。」

他意味深長地瞪著她。「一個人？」

「和我的朋友一起。」她將拇指朝肩後一甩，指向謝頓所在的位置，他正繃著臉等在外面。

「你是要幫他買？」他瞪了謝頓一眼，很快便做出判斷。「他也是個外人，讓他自己進來買。」

「他也不是政府特務，而且我買刀是給自己用。」

老板搖了搖頭。「外人可都很瘋狂。但你若想花掉些信用點，我不介意從你手中接過來。」他從櫃台下面掏出一根粗短的圓棒，再以行家的動作輕輕一轉，刀鋒便立刻冒出來。

「這刀是你店裡最大的一款嗎？」

「是最好的女用刀。」

「拿一把男用的給我看看。」

「你不可能想要一把太重的刀。你知道怎樣使用這種傢伙嗎？」

「我可以學，而且我不擔心重量。拿一把男用的給我看看。」

老板微微一笑。「好吧，既然你想要看——」他從櫃台的更下一層，拿出另一根粗得多的圓棒。然後他隨手一扭，一把看來活像屠刀的利刃便出現了。

他將那把刀轉過來，握把朝前交給她，臉上仍舊帶著微笑。

她說：「示範一下你是怎麼扭的。」

他用這把大刀為她示範，慢慢扭向一側刀鋒便會顯現，扭向另一側便能令它消失。「一面扭一面壓。」他說。

「老板，再做一遍。」

老板遵命照辦。

鐸絲說：「好啦，收起來，再把刀柄丟給我。」

他依言照做，刀子緩緩畫出一道弧線。

她接住後又還了回去，並且說：「快一點。」

老板揚起眉毛，然後在毫無預警的情況下，反手將刀丟向她的左側。她並未試圖伸出右手，而是直接用左手接住。刀鋒立刻冒出頭來，下一刻又隨即消失。老板看得合不攏嘴。

「這是你店裡最大的一款？」她問道。

「是的。你若試圖用這把刀，必會令你筋疲力盡。」

「我會多做深呼吸。我還要一把。」

「給你的朋友？」

「不，給我自己。」

「你打算使雙刀？」

「我有兩隻手。」

老板嘆了一聲。「夫人，奉勸你離臍眼遠一點。你不知道他們那裡怎樣對付女人。」

「我猜得到。我該怎樣將這兩把刀插進皮帶裡？」

「夫人，你身上那條皮帶不行，那不是刀帶。不過，我可以賣一條給你。」

「能裝兩把刀嗎？」

「我應該還有一條雙刀帶，它們的需求量不大。」

「我現在就有需求。」

「我也許沒有符合你的尺寸。」

「我們會把它切短，或是想別的辦法。」

「你得付出許多信用點。」

「我的信用瓷卡付得起。」

等到她終於走出來，謝頓以酸酸的口氣說：「這條笨重的皮帶令你看來眞滑稽。」

「眞的嗎，哈里？是不是太滑稽了，不配跟你到臍眼去？那我們就一同回公寓吧。」

「不，我要自己去。我自己去會比較安全。」

鐸絲說：「哈里，這樣說一點用也沒有。讓我們一起向後轉，否則就一起向前走。不論在任何情況下，我們都不會分開。」

此時，她的藍眼珠所透出的堅決眼神，她的嘴角所彎成的弧度，以及她雙手放在腰際刀柄上的姿勢，在在使謝頓相信她是認眞的。

「很好，」他說：「但如果你活著回來，又如果我還能見到夫銘，那麼，要我繼續研究心理史學的代價就是讓你消失——雖然我愈來愈喜歡你。你能瞭解嗎？」

鐸絲突然露出微笑。「忘掉這碼事吧，別在我身上展現你的俠義精神。無論如何我都不會消失的，你能瞭解嗎？」

69

在憑空閃爍的路標註明「臍眼」那一站，他們兩人下了捷運。路標第一個字左側污損了，只剩下一個黯淡的光點，這也許是一種意料中的象徵。

走出車廂之後，他們沿著下面的人行道前進。此時剛過正午，乍看之下，臍眼似乎很像他們居住的那一帶達爾區。

然而，空氣中有一種刺激性的氣味，人行道處處可見亂丟的垃圾。由此即可看出，附近絕對見不到自動掃街器。

此外，雖然人行道看來相當普通，此地的氣氛卻令人很不舒服，有如扭得太緊的彈簧那般緊繃。

或許是因爲人的關係。行人的數目似乎還算正常，但謝頓心想，他們卻和其他地方的行人不一樣。通常，在工作壓力下，每個行人心中都只有自己；置身川陀無數大街小巷的無數人群中，就心理層面而言，人們唯有忽略他人才能活下去。例如目光絕不流連，大腦完全封閉。人人罩在一團自製的濃霧裡，也能獲得一種人工的隱私。反之，在那些熱衷於黃昏漫步的社區中，則充滿一種儀式化的親切感。

但在臍眼這裡，至少對外人而言，卻是既沒有親切感也沒有漠然的迴避。每個擦身而過的人，不論是來是往，都會轉頭朝謝頓與鐸絲瞪上一眼。每對眼睛彷彿都有隱形繩索繫在這兩個外人身上，帶著惡意緊追著他們不放。

臍眼人的衣著較爲骯髒和老舊，有些還已經破損。這些衣服都帶著一種沒洗乾淨的晦暗，令謝頓不禁對自己光鮮的新衣感到不安。

他說：「照你想來，瑞塔嬤嬤會住在臍眼哪裡？」

「我不知道。」鐸絲說：「你把我倆帶到這裡，所以應該由你來想。我打算專注於保鑣的工作，我想我會發現確有必要只做這一件事。」

謝頓說：「而我認爲確有必要隨便找個路人問問，但我又覺得不太想這麼做。」

「我不會怪你的，我也認爲你找不到任何願意幫助你的熱心人士。」

「話說回來，別忘了還有少年這種東西。」謝頓隨手指了指其中一個。那個男孩看來大約十二歲，總之尚未蓄起成年男子不可或缺的八字鬍。他已停下腳步，正盯著他們兩人。

鐸絲說：「你是在猜想，那種年紀的男孩尚未完全發展出臍眼人對外人的厭惡。」

「至少，」謝頓說：「我猜想他的年紀還小，不至於完全發展出臍眼的暴力傾向。我想如果我們走近他，他可能會拔腿就跑，在老遠的地方高聲辱罵，但我不信他會攻擊我們。」

謝頓提高音量說：「年輕人。」

男孩向後退了一步，繼續瞪著他們兩人。

謝頓說：「到這裡來。」同時招了招手。

男孩說：「哥兒們，幹啥？」

「好讓我能向你問路。走近一點，好讓我不必大吼大叫。」

男孩向前走了兩步。他的臉孔髒兮兮，一雙眼睛卻明亮而敏銳。他的涼鞋式樣與眾不同，短褲的一條腿上還有個大補丁。他說：「啥樣的路？」

「我們想要找瑞塔嬤嬤。」

男孩的眼睛亮了起來。「哥兒們，幹啥？」

「我是一名學者。你知道學者是什麼嗎？」

「你上過學？」

「沒錯。你沒有嗎？」

男孩不屑地向一旁啐了一口。「沒。」

「我有事要請教瑞塔嬤嬤，希望你能帶我去找她。」

「你要算命？哥兒們，你穿著拉風的衣服來臍眼，連我都能幫你算命——霉運當頭。」

「年輕人，你叫什麼名字？」

「跟你何干？」

「好讓我們能以更友善的方式交談，好讓你可以帶我去瑞塔嬤嬤的住處。你知道她住在哪裡嗎？」

「也許知，也許不知。我叫芮奇，如果我帶你去，有什麼好處？」

「芮奇，你想要什麼？」

男孩的目光停留在鐸絲的腰帶上，他說：「這大姐帶著雙刀。給我一把，我就帶你去找瑞塔嬤嬤。」

「那是成人用的刀，芮奇，你的年紀還太小。」

「那麼我猜我的年紀也太小，不會知道瑞塔嬤嬤住在哪裡。」說完他抬起頭，透過遮住眼睛的亂髮狡猾地望向對方。

謝頓開始感到不安，再這樣下去，可能會引來一群人。已經有幾名男子停下來，但在發現似乎沒有什麼看頭之後，他們又全都掉頭離去。然而，倘若這個男孩發起脾氣，以言語或行動攻擊他們，路人無疑會群聚過來。

他微微一笑。「芮奇，你識字嗎？」

芮奇又啐了一口。「不！誰要識字？」

「你會用電腦嗎？」

「會說話的電腦嗎？當然，人人都會。」

「那麼，我告訴你怎麼辦。你帶我到最近的一家電腦店，我幫你買一台屬於你自己的小電腦，以及一套能教你識字的軟體。幾個星期後，你就識字了。」

謝頓發覺男孩的眼睛似乎為之一亮，但即便如此，那雙眼睛隨即又轉趨強硬。「不，不給刀子就拉倒。」

「芮奇，關鍵就在這裡。你自己學識字，別告訴任何人，就能讓大家吃一驚。過一陣子之後，你可以打賭說你會識字，和他們賭五個信用點。這樣你就能贏得不少零用錢，就可以幫自己買把刀子。」

男孩猶豫了一下。「不！沒人會和我打賭，沒人有信用點。」

「只要你識字，就能在刀店找到一份工作。你把工資存起來，就可以用折扣價買一把刀。這樣好不好？」

「你什麼時候去買會說話的電腦？」

「馬上去，但要等我見到瑞塔嬤嬤再給你。」

「你有信用點？」

「我有信用瓷卡。」

「我們一起去買電腦吧。」

電腦的交易進行得很順利，但是當男孩伸出手的時候，謝頓卻搖了搖頭，並將它放進自己的袋囊。「芮奇，你得先帶我去找瑞塔嬤嬤。你確定知道能在哪兒找到她嗎？」

芮奇刻意流露出不屑的表情。「我當然確定。我會帶你到那兒去，只不過我們到了之後，你最好把電腦給我。否則我會找些相熟的哥兒們，去追你和這個大姐，所以你最好小心點。」

「你不必威脅我們。」謝頓說：「我們會履行我方的義務。」

芮奇帶著他們沿人行道快步走去，穿過了許多好奇的目光。

謝頓一路上一言不發，而鐸絲也一樣。不過相較之下，鐸絲並非在想什麼心事，她顯然一直在警戒著周遭的人群。對於那些轉頭望向他們的路人，她總是以直勾勾的兇狠眼神接觸他們的目光。有好幾次，當他們身後傳來腳步聲時，她都立刻轉頭怒目而視。

然後芮奇停了下來，說道：「就在這裡。你瞧，她不是無家可歸。」

他們跟著他進入一組公寓群。謝頓本想在心中默記走過的路線，以便待會兒能自行找到出路，卻很快就迷失了方向。

他說：「芮奇，你怎麼知道這些巷道該走哪一條？」

男孩聳了聳肩。「打從小時候，我就在這些巷道中遊蕩。」他說：「而且，這些公寓都有號碼——除非脫落——還有箭頭和其他東西。只要知道這些竅門，你就不可能迷路。」

芮奇顯然深通這些竅門，於是他們逐漸深入公寓群。徘徊不去的是一種完全腐朽的氣氛：瓦礫堆無人清理，一閃而過的居民對外人入侵表露出明顯恨意。又皮又野的少年沿著巷道奔跑追逐，似乎正在玩某種遊戲。當他們的飛球險些擊中鐸絲時，有些還大叫道：「嘿，讓路！」

最後，芮奇停在一扇斑駁的深色大門之前，門上微微閃著「二七八二」這組數字。

「這裡就是。」他一面說，一面伸出手來。

「我們先看看誰在裡面。」謝頓輕聲道。他按下訊號鈕，卻沒有任何反應。

「沒用。」芮奇說：「你得搥門，搥得很響才行。她的耳朵不太好。」

於是謝頓握拳猛擊門板，果然聽到裡面有了動靜。一個尖銳的聲音傳出來：「誰要見瑞塔嬤嬤？」

謝頓喊道：「兩名學者！」

他將小電腦連同附帶的軟體套件一起扔給芮奇，芮奇一把抓住，咧嘴一笑，便快步跑走了。然後謝頓轉過頭來，面對著打開的門與門後的瑞塔嬤嬤。

70

瑞塔嬤嬤或許已有七十好幾，但她的臉孔乍看之下似乎沒有那麼老。她的面頰豐滿，嘴巴不大，輕微的雙下巴則又小又圓。她個子非常矮——還不到一五〇公分，卻有一副粗壯的身軀。不過她的雙眼周圍有著細微的皺紋。每當她微笑的時候，例如見到他們之後的那一笑，臉部其他各處的皺紋也會綻露出來。此外，她的行動有些困難。

「進來，進來。」她一面以輕柔高亢的聲音這麼說，一面瞇著眼睛凝視他們兩人，彷彿她的視力也開始減退了。「外人……甚至還是外星人士，我說對了嗎？你們身上似乎沒有川陀的氣味。」

謝頓眞希望她未曾提到氣味。這間過分擁擠的公寓發出一股食物的怪味，那是一種幾乎接近腐臭的味道。屋內還有許多四處亂丟的小東西，都是一些看來陳舊而且蓋滿灰塵的物品。這裡的空氣如此濃濁黏稠，他可以確定即使離開這裡之後，衣服上仍會帶著這種強烈的氣味。

他說：「瑞塔嬷嬷，你說對了。我是來自赫利肯的哈里．謝頓，我的朋友是來自錫納的鐸絲．凡納比里。」

「好。」她一面說，一面在地板上尋找一個空位，以便邀請他們坐下，可是卻找不到合適的角落。

鐸絲說：「嬷嬷，我們樂意站著。」

「什麼？」她抬起頭望著鐸絲，「孩子，你說話必須中氣十足。我的聽力不再像你這個年紀時那麼好了。」

「你爲什麼不弄個助聽裝置？」謝頓提高音量說。

「謝頓老爺，那沒什麼幫助。好像是神經方面的毛病，我卻沒錢去做神經重建。你們是來向瑞塔老嬷嬷請教未來之事？」

「並不盡然。」謝頓說：「我是來請教過去之事。」

「好極了。判斷人們想聽些什麼可不容易。」

「那必定是一門高深的技藝。」鐸絲微笑著說。

「看來容易，可是必須令人心服口服。我就靠它爲生。」

「如果你有刷卡插座，」謝頓說：「我們會付你合理的酬勞。只要你告訴我們有關地球的事，其中沒有爲了滿足我們而巧妙編織的話語——我們希望聽的是事實。」

老婦人本來一直在屋裡踱來踱去，東摸摸西弄弄，彷彿要將房間弄得更漂亮，更適合招待兩位來訪的貴客。此時她忽然停下來，說道：「你要知道有關地球的什麼事？」

「首先，它究竟是什麼？」

老婦人轉過身來，目光似乎投射到太空中。當她開始說話的時候，她的聲音變得又沉又穩。

「它是一個世界，是一顆非常古老的行星。它遭人遺忘，如今下落不明。」

鐸絲說：「它並非歷史的一部分，這點我們還知道。」

「孩子，它比歷史更爲古老。」瑞塔嬷嬷嚴肅地說：「它存在於銀河的黎明期，以及黎明期之前。當時它是唯一擁有人類的世界。」她堅定地點了點頭。

謝頓問道：「地球的別名是不是……奧羅拉？」

這時，瑞塔嬷嬷的臉孔突然皺成一團。「這個名字你是從哪裡聽來的？」

「在我東闖西蕩中。我聽說，有個古老而遭人遺忘的世界名叫奧羅拉，上面的人曾經享有太初的平靜歲月。」

「那是個謊言！」她擦了擦嘴，彷彿要將剛剛聽到的東西從嘴邊抹去。「你提到的那個名字絕對不可再提，它只能指邪惡之地，它是邪惡的源頭。在邪惡之地與其姐妹世界登場之前，地球一直是獨一無二的。邪惡之地幾乎毀滅了地球，但是地球最後團結起來，藉著一些英雄的幫助，終於摧毀了邪惡之地。」

「地球的歷史早於這個邪惡之地，這點你確定嗎？」

「早得太多了。地球曾在銀河系獨處了數萬年——乃至數百萬年。」

「數百萬年？人類在其上生存了數百萬年，當時其他的世界都沒有人？」

「那是事實，那是事實，那是事實！」

「但你又是如何知道這些的？這些都在一個電腦程式裡嗎？或是在一份列印表中？你有任何東

西能讓我讀一讀嗎？」

瑞塔嬤嬤搖了搖頭。「我從母親那裡聽來這些古老的故事，她又是從她的母親那裡聽來的，就是這樣一脈相傳。我沒有子女，所以我把這些故事說給別人聽。但它仍有可能就此失傳，這是個失去信仰的時代。」

鐸絲說：「嬤嬤，這很難講。還是有人推論史前時代的種種可能，並且研究那些失落世界的相關傳說。」

瑞塔嬤嬤伸出手臂做了一個動作，彷彿是要掃開那句話。「他們用冷眼面對這個問題。那是學術，他們試圖將它融入既有的概念。有關大英雄笆靂的故事，我可以跟你說上一年，可是你不會有那麼多時間聽，我也沒有那麼多精力講。」

謝頓道：「你聽說過機僕嗎？」

老婦人突然抖了一下，她的聲音則幾乎變作尖叫。「你、為、何、要、問、這、種、事？那種東西是人工的人類，是那些邪惡世界的產物，本身就是一種邪惡。它們早就遭到毀滅，再也不該提起。」

「有一個特殊的機僕，是那些邪惡世界憎恨的對象，對不對？」

瑞塔嬤嬤蹣跚地走向謝頓，緊緊盯著他的雙眼。他甚至感覺得到她的熱氣噴在自己臉上。「你是專門來愚弄我的嗎？你已經知道這些事，還偏偏要問？你為什麼要問？」

「因為我希望知道。」

「曾有一個人工的人類幫助過地球。他名叫答霓，是笆靂的朋友。他從來沒死，一直活在某個角落，等待著他的時代重返。沒有人知道會是什麼時候，不過總有一天他會回來，來復興那個偉大的古老時代，並除去所有的殘酷、不義和悲慘。那是他的承諾。」說到這裡，她閉上眼睛，露出微笑，好像回想起……

謝頓默默等了一會兒，然後嘆了一口氣。「謝謝你，瑞塔嬤嬤，你對我有很大的幫助。我該付你多少酬勞？」

「很高興能遇見外星人士。」老婦人答道：「十個信用點。我有榮幸招待你們一些茶點嗎？」

「不用了，謝謝你。」謝頓一本正經地說：「請收下二十點。你只要告訴我們怎樣從這裡回到捷運站。還有，瑞塔嬤嬤，如果你能把有關地球的傳說錄進電腦磁片，我會付你很好的價錢。」

「我將需要很多精力。價錢有多好？」

「那要看故事有多長，以及說得有多好。我也許會付一千點。」

瑞塔嬤嬤舔了舔嘴唇。「一千點？可是故事錄好之後，我要怎樣找到你？」

「我會給你一個電腦址碼，這樣就能聯絡到我。」

謝頓將址碼寫給瑞塔嬤嬤後，便與鐸絲一同離去。相較之下，外面巷道的空氣簡直清新宜人。他們根據老婦人的指引，踏著輕快的步伐向前走去。

71

鐸絲說：「哈里，這並不是一次很長的晤談。」

「我知道。但周遭環境不舒服之至，而且我覺得打聽得夠多了。真難想像這些民間傳說如何放大到這種程度。」

「你所謂的『放大』是什麼意思？」

「嗯，麥曲生人將他們的奧羅拉說成上面住有能活好幾世紀的人，達爾人則將他們的地球說成有著延續數百萬年的人類，而兩者都提到一個長生不死的機器人。話說回來，這的確耐人尋味。」

「既然有好幾百萬年，就該有機會——我們正往哪兒走？」

「瑞塔嬤嬤說我們應該沿著這個方向走，直到抵達一個休息區，然後找一個指著左邊的『中央走道』路標，再一直跟著那個路標前進。我們來的時候，有沒有經過一個休息區？」

「我們現在走的這條路，也許和來時的路線不同。我不記得有個休息區，不過剛才我沒有注意看路。我的眼睛一直擺在路人身上，而且……」

她的聲音逐漸消失。前方的巷道兩側都向外敞開。

謝頓想了起來，他們的確曾經路過這裡。他還記得在人行道兩側的地板上，棄置著一些破爛的沙發墊。

然而，鐸絲不必再像進來的時候那樣防範路人，因爲現在一個路人也沒有。倒是在前面的休息區裡，他們發現有一群人。就達爾人而言，那群人個頭相當大，一個個的八字鬍都向上豎起。在人行道的昏黃光線照耀下，他們裸露的上臂全都肌肉盤虬，而且熠熠生輝。

顯然，他們是在等待這兩位外星人士，謝頓與鐸絲幾乎自然而然停下腳步。一時之間，雙方形成一個靜止畫面。然後謝頓匆匆向後看了看，發現後面又走出來兩三個人。

謝頓抿著嘴說：「我們落入陷阱了。我不該讓你跟來的，鐸絲。」

「剛好相反，這正是我跟來的原因。可是你爲了見瑞塔嬤嬤，值得付出這種代價嗎？」

「只要我們能脫身，那就值得。」

然後，謝頓以響亮而堅定的聲音說：「我們能過去嗎？」

對面其中一名男子向前走來。他與身高一七三公分的謝頓不相上下，但肩膀比謝頓更寬，而且肌肉更結實。不過，他的腰部有點鬆垮，謝頓注意到了。

「我叫瑪隆，」他以自大自滿的口氣說，彷彿這個名字應該具有某種意義。「我在這裡是要告訴你，我們不喜歡外星人士踏進我們的地盤。你想要進來，可以——但如果要出去，你就得付出代價。」

「很好，多少？」

「你身上所有的財產。你們闊氣的外星人士都有信用瓷卡，對嗎？通通交出來。」

「不行。」

「不容你說不行，我們自己會動手。」

「除非把我打傷或殺掉，否則你休想得到。而且必須配合我的聲紋才能使用，我的正常聲紋。」

「並非如此，老爺——看，我很禮貌——我們可以從你身上取走，卻不必把你傷得太厲害。」

「你們這些粗壯漢子幾個要動手？九個？不，」謝頓很快數了一遍，「十個。」

「就一個，我。」

「沒有幫手？」

「就我一個。」

「瑪隆，如果其他人能閃開，給我們騰出地方，我願意看看你怎麼動手。」

「你沒有刀子，老爺，你要一把嗎？」

「不必，你用你的，這樣打鬥才算公平。我要赤手空拳上陣。」

瑪隆環顧同黨眾人，然後說：「嘿，這小個子真有種。聽他的口氣甚至不害怕，這可真不簡單。打傷他簡直沒面子——老爺，我告訴你怎麼辦。我要對付這姑娘，如果你想要我停手，就把你和她的信用瓷卡一塊交出來，再用你們的正確聲音啓動。如果你說不，那麼等我收拾完這姑娘……那可要點時間，」他縱聲大笑，「我就不得不傷害你。」

「不，」謝頓說：「讓這女子離去。我已經向你挑戰——一對一，你用刀子，我不用。你若想要更大的勝算，我就一個打你們兩個，可是先讓這名女子離去。」

「哈里，閉嘴！」鐸絲叫道：「如果他想要我，就讓他過來抓我。你就留在原地，哈里，千萬別動。」

「你們聽到了嗎？」瑪隆咧嘴大笑，「『你就留在原地，哈里，千萬別動。』我說這小妮子想要我。你們兩個，把他看牢。」

謝頓的雙臂像是被兩道鐵箍緊緊鎖住，他還感到有銳利的刀尖抵在背上。

「別動。」謝頓耳際傳來厲聲的耳語，「你可以看著。那女的也許會喜歡，瑪隆這方面很高明。」

鐸絲再度叫道：「哈里，別動！」說完，她轉身警覺地面對著瑪隆，半握的雙手挨近腰際的皮帶。

他不懷好意地欺近她，而她則不動聲色。等到他來到一臂之遙，在她的雙臂陡然一閃之後，瑪隆便發覺自己面對著兩把大刀。

一時之間，他猛然向後一仰，然後哈哈大笑。「這小妮子有兩把刀——像是大男生用的那種。我卻只有一把，不過這也夠公平了。」他把刀子迅速亮出來，「我可不願意失手砍傷你，小妮子，因爲如果能避免，我們兩個都會獲得更多樂趣。也許我把它們從你手上敲掉就好了，啊？」

鐸絲說：「我不想殺你，我會盡可能避免那樣做。話說回來，我要求大家做個見證，萬一我眞殺了你，那是爲了保護我的朋友，是我責無旁貸。」

瑪隆裝出害怕的樣子。「喔，小妮子，求求你別殺我。」說完他立刻哈哈大笑，在場的達爾人也跟著笑起來。

瑪隆舉刀向前刺出，落點卻離鐸絲相當遠。接著他又試了第二次、第三次，但鐸絲始終一動不動。對於並非眞正瞄準她的攻擊，她根本不試圖格擋。

瑪隆的表情轉趨陰沉。他本想讓她驚慌失措，不料弄巧成拙，只是令自己顯得徒勞無功。於是，下一次的攻擊便直接瞄準她。鐸絲的左手刀隨即閃電般揮出，猛力迎向他的武器，將他的手臂震開。她的右手刀則迅疾內轉，在他的短衫上劃出一道對角線。短衫底下長滿黑色胸毛的皮膚，立時綻出一條細微的血痕。

瑪隆在震撼中低頭望向自己，圍觀的衆人則在驚訝中喘不過氣來。謝頓覺得抓著自己的兩個人放鬆了點，這場決鬥並未完全按照他們的預期進行，因而吸引了他們的注意力。謝頓暗自蓄勢待發。

此時瑪隆再度舉刀進攻，這回他的左手同時出擊，朝鐸絲的右腕抓去。鐸絲的左手刀再度格住他的利刃，令它一時動彈不得；她的右手做了一個敏捷的迴旋，在瑪隆的左手挨近的當兒向下一沉。結果，除了刀刃他什麼也沒抓到，而當他張開手的時候，手掌上赫然出現一道血痕。

鐸絲立即向後跳開。瑪隆在發覺胸部與手掌掛彩後，以透不過氣的聲音咆哮道：「哪個人再扔給我一把刀！」

一陣遲疑之後，一名同黨將自己的刀偷偷拋過去。瑪隆正要伸手去接，鐸絲的行動卻比他更快。她的右手刀擊向那把擲出的利刃，讓它循著原路一面打轉一面飛回去。

謝頓感到兩隻手臂上的抓力變得更弱。他突然舉起雙臂，向上再向前一推，立刻就重獲自由。抓他的兩個人突然大叫一聲，轉過身來面對著他，他則以膝頭迅速踢向其中一人的鼠蹊，並用手肘擊向另一人的腹腔叢，兩人隨即應聲倒地。

他跪下去拔取那兩人身上的佩刀，起身之後，他就和鐸絲一樣成爲雙刀客。然而與鐸絲不同的是，謝頓不會使用這種武器，但他知道那些達爾人幾乎不可能發覺。

鐸絲說：「別讓他們靠近就行，哈里，暫時還別攻擊——瑪隆，我的下一擊將不只是皮肉傷。」

瑪隆陷入極度的憤怒，一面發出毫無意義的咆哮，一面展開盲目的攻擊，試圖單用巨大的衝力壓倒對手。鐸絲身形一沉，向旁邊跨出一步，同時低頭避開他的右臂，並在他的右腳踝踢了一記。瑪隆立刻癱倒在地，手中的刀飛了出去。

然後她跪在地上，將一把刀架在他的後頸，另一把抵住他的咽喉，說道：「投降！」

大吼一聲之後，瑪隆重新發動攻勢。他用一隻手推開她，然後掙扎著站起來。

當她再度欺近時，他尚未完全站穩。只見一刀砍下去，便將他的八字鬍削去一截。這次他像一頭重傷的巨獸般發出哀號，還一巴掌拍向自己的臉部。當他將手拿開時，那隻手正滴著鮮血。

鐸絲喊道：「它不會再長出來，瑪隆，有一片嘴唇跟它一起飛了。再做一次攻擊，你就是一具死屍。」

她嚴陣以待，但瑪隆已經吃不消了。他一面呻吟，一面跌跌撞撞逃了開，沿途還留下一條血跡。

鐸絲轉身面向其他人。被謝頓打倒的那兩個還躺在那裡，他們已被繳械，並未急著爬起來。她彎下腰，用一把刀切斷他們的皮帶，又劃開他們的褲子。

「這樣一來，你們就得提著褲子走路。」她說。

她又瞪著仍然站在原處的七個人，他們都以敬畏的眼神如癡如醉地望著她。「剛才扔刀子的，是你們哪一個？」

眾人一片沉默。

她又說：「對我而言沒有差別。一個一個來或一起上都行，但我每砍一刀，就會去掉一條命。」

七個人有志一同地急忙轉身，拔腿逃命去了。

鐸絲揚起眉毛，對謝頓說：「至少這一次，夫銘不能怪我沒盡到保護你的責任。」

謝頓說：「我仍然無法相信眼前的一切。我一直不知道你能做這樣的事——或是能說這樣的話。」

鐸絲只是微微一笑。「你也有你的本事，我們是一對好搭檔。來，讓手中的刀子回鞘，再放進你的袋囊。我想消息會以極高的速度流傳，因此我們可以順利離開臍眼，不必擔心再被攔住去路。」

她說得相當正確。

第十五章：地下組織

達凡：……在第一銀河帝國最後數世紀的不安歲月中，典型的動盪根源來自政治與軍事領袖謀取「至高無上」權力這項事實（平均每隔十年，這種至上的權力就會貶值一次）。在心理史學出現之前，能夠稱爲群眾運動的事例少之又少。就此而論，其中一個耐人尋味的例子便與達凡有關。此人的眞實背景鮮爲人知，但他可能曾遇到過哈里．謝頓……

——《銀河百科全書》

12020GE Encyclopedia

72

利用堤沙佛家現成的、有幾分原始的沐浴設備，哈里．謝頓與鐸絲．凡納比里陸續洗了一個不算短的澡。等到吉拉德．堤沙佛傍晚回到家，他們兩人已經換好衣服，一起待在謝頓的房間。堤沙佛發出的叫門訊號（似乎）有些膽怯，蜂鳴聲並未持續多久。

謝頓打開門，愉快地說道：「晚安，堤沙佛老爺，還有夫人。」

她站在丈夫的正後方，前額皺成一團，顯得十分困惑。

堤沙佛彷佛不確定情況如何，他以試探性的口吻說：「你和凡納比里夫人都好嗎？」他猛點著頭，似乎試圖藉著身體語言引出肯定的答案。

「相當好。進出臍眼都毫無困難，現在我們已經洗過澡，換過衣服，沒有留下任何氣味。」謝頓一面說，一面抬起下巴，露出微笑，讓這些話越過堤沙佛的肩頭抵達他的妻子面前。

她猛吸幾口氣，像是在檢驗這件事。

堤沙佛仍舊以試探性的口吻說：「據我瞭解，曾經發生一場刀戰。」

謝頓揚起眉毛。「傳聞是這樣的嗎？」

「我們聽說，你和夫人聯手對抗一百名兇徒，把他們全殺了。是不是這樣？」他的聲音中透出一種控制不住的深度敬意。

「絕無此事。」鐸絲突然覺得很不耐煩，「那實在荒唐。你以爲我們是什麼？大屠殺的劊子手？你以爲一百名兇徒會待在原地，等上好長一段時間，好讓我——我們——把他們通通殺光？我的意思是，用腦筋想想。」

「大家都是這麼說的。」凱西莉婭．堤沙佛以尖銳而堅定的口吻說：「這棟房子裡不能發生這種事。」

「第一，」謝頓說：「不是發生在這棟房子裡。第二，沒有一百個人，而是只有十個。第三，沒有任何人被殺。的確有些你來我往的口角，然後他們就讓路了。」

「他們就這麼讓路。兩位外星人士，你們指望我相信這種事嗎？」堤沙佛夫人咄咄逼人地追問。

謝頓嘆了一口氣。即使在最輕微的壓力下，人類似乎也會分裂成敵對的集團。他說：「好吧，我承認其中一人被割傷了一點，但並不嚴重。」

「而你們完全沒有受傷？」堤沙佛說，聲音中的敬佩之意更加顯著。

「毫髮無損。」謝頓說：「凡納比里夫人舞弄雙刀的本領好極了。」

「我就說嘛，」堤沙佛夫人的目光垂到鐸絲的皮帶上，「我可不希望這裡會發生那種事。」

鐸絲斷然道：「只要沒有人在這裡攻擊我們，你這裡就不會發生那種事。」

「可是由於你們的緣故，」堤沙佛夫人又說：「街上的一個廢物正站在我們家門口。」

「吾愛，」堤沙佛以安撫的口吻說：「我們可別生氣……」

「為什麼？」他的妻子輕蔑地啐了一口，「你怕她的雙刀嗎？我倒想看看她在這裡怎麼耍。」

「我根本不打算在這裡動刀。」鐸絲一面說，一面哼了一聲，與堤沙佛夫人剛才的哼聲同樣嘹喨。「你所謂街上的廢物，究竟是怎麼回事？」

堤沙佛說：「我太太指的是一個來自髒眼的小鬼——至少，根據他的外表判斷是這樣的。他希望見你們，而我們這個社區對這種事並不習慣，這樣有損我們的聲譽。」他的話聽來有些歉然。

謝頓說：「好吧，堤沙佛老爺，我們這就到外面去，弄明白到底是怎麼回事，然後盡快打發他走……」

「不，慢著。」鐸絲顯然被惹惱了，「這裡是我們的房間，是我們付錢租下來的。應該由我們決定誰能或誰不能拜訪我們。如果外面有個來自髒眼的年輕人，他無論如何也是達爾人。更重要的是，他是川陀人。還要更加重要的是，他是帝國公民，是人類的一份子。而最重要的一點是，他既然求見我們，就成了我們的客人。因此之故，我們要請他進來和我們見面。」

堤沙佛夫人沒有任何動作，堤沙佛本人似乎不知如何是好。

鐸絲又說：「既然你說我在髒眼殺了一百個惡霸，你當然不會認為我會怕一個男孩，或者怕你們兩位。」她的右手似乎不經意地落在皮帶上。

堤沙佛突然中氣十足地說：「凡納比里夫人，我們不打算冒犯你。這兩間房當然是屬於你們的，你們可以招待任何希望招待的人。」在一股突如其來的決心驅策之下，他開始向後退去，拉著氣呼呼的妻子一同離開，雖然不難想見他可能為此付出代價。

鐸絲以嚴厲的眼神目送他們。

謝頓無奈地笑了笑。「鐸絲，這多麼不像你。我一直以為，我才是那個滿腦子狂想、專門惹事生非的人；而你則總是冷靜且務實，唯一的目標就是預防麻煩。」

鐸絲搖了搖頭。「一個人只因為出身背景，就受到他人——其他的人類如此輕視，我聽到這種話便無法忍受。正是這裡這些有頭有臉的人，製造出那裡那些不良少年。」

「而另一批有頭有臉的人，」謝頓說：「則製造出這裡這批有頭有臉的人。這些相互間的憎恨，同樣是人性的一部分……」

「你得在你的心理史學中處理這個問題，對不對？」

「千眞萬確。只要眞有一種心理史學，眞能處理任何問題……啊，我們談論的那個小鬼來啦，他就是芮奇，這點我倒不驚訝。」

73

芮奇一面走進來，一面東張西望，顯然事先受到過威嚇。他的右手食指摸著上唇，彷彿在想不知何時會摸到第一撮細毛。

他轉身面向顯然氣急敗壞的堤沙佛夫人，以笨拙的動作鞠了一躬。「謝謝你，姑奶奶，你的房子眞可愛。」

等到房門在他身後「砰」地一聲關上之後，他轉過來面對著謝頓與鐸絲，以鑑賞家般的輕鬆口吻說：「哥兒們，好地方。」

「我很高興你這麼講，」謝頓嚴肅地說：「你怎麼知道我們在這裡？」

「跟蹤你們，不然你以爲呢？嘿，大姐，」他轉向鐸絲，「你的刀法不像娘兒們。」

「你看過許多娘兒們使刀嗎？」鐸絲打趣道。

芮奇摸了摸鼻子。「不，一向沒見。她們不帶刀子，只帶專門嚇小孩的匕首。從來嚇不倒我。」

「我確信她們辦不到。你做了什麼事，會讓那些娘兒們拔刀相向？」

「啥也沒。只是開個小玩笑，只是喊喊：嘿，大姐，讓我……」

他想了一下子，又說：「啥也沒做。」

鐸絲說：「好，可別對我來那一套。」

「你開玩笑？在你教訓瑪隆一頓之後？嘿，大姐，你在哪裡學的那種刀法？」

「在我自己的世界。」

「你能教我嗎？」

「你來這裡找我，就是爲了這件事？」

「老實說，不是。我是來給你們捎個信。」

「又有哪個人想和我鬥刀？」

「大姐，沒人想和你鬥刀。聽我說，大姐，你現在大有名氣，人人都知道你。你在臍眼隨便走到哪兒，哥兒們都會閃到一旁讓路，頂多咧嘴笑一笑，絕不敢用斜眼瞧你。喔，大姐，你做到了，這就是他要見你們的原因。」

謝頓說：「芮奇，到底是誰要見我們？」

「一個叫達凡的哥兒們。」

「他是什麼人？」

「就是個哥兒們。他住在臍眼，卻不帶刀子。」

「而他能活到現在，芮奇？」

「他讀過許多書，哥兒們遇到政府找麻煩他都會幫忙。所以他們不惹他，他就不需要刀子。」

「那麼，他爲何自己不來？」鐸絲問道：「他爲什麼派你來？」

「他不喜歡這地方，他說這裡讓他噁心。他說這裡所有的人，都在舔政府的……」他頓了一下，狐疑地望著面前兩位外星人士。「反正，他不會來這裡。他說他們會讓我進來，因爲我只是個孩子。」他咧嘴一笑，「他們差點趕我走了，對不對？我是說剛才那個大姐，她看來好像聞到什麼？」

他突然打住，臉紅了起來，又低頭看了看自己。「在我們那個地方，沒多少機會清洗。」

「沒關係。」鐸絲帶著微笑說：「既然他不來這裡，那麼，我們要在哪裡見面？畢竟，希望你別介意，我們不太喜歡再去臍眼。」

「我告訴過你，」芮奇氣憤地說：「你在臍眼可以自由來去，我發誓。此外，他住的那裡，沒人會打擾你。」

「那裡是哪裡？」謝頓問道。

「我可帶你們去，不太遠。」

「他爲什麼要見我們呢？」鐸絲問道。

「不知，但他像這麼說——」芮奇瞇起眼睛努力回想，「『告訴他們，我要見見那位和一名達爾熱閭工談過話，把他當人看待的男士，以及那位用雙刀打敗瑪隆，可以殺他卻沒殺他的女士。』我想我背得沒錯。」

謝頓微微一笑。「我也這麼想。他準備見我們了嗎？」

「他正在等。」

「那我們這就跟你去。」他望向鐸絲，眼中帶著一絲猶疑。

她說：「好吧，我願意去。或許這並不是什麼陷阱。希望源源不絕……」

74

他們出來的時候，室外照明射出傍晚時分的悅人光輝。模擬的黃昏雲朵輕快地飛掠天際，帶著淡淡的紫色，邊緣則略呈粉紅。對於帝國統治階級所給予的待遇，達爾人也許頗有怨言，但電腦爲他們選擇的天氣，卻顯然沒有任何瑕疵。

鐸絲壓低聲音說：「我們似乎成了名人，絕對錯不了。」

謝頓將視線沿著所謂的天空往下移，立刻發覺提沙佛家的公寓被一大批群衆團團圍住。

每一個人都專注地盯著他們。等到兩位外星人士顯然察覺人群的關注時，一陣低沉的竊竊私語立刻傳遍所有的群眾，似乎馬上要轉變成鼓掌與喝采。

鐸絲說：「現在我能瞭解堤沙佛夫人爲何惱火，我應該表現得更有些同情心。」大部分群眾都穿得不怎麼體面，不難猜到其中有許多人是來自臍眼。

由於一時興起，謝頓露出微笑，並舉起一隻手稍微揮了揮，結果換來一陣喝采。有人躲在人群中叫道：「這位大姐能否表演幾招刀法？」

鐸絲高聲回答：「不行，我只有生氣時才拔刀。」立刻換來一陣笑聲。

一名男子向前走來，他顯然並非來自臍眼，也沒有達爾人的明顯特徵。原因之一是他只有兩撇小鬍子，況且是棕色而不是黑色。他說：「我是川陀全視新聞的馬洛．唐圖。我們能否請您對準鏡頭，接受我們晚間全相新聞的訪問？」

「不行，」鐸絲斷然答道：「不接受訪問。」

那位記者毫不退讓。「據我瞭解，您曾在臍眼和眾多男子有過一場惡戰——並且贏得勝利。」

他微微一笑，「那是新聞，絕對沒錯。」

「不對。」鐸絲說：「我們在臍眼遇到一些男的，跟他們談了幾句，然後便繼續趕路。這就是事情的經過，也就是你的採訪結果。」

「您尊姓大名？聽口音您不像川陀人。」

「我沒有名字。」

「您的朋友尊姓大名？」

「他也沒有名字。」

新聞記者看來惱了。「聽好，小姐。你是個新聞，我只是盡力做好我的工作。」

芮奇拉了拉鐸絲的衣袖。於是她低下頭來，傾聽他一本正經的一番耳語。

她點了點頭，重新直起身子。「唐圖先生，我認爲你並不是記者。我倒認爲你是一名帝國特務，正在試圖給達爾找麻煩。根本沒有什麼惡戰，你卻試圖製造這樣的新聞，以便爲帝國征討膺眼找到合理的藉口。如果我是你，就不會待在這裡。我不認爲你在這些人之間多麼受歡迎。」

鐸絲在說第一句話的時候，群衆就開始交頭接耳。現在他們變得更大聲，而且開始以一種具有威脅的方式，慢慢朝唐圖的方向移動。他則緊張兮兮地四下望了望，然後拔腿就走。

鐸絲提高音量說：「讓他走，任何人都別碰他。別讓他有告發暴力行爲的任何藉口。」

於是衆人爲他讓出一條路來。

芮奇說：「喔，大姐，你該讓他們教訓他一頓。」

「嗜血的小子。」鐸絲說：「帶我們去見你的朋友吧。」

75

在一間廢棄的速食店後面——很後面——一個房間裡，他們見到那位自稱達凡的男子。

芮奇一路帶領他們來到此地，再度顯示他對膺眼的巷道熟悉無比，就好像赫利肯的鼴鼠進了洞穴一樣。

半路上，鐸絲．凡納比里的警覺最先顯現出來。她突然停下腳步，說道：「回來，芮奇。我們究竟要到哪兒去？」

「去找達凡。」芮奇看來火冒三丈，「我告訴過你。」

「但這是個荒廢的地區，沒有任何人住在這裡。」鐸絲帶著明顯的嫌惡環顧四周。周遭環境毫無生氣，一塊塊照明板若不是黯淡無光，就是只能發出晦暗的光芒。

「達凡就喜歡這樣。」芮奇說：「他總是搬來搬去，這裡住住，那裡住住。你知道吧……搬來搬去。」

「為什麼？」鐸絲追問。

「大姐，這樣比較安全。」

「躲什麼人？」

「躲政府。」

「政府為什麼要抓達凡？」

「大姐，我不知。如果你們不要我帶路，不如這麼辦：我告訴你他在哪裡，再告訴你怎麼走，你們就自己去吧。」

謝頓說：「不，芮奇，我十分確定沒有你我們會迷路。事實上，你最好等在外面，等我們談完後，你好帶我們回來。」

芮奇立刻說：「我有什麼好處？你指望我肚子餓了，還在附近晃來晃去？」

「芮奇，你在附近晃來晃去，晃到肚子餓了，我會請你吃一頓豐盛的晚餐，隨便你吃什麼。」

「你說得好聽，大哥，我又怎麼確定呢？」

鐸絲的手快如閃電，瞬間便拔刀出鞘。「你不是在指控我們騙人吧，芮奇？」

芮奇的雙眼睜得老大，但他似乎並沒有被嚇到。他說：「嘿，我沒看清楚，再來一次。」

「事後我會再表演一次——只要你還留在這裡。否則的話，」鐸絲以兇狠的目光瞪著他，「我們會找你算帳。」

「喔，大姐，得了吧。」芮奇說：「你們不會找我算帳，你們不是那種人。但我會待在這裡，」

他擺出一個姿勢，「我向你們保證。」

然後他就領著兩人默默前進，在空曠的迴廊中，他們的腳步聲顯得份外空洞。

他們剛走進那個房間，達凡立刻抬起頭來。等到他看到芮奇，兇狂的表情隨即轉趨柔和，並朝另外兩人很快做了一個質問的手勢。

芮奇說：「兩位哥兒們來啦。」說完他咧嘴一笑，逕自離去。

謝頓說：「我是哈里．謝頓，這位小姐是鐸絲．凡納比里。」

他以好奇的眼光打量達凡。達凡皮膚黝黑，有著達爾男性獨特的粗黑八字鬍，但除此之外，他還蓄著短短的絡腮鬍。在謝頓見過的達爾男子中，他是第一個未曾仔細刮臉的人。就連臍眼的那些惡霸，他們的臉頰與下巴也是光溜溜的。

謝頓說：「請教閣下貴姓大名？」

「達凡，芮奇一定告訴過你。」

「貴姓呢？」

「我就叫達凡。謝頓老爺，你們一路上曾被跟蹤嗎？」

「沒有，我確定沒有。假使我們遭到跟蹤，我相信逃不過芮奇的耳朵和眼睛。即使他沒察覺，凡納比里夫人也會發現。」

鐸絲淡淡一笑。「哈里，你對我真有信心。」

「愈來愈有。」他意味深長地說。

達凡不安地挪動了一下。「但你們已經被發現了。」

「被發現了？」

「是的，我聽說了那個所謂的新聞記者。」

「那麼快？」謝頓看來有點驚訝，「但我以為他真是一名記者……而且並無惡意。我們叫他帝國特務是芮奇建議的，這是個好主意。周圍的群眾立刻變得兇惡，我們就這樣擺脫了他。」

「不，」達凡說：「你們沒有冤枉他。我的手下認識這個人，他的確為帝國工作。可是你們的行事方式和我不同，你們不用假名，也不經常更換住處。你們用自己的真名行動，並未試圖藏匿地下。你是哈里．謝頓，那位數學家。」

「沒錯，我就是。」謝頓說：「我為什麼要取個假名字？」

「帝國正在緝捕你，對不對？」

謝頓聳了聳肩。「我待的那些地方，都是帝國勢力不及之處。」

「那是指公然的行動，但帝國不一定非公然行動不可。我奉勸你們銷聲匿跡……真正消失。」

「就像你……如你所說。」謝頓一面說，一面帶著些許嫌惡四下張望。這個房間與他剛才經過的那些迴廊一樣死氣，從頭到尾都發霉了，而且有一種無比陰鬱的氣氛。

「是的。」達凡說：「你可能對我們有用。」

「如何有用？」

「你和一位名叫雨果．阿馬瑞爾的年輕人談過話。」

「是的，沒錯。」

「阿馬瑞爾告訴我，你能預測未來。」

謝頓重重嘆了一口氣。他厭倦了站在這個空洞的房間裡。達凡自己坐在一個坐墊上，雖然室內還有其他坐墊，但看來並不乾淨，而他也不希望靠在滿是霉斑的牆壁上。

他說：「要不是你誤會了阿馬瑞爾，就是阿馬瑞爾誤會了我。我所做到的，只是證明有可能選擇一組起始條件，從這組條件出發，歷史預測就不會陷入混沌狀況，而能在某個限度內具有可預測性。然而，那組起始條件應該是什麼，我卻根本不知道。我也不確定那些條件能否在有限時間內，由任何一個人——或是任何數目的一群人找出來。你瞭解我的意思嗎？」

「不瞭解。」

謝頓又嘆了一聲。「那麼我再試一次。預測未來是有可能的，但或許不可能找出利用這個可能性的方法。你瞭解了嗎？」

達凡以陰鬱的眼神望向謝頓，然後又望向鐸絲。「所以說，你無法預測未來。」

「達凡老爺，現在你總算掌握重點了。」

「叫我達凡就行。可是也許有一天，你能研究出如何預測未來。」

「那倒是不無可能。」

「所以說，那就是帝國要你的原因。」

「不。」謝頓舉起一根手指做說教狀，「在我想來，這反而是帝國未傾全力捉拿我的原因。若能毫不費力就抓到我，他們或許會想帶我走。但是他們明白，此時此刻我什麼也不知道，因此不值得為了我而干預地方政權，以致攪亂川陀上微妙而脆弱的和平。因此之故，我能行不改名坐不改姓，安全卻還不至於有重大威脅。」

突然間，達凡將頭埋在雙掌中，喃喃自語道：「眞是愚蠢。」然後他滿面倦容地抬起頭來，對鐸絲說：「你是謝頓老爺的妻子嗎？」

鐸絲平靜地答道：「我是他的朋友兼保鑣。」

「你對他的認識有多深？」

「我們在一起幾個月了。」

「如此而已？」

「如此而已。」

「依你的見解，他說的都是實話嗎？」

「我知道他說的是實話，但你若是不信任他，又有什麼理由該信任我？假如基於某種原因，哈里對你說了謊話，難道我不會為了支持他，而同樣對你說謊嗎？」

達凡無助地輪流望著對面兩人，又說：「無論如何，你願意幫助我們嗎？」

「『我們』是指誰？你們又需要怎樣的幫助？」

達凡說：「你看到了達爾這裡的情形，我們受到壓迫，這點你一定明白。根據你對待雨果·阿馬瑞爾的方式，我絕不相信你對我們毫無同情。」

「我們萬分同情。」

「你也一定知道壓迫的來源。」

「我想，你要告訴我說來源是帝國政府，而我敢說它確是要角之一。另一方面，我注意到達爾有個鄙視熱閭工的中產階級，還有個在本區製造恐怖的罪犯階級。」

達凡的嘴唇收緊，但他依舊保持鎮定。「相當正確，相當正確。可是原則上，帝國在鼓勵這種趨勢。達爾具有製造重大危機的潛力，倘若熱閭工進行罷工，川陀幾乎立刻會面臨嚴重的能源短缺……以及因此而來的一切災難。然而，達爾的上層階級會花錢雇用膞眼或其他地方的流氓，去教訓那些熱閭工，讓罷工半途夭折。這種事以前發生過。帝國允許某些達爾人飛黃騰達——我是指相對而言——好將他們收買為帝國主義的走狗，卻拒絕厲行削弱犯罪份子的武器管制法令。

「帝國政府在每個地方都這樣做，並非只有達爾如此。他們不能像當初以兇殘手段直接統治那樣，利用武力遂行他們的意志。如今，川陀已經變得如此複雜，如此容易動搖，帝國武力必須保持一定距離……」

「衰微的具體表現。」謝頓想起夫銘的牢騷，便隨口說了出來。

「什麼？」達凡問道。

「沒什麼，」謝頓說：「繼續。」

「帝國武力必須保持一定距離，不過他們發現即便如此，卻仍舊能做許多事情。例如鼓勵每個行政區猜疑近鄰，而在每一區中，又鼓勵各個經濟階級和社會階級彼此爭戰。結果使得川陀每個角落的人民，都不可能採取團結一致的行動。不論任何地方，人們都寧願互相鬥爭，也不想對中央極權的專制採取共同立場。這樣一來，帝國不費一兵一卒即可統治川陀。」

「在你看來，」鐸絲說：「我們又能做些什麼？」

「我努力了許多年，試圖在川陀人民之間建立一種團結感。」

「我只能這麼猜想，」謝頓冷淡地說：「你發現這個工作困難到近乎不可能，而且大多時候吃力不討好。」

「你的猜想完全正確，」達凡說：「但是這個黨正在茁壯。我們的許多刀客已經漸漸瞭解，刀子的最佳用途不是用來彼此砍殺。至於在髒眼的迴廊中攻擊你們的人，則是那些不知悔改的例子。然而，那些支持你的人，那些願意保護你、爲你對付那個特務記者的人，他們都是我的人馬。我和他們一起住在這裡。這並非一種迷人的生活方式，但我在此安全無虞。鄰區也有我們的擁護者，我們的勢力正在一天天擴展。」

「可是我們又扮演什麼角色呢？」鐸絲問道。

「首先，」達凡說：「你們兩位都是外星人士，都是學者。在我們的領導群中，需要你們這樣的人。我們最大的力量源自窮人和文盲，因爲他們受的苦難最深，但他們的領導能力也最差。像你們兩位這樣的人，一個抵得上他們一百個。」

「對一位以解救被壓迫者爲職志的人而言，這是個古怪的估算。」謝頓說。

「我的意思不是指人，」達凡連忙說：「而是僅就領導才能而論。在這個黨的領導者中，一定要包括擁有知識力量的男女。」

「你的意思是，需要像我們這樣的人，幫你的黨建立值得尊敬的外表。」

達凡說：「只要你有意，總是能把某件高貴的舉動說成一文不值。可是你，謝頓老爺，則不只是值得尊敬，不只是擁有知識而已。即使你不承認有能力看穿未來的迷霧……」

「拜託，達凡，」謝頓說：「別用詩意的語言，也別用條件句。這並非承認與否的問題，我確實無法預見未來。遮擋視線的可不是煙霧，而是鉻鋼製成的壁壘。」

「讓我說完。即使你不能以——你管它叫什麼來著——喔，『心理史學的準確度』眞正預測未來，但是你研究過歷史，對於事件的結果或許有某種直覺。啊，是不是這樣？」

謝頓搖了搖頭。「對於數學上的可能性，我或許有些直覺式的瞭解，至於我能否把它轉換成具有史學重要性的東西，則還在未定之天。事實上，我並未研究過歷史。爲此我極爲遺憾，眞希望重頭來過。」

鐸絲以平穩的口吻說：「我是個歷史學家，達凡，你要是想聽，我可以說幾句話。」

「請講。」達凡的口氣一半是客氣，另一半則是挑戰。

「首先，在銀河歷史上，曾發生過許多次推翻專制的革命，有時是在個別的行星，有時則是一群行星，偶爾也發生於帝國本身，或是前帝國時代的地方政府。往往，這只意味著以暴易暴。換句話說，原有的統治階級被另一個取代——有時後者更有效率，因此更有能力維繫自身的統治。而原本貧苦的、受壓迫的百姓，依然是貧苦而受壓迫的一群，甚至處境變得更糟。」

一直專心聆聽的達凡，此時說道：「我曉得這種事，我們全都曉得。說不定我們能從過去學到教訓，而比較瞭解該如何避免。此外，如今的專制是眞實的，未來或許會出現的專制卻只是潛在的可能。倘若我們總是不敢接受改變，認爲也許會愈變愈糟，那就根本沒希望免除任何的不公不義。」

鐸絲說：「第二點你必須記住的，就是即使公理在你這邊，即使正義之神發出怒吼與譴責，通常卻都是那個專制政權擁有絕對的武力優勢。在情況危急之際，只要有一支配備著動能、化學能和神經武器的軍隊願意對付你的人馬，那麼你的刀客在各種暴動和示威中，就根本無法造成任何永久性的影響。你能使所有受壓迫者站在你這邊，甚至能吸引每一位有頭有臉的人，可是你還得設法籠絡維安部隊和帝國軍隊，或至少得嚴重削弱他們對統治者的忠誠。」

達凡說：「川陀是個多政府的世界，每個行政區都有本身的統治者，他們有些也是反帝人士。如果我們能讓一個強區加入我們這邊，就會改變這種情況，對不對？那個時候，我們就不只是一群手持刀子和石頭的襤褸雜牌軍。」

「這是否代表眞有一個強區站在你那邊，或者只是你有這個企圖？」

達凡沉默不語。

鐸絲又說：「我會假設你心中的對象是衛荷區長。如果那位區長有心利用普遍的不滿，來增加推翻皇帝的成功機會，難道你不會想到，那位區長所期待的結局是由他自己繼任皇位？區長現在的地位並非毫無價値，除了皇位，還有什麼値得他冒險的？僅僅爲了正義的美名？爲了幫沒看在他眼裡的人民爭取良好的待遇？」

「你的意思是，」達凡說：「任何願意幫助我們的強權領袖，到時都可能背叛我們？」

「在銀河歷史上，這種情形太普遍了。」

「只要有所準備，難道我們就不能背叛他嗎？」

「你的意思是先利用他，然後在某個關鍵時刻策反他的將領——或者，至少是其中之一——把他暗殺掉？」

「也許並非眞正這樣做，但若事實證明確有必要，總該有什麼辦法將他除去。」

「那我們就有了這樣一場革命行動，主要的角色得隨時準備彼此背叛，只是時機未到而已。這聽來很像是製造動亂的配方。」

「這麼說，你們不會幫助我們？」達凡說。

謝頓一直皺著眉頭，露出一副茫然的表情，傾聽達凡與鐸絲的對話。這時他說：「不能把話說得那麼簡單。我們願意幫助你們，我們站在你們這邊。在我看來，沒有任何心智健全的人，會想支持一個藉著培養互恨和互疑來維持自身的帝制系統。即使現在似乎行得通，也只能稱之爲『暫穩態』。也就是說，它太容易向某個方向傾倒，跌入不穩定的狀態。不過問題是：我們怎樣才能幫忙？假使我掌握了心理史學，假使我能判斷什麼是最可能發生的，或者，假使我能判斷在數個可供選擇的行動中，哪個最有可能帶來顯然圓滿的結局，那麼我願意讓你支配我的能力——可是我並未掌握。我能幫助你的最佳方式，就是試著建立起心理史學。」

「那要花多久時間？」

謝頓聳了聳肩。「我不敢說。」

「你怎能讓我們無限期等下去？」

「既然我現在對你毫無用處，我還能提供什麼其他選擇？不過我要這樣說：直到最近爲止，我一直深信建立心理史學是絕不可能的，如今我卻不再這麼想了。」

「你的意思是，你心中已有解決之道？」

「不，只是有個直覺，感到某個解決之道或許是可能的。至於令我有那種感覺的究竟是什麼事，目前我還無法確定。它也許是一種幻覺，但我正在嘗試尋找眞相。讓我繼續嘗試——說不定我們會再見面。」

「或者說不定，」達凡道：「假如你回到目前的棲身之地，你終將發現置身於帝國的陷阱中。你也許認爲當你和心理史學奮鬥時，帝國會暫且放你一馬。但我確定那皇帝和他的馬屁精丹莫刺爾必定和我一樣，絕不會想永遠等下去。」

「輕舉妄動對他們沒好處，」謝頓冷靜地說：「因爲我並非站在他們那邊，而是站在你們這邊。來吧，鐸絲。」

他們轉身離去，留下達凡一人獨自坐在那間骯髒的斗室，隨即發現芮奇還等在外面。

76

芮奇正在吃東西，他一面舔著手指，一面將原本盛裝不知是什麼食物的袋子捏皺。一種強烈的洋蔥氣味瀰漫在空氣中——不過多少有些不同，也許是源自酵母製成的食物。

鐸絲被熏得退了一步，問道：「芮奇，這食物是從哪裡來的？」

「達凡的哥兒們，他們拿給我的，達凡不壞。」

「那我們不必請你吃晚飯了吧？」謝頓說完後，察覺自己的肚子倒是空了。

「你們欠我點東西，」芮奇一面說，一面貪婪地望向鐸絲，「這位大姐的刀子怎麼樣？分我一把。」

「刀子不行。」鐸絲說：「你帶我們平安回去，我給你五個信用點。」

「五個信用點買不到刀子。」芮奇抱怨道。

「除了五個信用點，你什麼也休想得到。」鐸絲說。

「大姐，你是個差勁的娘兒們。」芮奇說。

「這個差勁的娘兒們出刀如電，芮奇，最好趕緊走吧。」

「好吧，別太激動。」芮奇揮了揮手，「這邊走。」

他們又來到空曠的迴廊，不過這次，鐸絲在東張西望一番後停下了腳步。「等等，芮奇，有人跟蹤我們。」

芮奇勃然大怒。「你不該聽到的。」

謝頓將頭轉向一側，說道：「我什麼也聽不到。」

「我聽到了。」鐸絲說：「好啦，芮奇，我不希望你耍什麼花樣。立刻告訴我是怎麼回事，否則我就要敲你的頭，讓你整整一個星期無法直視。我是說眞的。」

芮奇舉起一隻手臂做抵禦狀。「你試試看，你這個差勁的娘兒們，你試試看。那是達凡的哥兒們，他們只是在照應我們，以防路上遇到任何刀客。」

「達凡的哥兒們？」

「是啊，他們沿著工用迴廊前進。」

鐸絲猛然伸出右手，抓住芮奇頸背處的衣領。她一舉手，他就懸吊在半空中，慌忙喊道：「嘿，大姐，嘿！」

謝頓說：「鐸絲！別對他動粗。」

「如果我認爲他在說謊，我還會更加粗暴。我保護的是你，哈里，不是他。」

「我沒說謊，」芮奇拚命掙扎，「我沒。」

「我確信他沒有。」謝頓說。

「好吧，我們等著瞧。芮奇，叫他們出來，到我們看得見的地方。」她鬆手讓他落下，又拍了拍手上的灰塵。

「大姐，你簡直是個傻瓜。」芮奇忿忿不平地說，然後提高音量喊道：「耶，達凡！你們這些哥兒們，出來幾個！」

等了一會兒之後，從迴廊一個陰暗的開口處，走出兩名留著黑色八字鬍的男子，其中一個有一道橫貫臉頰的刀疤。兩人手中各握著一支刀鞘，刀刃都縮了回去。

「你們還有多少人在那裡？」鐸絲厲聲問道。

「一些。」其中一人答道：「這是命令。我們正在護衛你們，達凡要你們安然無事。」

「謝謝你，你得更安靜點。芮奇，繼續走。」

芮奇悻悻地說：「我說實話，你卻教訓我一頓。」

「你說得對。」鐸絲道：「至少，我認為你說得對……我鄭重道歉。」

「我不確定該不該接受，」芮奇試圖抬頭挺胸，「不過算了吧，下不為例。」說完他就繼續前進。等到他們來到人行道，隱匿的護衛隊便消失了。至少，像鐸絲那樣敏銳的耳朵都再也聽不見他們的動靜。不過，反正他們即將進入本區的高尚地帶。

鐸絲若有所指地說：「芮奇，我想我們沒有適合你的衣服。」

芮奇說：「姑奶奶，你為什麼要找適合我的衣服？」（一旦他們走出迴廊，芮奇似乎也懂得尊重了。）「我有衣服。」

「我原本在想，你會喜歡到我們住的地方洗個澡。」

芮奇說：「為什麼？過幾天我會洗，然後我會換上另一件短衫。」他機靈地抬頭望向鐸絲，「你為了教訓我一頓感到抱歉，對嗎？你試圖補償我。」

鐸絲微微一笑。「是的，可以這麼說。」

芮奇以氣派的動作揮了揮手。「沒關係，你沒弄痛我。聽我說，你是個強壯的大姐，你舉起我就像我是空氣一樣。」

「我剛剛心煩意亂，芮奇，我必須顧慮謝頓老爺。」

「你就像是他的保鑣？」芮奇帶著詢問的神情望向謝頓，「你用個大姐當保鑣？」

「我也沒辦法。」謝頓露出一抹苦笑，「她堅持如此，而且她確實很稱職。」

鐸絲說：「芮奇，再次謝謝你。你確定不要洗個澡嗎？一個溫暖舒適的澡？」

芮奇說：「我可沒機會。你以爲那個大姐會讓我再進她家去嗎？」

鐸絲抬起頭，看到凱西莉婭·堤沙佛正站在公寓群的前門外——她先盯著這個外星女子，然後望向那個貧民窟長大的男孩。光從她的表情看來，無法判斷她對何者更憤怒些。

芮奇說：「好啦，告辭了，老爺和姑奶奶。不曉得她會不會讓你們兩個進屋去。」他將雙手放進口袋，裝出一副輕鬆自在的淡然模樣，大搖大擺走了開。

謝頓說：「晚安，堤沙佛夫人。相當晚了吧？」

「非常晚了。」她答道：「今天在這個公寓群外，由於你驅使街頭無賴對付那名記者，幾乎引發一場暴動。」

「我們並未驅使任何人對付任何人。」鐸絲說。

「我當時在場。」堤沙佛夫人毫不妥協地說：「我都看見了。」她終於站到一旁讓他們進去，但拖延的時間夠長了，足以將她的不情願表現得很清楚。

「看她的行動，彷彿超過了她容忍的極限。」兩人走向各自的房間時，鐸絲這麼說。

「怎麼樣？她又能做什麼？」謝頓問道。

「很難講。」鐸絲說。

第十六章：警官

芮奇：……根據哈里．謝頓的說法，最初與芮奇相遇純屬偶然。他只是個貧民區的頑童，而謝頓只是向他問路。但從那一刻起，他的人生就和那位大數學家糾纏在一起，直到……

——《銀河百科全書》

12020GE Encyclopedia

77

第二天早上，謝頓剛剛梳洗完畢，腰部以上還完全赤裸，就敲著通往隔壁鐸絲房間的那扇門，以適度的音量說：「開門，鐸絲。」

她照做了。她滿頭金裡透紅的鬈曲短髮還濕淋淋的，而且上身同樣完全赤裸。

謝頓尷尬萬分地向後退去。鐸絲毫不在意地低頭看了看鼓脹的乳房，再把一條毛巾裹在頭上。「什麼事？」她問。

謝頓將頭偏向右側，說道：「我正要向你請教衛荷。」

鐸絲非常自然地說：「爲何怎麼樣？看在老天的份上，別讓我對著你的耳朵說話。不用說，你當然不是處男。」

謝頓以感傷的語調說：「我只是試圖保持禮數。只要你不在意，我當然也不會。我說的不是爲何怎麼樣，我是在問你有關衛荷區的事。」

「你爲何想知道？或者你喜歡這麼說：爲何問衛荷？」

「聽好，鐸絲，我很認眞。每隔一陣子，就會有人提起衛荷區——事實上，是提到那個衛荷區長。夫銘提到過他，你提到過，達凡也提到過。我卻對這個區和這個區長都一無所知。」

「哈里，我也不是土生土長的川陀人。我知道得非常少，不過歡迎你分享我所知道的一切。衛荷接近南極——面積相當大，人口非常多……」

「在南極還能人口非常多？」

「哈里，我們不是在赫利肯，也不是在錫納上。這裡是川陀，萬事萬物都在地底，而兩極的地底和赤道的地底可說差不多。當然，我猜想他們有著相當極端的晝夜分佈——夏天的白晝很長，冬天則剛好相反，幾乎和地表的情形一樣。這種極端純屬矯揉造作，其實他們是以身居極地自豪。」

「可是他們的上方一定眞的很冷。」

「喔，沒錯。衛荷的上方冰雪交加，可是冰雪堆積得不如你想像中那麼厚。果眞如此的話，就可能會壓垮穹頂，但事實則不然，這正是衛荷握有大權的基本原因。」

她轉身面向鏡子，將毛巾從頭上取下，再將「乾髮網」罩在頭上。不過五秒鐘，她的頭髮便呈現悅人的光澤。她一面說：「你難以想像我多慶幸擺脫了人皮帽。」一面套上了衣服。

「冰層和衛荷的權力有什麼關係？」

「想想看，四百億居民每天消耗大量能源，每一卡的能量最終都會退化成熱量，而且必須設法排除。這些熱量全被輸送到兩極，尤其是較爲開發的南極，然後排放到太空去。在這個過程中，它融化了大部分的冰。我確定這正是川陀上空雲雨的來源，不論那些氣象學究如何堅持實際情形要複雜許多。」

「在將這些熱量排放之前，衛荷有沒有加以利用？」

「據我所知，他們也許有。順便告訴你，關於排放熱量的科技，我連最粗淺的概念都沒有，但我所說的是政治上的權力。假如達爾停止生產可用的能源，當然會使整個川陀感到不便，可是還有其他生產能源的行政區，它們可以提高產量。此外，當然，還有種種的儲備能源可以救急。達爾的問題終究得解決，不過總有緩衝時間。反之，衛荷……」

「怎麼樣？」

「嗯，川陀所產生的各種熱量，至少百分之九十由衛荷負責排放，沒有任何替代管道。假如衛荷將熱量發射全部關閉，整個川陀的溫度便會開始上升。」

「衛荷本身也會。」

「啊，可是既然衛荷位於南極，它就能設法導入冷空氣。這並不會有太大的作用，但衛荷會比川陀其他各處撐得更久。所以結論是，對皇帝而言，衛荷是一個非常棘手的問題，而衛荷區長是——至少可以是極有權力的人。」

「現任衛荷區長又是個什麼樣的人？」

「這點我不知道。根據我偶爾聽來的傳聞，他似乎非常老邁，而且幾乎是個隱士，但他和超空間飛船一樣剛硬，而且仍在用高明的手段謀取權力。」

「為什麼，我不明白？既然他那麼老了，就不能再掌握多久的權力。」

「哈里，誰曉得呢？一種終生的沉迷吧，我這麼想。或者它是個遊戲……只是為了謀取權力，並非真正渴求權力的本質。假如他奪權成功，取代了丹莫刺爾的位置，甚至自己登上皇位，說不定他反而會感到失望，因為這場遊戲就結束了。當然啦，倘若那時他還活著，他或許會開始下一個遊戲，那就是固守權力。這也許和前一個遊戲同樣困難，因而同樣會帶來成就感。」

謝頓搖了搖頭。「這使我有一種感想，不可能有人想要當皇帝。」

「我同意，神智清醒的人都不會。但是這種所謂的『皇帝夢』就像一種疾病，一旦染上就會使人喪失神智。而愈接近高位，就愈有可能染上這種疾病。隨著一次又一次的晉升……」

「這種疾病就會變得更急性。沒錯，這點我明白。但我還有另一個感想，川陀是如此龐大的一個世界，眾人的需求是如此牽一髮動全身，眾人的野心是如此衝突不斷，使它成為皇帝治下最大的不穩定因素。他為什麼不要離開川陀，定都在某個較單純的世界呢？」

鐸絲哈哈大笑。「倘若你瞭解歷史，就不會問這個問題。根據上萬年的慣例，川陀就等於帝國。一個皇帝若不在皇宮中，他就不算是個皇帝。皇帝不像是一個人，反而比較像一個地方。」

謝頓陷入沉默，面孔也變得剛硬。過了一會兒，鐸絲問道：「哈里，怎麼回事？」

「我在尋思。」他以含糊的聲音說：「自從你告訴我那個毛手毛腳的故事之後，我就有一種飄忽的想法。現在你又提到皇帝比較像個地方，而不像一個人，似乎剛好起了共鳴。」

「什麼樣的共鳴？」

謝頓搖了搖頭。「我仍在尋思，或許我全搞錯了。」他瞥向鐸絲的目光轉趨尖銳，他的視線則重新聚焦。「無論如何，我們該下去吃早餐了。我們已經晚啦，我想堤沙佛夫人可沒有那麼好的心情，會幫我們把早餐端進來。」

「你是個樂天派。」鐸絲說：「我自己的感覺是，她沒有那麼好的心情，會想讓我們留下來——不論有沒有早餐。她想要讓我們離開這裡。」

「或許如此，但我們讓她有錢可賺。」

「沒錯，但我懷疑她現在恨我們入骨，根本不屑賺我們的信用點。」

「她的丈夫也許會對房租比較難分難捨一點。」

「他若有任何意見，哈里，唯一會比我更感驚訝的就是堤沙佛夫人。很好，我準備好了。」

於是他們走下樓梯，來到堤沙佛一家在這棟公寓的活動範圍，發現兩人所討論的那位女士正等在那裡——沒有準備早餐，但準備了一個更大的驚奇。

78

凱西莉婭·堤沙佛硬邦邦地筆直站在那裡，一張圓臉帶著僵硬的笑容，一雙黑眼珠閃閃發光。她的丈夫則悶悶不樂地倚在牆邊。房間正中央還有兩個人，也都直挺挺地站著，彷彿他們早已注意到地板上的坐墊，只是不屑坐在上面。

這兩個人都有一頭鬈曲的黑髮，以及達爾人必備的粗黑八字鬍。兩人皆很瘦小，皆穿著一套深色服裝。那兩件衣服極其相似，想當然是一種制服，上面繡著細白的滾邊，上至肩頭，下至管狀褲腿的外側。他們的右胸處掛著一個不甚明顯的「星艦與太陽」徽章，在銀河系每一個住人世界上，它所代表的都是銀河帝國。只不過眼前這個徽章，太陽中央還有一個深色的「達」字。

謝頓立刻瞭解，這兩個人是達爾維安警察的成員。

「這是怎麼回事？」謝頓以嚴厲的口氣說。

其中一人向前走來。「我是本區巡官拉涅爾·魯斯。這是我的搭檔，葛柏·艾斯汀伍德。」

兩人都出示了亮晶晶的全相標籤識別證。謝頓根本懶得看，只是問道：「你們想幹什麼？」

魯斯以平靜的口氣說：「你是來自赫利肯的哈里·謝頓嗎？」

「是的。」

「而你是來自錫納的鐸絲·凡納比里嗎，夫人？」

「是的。」鐸絲答道。

「我來這裡是要調查一件投訴，昨天有個哈里·謝頓煽起一樁暴動。」

「我沒做那種事。」謝頓說。

「我們的情報指出，」魯斯看了看一個小型電腦板的螢幕，「你指控一名記者是帝國特務，因此煽起一場暴動對付他。」

鐸絲道：「說他是帝國特務的人是我，警官，我有理由這樣想。表達一個人的意見當然沒有罪，帝國是有言論自由的。」

「並不包括為了煽起一場暴動，而蓄意提出的意見。」

「警官，你怎能這樣說？」

這時，堤沙佛夫人以尖銳的聲音插嘴道：「警官，我能這樣說。當時她看到外面有一群人，一群從貧民區來的人，他們只是想找麻煩。她故意說他是帝國特務，其實她根本毫無概念，但她就這樣對群眾喊話，把他們煽動起來。事實很明顯，她知道自己在做什麼。」

「凱西莉婭。」她的丈夫以懇求的語氣呼喚她，但挨了一個白眼之後，他就什麼也不說了。

魯斯轉向堤沙佛夫人。「夫人，是你投訴的嗎？」

「是的。這兩個人在這裡住了好幾天，除了惹麻煩什麼也不幹。他們邀請低級民眾進我的公寓，破壞我在鄰居心目中的地位。」

「邀請清潔而平和的達爾公民進某人的房間，」謝頓問道：「警官，難道是違法的行爲嗎？樓上兩個房間是我們的，我們已經租下，並且付了房租。警官，在達爾境內和達爾人交談也犯法嗎？」

「不，不犯法。」魯斯說：「那並非投訴的一部分。你究竟有什麼理由，凡納比里夫人，認爲你指控的那個人確實是帝國特務？」

鐸絲說：「他只有兩小撇棕色髫鬚，我據此斷定他不是達爾人。我進而推測，他是一名帝國特務。」

「你推測？你的同伴，謝頓老爺，他根本沒有鬍子。你也推測他是一名帝國特務嗎？」

「無論如何，」謝頓急忙道：「根本沒有暴動。我們要求群眾別對那個所謂的記者採取任何行動，我確定他們聽進去了。」

「你確定，謝頓老爺？」魯斯說：「根據我們的情報，你們做出指控後立刻離去。而你離去後，又怎能見證發生了什麼事？」

「我不能，」謝頓說：「可是讓我問你——那人死了嗎？那人受傷了嗎？」

「那人曾接受約談。他否認自己是帝國特務，我們也沒有情報顯示這點。他還聲稱曾遭到虐待。」

「他很可能這兩件事都撒了謊。」謝頓說：「我建議使用心靈探測器。」

「不能對受害者那樣做，」魯斯說：「區政府對這點非常堅持。倒是有可能讓你們兩人——這件案子中的罪犯——接受一次心靈探測。你們希望我們那樣做嗎？」

謝頓與鐸絲交換了一下眼色，然後謝頓說：「不，當然不要。」

「當然不要，」魯斯重複道，聲音中僅有些許嘲諷之意。「但你卻毫不猶豫地建議對別人這樣做。」

另外一位警官（艾斯汀伍德）目前爲止尚未說半句話，此時則露出微笑。

魯斯又說：「我們還有情報顯示，昨天你們曾在臍眼進行一場械鬥，而且重傷一名達爾公民，名叫——」他按下電腦板的一個按鍵，看了看螢幕上的新畫面。「厄金·瑪隆。」

鐸絲問：「你的情報有沒有告訴你械鬥的起因？」

「夫人，那和目前的討論無關。你否認發生過那場械鬥嗎？」

「我們當然不否認發生過械鬥，」謝頓激動地說：「但我們堅決否認是我們挑起來的。當時我們遭到攻擊！那個瑪隆抓住了凡納比里夫人，而且顯然企圖性侵她。接下來發生的事，只是單純的自衛行動。難道達爾縱容強姦嗎？」

魯斯以近乎平板的聲音說：「你說你們遭到攻擊？被多少人攻擊？」

「十名男子。」

「而你只有一個人，再加上一個女的，對抗這十名男子？」

「是的，只有我和凡納比里夫人兩人禦敵。」

「那麼，你們兩人怎麼沒有顯露任何傷痕？你們有沒有誰被割傷或打傷，只是受傷的部位現在看不到？」

「沒有，警官。」

「那麼，在一個人——再加一個女的——對付十人的格鬥中，你們怎麼會毫髮無損？而那個原告，厄金．瑪隆，卻傷痕累累地躺在醫院，而且上唇需要接受皮膚移植？」

「我們打得很好。」謝頓繃著臉說。

「好得難以置信。假如我告訴你已經有三個人作證，說你和你的朋友在毫無挑釁的情況下攻擊瑪隆，你會怎麼說？」

「我會說沒有人相信我們會那樣做。我確定那個瑪隆有案可查，是個滋事份子和帶刀的兇徒。我告訴你當時共有十個人，顯然，其中有六個拒絕爲謊言宣誓作證。請問其他三人有沒有做出解釋，爲何他們未曾出手幫助他們的朋友——倘若他們果眞目睹他遭到毫無來由的攻擊，而且性命受到威脅？你一定很清楚他們是在說謊。」

「你建議對他們施用心靈探測器嗎？」

「是的。而且你不用再問了，我仍然拒絕用在我們身上。」

魯斯說：「此外我們還接到情報，說你們昨天離開暴動現場後，曾經去會晤一個名叫達凡的人，一個公認的、被維安警察通緝在案的顚覆份子。這是眞的嗎？」

「這點你得自己證明，我們不會幫你的忙。」謝頓說：「我們不準備再回答任何問題。」

魯斯將電腦板收起來。「恐怕我必須請兩位跟我們回總部，去接受進一步的偵訊。」

「我認爲沒這個必要，警官。」謝頓說：「我們是外星人士，況且並未做出任何犯罪行爲。我們曾經試圖迴避一名記者，因爲他過分騷擾我們。而在本區中以犯罪聞名的地帶，我們曾經試圖保護自己，避免遭到性侵和可能的殺害。此外，就是我們和許多達爾人談過話。我看不出有任何理由該對我們做進一步的盤問，這樣做等於是一種騷擾。」

「做決定的是我們，」魯斯說：「不是你。請兩位跟我們走好嗎？」

「不，我們不去。」鐸絲說。

「小心！」堤沙佛夫人叫道：「她有兩把刀子。」

魯斯警官嘆了一聲。「謝謝你，夫人，不過我早就知道了。」他又轉向鐸絲，「你可知道在本區，未經許可攜帶刀械是一項重罪？你有許可證嗎？」

「我沒有。」

「那麼，你用來攻擊瑪隆的武器，顯然是一把非法刀械？你可瞭解這是嚴重的罪上加罪？」

「警官，這不算什麼罪。」鐸絲說：「請你瞭解一件事，瑪隆也有一把刀，而且我確定他也沒許可證。」

「這點我們並無證據，不過瑪隆身上有刀傷，你們兩人卻誰也沒有。」

「警官，他當然有一把刀。假使你不知道臍眼每一個人，以及達爾區大部分的人都隨身帶刀，而且或許都沒有許可證，那你就是唯一不知情的達爾人。在此地不論你轉到哪裡，都能找到公然販刀的商店。這點你不知道嗎？」

魯斯說：「我對這方面知道得多或少並不重要，其他人是否違法或有多少人違法也不重要。此時此刻，重要的是凡納比里夫人觸犯了『反刀械法』。夫人，我必須請你立刻將那兩把刀交給我，然後你們兩人必須隨我到總部去。」

鐸絲說：「既然這樣，把我的刀子取走啊。」

魯斯又嘆了一聲。「夫人，你該不會認為刀械是我們達爾唯一的武器，或是我需要和你進行一場刀戰吧。我和我的搭檔都有手銃，可以在瞬間將你摧毀，遠在你的雙手能碰到刀柄之前——不論你有多快。當然，我們不至於使用手銃，因為我們不是來殺你的。然而，我們每個人還有一柄神經鞭，可以隨意用來對付你。我希望你不會要求一次示範。它不會要你的命或是造成任何永久性傷害，甚至不會留下任何傷痕——但那種痛苦卻是難以忍受的。現在我的搭檔正舉著神經鞭對著你，而這把則是我的——好啦，凡納比里夫人，把你的刀交給我們。」

頓了一下之後，謝頓說：「沒有用的，鐸絲，把刀子給他吧。」

就在這個時候，大門響起一陣狂暴的敲擊聲，大家也都聽到一個拉高音調的吼叫。

79

芮奇帶他們回到公寓後，並未真正離開這個社區。

在達凡住處外等待的時候，他曾經飽餐了一頓。後來，在找到一間勉強還能使用的廁所後，他又小睡了一會兒。現在這些事都已經做完了，他實在沒什麼地方可去。他也算有個家，但他即使好一陣子不回去，他的母親也不大可能擔心——她從未擔心過。

他不知道生父是誰，有時甚至懷疑自己是否真有父親。不過有人曾經告訴他，說他的父親一定存在，並以很露骨的方式將理由解釋給他聽。他有時也會懷疑是否該相信這麼奇特的故事，但他的確發覺那些細節令人心癢。

他將那件事和那位大姐聯想到一塊。她當然是個年紀不小的大姐，可是她相當漂亮，而且能像男人一樣打鬥——甚至比男人更厲害。這使他心中充斥著一些模糊的想法。

而且，她曾提出要讓他洗個澡。他偶爾也能在臍眼的游泳池泡一泡，那是當他有些沒處花的信用點，或是能偷溜進去的時候。游泳是他唯一全身浸濕的機會，但總是相當寒冷，而且事後還得把身子晾乾。

洗澡則是完全不同的一回事，會有熱水、肥皂、毛巾與熱氣流。他不確定那會是什麼樣的感覺，只曉得她若在場必將十分美好。

他對這一帶的人行道足夠熟悉，曉得人行道旁巷道內的哪些地方可容他藏身，不但離一間廁所不遠，又能和她的距離仍然夠近，而且或許不會被人發現，不至於落荒而逃。

他整夜都在想一些奇怪的念頭。他若是眞的學會讀書寫字，那會怎麼樣？他能用這本事做什麼事嗎？他不確定能做什麼，但她或許能告訴他。他有些模糊的概念，知道做些現在還不會做的事可以賺到工資，卻不曉得那會是些什麼樣的事。得有人告訴他才行，但要怎樣才能找到這樣的人？

假如他留在那個男人和那位大姐身邊，他們或許會幫助他。可是，他們怎麼會要他留在身邊呢？

他打起瞌睡，不久又清醒過來，並非由於光線變得明亮，而是尖銳的耳朵察覺到來自人行道的聲音愈來愈嘈雜，標誌著一天的活動已經開始。

他早已學會分辨幾乎每一種聲音，因爲在䁖眼那種地底迷宮中，即使只是想要苟活，也必須在看到任何事物之前便先行察覺。他現在聽到的是地面車發動機的聲音，而他聽出了其中的危險訊息。它具有一種官方的聲音，一種敵意的聲音……

他甩了甩頭，讓自己清醒過來，再悄悄向人行道走去。他幾乎不需要看到那輛地面車的「星艦與太陽」徽章，光看車子的外型就足夠了。他知道，他們必定是來抓那一男一女的，因爲他倆見到了達凡。他並未停下來質疑自己的想法或加以分析，而是立刻拔腿飛奔，在逐漸擁擠的人群中衝出一條路。

他在十五分鐘內又回來了。那輛地面車還在那裡，許多好奇而謹慎的民衆從四面八方望過來，但都維持著一段不短的距離。想必旁觀者很快會愈來愈多。他一面「砰砰砰」地爬著樓梯，一面試著記起該搥哪家的門。他根本來不及搭升降機。

他終於找到那扇門，至少他認爲沒錯。他開始使勁搥門，同時以尖銳的聲音喊道：「大姐！大姐！」

由於過度激動，他竟然忘了她的姓名，不過他還記得那男子的名字。「哈里！」他吼道：「讓我進去。」

房門打開後，他立刻衝進去——應該說是試圖衝進去。一名警官的粗大手掌抓住了他的手臂。「慢著，小子，你以爲這是哪裡？」

「撒手！我啥也沒做。」他四下望了望，「嘿，大姐，他們在幹啥？」

「逮捕我們。」鐸絲繃著臉說。

「爲什麼？」芮奇一面喘氣一面掙扎，「嘿，撒手，你這個徽子。別跟他走，大姐，你不必跟他走。」

「你滾開。」魯斯一面說，一面猛力搖晃這個男孩。

「不，我不。徽子，你也別走。我們整幫人就要來啦，你逃不掉的，除非你讓這兩個哥兒們走。」

「什麼整幫人？」魯斯皺著眉頭說。

「現在他們就在外面，說不定正在拆你的地面車，他們還會把你也拆了。」

魯斯轉頭對他的搭檔說：「聯絡總部，要他們派幾輛載滿重武的卡車來。」

「不！」芮奇尖叫道。他掙脫了那隻手，朝艾斯汀伍德衝過去。「別聯絡！」

魯斯舉起神經鞭瞄準，然後發射。

芮奇慘叫一聲，伸手抓住自己的右肩，隨即跌倒在地，發狂般不停抽搐。

魯斯還來不及轉身，謝頓已從後面抓住他的手腕，將神經鞭推得飛起來，再將他的手扭到身後，同時踏住他一隻腳掌，令他幾乎動彈不得。在魯斯發出嘶啞而痛苦的叫喊時，謝頓已能感到他的肩膀脫臼了。

艾斯汀伍德迅速舉起手銃，但鐸絲的左臂立刻勾住他的肩膀，右手的刀子則架在他的喉頭。

「別動！」她說：「不論你全身任何部位，只要蠢動一公釐，我就從你的頸子一直切到脊柱。把手銃丟掉，丟掉！還有神經鞭。」

謝頓抱起仍在呻吟的芮奇，將他緊緊摟住，然後轉向堤沙佛說：「外面有大批群眾，憤怒的群眾。我讓他們進來的話，他們會打爛你所有的一切，還會打碎每一面牆壁。如果你不想發生這種事，就撿起這些武器，丟到隔壁房間。再從癱在地上的維安警官身上取走武器，同樣丟到隔壁去。快！叫你太太幫忙。下次再想控告無辜民眾，她會三思而後行。鐸絲，這個倒在地板上的暫時不能做什麼。讓另一個也失去行動能力，但是別殺他。」

「好的。」鐸絲答道。她倒轉刀身，用刀柄在那人頭蓋骨上重擊一記。他立刻屈膝倒地。

她做了個鬼臉。「我痛恨這種事。」

「是他們先射擊芮奇。」謝頓這麼說，以便掩飾自己對這一切的厭惡。

他們匆匆離開那棟公寓，來到了人行道，發覺外面人山人海，而且幾乎都是男性。看到他們出現之後，眾人發出一聲歡呼。他們紛紛湊近，一股從未好好洗澡的強烈氣味撲鼻而來。

有人喊道：「那些徽子在哪裡？」

「在裡面。」鐸絲以刺耳的聲音叫道：「別管他們。他們會有一陣子無能為力，不過他們即將得到增援，所以盡快離開這裡。」

「你們怎麼辦？」十來個人異口同聲問道。

「我們也要走，不會再回來了。」

「我會照顧他們。」芮奇尖聲道，說完便掙脫謝頓的臂膀，自己站了起來。他一面拚命搓揉右肩，一面說：「我可以走，讓我過去。」

群眾爲他讓出一條路，他便說：「大哥，大姐，跟我來。快！」

幾十名男子陪同他們沿著人行道前進。不久之後，芮奇突然指了指一個開口處，喃喃道：「夥伴們，這裡。我要帶你們到一個誰也找不到的地方，就連達凡搞不好也不知道。只是有一件事，我們得通過污水層。那裡不會有人發現我們，但是有那麼一點臭……明白我的意思嗎？」

「我想我們死不了。」謝頓喃喃答道。

於是他們沿著狹窄的螺旋坡道向下走，迎接他們的惡臭則逐漸向上襲來。

80

芮奇爲他們找到一個藏身之處。他們攀著一架金屬梯爬了許多級，才來到這個類似閣樓的大房間，謝頓無從想像它的功用是什麼。室內被一具體積龐大、安靜無聲的設備所佔據，它的功能同樣是個謎。這個房間相當清潔，幾乎一塵不染。通風口送出一股穩定的氣流，不但阻止了灰塵的堆積，更重要的是，似乎也減輕了那股惡臭。

芮奇似乎很高興。「這裡好不好？」他追問道。他還在不時搓揉他的肩頭，每當揉得太用力時就會縮一下脖子。

「比我想像中的好。」謝頓說：「芮奇，你知道這地方是做什麼用的嗎？」

芮奇聳了聳肩，或說正要這麼做，卻又縮了一下脖子。「我不知。」說完，他又帶點倨傲地補充道：「誰管它？」

鐸絲剛才用手抹了抹地板，再以懷疑的眼光看了看自己的手掌，然後才坐下來。此時她說：「如果你要我猜，我想這個建築群是用來進行排泄物的去毒和回收。那些東西最後當然是變成肥料。」

「那麼，」謝頓以沮喪的口吻說：「根據我的研判，管理這個建築群的人會定期下來這裡，而且隨時可能下來。」

「我以前在這兒待過，」芮奇說：「我從來沒在這兒見過人。」

「我想川陀各處都已經盡可能高度自動化，而要說有什麼最需要自動化的東西，當然首推排泄物處理。」鐸絲說：「我們應該安全……一陣子。」

「不會太久的，鐸絲，我們會餓會渴。」

「我能幫大家找來食物和飲水。」芮奇說：「如果你是個野孩子，你就得知道該怎麼湊合。」

「謝謝你，芮奇，」謝頓心不在焉地說：「可是現在我並不餓。」他聞了聞周遭的氣味，「我也許再也不會感到饑餓。」

「你會的。」鐸絲說：「而且即使你暫時失去胃口，你也會感到口渴。至少排泄不成問題，我們等於住在一個開放的下水道上。」

接著是一陣沉默。此地光線黯淡，謝頓不禁納悶川陀人爲何不讓它保持完全黑暗。但他隨即想到，不論在任何公共場所，他從未遇到眞正的黑暗，這或許是能源充足社會的一種習慣。說來也奇怪，一個擁有四百億人口的世界竟然能源充足。不過，既然有行星內部的熱量可供汲取，再加上太陽能以及太空中的核融合電廠，因此這正是事實。其實再仔細想一想，帝國境內根本沒有能源短缺的行星。過去是否曾有一段科技十分原始的時期，使得能源貧乏是可能的事？

他倚在一組輸送管上，據他所知，裡面流動的應該是污水。一想到這點，他趕緊離開那組管子，坐到了鐸絲身旁。

他說：「我們有沒有辦法和契特．夫銘取得聯絡？」

鐸絲說：「事實上，我已經送出一道訊息，雖然我痛恨這樣做。」

「你痛恨這樣做？」

「我的使命是保護你。每次我不得不和他聯絡時，就代表我又失敗了。」

謝頓瞇起眼睛凝視她。「你一定要這麼強迫自己嗎，鐸絲？面對整區的維安警力，你根本無法保護我。」

「我也這麼想。我們能打垮幾個……」

「我知道，我們也做到了。但他們會派出增援部隊……裝甲地面車……神經砲……催眠霧。我不確定他們有些什麼，可是我敢確定，他們會投入所有的軍火。」

「你或許是對的。」鐸絲緊緊抿著嘴。

「大姐，他們抓不到你。」芮奇突然說。剛才他們交談的時候，他銳利的目光輪流掃在兩人身上。「他們從沒抓到達凡。」

鐸絲勉強笑了笑，並伸手抓抓男孩的頭髮，然後帶著點嫌惡的表情望著自己的手掌。「芮奇，我不確定你應不應該跟我們待在一起。我不想讓他們抓到你。」

「他們抓不到我。而且我要是走了，誰來幫你們找食物和飲水，誰又來幫你們找新的藏身處，好讓徽子永遠不知上哪兒去抓？」

「不，芮奇，他們會找到我們。他們並沒有眞正盡力尋找達凡。他為他們帶來困擾，但我猜想他們並未將他看得多嚴重。你明白我的意思嗎？」

「你的意思是說，他只是……脖子上一點小傷。根據他們的估量，不值得翻遍整個地區追捕他。」

「是的，我正是那個意思。可是你看，我們把兩名警官打成重傷，他們不會讓我們就這樣逍遙法外。假如他們動用全部的警力——假如他們掃蕩本區每個隱匿或無用的迴廊——他們就會抓到我們。」

芮奇說：「那令我覺得好像……好像一無是處。假使我沒跑到那裡去，而且挨了一記，你們就不會摺倒他們兩個警官，就不會有這樣的麻煩。」

「不，遲早我們還是會——喔——摺倒他們。誰知道呢？我們也許還得再摺倒些。」

「嗯，你的動作漂亮極了。」芮奇說：「要不是全身疼痛，我就能看到更多細節，好好欣賞一番。」

謝頓說：「試圖對抗整個維安系統，對我們沒有任何好處。現在問題是：一旦抓到我們，他們會把我們怎麼樣？不用說，當然是判處監禁。」

「喔，不。若有必要，我們不得不向大帝提出上訴。」鐸絲插嘴道。

「大帝？」芮奇張大眼睛說：「你們認識大帝？」

謝頓對男孩揮揮手。「銀河帝國任何公民都能向皇帝上訴——鐸絲，我覺得這會是個錯誤的舉動。自從我和夫銘離開皇區之後，我們就一直在躲避這個皇帝。」

「被丟進達爾監獄卻更不妙。上訴御前是一種拖延戰術——至少是一種牽制。也許在拖延過程中，我們能想到什麼別的辦法。」

「還有夫銘呢。」

「是的，還有他。」鐸絲以不安的口氣說：「但我們不能把他視爲萬靈丹。理由之一，即使我的訊息傳到他那裡，即使他能趕來達爾，他又如何在這裡找到我們？還有，就算他找到我們，面對整個達爾的維安警力，他又能做些什麼？」

「這樣說來，」謝頓道：「在被他們找到之前，我們必須想個可行的辦法。」

芮奇說：「如果你們跟著我，我能讓你們一直走在他們前面。我知道附近每一個地方。」

「你可以讓我們走在一個人前面，可是他們會有很多很多人，在所有的迴廊中鑽來鑽去。我們躲過一組人，又會撞見另一組。」

接下來有好一陣子，他們端坐在不安的沉默中，每個人都面對著一個似乎無望的局面。然後，鐸絲．凡納比里抖動了一下，以緊張而低沉的悄悄話說：「他們來了，我聽到了。」

他們繃緊神經傾聽了一會兒，然後芮奇突然跳起來，掐著嗓子說：「他們從那邊來，我們得往這邊走。」

謝頓相當疑惑，他什麼也沒聽到，但他寧願相信其他兩人的超人聽覺。不過就在芮奇開始迅速地、悄悄地朝腳步聲相反的方向移動時，一個聲音卻突然響起，在下水道的牆壁上激起回聲。「別走，別走。」

芮奇立刻說：「那是達凡。他怎麼知道我們在這裡？」

「達凡？」謝頓說：「你確定嗎？」

「我當然確定。他會幫助我們。」

81

達凡說：「發生了什麼事？」

謝頓感到一種最低限度的鬆懈。當然，面對達爾區整個的警力，多了達凡一人幾乎不算什麼。不過話說回來，他指揮著一大批人，應該可以製造足夠的混亂……

他說：「達凡，你應該都知道。我猜想今天早上在堤沙佛家門口聚集的群眾，有許多都是你的手下。」

「沒錯，有不少都是。傳聞是說你們遭到逮捕，而你們對付了一中隊的黴子。但你們爲什麼會遭到逮捕呢？」

「兩個，」謝頓一面說，一面舉起兩根指頭，「兩個黴子而已，但這就夠糟了。我們遭到逮捕的部分原因，就是我們去見過你。」

「那還不夠，黴子不怎麼把我當一回事。」他又以苦澀的口吻補充道：「他們低估了我。」

「或許吧，」謝頓說：「可是租房子給我們的那個女人，告發我們曾經掀起一場暴動……用來對付那名我們遇到的記者，你知道這回事。你的人昨天和今天早上都在現場，再加上兩名警官受了重傷，他們很可能會決定掃清這些迴廊——這就代表你要遭殃。我真的很抱歉，我從未打算或是指望引發其中任何一件事。」

達凡卻搖了搖頭。「不，你不瞭解那些黴子，這個理由還是不夠。他們並不想清除我們，否則的話，這個區必須爲我們做些安排。讓我們在臍眼和其他貧民窟裡腐爛，他們高興還來不及呢。不，他們是要抓你們——你們。你們到底做了什麼？」

鐸絲不耐煩地說：「我們什麼也沒做，而且無論如何，這又有什麼關係？假如他們不是在抓你，而眞的是在抓我們，他們就會下來這裡，把我們通通趕出去。你若挺身而出，就會有大麻煩。」

「不，我不會。我有些朋友——有權有勢的朋友，昨晚我對你們說過。」達凡道：「他們能像幫我一樣幫助你們。在你們拒絕公開幫我們之後，我和他們取得了聯絡。他們知道你是誰，謝頓博士，你是個名人。他們有資格和達爾區長直接通話，並能確保達爾放你們一馬，不論你們做過什麼。可是你們必須被帶走——帶離達爾。」

謝頓微微一笑，鬆懈感瞬間傳遍全身。他說：「達凡，你認識一位有權有勢的人，對不對？一位可以立即做出回應，有能力勸阻達爾政府採取激烈手段，而且能把我們帶走的人？很好，我並不驚訝。」他帶著笑容轉向鐸絲，「這完全是麥曲生的翻版。夫銘是怎麼做到的？」

鐸絲卻搖了搖頭。「太快了——我不懂。」

謝頓說：「我相信他做得到任何事。」

「我對他的認識比你更深，而且更久，但我不相信有這種事。」

謝頓又微微一笑。「可別低估他。」然後，他彷彿急於轉換話題，隨即轉向達凡說：「但你是怎樣找到我們的？芮奇說你對此處毫不知情。」

「他不知道。」芮奇憤慨地尖叫道：「這個地方只屬於我，是我發現的。」

「我以前從未來過這裡。」達凡一面說，一面環顧四周，「這是個有趣的地方。芮奇的確是個迴廊生物，在這個迷宮中就像回到家一樣。」

「沒錯，達凡，我們自己也推斷出這麼多。但你是怎麼找來的？」

「利用熱源追蹤儀。我有個裝置能偵測紅外輻射，校準到針對攝氏三十七度的熱輻射模式。它只會對人體產生反應，而不理會其他熱源。它對你們三人做出了反應。」

鐸絲皺著眉頭說：「川陀到處都是人，這種裝置在這裡有什麼用？其他世界不難見到，可是……」

達凡說：「可是川陀沒有，這我知道。只不過在貧民窟裡，在遭人遺忘且腐朽的迴廊和窄巷中，它還是派得上用場。」

「你又是從哪裡弄來的？」謝頓問道。

達凡說：「知道我有就夠了——但我們必須把你弄走，謝頓老爺。如今想要你的人太多了，而我只希望那位有權有勢的朋友得到你。」

「你那位有權有勢的朋友，他在哪裡？」

「他正走過來。至少有個新的三十七度熱源顯現了，我想不會是其他任何人。」

另一個人從門口大步走來，謝頓的歡呼卻凍結在唇邊——那並非契特．夫銘。

第十七章：衛荷

衛荷：……川陀這個世界型都會的一個行政區……在銀河帝國最後數世紀，衛荷是這個世界型都會中最強盛且最穩定的部分。長久以來，它的領導者都在覬覦帝位，理由爲他們乃是早期皇帝的後人。在曼尼克斯四世統治下，衛荷整軍經武，而且（帝國當局事後宣稱）計畫一場全球性軍事政變……

——《銀河百科全書》

12020GE　Encyclopedia

82

進來的人高頭大馬、肌肉結實。他有兩撇很長的金色翹鬚，末端微微翹起；兩綹髮束從臉頰兩側垂下來；下巴與下唇刮得光溜溜，而且似乎有點潮濕。他的頭髮修剪得非常短，並且由於顏色很淡，令謝頓不禁憶起麥曲生的種種不快。

那人所穿的無疑是一套制服。它的顏色紅白相間，腰際有一條寬大的皮帶，上面裝飾著幾顆銀釦。

當他開口時，聲音有如隆隆作響的低音樂器，口音則是謝頓從未聽過的。在謝頓的經驗中，不熟悉的口音大多聽來相當粗魯，但此人的聲音卻幾乎像音樂，或許是醇厚的低音所造成的印象。「我是愛瑪．塔勒斯中士，」他吐出低沉、嘹喨而緩慢的連續音節，「我來找哈里．謝頓博士。」

謝頓說：「我就是。」他別過頭來，低聲對鐸絲說：「即使夫銘無法親自前來，他顯然派了一個優秀的大塊頭來代表他。」

中士對謝頓投以木然且稍嫌冗長的一眼，然後說：「沒錯，上級對我描述過你的樣子。謝頓博士，請跟我走吧。」

謝頓說：「帶路。」

中士向後退去，謝頓與鐸絲．凡納比里則向前邁開腳步。

中士突然停下，然後舉起巨大的手掌，掌心朝向鐸絲。「上級命令我來接哈里．謝頓博士，沒有命令我接其他任何人。」

謝頓望著他，一時之間無法理解是怎麼回事。不久，他的驚訝轉成了憤怒。「你竟然會接到這種命令，中士，這簡直是不可能的事。鐸絲．凡納比里博士是我的同事和同伴，她一定要跟我去。」

「博士，這和我的命令不符。」

「我才不管你的什麼命令呢，塔勒斯中士。不讓她去的話，我一步也不走。」

「此外，」鐸絲帶著明顯的怒意說：「我所奉的命令，則是時時刻刻保護謝頓博士。除非我跟他在一起，否則我無法達成任務。因此不論他到哪裡，我都要跟去。」

中士顯得十分為難。「謝頓博士，我的命令嚴格要求我確保你不會受到傷害。倘若你不肯自願前去，我不得不把你抱進我的交通工具。我會試著動作盡量溫和。」

他伸出兩隻手臂，彷彿要抓向謝頓的腰際，把他整個抱起來。

謝頓向後一跳，讓對方撲了個空。與此同時，他的右手掌緣擊向中士的右臂上方，剛好落在肌肉最少的位置，因此一舉擊中臂骨。

中士突然深深倒抽一口氣，身體似乎晃了一下，但他隨即轉身，臉上毫無表情，再度向謝頓走去。達凡始終目不轉睛，身子也一動不動，芮奇卻已來到中士身後。

謝頓接二連三重複他的掌擊，但塔勒斯中士現在已有準備，他垂下肩頭，讓堅硬的肌肉承受這些攻擊。

鐸絲則已拔出她的雙刀。

「中士，」她強有力地說：「把頭轉到這個方向。我要你瞭解，假如你硬要強行帶走謝頓博士，我也許不得不重傷你。」

中士頓了一下，似乎在以嚴肅的態度估量那兩把緩緩揮動的利刃。然後他說：「在我的命令中，並未限制我傷害謝頓博士以外的人。」

他的右手以驚人的速度挪動，伸向臀邊皮套中的神經鞭。鐸絲飛快挺進，雙刀一齊刺出。兩人都沒有完成動作。

說時遲那時快，芮奇猛然向前衝來，左手推向中士的背部，右手則從皮套中抽走神經鞭。他迅速閃開，現在正以雙手握著那柄武器，喊道：「舉起手來，中士，否則你就要挨一記！」

中士做了個迴旋，漸漸漲紅的臉孔掠過一絲緊張的表情，這是他的木然唯一減弱的一刻。「放下來，老弟。」他咆哮道：「你不知道怎麼用。」

芮奇怒吼道：「我知道什麼是保險開關，它現在開著，這東西可以發射。如果你試圖向我衝來，它就真會發射。」

中士全身僵住。他顯然知道，讓一個激動的十二歲少年掌握一柄強力武器有多危險。

謝頓的感受也好不了多少，他說：「小心，芮奇。別發射，你的手指別碰開關。」

「我不會讓他向我衝來。」

「他不會的。中士，請別動，讓我們把事情弄清楚。上級叫你把我帶離這裡，是這樣的嗎？」

「是這樣的。」中士說，他的眼睛有幾分凸出，緊緊盯在芮奇身上（芮奇的雙眼也緊緊盯在中士身上）。

「可是上級未曾叫你帶走其他人，是嗎？」

「博士，沒有，我沒接到這種命令。」中士堅決地說。甚至神經鞭的威脅也無法逼他做出狡辯，這點誰都看得出來。

「非常好，不過聽我說，中士，上級曾叫你別帶走其他人嗎？」

「我剛說過……」

「不，不，聽好，中士，這有分別。你接到的命令是否只是『帶謝頓博士來』？整個命令就是這樣，並未提到其他人，還是命令的內容更加特定？你接到的命令是不是『帶謝頓博士來，別帶其他任何人』？」

中士的腦子轉了幾轉，然後他說：「謝頓博士，上級叫我帶你走。」

「那麼並沒有提到其他人，什麼都沒提到，對不對？」

頓了一下之後：「沒有。」

「上級沒有叫你帶走凡納比里博士，但也沒有叫你別帶凡納比里博士。是不是這樣？」

頓了一下之後：「是的。」

「因此你可以帶她也可以不帶，隨你高興？」

停頓很長一段時間之後：「我想是的。」

「那麼，這是芮奇，這位拿著神經鞭指著你的年輕朋友——你的神經鞭，記住——而且他迫不及待要動用了。」

「是啊！」芮奇喊道。

「芮奇，還不要。」謝頓說：「這是凡納比里博士，手中握著兩把刀，她可是這種武器的大行家。此外還有我，如果逮到機會，我能用一隻手抓爛你的喉結，令你再也發不出比耳語更大的聲音。好啦，你是要帶凡納比里博士同行，還是不要這樣做？你奉的命令允許你自己選擇。」

最後，中士以戰敗的聲音說：「我會帶這個女的一起走。」

「還有那個男孩，芮奇。」

「還有那個男孩。」

「很好。你能以榮譽向我擔保嗎？以軍人的榮譽擔保，你會照你剛才說的去做……誠實無欺？」

「我以軍人的榮譽向你擔保。」中士說。

「很好。芮奇，把神經鞭還給他——趕快，別讓我等。」

芮奇露出一副誇張的愁眉苦臉，轉頭向鐸絲望去。鐸絲猶豫了一下，然後緩緩點了點頭，她的表情也像芮奇一樣凝重。

芮奇將神經鞭遞給中士，並且說：「是他們要我這樣做的，你這大╳╳。」最後兩個字誰也聽不懂。

謝頓又說：「收起你的刀子，鐸絲。」

鐸絲搖搖頭，但還是將雙刀收了起來。

「如何，中士？」謝頓說。

中士先望著神經鞭，然後又望向謝頓。「你是個可敬的人，謝頓博士，我的榮譽擔保一定算數。」他以俐落的動作將神經鞭放回皮套中。

謝頓轉頭對達凡說：「達凡，請忘掉你在這裡所見到的一切。我們三人是自願隨塔勒斯中士走的。當你見到雨果．阿馬瑞爾時，告訴他說我不會忘記他，一旦這件事告一段落，我能自由行動之後，我保證會把他送進一所大學。此外，達凡，倘若有任何合理的事，是我能爲你效力的，我一定都會做——好啦，中士，我們走吧。」

83

「你以前搭乘過噴射機嗎，芮奇？」哈里．謝頓問道。

芮奇默默搖了搖頭。他正以驚恐與敬畏交集的心情，望著「上方」猛然掠過他們腳下。

這使謝頓再度想到，川陀是個多麼依賴捷運與隧道的世界。對一般大衆而言，即使長距離旅行也都在地底進行。不論空中旅行在外星世界多麼普遍，它在川陀卻是一項奢侈。至於像這樣的一架噴射機……

夫銘是怎樣做到的？謝頓實在納悶。

他透過機窗向外望去，看見了起伏的穹頂，看見了川陀這一帶的無際蒼翠，以及時隱時現、無異於叢林的深綠色斑點，還有不時通過的一些海灣——當太陽從濃厚的雲層裡短暫露臉時，鉛色的海水便會在那一瞬間閃閃發光。

鐸絲原本在看一本新的歷史小說，但沒有顯露多大的興趣。大約飛行了一小時之後，她突然將影視書「卡答」一聲關掉，說道：「我真希望知道我們正往哪兒去。」

「假如你無從判斷，」謝頓說：「那我當然更不行。你在川陀待得比我久。」

「沒錯，不過只是在裡面。」鐸絲說：「一旦到了外面，只有上方在我腳下，我就像未出世的胎兒一般茫然。」

「喔，好吧。想必夫銘知道自己在做什麼。」

「我確定他知道，」鐸絲以頗為鋒利的語氣答道：「但那或許和現在的情勢毫無關係。你為什麼仍舊假設這些都代表他的謀劃？」

謝頓揚起眉毛。「經你這麼一問，我還真不知道，我只是假設而已。為什麼不該是他的謀劃呢？」

「因為不論是誰安排這項行動，都沒有特別交代把我一起帶走，我就是不信夫銘會忘記我這個人。而且他並未親自前來，這和前兩次在斯璀璘以及麥曲生不一樣。」

「你不能總是指望他那樣做，鐸絲，他很有可能是分身乏術。應該驚訝的不是這回他沒來，而是前兩次他竟然親自來了。」

「即便無法親自前來，他會派一座這麼顯眼、這麼豪奢的飛行宮殿來嗎？」她朝四面八方指了指這架大型豪華噴射機。

「也許只不過是它剛好有空。而且他也許做過一番推理：沒有人會懷疑，像這麼顯眼的東西，會載著兩個拚命想要躲避耳目的逃亡者。這是著名的負負得正法則。」

「在我看來，有點太著名了。他又怎麼會派一個像塔勒斯中士這樣的白癡來？」

「這位中士並不是白癡，他只是被訓練得絕對服從。只要有適當的命令，他能百分之百可靠。」

「你看，哈里，我們又兜回來了。爲什麼他沒接到適當的命令？我感到不可思議，契特．夫銘竟然只告訴他把你帶離達爾，卻沒有一個字提到我。實在不可思議。」

對於這個問題，謝頓沒有任何答案，他的心開始往下沉。

又過了一個小時之後，鐸絲說：「看來外面好像愈來愈冷。原本青翠的上方變得枯黃，而且我相信暖氣已經打開了。」

「這代表什麼意義？」

「達爾位於熱帶，所以顯然我們正在向北或向南飛——而且飛了很可觀的距離。我如果清楚晝夜界線在哪個方向，便能判斷是南是北。」

最後，他們通過一段海岸線，有一串冰緊貼著那些濱海穹頂與海水的接壤處。

然後，在幾乎毫無預警的情況下，噴射機開始俯衝。

芮奇尖叫道：「我們要墜毀啦！我們要撞得粉碎！」

謝頓感到腹肌繃緊，他用力抓住座椅扶手。

鐸絲似乎不爲所動，她說：「駕駛員們似乎並不驚慌。我們是要鑽進隧道。」

就在她這麼說的時候，機翼已經開始向後並向下收攏，接著，噴射機像一顆子彈一樣飛進隧道。最初的一剎那，他們被一片黑暗籠罩；而在下一刻，隧道內的照明系統便已開啓。向外望去，隧道兩旁的牆壁正蜿蜒地掠過機身。

「我想我絕對無法肯定，他們知道這條隧道已經空出來。」謝頓喃喃道。

「我確信在好幾十公里外，他們便確認過隧道無人使用。」鐸絲說：「無論如何，我推測這是此趟旅程的最後一個階段，我們很快便會知道身在何處。」

她頓了一頓，然後補充道：「我進一步的推測是，我們不會喜歡那個答案。」

84

噴射機急速飛出隧道，降落在一條很長的跑道上。跑道正上方有個非常高的頂棚，自從謝頓離開皇區後，從未見過如此接近眞實天日的建築。

他們不久便停下來，滑行時間比謝頓的預期還要短，代價卻是一股難受的正向衝力。尤其是芮奇，他全身壓在前面的椅背上，連呼吸都有困難，直到鐸絲將他的肩頭稍向後拉，他才鬆了一口氣。

相貌堂堂、身形筆直的塔勒斯中士離開前座，向噴射機後面走來。他打開旅客艙的艙門，扶助他們三人一個個下機。

謝頓是最後一個。經過中士身邊時，他半轉過頭來說：「中士，這是一趟愉快的旅程。」一抹笑容在中士寬大的臉龐上緩緩擴散，使他留著鬍子的上唇揚了起來。他像敬禮似地碰了一下帽簷，說道：「博士，再次謝謝你。」

接著，他們在引導之下，進入一輛外型高貴的地面車的後座。中士自己則鑽進前座，以驚人的輕巧動作駕駛著這輛車。

他們穿過一些寬闊的道路，兩側都是高大而壯麗的建築，通通在充足的日光下閃閃發亮。如同在川陀其他地方一樣，他們聽到遠處有捷運的隆隆聲。人行道上擠滿了人，大多數都穿得很體面。周遭的環境十分清潔，幾乎可說清潔得過分。

謝頓的安全感從黃燈轉爲紅燈。鐸絲對於目的地的憂心，如今似乎終於應驗。他湊近她說：「你認爲我們回到皇區了嗎？」

她說：「不，皇區的建築更具洛可可風，而且本區欠缺皇家庭園的風味——你該知道我的意思。」

「鐸絲，那麼我們在哪裡？」

「哈里，只怕我們得問問。」

這並非一趟長途旅程，他們很快就來到一個停車坪，旁邊則是一座富麗堂皇的四層樓建築。那座建築物頂端橫亙著一道檐壁，上面雕刻著許多想像中的動物，並裝飾著粉紅暖色的石頭所排成的條紋。建築物的外表極爲壯觀，擁有一個討人喜歡的外型。

謝頓說：「那座建築，看來無疑洛可可十足。」

鐸絲不確定地聳了聳肩。

芮奇吹著口哨，企圖（卻沒有成功）以不爲所動的口氣說：「嘿，看看那個拉風的地方。」

塔勒斯中士對謝頓做了一個手勢，顯然是要他跟著走。謝頓卻裹足不前，他伸出雙臂，同樣藉著這種宇宙通用的語言，表示應將鐸絲與芮奇包括在內。

在壯觀的粉紅色大門口，中士有點卑微地遲疑了一下，他的兩撇鬍子好像也垂了下來。然後他板著臉說：「那麼，你們三個一起來吧，我的榮譽擔保仍然算數。話說回來，你該明白，其他人也許並不認同我。」

謝頓點了點頭。「中士，我堅信你只對自己的行爲負責。」

中士顯然感動萬分，一時之間，他的臉孔開朗許多，彷彿他在考慮是否有可能和謝頓握握手，或是以其他方式表達他的衷心贊同。然而，他終究否決了這些衝動，逕自走向門前的台階。他才踏上第一級，那道階梯立刻開始莊嚴地緩緩上升。

謝頓與鐸絲趕緊隨著他踏上階梯，沒費多大力氣便穩住身形。芮奇驚訝之餘曾有短暫的躊躇，經過短距離衝刺才跳上這個活動階梯。他隨即將雙手插進口袋，悠閒地吹起口哨。

大門打開後，隨即出現兩名既年輕又迷人的女子，以對稱的方式一人一邊走出來。她們的衣裳在腰際由皮帶緊緊繫住，下襬幾乎長達腳踝，末端有波浪狀的皺褶，走路時會沙沙作響。兩人都有一頭棕髮，在頭部兩側結成兩條粗辮再盤起來。（謝頓發覺那很吸引人，卻又納悶她們每天早上得花多少時間梳理。剛才一路上，他並未發覺街上的婦女擁有如此精緻的髮型。）

兩名女子以明顯的輕蔑眼神凝視來客。這點謝頓並不驚訝，經過一天的折騰，他與鐸絲看來幾乎和芮奇一樣灰頭土臉。

然而，兩名女子還是優雅地鞠了一躬，然後半轉過身，以完全一致的動作做個請進的手勢，從頭到尾都細心維持著對稱。（她們預演過嗎？）顯然是要他們三人進去。

他們穿過一個精緻的房間，房裡零星散佈著許多家具與裝飾品，謝頓無法一眼看出它們的功用。地板是淡色系的，富有彈性並發出冷光。謝頓注意到他們的鞋子在上面留下不少灰塵，令他感到有些不好意思。

然後，內門突然推了開，隨即出現另一名女子，她比先前那兩位無疑年長許多。（當她走進來時，兩名少女緩緩低下身子，雙腳始終維持對稱的交叉姿勢。謝頓不禁讚嘆她們竟然能保持平衡，這無疑需要大量的練習。）

謝頓不知道自己是否也該做出某種儀式化的敬拜，但既然對這一切毫無概念，他只是微微低下頭來。鐸絲則保持直立的姿勢，在謝頓的感覺中，她的動作似乎帶著不屑的意味。芮奇則正在張大嘴巴東張西望，好像根本沒看到剛進來的那名女子。

她的體型豐滿——並非肥胖，但有適度的脂肪。她將頭髮梳成和兩名少女一樣的髮型，而她的衣裳也是同一種款式，不過裝飾卻華麗許多倍——實在太多了點，令謝頓的審美觀無法接受。

她顯然已步入中年，她的頭髮透出些許灰白，但雙頰上的酒渦為她的外表帶來不少青春氣息。此外，她淡褐色的眼睛喜氣洋洋。整體而言，她看來不算老，反而更像一位慈母。

她說：「你們大家好嗎？」（她並未對鐸絲與芮奇表現出驚訝，反倒在問候中輕易將他們包括在內。）「我等待你已有一些時日，當初在斯瓏璘的上方，差點就請到你了。你是哈里．謝頓博士，是我一直期待會見的人。而你，我想一定是鐸絲．凡納比里博士，因為根據報告，你一直都在他身邊。這個年輕人我恐怕不認識，不過我很高興見到他。但我們絕不該花太多時間交談，我確定你們會希望先休息一下。」

「還有沐浴，女士，」鐸絲以頗為有力的口氣說：「我們每個人都得好好洗個澡。」

「是的，當然。」那女子說：「還要換一套衣服，尤其是這個年輕人。」她低頭望向芮奇，和那兩名少女不同的是，她臉上沒有任何輕視或不以為然的表情。

她說：「年輕人，你叫什麼名字？」

「芮奇。」芮奇以有些哽塞與尷尬的聲音說，接著又試探性地補充道：「姑奶奶好。」

「多麼奇妙的巧合，」那女子的雙眼閃爍著光芒，「或許是個兆頭。我的名字叫芮喜爾，這是不是很奇妙？不過別管這個了，我們會好好照顧你們。然後，我們有充分的時間來餐敘。」

「女士，等一等。」鐸絲說：「我能請問我們在哪裡嗎？」

「衛荷，親愛的。等你覺得更熟絡時，就請改口叫我芮喜爾吧。我總是喜歡不拘禮節。」

鐸絲的態度轉趨強硬。「我們的問題令你驚訝嗎？我們想知道身在何處，難道不是很自然嗎？」

芮喜爾發出一陣愉悅而清脆的笑聲。「眞的，凡納比里博士，這地方的名字好歹也得改一改。我剛剛並非提出一個問題，而是在做一項陳述。你問你們在哪裡，我不是反問你『爲何』，而是回答你『衛荷』。你們如今在衛荷區。」

「在衛荷？」謝頓使勁說道。

「的確沒錯，謝頓博士。打從你在十載會議上發表演說那天起，我們就想把你請來，我們很高興現在終於請到你了。」

85

事實上，休息，放鬆，把全身洗乾淨，換上新衣服（質料光滑且有些寬鬆，這是衛荷服裝的特色），再好好睡上一覺，花了他們一整天的時間。

來到衛荷的第二天傍晚，芮喜爾女士承諾的晚餐才有機會舉行。

餐桌相當大——其實太大了，因爲總共只有四個人進餐：哈里·謝頓、鐸絲·凡納比里、芮奇與芮喜爾。牆壁與天花板都打上柔和的燈光，光線的色彩不停變化，其速率足以吸引目光，卻不至於快到令人心浮氣躁。而桌布（其實並非布料，謝頓心中尙未判定它是什麼）似乎會閃閃發光。

服侍進餐的僕人很多，個個沉默不語。當門打開的時候，謝頓似乎瞥見外面站著一些士兵，一律全副武裝並荷鎗實彈。這個房間像個天鵝絨手套，而那隻鐵拳卻在不遠的地方。

芮喜爾表現得殷勤而親切，而且顯然對芮奇特別喜愛，還堅持要他坐在她旁邊。芮奇已經徹底洗個乾淨，顯得煥然一新。在他穿上新衣服，而且頭髮經過修剪、清洗、梳理之後，幾乎使人認不出來了。現在他簡直不敢開口說話，彷彿感到他的文法不再符合自己的外表。他覺得萬分不自在，每當鐸絲的手在餐具之間游移，他都會仔細望著她，試著讓每一個動作都與她完全一致。

食物可口但味道過重，以致謝頓無法分辨一道道菜究竟是什麼做的。

芮喜爾帶著溫柔的微笑，令她豐滿的臉頰顯得很開心，而她美麗的牙齒則閃著雪白的晶光。「你也許以為我們在食物中放了麥曲生添加物，其實並沒有，這些全是衛荷自家種植的。在這顆行星上，沒有任何一區比衛荷更自給自足。我們花費很大心力保持如此。」

謝頓嚴肅地點了點頭。「你招待我們的每樣東西都是一流的，芮喜爾，我們十分感謝你。」

但他在心中，卻認為這些食物還是比不上麥曲生的水準。他更有一種感覺，正如他早先對鐸絲嘀咕的，他正在慶祝自己的失敗。或者至少是夫銘的失敗，而在他看來，兩者似乎是同一回事。到頭來，他還是被衛荷逮到了。當初，在上方事件發生後，夫銘曾經非常擔心這個可能性。

芮喜爾說：「我既然身為女主人，或許問些私人問題也值得原諒。我猜你們三位不是一家人；你，哈里，和你，鐸絲，並不是夫妻，而芮奇也不是你們的兒子。這個猜測是否正確？」

「我們三個人並沒有任何關係。」謝頓說：「芮奇生在川陀，我生在赫利肯，鐸絲生在錫納。」

「那麼，你們三人是怎樣遇到的？」

謝頓做了簡短的解釋，盡可能避免提到任何細節。「過程中沒有任何浪漫或重要的情節。」他補充道。

「但據我瞭解，當我的貼身侍衛塔勒斯中士只要將你一人帶離達爾時，你曾對他百般刁難。」

謝頓以嚴肅的口吻說：「我愈來愈喜歡鐸絲和芮奇，不希望和他們分開。」

芮喜爾微微一笑。「我懂了，你是個感情豐富的男人。」

「是的，沒錯。我感情豐富，而且十分困惑。」

「困惑？」

「可不是嗎。既然你這麼親切，問了我們一些私人問題，我能否也問一個？」

「當然，親愛的哈里，你喜歡問什麼都行。」

「我們剛到的時候，你說打從我在十載會議上發表演說那天起，衛荷就想要把我請來。是什麼原因呢？」

「不用說，你不會單純到連這點都不明白。我們要你，是為了你的心理史學。」

「這點我還算瞭解。可是你怎麼會認為，得到我就代表得到心理史學？」

「不用說，你不會粗心到把它給弄丟了。」

「事實上更糟，芮喜爾，我從未擁有這門學問。」

芮喜爾臉上現出酒渦。「但你在演說中卻不是這麼講。並非我聽得懂你的演說，我不是數學家，我甚至痛恨數字。可是我雇用了不少數學家，他們對我解釋過你的演說內容。」

「這樣的話，親愛的芮喜爾，你必須聽得更仔細些。我絕對能想像他們曾經告訴你，說我證明出心理史學的預測是可能的，但他們想必也告訴過你，那實際上是不可行的。」

「哈里，這點我無法相信。第二天你就進宮，去覲見那個偽皇帝，克里昂。」

「偽皇帝？」鐸絲以諷刺的口吻咕噥道。

「可不是嗎。」芮喜爾彷彿在回答一個嚴肅的問題，「偽皇帝，他沒有接掌皇位的眞正資格。」

「芮喜爾，」謝頓有點不耐煩地把那個問題推到一邊，「我告訴克里昂的答案，和我剛才對你說的一模一樣，然後他就讓我走了。」

這回芮喜爾並未露出笑容，她的聲音則變得有點尖銳。「沒錯，他讓你走了，以寓言中貓放老鼠走的那種方式。從此以後，他就一直在追捕你──在斯璀璘，在麥曲生，在達爾。要是有膽的話，他還會追到這裡來。不過到此為止吧──我們的嚴肅話題變得太過嚴肅了。讓我們享受一下，讓我們來點音樂。」

她說完後，輕柔悅耳的樂器旋律便突然響起。她湊向芮奇，輕聲說道：「孩子，如果你不習慣用叉子，用湯匙或手指都行，我不會介意的。」

芮奇說：「好的，女士。」顯然是毫不保留地接受了。但鐸絲卻捕捉到他的目光，並做出一組無聲的嘴型：「叉子。」

於是他並未將叉子丟開。

鐸絲說：「女士，這音樂眞可愛。」她刻意拒絕用親暱的稱呼，「可是絕不能讓它使我們分心。我心裡有個想法，就是各處的追捕者可能都受雇於衛荷區。不用說，假如衛荷不是主謀，你也不會對那些事瞭若指掌。」

芮喜爾縱聲大笑。「衛荷的耳目自然遍佈各個角落，但所謂的追捕者並不是我們。否則，你們早就被一舉捉來了──就像你們在達爾那樣，這一次，我們終於眞正成為追捕者。然而，當追捕的行動失敗，當伸出的爪子抓空時，便可確定那是丹莫刺爾主使的。」

「你如此看輕丹莫刺爾嗎？」鐸絲喃喃問道。

「是的。這令你驚訝嗎？我們已經擊敗他了。」

「你？或是衛荷區？」

「當然是本區，但只要衛荷是勝利者，那麼我就是勝利者。」

「多奇怪啊。」鐸絲說：「整個川陀似乎盛行著一種見解，那就是無論勝利或敗北，或是其他任何事情，都和衛荷居民毫無關係。在我們的感覺中，衛荷只有一個意志，一隻拳頭，而那是屬於區長所有。不用說，你，或者其他衛荷人，相較之下都無足輕重。」

芮喜爾露出燦爛的笑容。她並未立即回答，而是以慈祥的眼神望著芮奇，又掐掐他的臉頰，這才說道：「如果你相信我們的區長是個獨裁者，只有一個意志支配著衛荷，那麼或許你是對的。可是，即使如此，我仍然可以用人稱代名詞，因為我的意志舉足輕重。」

「為什麼？」謝頓說。

「有何不可？」當僕人開始收拾餐桌時，芮喜爾說：「我，就是衛荷區長。」

86

對這項陳述首先做出反應的是芮奇。他幾乎忘了強行加諸其上的斯文外衣，先發出一陣刺耳的笑聲，接著說道：「嘿，大姐，你不可能是區長，區長都是哥兒們。」

芮喜爾和藹地望著他，十足模仿他的腔調說：「嘿，小子，有些區長是哥兒們，有些區長是娘兒們。把這件事放在腦袋瓜裡，讓它好好煮一煮。」

芮奇雙眼凸出，似乎嚇了一大跳。最後，他總算吐出一句：「嘿，大姐，你在說普通話。」

「是呀，要多普通就多普通。」芮喜爾仍然面帶笑容。

謝頓清了清喉嚨，說道：「芮喜爾，你學的口音可眞像。」

芮喜爾稍稍抬起頭。「許多年來，我一直沒機會用，但我永遠不會忘記。我曾經有個朋友，一個好朋友，他是個達爾人——那是我非常年輕的時候。」她嘆了一聲，「當然，他並不像那樣講話——他相當聰明能幹——但他可以講那種話，而且把我也教會了。跟他那樣說話實在令人興奮，等於創造了一個世界，把周遭的一切都排除在外。那實在太美妙了，卻也是一件不可能的事，因為家父的立場十分明白。如今來了這個小淘氣，芮奇，不禁使我想起那段遙遠的時光。他有那種口音，那種眼神，那種叛逆的表情，差不多再過六年，他就會成為少女心目中又愛又怕的對象。會不會，芮奇？」

芮奇說：「我不知，大姐——不，女士。」

「我確定你會的，而且你會變得非常像我的……那位老朋友。那個時候，為了我自己著想，我最好別再見到你。現在晚餐已經結束，芮奇，你該回到自己的房間去了。如果有興趣，你可以看一會兒全相電視。我猜你不會讀書。」

芮奇漲紅了臉。「總有一天我會讀，謝頓老爺說的。」

「那麼我也對你有信心。」

一名年輕女子向芮奇走來，並朝芮喜爾的方向尊敬地屈膝行禮。謝頓並未注意到召喚她的訊號。

芮奇說：「我不能留下來，陪謝頓老爺和凡納比里姑奶奶嗎？」

「等一下你就會見到他們，」芮喜爾溫柔地說：「可是現在我和老爺以及姑奶奶得談一談——所以你必須離開。」

鐸絲對芮奇做了一個堅決的嘴型：「走！」男孩回應了一個鬼臉，隨即滑下椅子，跟著那名女僕走了。

芮奇離去後，芮喜爾隨即轉向謝頓與鐸絲，說道：「那孩子當然會很安全，而且會受到良好待遇，這點請別擔心。而我自己也會很安全，正如女侍剛才走過來那樣，在我召喚之下，十幾名武裝衛士也能隨傳隨到——而且動作快得多。我要你們瞭解這一點。」

謝頓以平穩的語氣說：「我們絕對沒有想要攻擊你，芮喜爾——或是我現在得說『區長女士』？」

「還是叫芮喜爾吧。據我所知，哈里，你可算一名摔角選手；而你，鐸絲，雙刀要得非常熟練，不過我們已經從你的房間取走那兩把刀。我不要你們妄想仰賴你們的本領，因為我要哈里活著，毫髮無損，而且態度友善。」

「有一點大家十分瞭解，區長女士，」鐸絲毫無妥協地拒絕表現友善的態度，「過去四十年來，直到今天為止，衛荷的統治者都是曼尼克斯四世。他仍舊健在，而且神智完全清醒。所以說，你究竟是什麼人？」

「我正是自稱的那個人，鐸絲。曼尼克斯四世是我父親，正如你所說，他仍舊健在，而且神智清醒。在皇帝以及整個帝國眼中，他才是衛荷的區長，但他厭倦了為權力而心力交瘁，終於心甘情願地讓權力溜到我手中，而我同樣心甘情願地接收。我是他的獨生女，從小被教養成一名統治者。因此，家父是法律上與名義上的區長，而我則是實質的區長。如今，衛荷軍隊宣誓效忠的對象是我。而在衛荷，這才是真正算數的事。」

謝頓點了點頭。「姑且接受你所說的一切。但即使如此，不管區長是曼尼克斯四世或芮喜爾一世——我想是一世吧——你們留置我都沒有任何意義。我已經告訴你，我並未掌握一個可行的心理史學，也不認為我自己或其他人將來能掌握到。我也曾經對大帝這樣說過，所以我對你和對他同樣沒用。」

芮喜爾說：「你多麼天真啊。你可知道帝國的歷史？」

謝頓搖了搖頭。「最近我才希望自己對它多所瞭解。」

鐸絲以冷淡的口氣說：「區長女士，我則對帝國歷史相當瞭解，雖然前帝國時代才是我的專長。但我們究竟是否瞭解，又有什麼關係呢？」

「你如果知道這些歷史，就該知道衛荷世族是個古老而光榮的家族，而且是達斯皇朝的後裔。」

鐸絲說：「達斯皇朝的統治是五千年前的事。從那時候算起，過去一百五十代以來，他們的後人生生死死，加起來或許高達當今銀河人口數的一半──只要所有的宗譜，不論多麼荒誕不經，全都計算在內的話。」

「凡納比里博士，我們的宗譜絕非荒誕不經。」芮喜爾的語調首次變得冰冷而不友善，她的雙眼則像精鋼一般閃爍。「它有完整的檔案可供查證。在這一百五十個世代裡，衛荷世族一貫保有掌權的地位，而且曾有一些時期，我們的確掌握皇位，以皇帝的名義統治帝國。」

「在歷史影視書中，」鐸絲說：「通常將衛荷的統治者稱為『反皇帝』，向來只有少數人承認他們。」

「那要看由誰來撰寫歷史影視書。將來會改由我們執筆，因為曾是我們的皇位將重歸我們的懷抱。」

「想要達到這個目的，你必須發動一場內戰。」

「不會有太大的風險。」芮喜爾再度露出笑容，「這就是我必須向你們解釋的，因為我需要謝頓博士的幫助，來避免這樣的一場大禍。我的父親，曼尼克斯四世，一生都是一位和平主義者。不論什麼人住在皇宮裡，他都一律效忠不誤。而且為了整個帝國的利益，他始終保持衛荷的繁榮和強盛，成為川陀經濟的重要支柱。」

「我沒聽說皇帝因此而更加信任他。」鐸絲說。

「我確定這點沒錯，」芮喜爾平靜地說：「因爲在家父的時代，佔領皇宮的皇帝都自知是代代相傳的篡位者。篡位者自然不敢信任眞正的統治者。可是，家父一直以和爲貴。當然，他建立並訓練了一支強大的維安武力，用以維繫本區的和平、繁榮和穩定。帝國當局一向默許這件事，因爲他們也想要衛荷保持和平、繁榮、穩定——以及忠誠。」

「可是它忠誠嗎？」鐸絲說。

「對眞正的皇帝，當然忠誠。」芮喜爾說：「現在我們的實力已經成熟，我們已經能迅速接收政府——事實上，是藉由迅雷不及掩耳的一擊。在任何人能說這是『內戰』之前，就會出現一位眞正的皇帝——或說女皇，如果你喜歡吹毛求疵——而川陀將保有和過去一樣的太平。」

鐸絲搖了搖頭。「我能開導你一下嗎？以歷史學家的身分？」

「我一向樂意受教。」她朝鐸絲的方向稍稍湊過頭去。

「不論你的維安武力規模多大，不論訓練如何精實，裝備如何精良，帝國武力卻有兩千五百萬個世界做後盾，你們絕對不是對手。」

「啊，但你剛好指出了篡位者的弱點，凡納比里博士。帝國武力分散於兩千五百萬個世界；在無際的太空中，在無數的軍官統率下，那些兵力已被稀釋殆盡。沒有人特別願意出兵自身星省之外，反而許多都不顧帝國死活，只願意爲自己的利益而戰。反之，我們的部隊都在此地，全部在川陀。在遠方的將領風聞需要他們發兵馳援之前，我們便能迅速採取行動並完成任務。」

「可是反應必將隨之而至，帶著無可抵禦的武力。」

「你確定會嗎？」芮喜爾說：「那時我們將坐鎭皇宮，川陀已是我們的，而且處於太平狀態。帝國軍隊如果只管自己的事，那麼每個小小的軍事領袖都能統治自己的世界、自己的星省，所以說，他們爲什麼要來攪和？」

「難道那就是你想要的嗎？」謝頓好奇地問道：「你是在告訴我，你期望統治一個即將四分五裂的帝國？」

芮喜爾說：「正是如此。我將統治川陀，統治它外圍的太空殖民地，統治鄰近幾個屬於川陀星省的行星系。我將更像川陀的皇帝，而不是整個銀河的皇帝。」

「你會滿足於僅僅擁有川陀？」鐸絲以絕不相信的口吻說。

「爲何不會？」芮喜爾突然變得慷慨激昂，她急切地將身子向前傾，雙手按在餐桌上。「那正是家父謀劃了四十年的目標。他如今苟延殘喘地活著，只爲親眼目睹它的實現。我們爲什麼需要千萬個世界？遙遠的世界對我們毫無意義；只會削弱我們的實力；只會把我們的武力從身邊抽走，灑向毫無意義的太空；只會將我們淹沒在行政管理的混沌中；只會以無止無休的爭吵和問題把我們拖垮——其實對我們而言，它們根本等於不存在。我們自己這個人口眾多的世界，我們自己這個行星都會，已足以作爲我們的銀河；我們擁有自給自足的一切。至於銀河其他部分，就讓它四分五裂吧。每個小小的軍頭都能擁有自己的一小片，他們無需爭鬥，銀河足夠讓他們分。」

「可是無論如何，他們還是會鬥的。」鐸絲說：「每一個都不肯滿足於自己的星省；每一個都恐懼近鄰不滿足於他們的星省；每一個都感到不安全，而會夢想統治銀河才是唯一的安全保證。我的虛無女皇，這是確定會發生的事。從此將會有無窮無盡的戰爭，而你和你的川陀必然會被捲進去——同歸於盡。」

芮喜爾以明顯的輕蔑口吻說：「看來似乎如此，但前提是我們無法看得比你更遠，或是僅僅憑藉普通的歷史教訓。」

「還有什麼能看得更遠的？」鐸絲回嘴道：「除了歷史教訓之外，我們還能憑藉什麼？」

「除此之外還有什麼？」芮喜爾說：「哈，還有他！」

她的手臂猛然伸出，她的食指戳向謝頓。

「我？」謝頓說：「我已經告訴你心理史學……」

芮喜爾道：「別再重複你說過的話，我的謝頓博士，它對我們毫無用處。凡納比里博士，難道你認爲家父從未體認無窮內戰的危險？你以爲他並未傾注過人的心力，設法想出防範之道？過去十年來，他隨時準備好在一天之內接收帝國。唯一欠缺的，就是勝利之外的安全保證。」

「那是你們無法掌握的。」鐸絲說。

「在聽到謝頓博士於十載會議中發表論文的那一刻，我們便掌握到了。我馬上看出那正是我們需要的。家父由於年事過高，無法立刻看出它的重要性。然而，在我一番解釋之下，他也看出來了。那個時候，他才正式將他的權力轉移給我。所以說，哈里，我的地位是拜你之賜。而在未來，我更高的地位還是要托你的福。」

「我一直在告訴你，它不能……」謝頓以極不耐煩的口氣說了半句。

「能做或不能做什麼並不重要，重要的是人民相不相信什麼是做得到的。只要你告訴他們，心理史學的預測是川陀能夠自我統治，每個星省都能變成一個王國，而所有的王國將和平共處，哈里，他們一定會相信的。」

「在未曾掌握眞正的心理史學之前，」謝頓說：「我不會做這種預測。我不要扮演江湖術士。如果你要公佈這種事，請你自己去說。」

「算了，哈里，他們不會相信我的。他們會相信的是你，一位大數學家。何不滿足他們一下呢？」

「說來很巧，」謝頓道：「大帝也曾經想到利用我來散播一些自我實現的預言。我拒絕了他，你卻以爲我會同意爲你這樣做？」

芮喜爾沉默了一會兒，當她再度開口時，她的聲音不再激動無比，變得幾乎是好言相勸。

「哈里，」她說：「稍微想想克里昂和我的不同之處。克里昂想從你身上得到的，無疑只是保障皇位的一種宣傳。滿足他這一點毫無意義，因爲他的皇位根本保不住。難道你不知道，銀河帝國處於一種衰敗狀態，不可能再支持多久了？管理兩千五百萬個世界所帶來的愈來愈沉重的負擔，令川陀本身正逐漸步向滅亡。不論你爲克里昂做些什麼，等在前面的都是分裂和內戰。」

謝頓道：「我曾經聽過一些類似的說法。它甚至有可能是眞的，但是又怎麼樣？」

「所以說，應該幫它在毫無戰事的狀況下分裂。幫助我取得川陀；幫助我建立一個穩固的政府，來統治一個足夠小、足以有效治理的領域。讓我把自由還給銀河各個角落，讓每個成員依照自身的習俗和文化各行其是。銀河將會藉著貿易、觀光和通訊等自由媒介，再度變成一個活生生的整體。這樣一來，便能避免在目前這個幾乎無法維繫的統治力量之下，整個銀河崩潰瓦解的悲慘命運。我的野心實在有限；一個世界，而不是百千萬；和平，而不是戰爭；自由，而不是奴役。仔細想想，答應幫助我吧。」

謝頓說：「銀河黎民既然不相信你，又爲什麼會相信我？他們根本不認識我。而我們的那些艦隊指揮官，有哪個聽到『心理史學』四個字便會動容？」

「現在不會有人相信你，但是我不需要現在就行動。衛荷世族已經等待了數千年，還可以再多等幾千個日子。只要和我合作，我會讓你的名字響徹銀河，我會讓每個世界都知道心理史學成功在望。而在適當的時候，當我判斷時機成熟的那一刻，你就發表你的預測，而我們則發動攻擊。然後，在歷史的一瞬間，銀河便會處於一個新秩序之下，享有永永遠遠的穩定和幸福。來吧，哈里，你能拒絕我嗎？」

第十八章：顛覆

愛瑪．塔勒斯：……古川陀衛荷區武裝維安部隊的一名中士……

……除了這些毫無重要性的體格資料外，對此人的一切幾乎一無所知。只知道在某個關鍵時刻，銀河的命運曾經掌握在他手中。

——《銀河百科全書》

12020GE —— Encyclopedia

87

翌日上午，遭到軟禁的三個人在一間凹室中享用早餐，該處離他們三人的房間都不遠。那實在是一頓奢豪的餐點，食物當然種類繁多，而且每一樣都供過於求。

謝頓面對著餐桌上堆積如山的加味臘腸，完全不理會鐸絲・凡納比里有關反胃與腹痛的憂心警告。

芮奇說：「那娘兒們……區長女士昨晚來看我的時候說……」

「她去看過你？」謝頓問。

「是啊，她說她要確定我住得舒服。她還說有機會的話，她會帶我去動物園。」

「動物園？」謝頓望向鐸絲，「川陀能有什麼樣的動物園？貓狗展覽？」

「這裡的確有些本土動物。」鐸絲說：「我猜想他們還進口一些其他世界的本土動物，此外某些動物則是各個世界共有的——當然，在其他世界上要比川陀數量多。事實上，衛荷有個著名的動物園，在這顆行星上，它的評價也許僅次於帝國動物園。」

芮奇說：「她是個不錯的老大姐。」

「並沒有那麼老，」鐸絲說：「但她的確讓我們吃得很好。」

「這倒沒錯。」謝頓承認。

吃完早餐後，芮奇逕自跑到別處去探險。

一旦他們回到鐸絲的房間，謝頓立刻帶著明顯的不滿說：「我不知道我們將被不聞不問多少時日。她顯然早有計畫，準備消磨我們的時間。」

鐸絲說：「其實，此刻沒有什麼好抱怨的。比起在麥曲生或達爾，我們在這裡要舒適得多。」

謝頓說：「鐸絲，你不會被那個女人攏絡了吧？」

「我？被芮喜爾攏絡？當然沒有。你怎麼可能這樣想？」

「嗯，你覺得舒服，吃得也好。這自然會使人鬆懈下來，接受命運的安排。」

「是的，非常自然。咱們何不那樣做呢？」

「聽好，昨天晚上你告訴我，倘若她成功會發生什麼後果。我自己也許沒有什麼歷史素養，但我願意相信你的說法。事實上，那很有道理——即使對歷史門外漢而言。帝國將四分五裂，殘存的碎片將互相爭鬥……直到……永無止境。一定要阻止她才行。」

「我同意，」鐸絲說：「一定要阻止她。我想不出來的是，在這個節骨眼，我們怎樣做到這點小事。」她以精細的目光望向謝頓，「哈里，你昨晚一夜沒睡，是嗎？」

「你自己呢？」顯然他的確沒睡。

鐸絲凝視著他，臉上籠罩著陰鬱的神情。「因爲我說的那些話，害你整夜都在思考銀河帝國毀滅的問題？」

「還有其他一些事。有沒有可能聯絡到契特．夫銘？」最後一句話是悄聲說的。

鐸絲說：「當我們在達爾開始逃避追捕時，我就試圖和他聯絡，結果他沒有來。我確定他收到了那道訊息，可是他並未回應。也許由於某種原因，他暫時無法來找我們，但他能抽身時一定會來。」

「你猜想他發生了什麼事嗎？」

「不，」鐸絲堅毅地說：「我不這麼想。」

「你怎麼知道？」

「否則我總會聽到一些消息，這點我敢確定。但至今我未曾聽到任何消息。」

謝頓皺了皺眉頭，又說：「對於這一切，我不像你那麼自信。事實上，我連一點自信都沒有。即使夫銘來到此地，這回他又能做些什麼？他無法和整個衛荷對抗。倘若芮喜爾所言屬實，他們擁有川陀上組織最嚴密的軍隊，他又有什麼辦法與之抗衡？」

「討論這件事根本沒有意義。你以爲你能說服芮喜爾——用什麼方法把話灌進她的腦袋——讓她相信你並未擁有心理史學？」

「我確定她明白這一點，也瞭解未來許多年內我都不會有所突破——即使有這個可能。但她會宣稱我擁有心理史學，而只要她做得足夠高明，人們就會相信她。最後不論她說我的預測和斷言是什麼，他們都會根據她的說法採取行動——即使我一個字也沒說。」

「當然，那需要些許時日。她不能讓你在一夕成名，或是一週之內。想要好好做成這件事，可能要花上她一年的時間。」

謝頓正在房中來回踱步，走到牆角才猛然向後轉，再大踏步走回來。「或許就是這樣，可是我不知道。應該會有些壓力促使她盡快行動。在我看來，她不是曾經培養出耐心的那種女人。而她的老父親，曼尼克斯四世，甚至會更沒有耐心。他一定感到死期將近，如果他一生都在經營這件事，他會非常希望成功之日是在他死前一週，而不是死後一週。此外……」說到這裡他忽然打住，開始環顧這個空洞的房間。

「此外什麼？」

「嗯，我們必須擁有自由。你可知道，我已經解決了心理史學的問題。」

鐸絲睜大眼睛。「你解決了！你發展出來了。」

「不能算完全發展出來。據我判斷，那可能要花上數十年……數世紀。但我現在終於知道它是可行的，而不只是理論的產物。我知道它能成功，但我必須要有充足的時間、太平的局勢以及必要的環境才能工作。帝國必須維持一個整體，直到我——也可能是我的後繼者——找出維持現狀的最好方法；萬一它無論如何都會分裂，則要設法讓災難減至最小程度。就是因爲想到我的工作有了起點，卻又無法著手進行，我昨晚才整夜未曾合眼。」

88

這是他們來到衛荷的第五天早上，鐸絲正在幫芮奇穿上一件正式服裝，兩人對這種裝束都不怎麼熟悉。

芮奇以懷疑的眼神望著全相鏡中的自己，看到一個準確面對著他的反射影像，模仿著他所有的動作，卻沒有任何左右反轉。芮奇以前從未用過全相鏡，忍不住試著伸手摸了摸。當他的手穿過那面鏡子，而影像的手刺入他的眞實身軀時，他突然哈哈大笑，幾乎有點不好意思。

最後他終於說：「我看來很可笑。」

他打量著身上的短袖袍，那是用非常柔軟的質料裁製的，附有一條纏繞金絲的細皮帶。然後，他用雙手順了順硬邦邦的衣領，它像個杯子那樣豎在他的耳朵兩旁。

「我的頭好像是放在碗裡的球。」

鐸絲說：「但衛荷富家子弟穿的就是這種東西。凡是看到你的人都會讚美你、羨慕你。」

「我的頭髮得全部趴下嗎？」

「這還用說，你要戴著這頂小圓帽。」

「它會讓我的頭更像個球。」

「那就注意別讓人踢它。好，記住我告訴你的話。你要隨時保持警覺，別表現得像個孩子。」

「但我就是個孩子啊。」他一面說，一面張大眼睛抬頭望著她，露出一副無辜的表情。

「聽你這樣講令我很驚訝。」鐸絲說：「我確定你自認是個十二歲的成年人。」

芮奇咧嘴笑了笑。「好吧，我會做個好間諜。」

「那可不是我叫你做的事。別冒任何險，別躲在門後偷聽。假如被當場抓到，對任何人都沒好處——尤其是對你自己。」

「喔，得了吧，姑奶奶，你以為我是什麼？一個乳臭未乾的孩子？」

「你剛剛正是這麼說的，芮奇，有沒有？你只要注意聽別人說的每句話，但不要表現得像是在這樣做。記住你所聽到的一切，然後告訴我們，就是那麼簡單。」

「凡納比里姑奶奶，你說得倒很簡單，」芮奇又咧嘴一笑，「而我做起來也很簡單。」

「要小心點。」

芮奇眨了眨眼。「一定。」

一名僕役來接芮奇（從未見過那麼傲慢自大、那麼不客氣的僕役），帶他去見正在等他的芮喜爾。

謝頓望著他們的背影，若有所思地說：「他也許不會看到什麼動物，但他會非常仔細地偷聽。把一個孩子推進那樣的險境，我不確定這樣做對不對。」

「險境？我可不相信。芮奇是在髒眼的貧民窟長大的，記得吧。我猜想他的生存能力比你我加起來還要強。此外，芮喜爾喜歡他，會把他做的每件事都往好處想——可憐的女人。」

「鐸絲，你真的覺得她可憐嗎？」

「你的意思是她不值得同情，因為她是區長的女兒，而且自認為是理所當然的區長——還有因為她打算毀掉帝國？也許你是對的，但即使如此，她也有某些方面值得我們表現些許同情。比如說，她曾有一段悲劇收場的戀情，那十分明顯。毫無疑問，她的心碎了——至少有那麼一陣子。」

謝頓說：「你曾有過一段悲劇收場的戀情嗎，鐸絲？」

鐸絲考慮了一兩下子，然後說：「不能算有。我太專注於自己的工作，沒時間心碎。」

「我早就想到了。」

「那你為何還要問？」

「我有可能猜錯。」

「你自己呢？」

謝頓顯得很不自在。「事實上，的確有。我曾花了些時間來修補一顆破碎的心。至少，它裂得很嚴重。」

「我早就想到了。」

「那你又為何還要問？」

「並非因為我認為自己有可能猜錯，我不騙你。我只是想看看你會不會說謊。你說了實話，令我很高興。」

頓了一下之後，謝頓又說：「五天過去了，什麼事都沒有發生。」

「不過我們一直受到良好待遇，哈里。」

「如果家畜有思想，牠們也會認為受到良好待遇，雖然養肥牠們只是為了屠宰罷了。」

「我承認她正在養肥帝國以待屠宰。」

「可是什麼時候呢？」

「我猜是當她準備妥當後。」

「她誇口說能在一天之內完成政變，而我所得到的印象，是她能在任何一天進行。」

「即使她有這個能力，她還得確定能夠消弭帝國的反擊，那可能需要些時間。」

「多少時間？她計畫利用我來消弭那些反擊，可是她並未進行這方面的努力。沒有跡象顯示她試圖宣傳我的重要性。我在衛荷不論走到哪裡，都沒有任何人認識我。衛荷的群眾不會聚過來向我歡呼，全相新聞裡也什麼都沒有。」

鐸絲微微一笑。「別人幾乎會以為你是因為沒能出名而感到難過。你太天眞了，哈里。或者說你並非歷史學家，而這是同一碼子事。研究心理史學必定會使你成為一位歷史學家，相較之下拯救帝國的機會倒沒有那麼大，對於這個事實，我認為你最好更滿意點。如果所有的人類都瞭解歷史，他們或許就不會一而再、再而三地犯同樣愚蠢的錯誤。」

「我哪裡天眞了？」謝頓揚起頭來，視線通過鼻樑再射向她。

「別生氣，哈里。其實，我認為那是你迷人的特點之一。」

「我知道。它激起了你的母性本能，何況你曾經受託照顧我。可是我哪裡天眞了？」

「你認為芮喜爾會試圖對帝國民眾做全面性宣傳，讓大家接受你是個先知。那樣做她必將一無所獲，萬兆民眾並不容易很快被打動。除了有形的慣性之外，還有社會上和心理上的慣性。而且，假如那樣公然行事，她等於是在警告丹莫刺爾。」

「那她正在做什麼呢？」

「我的猜想是，有關你的消息——經過適度的誇大和美化——正在傳給關鍵的少數人；傳給她覺得對她友善，或是厭惡帝國的星區總督、艦隊司令，以及具有影響力的人士。一百多個這樣的人若是站在她那邊，就能令忠貞之士困惑好一陣子，足以讓芮喜爾一世穩穩建立起她的新秩序，並擊敗任何可能發展出的反抗力量。至少，我猜她心中是那樣盤算的。」

「但我們還沒有夫銘的消息。」

「我確信他一定已經在做些什麼，他不會忽略這麼重要的事。」

「你有沒有想到過他可能死了？」

「那是可能性之一，但我不那麼想，否則我會得到消息。」

「在這裡？」

「即使在這裡。」

謝頓揚起眉毛，但沒有再說什麼。

芮奇在接近傍晚時分回來，他既高興又興奮，不停地敘述著猴子與巴卡鶴的種種。而在晚餐時，從頭到尾也都是他主導著談話。

直到晚餐結束，他們回到自己的寢室，鐸絲才說：「好啦，芮奇，告訴我區長女士發生了些什麼事。無論她所做的或所說的任何事，你認為我們該知道的通通告訴我。」

「有一件事，」芮奇變得滿面春風，「那就是她沒出席晚餐的原因，我敢打賭。」

「是什麼事？」

「你知道嗎，動物園今天關閉，只對我們開放。我們有許多人——我和芮喜爾和穿制服的各種哥兒們和穿著拉風衣裳的各種娘兒們等等。然後一個穿制服的哥兒們——另一個哥兒們，他原來不在那裡——在快結束的時候走進來。他低聲說了些什麼，芮喜爾就轉向大家，做了一個好像他們不該動的手勢，於是他們就不動了。然後，她和這個新來的哥兒們走開些，這樣她就能和他說話，別人卻聽不到她說什麼。不過我繼續裝得心不在焉，繼續逛著各個籠子，就這樣湊近了芮喜爾，所以我能聽到她講的話。

「她說：『他們怎麼敢？』像是她真的火了。那個穿制服的哥兒們，他看來很緊張——我只是很快看了一眼，因為我試著裝得像是在觀看動物，所以大多數時間我只是聽到那些對話。他說某個人，我不記得名字，但他是個將軍什麼的。他說這個將軍說，軍官都曾經對芮喜爾的老頭宣誓教宗……」

「宣誓效忠。」鐸絲說。

「反正差不多，而他們對於服從一個娘兒們感到不對勁。他說他們要那個老頭，或者，如果他生了病之類的，他應該挑個哥兒們做區長，而不是一個娘兒們。」

「不是一個娘兒們？你確定嗎？」

「他就是那麼說的，他說的差不多是悄悄話。他是那麼緊張，芮喜爾又是那麼惱火，幾乎說不出話來。她說：『我要他的腦袋。明天他們通通要對我宣誓效忠，不論誰拒絕，一小時之內，他就會有後悔的理由。』她就是這樣說的，一字不差。她解散了整個活動，我們就全部回來了。她一直沒對我說半句話，只是坐在那裡，看來有點兒又兇又生氣。」

鐸絲說：「很好。芮奇，你可別對任何人提起這件事。」

「當然不會。這就是你要的嗎？」

「正是我要的，芮奇，你做得很好。好啦，回到你的房間，把整件事忘掉，甚至不要再回想。」

他離開之後，鐸絲立刻轉向謝頓說：「這非常有意思。過去有許許多多的例子，是女兒繼父親或母親之後，接掌區長職位或其他高位。過去甚至有些君臨天下的女皇，你無疑也知道這件事。而我想不起來在帝國歷史上，有哪個女皇的領導曾經引起嚴重問題。這不禁令人納悶，如今在衛荷怎麼會發生這種事。」

謝頓說：「有何不可？我們最近才在麥曲生待過，那裡的女人完全不受尊重，不可能掌握任何的權力，不論多麼低微。」

「當然沒錯，但那是個例外。也有一些地方，是由女性主宰一切。不過，大多數的情況，則是政府和權力多少都是兩性平等的。若說掌握高位的男性較多，通常是因爲女性受子女的牽絆較重——就生物觀點而言。」

「但衛荷的情況又如何呢？」

「據我所知，是兩性平等。芮喜爾並未猶豫僭取區長的權力，我猜想老曼尼克斯也未曾猶豫讓她接手。在男性的反彈出現之際，她感到驚訝和狂怒，因爲她萬萬沒有料到。」

謝頓說：「你顯然因此感到高興。爲什麼？」

「因爲它既然如此不尋常，就一定是人爲策動的結果，而我猜想幕後策動者正是夫銘。」

謝頓意味深長地說：「你這麼想嗎？」

「我這麼想。」鐸絲道。

「你可知道，」謝頓說：「我也這麼想。」

89

這是他們來到衛荷的第十天早上，哈里．謝頓的房門訊號突然響起，外面隨即傳來芮奇高亢的聲音：「大哥！謝頓大哥！戰爭爆發了！」

謝頓花了片刻時間從睡夢中驚醒，然後匆匆爬下床來。當他推開房門的時候，身子不禁微微發抖。（衛荷人喜歡讓他們的住所保持低溫，住在此地不久之後他便發現了。）

芮奇跳進來，興奮得睜大眼睛。「謝頓大哥，他們抓到了曼尼克斯，那個老區長！他們還……」

「芮奇，他們是誰？」

「帝國軍隊。他們的噴射機昨晚飛進來，到處都是。在姑奶奶的房間，全相新聞正在播報一切經過。她說要讓你睡覺，但我料想你會想知道。」

「你的料想相當正確。」謝頓只耽擱了披上浴袍的時間，就立刻闖進鐸絲房裡。她早已穿戴整齊，正在凹室內觀看全相電視。

畫面中，一張整潔的小辦公桌後面坐著一名男子，他的短袖軍服左胸處有個耀眼的「星艦與太陽」標誌。他的左右各站著一名武裝士兵，兩人身上也都掛著「星艦與太陽」。辦公桌後面的軍官正在說：「……已在皇帝陛下的和平控制之下。而在帝國部隊的友善關護下，曼尼克斯區長安然無事，充分掌握著區長的權力。他很快就會出現在大家面前，來勸導所有的衛荷人保持冷靜，並要求仍有武裝的衛荷戰士放下武器。」

此外還有幾段全相新聞是由記者所播報的，那些記者都佩戴著帝國臂章，聲音則毫無感情。那些新聞可說千篇一律：或是在象徵性開火後，或是根本未曾抵抗，衛荷維安武力的這個、那個部隊便全部投降。這個、那個市鎮中心已被佔領，衛荷群眾面色凝重地看著帝國軍隊列隊通過大街小巷——這樣的畫面不斷重複著。

鐸絲說：「這是一次完美的行動，哈里，完全出其不意。根本沒有抵抗的機會，根本沒有重大的抵抗行動。」

然後，正如剛才所預報的，區長曼尼克斯四世出現了。他筆直地站著，或許為了顧全他的面子，畫面中看不見帝國軍士。不過謝頓相當確定，站在鏡頭外的絕對少不了。

曼尼克斯相當年邁，雖然神情疲憊，但體力顯然還不錯。他的目光並未對準全相攝影機，而他說的話似乎都是被強迫的——正如剛才的預報，內容是勸告衛荷人要保持冷靜，別做任何抵抗，以免衛荷受到傷害。此外還要和大帝充分合作，並祝大帝萬壽無疆。

「沒有提到芮喜爾，」謝頓說：「彷彿他的女兒並不存在。」

「沒有任何人提到她。」鐸絲說：「而這個地方畢竟是她的官邸，至少是其中之一，卻並沒有遭到攻擊。即使她設法溜走，前往鄰區尋求庇護，我也不信她能在川陀哪個角落獲得長久的安全。」

「也許不能，」突然傳來另一個聲音：「但我在這裡起碼暫時安全。」

芮喜爾走進來。她穿著如常，鎮靜如常。她甚至帶著微笑，但與其說那是笑容，更像是一種齜牙咧嘴的冷酷表情。

其他三人驚訝地望了她片刻。謝頓納悶是否還有任何隨從跟著她，或是事變的跡象一出現，他們便立刻棄她而去。

鐸絲帶點冷淡說道：「依我看，區長女士，你想發動政變的希望破滅了。顯然，對方已經先發制人。」

「不是先發制人，而是我遭到了背叛。我的軍官受到挑撥，他們拒絕為一名女子而戰，只肯效忠他們的老主子——這違背了所有的歷史和理性。然後，他們這些不折不扣的叛徒，又坐視老主子給敵人捉去，無法再領導他們抵抗到底。」

她環顧四周，找了一張椅子坐下來。「現在，帝國一定會繼續衰敗和死亡，就在我準備給它新生命的時候。」

「我倒認為，」鐸絲說：「帝國避免了一場無限期的無端爭戰和破壞。用這個事實來安慰你自己吧，區長女士。」

芮喜爾彷彿沒有聽到對方說的話。「這麼多年的準備，竟然毀於一夕之間。」她坐在那裡咀嚼失敗的苦果，似乎一下子老了二十歲。

鐸絲說：「幾乎不可能在一夕之間做到這種事。想要慫恿你的軍官——倘若真有此事——一定需要一段時間。」

「這種事情，丹莫刺爾是箇中高手，而我顯然低估了他。至於他是怎麼做的，我並不知道——威脅，利誘，用似是而非的言論好言相勸。他是玩弄陰謀和鼓動叛變的高手，我早就該知道。」

頓了頓之後，她繼續說：「倘若全然是他的武力入侵，我將毫不費力地摧毀他派來的任何部隊。誰會想到衛荷竟然會遭到背叛，而效忠的誓言那麼輕易就被拋到一旁？」

謝頓自然而然以理性的態度說：「但我猜想宣誓的對象並不是你，而是你的父親。」

「荒謬。」芮喜爾中氣十足地說：「當家父將區長職位交給我的時候——依法他有權這樣做——任何對他效忠的誓言也自動轉移到我身上，這在過去有許多先例。依照慣例，他們會對新任統治者再宣誓一次，但那只是一種儀式，而不是必需的法律程序。我的軍官都知道這點，可是他們故意忘記。他們以我是女流之輩當藉口，因為他們一想到帝國的報復就嚇得發抖——假使他們忠貞不二，根本不會有那種事；或者，因為他們一想到對方應允的賞賜就貪婪得打顫——原本他們絕對得不到，偏偏我低估了丹莫刺爾。」

她猛然轉向謝頓。「他想要你，你知道嗎，丹莫刺爾攻打我們是為了你。」

謝頓吃了一驚。「為什麼要我？」

「別傻了。和我要你的原因一樣……當然是把你當作工具。」她嘆了一聲，「至少我沒有徹底遭到背叛，我還能找到忠誠依舊的戰士——中士！」

愛瑪．塔勒斯中士躡手躡腳走進來，這種步伐與他的塊頭似乎不太調和。他的制服筆挺亮麗，長長的金色八字鬍彎曲得很厲害。

「區長女士。」他一面說，一面「啪」地一聲立定站好。

他看起來仍是謝頓所謂的大塊頭——一個仍舊盲目服從命令，完全無視情勢已有嶄新變化的人。

芮喜爾對芮奇露出苦笑。「你好嗎，小芮奇？我曾有意好好栽培你，現在似乎辦不到了。」

「嗨，姑奶奶……女士。」芮奇笨拙地說。

「我也想要好好栽培你，謝頓博士。」芮喜爾說：「而我也必須請你原諒，我已經無能爲力。」

「女士，你不需要對我感到抱歉。」

「可是我要，我不能眼睜睜讓丹莫刺爾得到你。那將使他獲得一次太大的勝利，至少我能阻止這件事。」

「我不會爲他工作的，女士，我向你保證，就像我不會爲你工作一樣。」

「這不是爲誰工作的問題，而是被誰利用的問題。永別了，謝頓博士——中士，轟掉他。」

中士立刻掏出手銃，鐸絲隨即大喊一聲，同時猛力向前衝——謝頓卻伸手抓住她的手肘，並且死命抓著不放。

「待在後面，鐸絲，」他叫道：「否則他會殺了你。放心，他不會殺我的。你也一樣，芮奇，站在後面，不要亂動。」

謝頓面向中士說：「你在猶豫，中士，因爲你知道你不能發射。十天前我有機會殺你，但我沒有那樣做。你當時曾以榮譽向我擔保，保證你會保護我。」

「你還在等什麼？」芮喜爾怒吼道：「中士，我說把他射倒。」

謝頓不再說什麼，他只是站在那裡。那位中士則穩穩地握著手銃，瞄準著謝頓的頭顱，他的雙眼幾乎要爆出來。

「我已經下達命令！」芮喜爾尖叫道。

「我擁有你的承諾。」謝頓以平靜的口吻說。

塔勒斯中士則以哽塞的聲音說：「怎麼做都是榮譽掃地。」他的手垂下來，手銃掉到地板上，發出鏗鏘一聲。

芮喜爾高聲喊道：「那麼你也背叛了我！」

在謝頓能夠有所行動之前，在鐸絲尚未掙脫他的雙手之際，芮喜爾抓起那把手銃，對準中士，然後扣下扳機。

謝頓從未見過任何人遭手銃轟擊。然而，或許是這個武器的名字所引起的聯想，他一直以爲會有一聲巨響，以及血肉橫飛的爆炸。事實上，至少這把衛荷手銃並未造成那種效果。它對中士胸腔內的器官究竟造成什麼樣的損傷，謝頓完全無從查考，但是中士在表情不變、毫無痛苦神色的情況下，就倒在地上癱成一團，成爲一具絕無疑問也絕無希望的死屍。

芮喜爾轉過手銃對準謝頓，從她堅毅的表情看來，他已經沒有希望活過下一秒鐘。

然而，就在中士倒地那一刻，芮奇同時展開行動。他跑到謝頓與芮喜爾之間，舉起雙手瘋狂地揮動。

「姑奶奶，姑奶奶，」他叫道：「別發射。」

一時之間，芮喜爾顯得相當爲難。「閃開，芮奇，我不想傷害你。」

那片刻的遲疑正是鐸絲所需要的。她猛力掙脫了謝頓，以長距離的貼地俯衝撞向芮喜爾。芮喜爾大叫一聲，隨即仆倒在地，那把手銃則再度掉到地上。

芮奇趕緊把它奪過來。

謝頓一面發抖，一面做了一次深呼吸，然後說：「芮奇，把它給我。」

芮奇卻向後退去。「你不是要殺掉她吧，啊，謝頓大哥？她對我不賴。」

「芮奇，我不會殺害任何人。」謝頓說：「她殺了那名中士，而且正準備殺我，但她由於怕傷了你而下不了手。看在這個份上，我們會讓她活下去。」

現在輪到謝頓坐在椅子上，右手輕輕握著那把手銃。鐸絲則從中士屍體上另一個皮套中取走神經鞭。

一個新的聲音突然響起：「謝頓，把她交給我處理吧。」

謝頓抬起頭來，驚喜萬分地說：「夫銘！終於來了！」

「很抱歉我來得那麼遲，謝頓，但我有很多事要做。你好嗎，凡納比里博士？我猜這就是曼尼克斯的女兒，芮喜爾。可是這男孩又是誰？」

「芮奇來自達爾，是我們的小朋友。」謝頓說。

一隊士兵魚貫而入，夫銘做了一個小小的手勢，他們便以尊敬的態度扶起芮喜爾。

鐸絲終於不必目不轉睛地監視著那個女人，她用雙手刷了刷自己的衣服，並把上衣稍稍拉平。謝頓此時突然意識到自己仍穿著浴袍。

芮喜爾輕蔑地掙脫了身旁的士兵，她指著夫銘，對謝頓說：「這是誰？」

謝頓說：「他是我的朋友契特．夫銘，也是我在本行星的保護者。」

「你的『保護者』？」芮喜爾縱聲狂笑，「你這個傻瓜！你這個白癡！這個人就是丹莫刺爾。而你只要仔細看看你的女人凡納比里，就不難從她臉上看出來，她也早已心知肚明。你從頭到尾都陷在一個圈套裡，比在我的圈套中還糟得多！」

90

當天中午，夫銘與謝頓共進午餐，除此之外沒有別人，而且大多數時間兩人都沉默不語。

直到這一餐快要結束時，謝頓才挪動了一下，並以輕快的聲音說：「好啦，閣下，我該如何稱呼你？我仍然把你想成『契特．夫銘』，但即使我接受你的另一個身分，也當然不能稱呼你『伊圖．丹莫刺爾』。在那個身分下，你擁有一個頭銜，但我不知道正確的說法。教導我吧。」

對方以嚴肅的口吻說：「如果你不介意，就叫我『夫銘』吧，或者『契特』也行。沒錯，我就是伊圖．丹莫刺爾，但是對你而言，我仍舊是夫銘。事實上，這兩者並沒有分別。我曾經告訴你，帝國正在衰敗和沒落，我的兩個身分都相信這是眞的。我也告訴過你，我想用心理史學來預防這種衰敗和沒落，而衰敗和沒落倘若無可避免，就以它作爲革新和復興的工具。對於這點，我的兩個身分也都相信。」

「可是我一直在你的掌握中。我猜當我覲見皇帝陛下時，你也在附近。」

「你覲見克里昂時。沒錯，當然。」

「那麼，你當時應該就能和我談談，不必等到後來以夫銘的身分才那樣做。」

「又會有什麼成果呢？身爲丹莫刺爾，我有數不清的工作。我必須應付克里昂，一個善心卻不很能幹的統治者，盡我所能來預防他犯錯。我還得爲治理川陀以及整個帝國盡一己之力。此外，你也看得出來，我當初得投入大量的時間，防止衛荷造成任何傷害。」

「是的，我明白。」謝頓喃喃道。

「這可不容易，我幾乎失敗了。我花了許多年的時間，謹愼地和曼尼克斯周旋，學著瞭解他的想法，並針對他的每一步行動，策劃出反制之道。我卻從來沒有想到，他會在有生之年把權位傳給他的女兒。我沒有研究過她，不知道該如何應付她全然魯莽的行動。她和她的父親不同，從小就把權力視爲理所當然，對它的限度沒有明確的概念。所以她才會把你抓來，迫使我在準備妥當前便採取行動。」

「結果使你幾乎失去了我。我曾兩度面對手銃的銃口。」

「我知道。」夫銘一面說一面點頭，「我們在上方也差點失去你，那是我所無法預見的另一個意外。」

「可是你還沒有眞正回答我的問題。你自己就是丹莫刺爾，爲何還要讓我爲了逃避丹莫刺爾而亡命整個川陀？」

「你告訴克里昂說心理史學是純然的理論概念，是一種數學遊戲，並沒有實質上的意義。這點或許的確是事實，但我如果以官方身分詢問你，我確定你只會堅持自己的信念。然而心理史學的想法吸引了我，我懷疑它會不會不僅是一種遊戲而已。你一定瞭解我並非只是想利用你，我想要的是眞正的、可行的心理史學。

「所以正如你所說，我讓你亡命整個川陀，而可怕的丹莫刺爾則隨時隨地緊跟在後。我覺得這樣一來，會讓你的心智高度集中。它會使心理史學成爲令人振奮的目標，而絕非只是數學遊戲。爲了眞誠的理想主義者夫銘，你會嘗試把它發展出來，但你不會爲皇帝的奴才丹莫刺爾這樣做。此外，你會因此而窺見川陀各個角落，而這同樣有幫助——絕對比關在一顆遙遠行星上的象牙塔裡，身邊全是同行的數學家更有幫助。我說得對嗎？你有些進展了嗎？」

謝頓說：「心理史學？是的，有了，夫銘，我以爲你知道了。」

「我怎麼會知道？」

「我告訴鐸絲了。」

「但是你沒有告訴我。無論如何，你現在告訴了我。這眞是個好消息。」

「並不盡然。」謝頓說：「我僅僅剛跨出一小步，但的確是個起步。」

「這個起步能解釋給非數學家聽嗎？」

「我想可以。你知道嗎，夫銘，剛開始的時候，我將心理史學視爲由兩千五百萬個世界的互動所決定的科學，而每個世界的平均人口爲十幾億。那實在太多了，根本沒有辦法處理那麼複雜的東西。假如我想要成功，假如我想找到一個通往實用心理史學的途徑，首先我得找到一個較爲簡單的系統。

「所以我曾經想到，我應該回溯過去，以便處理一個單一的世界。在人類尙未殖民銀河的鴻濛時期，它是唯一住有人類的世界。在麥曲生，他們提到一個名叫奧羅拉的起源世界；而在達爾，我又聽說有個叫作地球的起源世界。我曾想到它們可能是同一個世界的兩個名字，但至少在一個關鍵上，兩者具有充分的差異，使得這個假設變得不可能。不過這不重要，我們對兩者都只知道一點點，而這一點點又被神話和傳說所混淆，根本沒有希望利用心理史學加以研究。」

他頓了一下，呷了一口冰果汁，雙眼始終緊盯著夫銘的臉龐。

夫銘說：「嗯？後來呢？」

「與此同時，鐸絲對我講了一個我稱之爲毛手毛腳的故事。它並沒有什麼深刻含意，只是極其普通的幽默小品。不過，鐸絲因而提到性愛風俗因地而異，每個世界和川陀上每個區都各有不同。這使我想到，她將川陀各個行政區視爲一個個獨立的世界。我無端冒出一個念頭，我需要研究的不只是兩千五百萬個不同的世界，而是兩千五百萬再加上八百個。這樣的差別幾乎可以忽略，所以我立刻拋到腦後，未曾再去想它。

「可是一路上，我從皇區轉到斯璀璘，再從斯璀璘轉到麥曲生，再從麥曲生轉到達爾，再從達爾轉到衛荷，我自己觀察到各區的差異有多大。這使我愈來愈有那種感覺——川陀不是一個世界，而是許多世界的複合體。但是，我仍未洞察眞正的關鍵。

「直到我聽了芮喜爾的一席話——你看，我終究被衛荷抓到其實是件好事；芮喜爾的輕率驅使她想實現霸業也是件好事，因爲她把一切計畫與我分享——我剛才要講的是，她告訴我說她想要的只有川陀，以及鄰近幾個世界而已。它本身就是一個帝國，她這麼說，她還把遙遠的外圍世界當爲『等於並不存在』。

「就是在那一刻，我忽然看見了一定被我深藏在思想中好一段時間的靈感。這樣說吧，川陀擁有格外複雜的社會結構，是由八百個小世界組成的一個人口衆多的大世界。它本身就是一個足夠複雜的系統，足以使得心理史學具有意義；可是和整個帝國相比，它又足夠簡單，或許能讓心理史學成爲可行。

「至於那些外圍世界，那兩千五百萬個世界又如何呢？它們『等於並不存在』。當然，它們會對川陀造成影響，也會受到川陀的影響，但那些都是二階效應。如果我能讓心理史學成爲對川陀本身的一階近似描述，那麼外圍世界所有的微小影響都能在事後再加進來，作爲一種二階修正。你懂我的意思嗎？我一直在尋找一個單一世界，以便建立一個實用的心理史學，我不斷在遙遠的過去中尋找，其實，我要的那個世界始終在我腳下。」

夫銘帶著明顯的寬心與喜悅說：「太好了！」

「可是一切還有待努力，夫銘。我必須將川陀研究得足夠仔細，我必須發明必要的數學來處理它。如果我夠幸運，可以活完這一輩子，我也許能在去世之前找到答案。如果不行，我的後繼者必須再接再厲。可想而知的是，在心理史學成爲一個有用的技術之前，帝國或許已經衰亡並四分五裂。」

「我會盡一切力量幫助你。」

「我知道。」謝頓說。

「這麼說，你相信我，雖然我其實是丹莫刺爾？」

「全然相信，絕對相信。不過我這麼做，卻是因爲你並非丹莫刺爾。」

「但我的確是啊。」夫銘堅持道。

「但你的確不是。你的丹莫刺爾身分還遠不如夫銘這個身分來得眞實。」

「你是什麼意思？」夫銘張大雙眼，微微向後退。

「我的意思是，你選擇『夫銘』這個名字，也許是出於一種自我解嘲的幽默感。『夫銘』脫胎於『人名』兩字，對不對？」

夫銘並未做出回應，他繼續凝視著謝頓。

最後謝頓終於說：「因爲你不是人，對不對，夫銘／丹莫刺爾？你其實是個機器人。」

第十九章：鐸絲

哈里·謝頓：……習慣上，人們僅將哈里·謝頓與心理史學聯想在一起，將他視為擬人化的數學與社會變遷學。他本人也鼓勵這種傾向，這點無庸置疑，因為在正式著作中，他從未透露自己如何解出心理史學的各種問題，甚至未曾提供任何線索。根據他的講法，他的思想躍進或許都是無中生有。至於他曾摸索過的死胡同，或是曾經走過的錯誤道路，他始終沒有讓我們知道。

……他的私生活則是一片空白。有關他的雙親與手足，我們只有很簡單的資料，如此而已。眾所周知，他的獨子芮奇·謝頓是領養的，但過程如何卻無人知曉。至於他的妻子，我們只知道的確有這個人。顯然，除了有關心理史學的種種，謝頓有意成為一個毫不起眼的人物。彷彿在他的感覺中——或是想要造成一種感覺——他不曾活在世上，而僅僅是心理史學的化身。

——《銀河百科全書》

91

夫銘冷靜地坐在那裡，仍然目不轉睛地望著哈里．謝頓，沒有任何一根肌肉在抽動。謝頓則耐心等待，他想，下一句話應該是由夫銘開口。

夫銘終於開口，不過他只是說：「機器人？我？所謂的機器人，我猜你是指人造人，就像你在麥曲生聖堂裡見到的那種東西。」

「並不完全像。」謝頓說。

「不是金屬製品？不會熠熠生輝？不是一個無生命的擬像？」夫銘在話語中並未透出一絲興味。

「不，人工生命不一定是金屬製品。我所說的，是外形上和人類眞假難分的機器人。」

「倘若眞假難分，哈里，那你又如何分辨呢？」

「不是根據外形。」

「解釋一下。」

「夫銘，在我逃避你的另一個身分丹莫刺爾的過程中，我聽說了兩個古老的世界。我剛剛告訴過你，就是奧羅拉和地球。它們似乎都被說成是第一個世界，或是唯一的世界。兩者都牽涉到了機器人，但其中有一點不同。」

謝頓若有所思地凝視著餐桌對面這名男子，尋思他是否會在任何一方面顯露跡象，顯出他比人類少了點──或是多了點什麼。「在奧羅拉的故事中，有個機器人被說成是背離目標的變節者和叛徒。而在地球的故事中，有個機器人被說成是拯救世人的英雄。倘若假設兩者是同一個機器人，會不會太過分呢？」

「會嗎？」夫銘喃喃問道。

「夫銘，我是這麼想的：我想地球和奧羅拉是兩個不同的世界，曾經同時存在。我不知道哪個在先，哪個在後。從麥曲生人的自大和優越感來判斷，我應該假設奧羅拉是起源世界，而他們所鄙視的地球人，則是由他們衍生——或是由他們退化而成。

「另一方面，瑞塔嬤嬤，就是跟我提到地球的那個人，卻深信地球才是人類的故鄉。當然啦，整個銀河擁有萬兆人口，卻只有麥曲生人擁有那種奇異的民族性，他們這種微小而封閉的地位，或許正好代表地球的確是人類的故鄉，而奧羅拉則是旁門左道的支系。我無法做出判斷，但我把自己的思考過程告訴你，好讓你能瞭解我最後的結論。」

夫銘點了點頭。「我懂得你在做什麼，請繼續。」

「這兩個世界是仇家，瑞塔嬤嬤的話聽來絕對是這個意思。麥曲生人似乎是奧羅拉的化身，達爾人則似乎是地球的化身，而在我比較這兩族人的時候，我猜想姑且不論奧羅拉是先是後，卻無論如何比較先進，能夠生產較精緻的機器人，它們甚至在外形上和人類眞假難分。因此，那個機器人是奧羅拉所設計和發明的。但他是個變節者，所以他遺棄了奧羅拉。對地球人而言，他則是英雄，所以他必定加入了地球。至於他爲何那樣做，他的動機又是什麼，我卻說不上來。」

夫銘說：「你的意思當然是『它』爲何那樣做，『它』的動機又是什麼。」

「或許吧，但有你坐在我對面，」謝頓說：「我發覺很難使用無生命代名詞。瑞塔嬤嬤深信那個英雄機器人——她所謂的英雄機器人——至今仍舊存在，他會在需要他的時候重返人間。在我看來，想像一個不朽的機器人，或者『只要不忘更換磨損零件即可不朽』的機器人，是一件毫無困難的事。」

「連頭腦也能換？」夫銘問道。

「連頭腦也能換。我對機器人其實一點都不瞭解，但在我的想像中，新的頭腦能從舊的那裡錄取所有的記錄。瑞塔嬤嬤還暗示了一種奇異的精神力量，那時我便想到：一定是這樣的。在某些方面，我也許是個浪漫的人，但我還不至於浪漫到那種程度，會相信一個機器人在轉換陣營之後，就能改變歷史的發展。一個機器人無法確保地球的勝利，也無法保證奧羅拉的敗北。除非這個機器人有什麼古怪，有什麼奇特的能力。」

夫銘說：「你有沒有想到過，哈里，你是在研究一些傳說，一些可能經過了數世紀乃至數仟年扭曲的傳說？它們甚至扭曲到了在相當普通的事件上，都築起一重超自然帷幕的程度。你能讓自己相信一個機器人不但酷似人類，而且壽命無盡並具有精神力量嗎？你這不是開始相信超人了嗎？」

「究竟什麼是傳說，我知道得非常清楚。我不會被它們欺騙，也不會相信什麼童話故事。話說回來，當某些古怪事件支持它們，而那些事件又是我親眼目睹，甚至親身經驗……」

「比如說？」

「夫銘，我和你不期而遇，打從一開始就信任你。沒錯，在你根本無需介入的時候，你幫我對付了那兩個小流氓，令我對你產生好感，因為當時我不瞭解他們其實受雇於你，遵照你的指示辦事——不過別管這個了。」

「不會吧。」夫銘說，他的聲音終於透出了一絲興味。

「我信任你。我很容易就被你說服，決定不回赫利肯家鄉，而讓自己在川陀表面到處流浪。對於你告訴我的每一件事，我都毫無疑問地照單全收。我把自己完完全全交到你手裡。如今回顧起來，我發現那簡直不是我。我並非那麼容易被人牽著鼻子走，但我的表現就是那樣。尤有甚者，我的行為雖然那麼異常，我卻不覺得有什麼奇怪。」

「哈里，你最瞭解你自己。」

「不只是我而已，鐸絲．凡納比里又如何？她是個才貌雙全的女子，怎麼會為了陪我逃亡而放棄教職呢？又怎麼會一再冒著生命危險拯救我，似乎把保護我視為一種神聖的使命，而且從頭到尾專心一志？只因為你要求她那麼做嗎？」

「哈里，我的確要求過她。」

「然而她給我的印象，並非那種僅僅由於某人要求她，就會做出如此徹底轉變的人。我更無法相信是因為她第一眼就瘋狂地愛上我，從此再也無法自拔。我多少有些希望這是真的，但她似乎相當能控制自己的感情，而我——我現在坦白跟你講——我對她的感情卻沒有那麼容易控制。」

「她是個了不起的女性。」夫銘說：「我不怪你。」

謝頓繼續說：「此外，日主十四又如何？他是個自大狂，領導了一群頑固地擁抱著自負幻想的人。他竟然願意收容像鐸絲和我這樣的外族人，並且盡麥曲生一切可能和一切力量款待我們。在我們違反了所有的規定、觸犯了每一條褻瀆罪之後，你怎麼還是有辦法說服他放我們走？

「堤沙佛這家人既小氣又充滿偏見，你怎麼能說服他們收留我們？你又怎麼能對這個世界各個角落那麼熟悉，和人人都稱兄道弟，並且影響每一個人，不論他們有什麼特殊的癖性？說到這件事，你怎麼也有辦法操縱克里昂？即使能說他柔順而且具可塑性，你卻又如何能應付他的父親，他在任何方面都算是個粗暴專橫的暴君？你怎麼能做到這一切？

「最重要的是，衛荷的曼尼克斯四世花了數十年的心血，建立起一支無敵的軍隊，各方面的訓練都精良無比，可是當他的女兒試圖動用時，它卻立刻四分五裂？你怎麼能勸服他們步上你的後塵，讓他們通通扮演起變節者？」

夫銘道：「難道這不能代表我只不過是手腕圓滑，習慣應付各種不同類型的人；代表我有能力施恩重要人物，將來也有能力繼續眷顧他們？我所做的一切，似乎都不需要超自然的力量。」

「你所做的一切？甚至包括瓦解衛荷的軍隊？」

「他們不希望效忠一名女性。」

「過去許多年來，他們一定早就知道，不論曼尼克斯何時放下權力，或是不論他何時去世，芮喜爾立刻會成爲他們的區長，他們卻未曾顯露不滿的跡象——直到你覺得有必要讓他們顯露出來。鐸絲曾形容你是非常具有說服力的人，你的確如此，比任何『人』都更具說服力。可是，和一個具有奇異精神力量的不朽機器人相比，你的說服力卻理所當然——如何，夫銘？」

夫銘說：「哈里，你指望我做什麼？你指望我承認自己是機器人？承認我只是外表酷似人類？承認我是不朽的？承認我是個金屬的奇珍？！」

謝頓將上半身湊向夫銘，下半身仍坐在餐桌的另一端。「是的，夫銘，我就是這個意思。我指望你告訴我眞相，而我強烈懷疑你剛剛說的正是眞相。你，夫銘，就是瑞塔嬤嬤口中的那個機器人答霓——笆靂的朋友。你必須承認，你毫無選擇餘地。」

92

他們彷彿置身於僅由兩人構成的小宇宙中。衛荷的軍隊已被帝國部隊繳械，而在衛荷的心臟地帶，他們平靜地坐在那裡。整個川陀——或許整個銀河都在注視這個事件，但在事件的中心，卻存在著一個完全與世隔絕的小泡沫，能讓謝頓與夫銘在其中進行他們的攻守遊戲——謝頓試著提出一個新的情境，夫銘則不準備接受。

謝頓不怕遭到干擾，他確定周遭這個泡沫具有無法穿透的邊界。在這場遊戲結束之前，夫銘——不，這個機器人的力量，會將一切擋在一定距離之外。

夫銘終於開口：「你是個聰明人，哈里，但我不懂為何必須承認自己是機器人，以及我為何毫無選擇餘地。你說的每件事或許都是事實——你自己的行為、鐸絲的行為，以及日主的、堤沙佛的、衛荷將領們的行為——一切的一切或許都如你所說，但這絕不等於你對這些事件的詮釋就是事實。不用說，每件事都能有個合乎常理的解釋。你信任我，是因為你接受我的說法；鐸絲覺得你的安全至為重要，是因為身為一位歷史學家，她感到心理史學事關重大；日主和堤沙佛受過我的恩惠，其中的詳情你一無所知；衛荷的將領們則是憎恨被一個女人統治，如此而已。我們為什麼一定要求助超自然？」

謝頓說：「聽好，夫銘，你真心相信帝國正在衰亡嗎？你真心認為絕不能坐視，一定要採取拯救它的行動，或至少減輕衰亡的衝擊？」

「我是真心的。」無論如何，謝頓明白這句話是真誠的。

「你真心希望我發展出心理史學的細節，而你覺得自己無法做到？」

「我缺乏這個能力。」

「而你覺得只有我才能研究出心理史學——即使我自己有時也懷疑？」

「是的。」

「因此你一定也會覺得，只要有可能幫助我，你無論如何得全力以赴。」

「我是這麼想。」

「個人的情感——自我中心的考量——不會造成任何影響？」

夫銘嚴肅的臉龐掠過一絲含糊而短暫的笑容，一時之間，謝頓察覺在夫銘沉穩的態度後面，隱藏著一大片疲憊而枯槁的沙漠。「長久以來，我一直不曾留意個人情感或自我中心的考量。」

「那麼我請求你幫助我。我可以僅僅根據川陀而發展出心理史學，但我會遇到很多困難。我或許能克服那些困難，但我若能知道某些關鍵的事實，問題不曉得會簡單多少倍。舉例而言，人類的第一個世界是不是地球或奧羅拉，或者根本是另一個世界？地球和奧羅拉的關係如何？是否哪一個或兩者皆曾展開銀河殖民？如果只有一個，另一個爲何沒有？如果兩者皆有，最後的結果如何？有沒有哪些世界是這兩者或其中之一的後裔？機器人如何遭到廢棄？川陀如何變成京畿世界，爲什麼不是別的行星？奧羅拉和地球後來發生了什麼變故？現在我就能提出一千個問題，而在研究過程中，還可能再冒出十萬個問題來。你明明能爲我解惑，幫助我成功，夫銘，難道你會讓我始終懵懵懂懂，而眼看我失敗嗎？」

夫銘說：「假使我是機器人，我的腦子又能有多大容量，能夠儲存千萬個不同的世界、整整兩萬年所有的歷史嗎？」

「我不知道機器人的腦容量有多少，我也不知道你的腦子能容納多少記憶。但如果你的容量不夠，你一定已將自己無法安然保存的資料記錄在別處，而你自己有辦法隨時查取。倘若你擁有那些資料，而我確有需要，你又怎能拒絕，怎能對我有所保留？而假如你無法對我有所保留，你又怎能拒絕承認自己是機器人——那個機器人——那個變節者？」

謝頓靠回椅背，深深吸了一口氣。「所以我再問你一遍：你是不是那個機器人？倘若想要心理史學，那麼你就必須承認。如果你仍舊否認自己是機器人，而且說服我相信你眞的不是，那麼我完成心理史學的機會將變得太小、太小。所以說，看你了。你是機器人嗎？你就是答霓嗎？」

夫銘以一如往昔的泰然口吻說：「你的論證無懈可擊。我名叫機．丹尼爾．奧立瓦，其中『機』便代表機器人。」

93

機・丹尼爾・奧立瓦的口氣仍然平靜沉穩，但在謝頓的感覺中，他的聲音似乎有些微妙的變化，彷彿一旦不用再扮演別人，他開口就更容易了。

「兩萬年以來，」丹尼爾說：「只要我不打算讓對方知道，從來沒有人猜到我是機器人。原因之一，是因爲人類早已捨棄機器人，以至很少有人記得它們曾經存在過。此外，也是因爲我的確具有偵測和影響人類情感的能力。其中，偵測並沒有什麼問題，但對我而言，影響情感卻是一件困難的事，這和我的機器人本質有關。不過只要我希望那樣做，我還是做得到的。我擁有那種能力，卻得時時和自己的心意交戰。我試著絕不輕易干預他人情感，除非情況令我毫無選擇。而當我插手干預時，也幾乎只是增強既有的情感，而且盡可能愈少愈好。假如連這樣做都不需要，也能達到我的目的，我就能免則免。

「要讓日主十四接納你們，並沒有必要對他進行干涉——我稱之爲『干涉』，你該注意到了，因爲那不是一件愉快的事。我不必干涉他，因爲他的確欠我的情，而他是個榮譽至上的人，儘管你也發現他有許多怪癖。後來我的確出手干預了，因爲當時你犯了他眼中的褻瀆罪，但干預程度非常小。他不急於將你們交給帝國當局，他不喜歡那些人。我只是把這種厭惡稍微加強，他便將你們交給我看管，並接受我提出的說法。正常情況下，他很可能會認爲那番話似是而非。

「我也並未對你進行多麼顯著的干涉。你同樣不信任帝國當局，如今大多數人都一樣，這正是帝國衰敗和傾頽的一個重要因素。非但如此，你還將心理史學這個概念引以爲傲，爲自己這個想法感到驕傲。你不會介意證明它是個實用的學術，這樣只會讓你更加驕傲。」

謝頓皺了皺眉頭，說道：「對不起，機器人君，我還眞不曉得自己是個如此驕傲的怪獸。」

丹尼爾溫和地說：「你絕不是驕傲的怪獸。你完全瞭解『被驕傲驅動』既不值得恭維也毫無用處，所以你努力抑制那種驅動力，但你同樣大可否認心跳是你的動力來源。這兩者都是你無法作主的。雖然你爲了內心的平靜，將你的驕傲藏在自己找不到的地方，你卻無法對我隱藏。不論你遮掩得多麼仔細，它還是在那裡。我只要把它稍微加強一點，你就立刻願意採取躲避丹莫刺爾的行動，雖然在前一刻，你還會抗拒那些行動。你也隨即渴望集中全力發展心理史學，而在前一刻，你還會對它嗤之以鼻。

「我認爲沒有必要碰觸其他情感，才讓你推論出了你的機器人理論。假使我預見了這個可能性，我或許會設法阻止，但我的先見之明和我的能力並非無限大。我也不會對如今的失敗感到後悔，因爲你的論證都很有道理。讓你知道我是誰，以及讓我以本來面目幫助你，都是非常重要的事。

「情感，親愛的謝頓，是人類行動的一個強大動力，遠比人類自己所瞭解的更爲強力。你絕不明白輕輕一碰就能達到多大效果，以及我多麼不情願這樣做。」

謝頓的呼吸變得沉重，他試著將自己視爲一個被驕傲驅動的人，但他不喜歡這種感覺。「爲何不情願？」

「因爲很容易做過頭。早先，我必須阻止芮喜爾將帝國轉變成封建式的無政府狀態。我大可迅速扭轉人心，結果卻很可能是一場血腥的叛亂。男人就是男人——而衛荷的將領幾乎都是男人。想在任何男人心中挑起對女性的仇恨和潛在恐懼，其實不必花太大工夫。這也許有生物學的根據，但身爲機器人，我無法全然瞭解。

「我需要做的只是增強那種感覺，好讓她的計畫自行崩潰。哪怕我做得僅僅多出一公釐，我也會失去我想要的——一次不流血的接收。我只是要讓他們在我的戰士來到時不要抵抗，如此而已。」

丹尼爾頓了一下，彷彿在斟酌遣詞用字，然後又說：「我不希望討論和我的正子腦相關的數學，它在我的理解之外，不過它也許並未超過你的能力範圍，只要你肯花上足夠心思。無論如何，我受到『機器人學三大法則』的支配。傳統上它是以文字表述——或說很久以前曾經如此。內容如下：

「一、機器人不得傷害人類，或袖手旁觀坐視人類受到傷害。

「二、除非違背第一法則，機器人必須服從人類的命令。

「三、在不違背第一法則及第二法則的情況下，機器人必須保護自己。

「不過，兩萬年前我有一個……一個朋友，也是個機器人。他和我不同，不會被誤認為人類。但最先擁有精神力量的是他，而且正是因為他，我才獲得自身的精神力量。

「在他的感覺中，似乎應該有個比三大法則更普遍化的規定。他稱之為第零法則，因為零在一之前。內容是：

「零、機器人不得傷害人類整體，或袖手旁觀坐視人類整體受到傷害。

「然後，第一法則必須變成：

「一、除非違背第零法則，機器人不得傷害人類，或袖手旁觀坐視人類受到傷害。

「其他兩個法則也必須做類似修訂。你明白嗎？」

丹尼爾滿懷期待地停下來，謝頓接口道：「我明白。」

丹尼爾繼續說：「問題是，哈里，『人類』很容易指認，我可以隨手指出來。而且不難看出哪些行為會傷害人類——至少，相對而言並不困難。但什麼是『人類整體』呢？在我們提到人類整體時，我們該指向何方？我們要如何定義對人類整體的傷害？一個行動方針怎樣才會對人類整體有益無害，而我們又如何分辨呢？那個悟出第零法則的機器人後來死了——變得永遠停擺——因為他被迫進行一項他覺得會拯救人類整體的行動，卻又無法確定它會不會拯救人類整體。當他停擺之際，他將照顧銀河系的責任留給了我。

「從那時候開始，我一直努力嘗試。我盡可能做最小的干預，盡量讓人類自己判斷什麼才是好的。他們可以賭，我卻不能；他們可以失誤，我卻不敢冒險；他們可以無意間造成傷害，換成是我則會停擺。第零法則不允許任何無心之失。

「但有時我還是被迫採取行動。如今我依舊運作如常，這就顯示我的行動始終適度且謹慎。然而，在帝國開始沒落和衰微之後，我不得不干預得較為頻繁；而過去數十年間，我還不得不扮演丹莫刺爾這個角色，試著經營這個政府，幫它逃過覆亡的命運——但我仍然運作如常，你看到了。

「你在十載會議上發表演說後，我立刻瞭解到心理史學中藏著一個工具，或許有可能辨認出對人類整體有益或有害的行動。在它的幫助下，我們所做的決定將不再那麼盲目。我甚至會放手讓人類自行做出決定，再度將自己保留給最緊急的危機。因此我很快做出安排，讓克里昂知曉你的演說並召見你。然後，當我聽到你否認心理史學的價值時，我被迫想出另一個辦法，好歹要讓你試一試。哈里，你明白嗎？」

謝頓露出中等程度的懼色，答道：「我明白，夫銘。」

「今後，在我能和你面對面的少數機會中，我必須保持夫銘這個身分。我所有的一切資料，只要是你需要的我都會給你。而在丹莫刺爾這個身分之下，我會盡我的一切力量保護你。至於丹尼爾，你絕對不能再提這個名字。」

「我不會那樣做。」謝頓連忙說：「因為我需要你的幫助，讓你的計畫受阻會壞了我的大事。」

「沒錯，我知道你不會那樣做。」丹尼爾露出疲倦的笑容，「畢竟你十分自負，想要佔有心理史學的全部功勞。你不會想——絕對不會想讓任何人知道，你曾經接受機器人的幫助。」

謝頓漲紅了臉。「我不是……」

「但你的確是，即使你把它仔細隱藏起來，不讓自己看見。這點相當重要，因為我正在將你心中那種情感加強最低限度，使你絕不能和別人提到我。你甚至不會想到你有可能那樣做。」

謝頓說：「我猜鐸絲知道……」

「她知道我的身分，她同樣不能和別人提到我。既然你們兩人都知道了我的真面目，你們彼此可以隨意提起我，但絕不可對別人這樣做。」

丹尼爾提高音量說：「哈里，我現在要忙別的工作。不久之後，你和鐸絲會被帶回皇區……」

「芮奇那孩子一定要跟我走，我不能遺棄他。此外還有個叫雨果·阿馬瑞爾的年輕達爾人……」

「我懂了。芮奇也會被帶回去，只要你喜歡，你還可以帶其他的朋友，你們都會得到適當的照顧。你將投入心理史學的研究；你會有一組人，還會有必需的電腦設備和參考資料。我將盡可能不加干預，因此，假如你的計畫受到阻礙，但並未真正達到危及這項任務的程度，那麼你得自行設法解決。」

「慢著，夫銘。」謝頓急切地說：「萬一，雖然有你的鼎力相助，以及我的全力以赴，心理史學終究還是無法成為一個實用的機制呢？萬一我失敗了怎麼辦？」

丹尼爾再度提高音量。「這樣的話，我手中還有第二套計畫。我已經在另一個世界，以另一個方法進行了很久。它同樣非常困難，就某些方面而言，甚至比心理史學更為激進。它也有可能失敗，但我們面前若有兩條路，總會比單獨一條帶來更大的成功機會。

「接受我的忠告，哈里！假如有朝一日，你能建立起某種機制，藉以防杜最壞的可能性，看看你能不能想出兩套機制，如此萬一其中之一失敗，另一個仍能繼續。帝國必須穩定下來，或是在一個新的基礎上重建。只要有可能，就建立兩個這樣的基礎吧，可別只有一個。」

他三度提高音量。「現在我必須返回我的普通角色，而你必須回到你的工作崗位。你會被照顧得很好。」

他點了點頭，隨即起身離去。

謝頓望著他的背影，輕聲道：「首先，我必須找鐸絲談談。」

94

鐸絲說：「官邸已經徹底掃蕩，芮喜爾不會受到傷害。而你，哈理，會回到皇區去。」

「你呢，鐸絲？」謝頓以低沉而緊繃的聲音說。

「我想我會回大學去。」她說：「我的研究工作荒廢了，我教的課也沒人管。」

「不，鐸絲，你有更重大的任務。」

「那是什麼？」

「心理史學。沒有你，我無法進行這個計畫。」

「你當然可以，我對數學完全是文盲。」

「我對歷史也是文盲——我們卻同時需要這兩門學問。」

鐸絲哈哈大笑。「在我看來，身為數學家，你可說是出類拔萃。而我這個歷史學家，只不過剛好夠格，絕對不算傑出。比我更適合研究心理史學的歷史學家，你要多少就有多少。」

「這樣的話，鐸絲，請讓我解釋一下。心理史學需要的，絕不只是一個數學家和一個歷史學家而已，它還需要一種意志，來面對這個可能得鑽研一輩子的問題。如果沒有你，鐸絲，我不會有那種意志。」

「你當然會有。」

「鐸絲，如果你不跟我在一起，我不打算有任何意志。」

鐸絲若有所思地望著謝頓。「哈里，這是個不會有結果的討論。無庸置疑，夫銘會做出決定。假如他決定送我回大學……」

「他不會的。」

「你怎麼能肯定？」

「因爲我會跟他明說。如果他送你回大學去，我就要回赫利肯，帝國可以繼續走向自我毀滅。」

「你這話不可能當眞。」

「但我的確當眞啊。」

「難道你不瞭解，夫銘能令你的情感產生變化，而使你『願意』研究心理史學——即使沒有我也一樣？」

謝頓搖了搖頭。「夫銘不會做出那麼獨斷的決定。我跟他談過，他不敢對人類心靈做太多手腳，因爲他受到他所謂的『機器人學法則』的束縛。把我的心靈改變到那種程度，使我不再想跟你在一起，鐸絲，正是他不敢貿然從事的那種改變。反之，如果他不干涉我，如果你加入我的計畫，他就會得到他所要的——心理史學眞正成功的機會。他爲什麼不配合呢？」

鐸絲搖了搖頭。「也許基於某些他自己的理由，他會不同意這樣做。」

「他爲什麼不同意？你受他之託來保護我，鐸絲，夫銘取消這個請託了嗎？」

「沒有。」

「那麼他就是要你繼續保護我。而我，也要你的保護。」

「保護什麼？你現在已經有夫銘的保護，同時以丹莫刺爾和丹尼爾的身分保護你，這對你當然足夠了。」

「即使我擁有銀河中每一個人和每一份力量的保護，我想要的仍然是你的保護。」

「那麼你要我並非爲了心理史學，你要我是爲了保護你。」

謝頓繃起臉孔。「不！你爲什麼一直曲解我說的話？你爲什麼要逼我說出你一定明白的事？我要你，既不是爲了心理史學，也不是爲了保護我。那些都只是藉口，必要的話，我還會用更多的藉口。其實我要的就是你——是你這個人。倘若你想要眞正的理由，那就是因爲你就是你。」

「你甚至不瞭解我。」

「那不重要，我不在乎——但就某方面而言，我還的確瞭解你。遠超出你的想像。」

「眞的嗎？」

「當然。你聽命行事，而且你爲我甘冒生命危險，從來不曾遲疑，好像不顧一切後果。你學習網球的進度那麼快，你學習使用雙刀甚至更快，而在和瑪隆的激戰中，你表現得完美無缺。簡直不像個人——請原諒我這麼說。你的肌肉結實得出奇，你的反應時間短得驚人。每當一個房間遭到竊聽，你就是有辦法看出來。而且你能以某種方式和夫銘保持聯絡，根本不必動用任何儀器。」

鐸絲說：「根據這些，你推出來什麼結論？」

「這使我想到，夫銘在他的機．丹尼爾．奧立瓦身分之下，進行著一件不可能的任務。一個機器人怎麼可能督導整個帝國呢？他一定有些幫手。」

「那是顯然的事。可能有好幾百萬，我這麼猜。我是個幫手，你是個幫手，小芮奇也是幫手。」

「你卻是個不一樣的幫手。」

「哪裡不一樣？哈里，給我說出來。只要你聽到自己說出那句話，你就會瞭解有多麼瘋狂。」

謝頓對她凝視良久，然後低聲道：「我不會說出來，因爲……我並不在乎。」

「你當眞不在乎？你願意接受眞正的我？」

「我會接受我必須接受的你。你是鐸絲，而不論你還是什麼，反正在這個世上我已別無所求。」

鐸絲柔聲道：「哈里，正因爲我是鐸絲，所以我要你得到最好的。但我覺得即使我不是鐸絲，我仍然會希望你得到最好的。而我並不認爲自己對你有什麼好。」

「對我是好是壞，我並不在乎。」說到這裡，謝頓踱了幾步，低下頭來，估量著即將說出的一番話。「鐸絲，你接過吻嗎？」

「當然有過，哈里。那是社會生活的一部分，而我活在社會中。」

「不，不！我的意思是，你眞正吻過一個男人嗎？你知道的，熱情地吻！」

「嗯，有的，哈里，我有過。」

「你喜歡嗎？」

鐸絲猶豫了一下，然後說：「當我那樣吻的時候，我喜歡它的原因，是因爲我更不喜歡讓我心愛的年輕男子失望，因爲他的友誼對我有些特殊意義。」說到這裡，鐸絲的雙頰飛紅，她趕緊將臉別過去。「拜託，哈里，這種事我並不容易解釋。」

但此刻的謝頓比以往任何時候更爲堅決，他毫不放鬆地繼續進逼。「所以說，你是爲了錯誤的理由而吻，爲了避免傷害某人的感情。」

「就某種意義而言，也許每個人都是這樣。」

謝頓將這句話咀嚼了一番，又突然說：「你曾經要求某人吻你嗎？」

鐸絲頓了一下，彷彿在回顧她的一生。「沒有。」

「或是在一吻之後，希望再被吻一次？」

「沒有。」

「你曾經跟男人同床共枕嗎？」他輕輕地、不顧一切地問出來。

「當然有過。我告訴過你，這些事都是生活的一部分。」

謝頓緊緊抓住她的雙肩，好像是要搖晃她。「但你曾經感受到慾望，以及和一個很特別的人有那種親密關係的需要嗎？鐸絲，你曾經感受過愛嗎？」

謝頓放開她，讓自己的雙臂頹然垂到身側。

鐸絲緩緩地，幾乎傷感地抬起頭來，目光與謝頓鎖在一起。「我很抱歉，哈里，可是沒有。」

接著，鐸絲將一隻手輕柔地放到他的臂膀，並且說：「所以你看，哈里，我並不是你眞正想要的。」

謝頓垂下頭來，雙眼瞪著地板。他衡量著這一切，試著理性地思考一番。然後他放棄了，他就是要他想要的，而這份想望超越了思考也超越了理性。

他抬起頭來。「鐸絲，親愛的，即使如此，我、還、是、不、在、乎。」

謝頓用雙臂摟住她，緩緩將頭湊過去，彷彿隨時等著她抽身，偏偏一直將她愈摟愈近。

鐸絲沒有任何動作，於是他吻了她——先是慢慢地，流連地，繼而變得熱情如火。她的雙臂則突然緊緊環抱住他。

等到他終於停下來，她凝望著他，雙眼映著笑意。

她說：「再吻我一次，哈里——拜託你。」

（全書完）

中英名詞對照表

（＊代表該名詞隱含雙關語或文字遊戲）

〔A〕
aboriginal animal 本土動物
acrophobia 懼高症｛心理學名詞｝
admiral of fleet 艦隊司令
agoraphobia 空曠恐懼症｛心理學名詞｝
air-jet=jet 噴射機
air-taxi 出租飛車
air-taxi rental terminus 飛車出租站
Alem 艾連｛皇區小流氓｝
algae 藻類｛生物學名詞，通用複數形｝
algae pond 藻類培養池｛杜撰名詞｝
amphisexual society 兩性平等的社會
Anat Bigell 艾南·比格爾｛古代數學家｝
ancient Auroran 古奧羅拉語
anti-Emperor 反皇帝
anti-Imperialist 反帝人士
anti-knife law 反刀械法
antigrav spaceflight 反重力太空飛行
antigravity 反重力
antiviral serum 抗病毒血清｛醫學名詞｝
array 陣列
assistant professor 助理教授
atmospheric composition 大氣成分
atomize 原子化｛杜撰的動詞｝
Aurora 奧羅拉｛行星｝
auto-sweep 自動掃街器｛杜撰名詞｝
automaton, automata(pl.) 機器人
axial tipping 軸傾角
axiom 公設｛數學名詞｝

〔B〕
Ba-Lee 笆靂＊｛傳說人物，即「貝萊」｝
Barkarian demoire 巴卡鶴｛杜撰的生物｝
bedrock 基岩｛地質學名詞｝
Bendar 本達｛奧羅拉的機器人｝
benign vibration 良性震動
Billibotton 膌眼＊｛達爾區的一處｝
Billibottoner 膌眼人
biological clock 生物時鐘｛生物學名詞｝
biotechnician 生物科技人員
boarding station 專用車站
Book 典籍
book-film 影視書

〔C〕
car-bay 停車坪
Casilia 凱西莉婭｛堤沙佛的妻子｝
ceiling 雲冪｛氣象學名詞｝
celestial mechanics 天體力學｛天文學名詞｝
central black hole 中心黑洞｛天文學名詞｝
Central Walkway 中央走道
centralization 中央集權
cephalic hair 頭部毛髮
ceramoid tile 陶磚
changeover 轉車站
chaos 混沌｛數學、物理學名詞｝
chaotic phase 混沌相｛數學、物理學名詞｝
charisma 領袖魅力

Chetter Hummin 契特·夫銘*｛丹莫刺爾的化名｝
Chief of Staff 行政首長
Chief Seismologist 首席地震學家
Cinna 錫納｛鐸絲的故鄉｝
city level 都會層｛杜撰名詞｝
Cleon I=Cleon, First of that Name 克里昂一世
cloud deck 雲蓋｛氣象學名詞｝
Clowzia 克勞吉雅｛斯瓘璘大學大氣系見習生｝
code (number) 址碼｛電腦址碼的簡稱｝
cohort 支族
combination 密碼
comparative religiosity 比較宗教學
complexity 複雜度｛數學、物理學名詞｝
computer code number 電腦址碼
computer outlet 電腦終端機
computer pad 電腦板
computerized seal 電腦化封印｛杜撰名詞｝
computomap 電腦地圖｛杜撰名詞｝
conservation of energy 能量守恆
constant of action 作用量常數｛物理學名詞｝
contemporary mathematics 當今數學｛非專有名詞｝
continental shelve 大陸棚｛地理學名詞｝
credit outlet 刷卡插座
credit tile=credit slip 信用瓷卡｛杜撰名詞｝
criteria 判據｛數學名詞｝

〔D〕
Da-Nee 答霓*｛傳說人物，即「丹尼爾」｝
Dacian dynasty 達斯皇朝
Dahl 達爾｛川陀的一區｝
Dahlite 達爾人、達爾的
dame 娘兒們｛達爾用語，單複數通用｝
damp 阻尼｛物理學術語，動詞｝
Daughters of Dawn 黎明之女
Davan 達凡｛達爾地下組織領袖｝
Decennial convention 十載會議
decentralization 地方分權
decillion 恆河沙數｛意譯｝
depilation 脫毛手術
Derowd 狄羅德｛行星｝
detoxification 去毒｛化學名詞｝
direction plaque 方向指示牌
disposal unit 廢物處理器｛杜撰名詞｝
Distortion Field 畸變電磁場｛杜撰名詞｝
dome 穹頂
Dors Venabili 鐸絲·凡納比里｛女主角｝
double star 雙星｛天文學名詞｝
dry-net 乾髮網｛杜撰名詞｝

〔E〕
Easterner 東方人
Elders' aerie 長老閣
electrolyte loss 電解質流失
electrolyte solution 電解溶液
electromagnetic field 電磁場｛物理學名詞｝
elevator cab 升降艙
elevator shaft 升降通道
Elgin Marron 厄金·瑪隆｛達爾流氓｝
elimination 排泄｛醫學名詞｝
Emperor Cleon 克里昂大帝
Emperor Cleon I=Emperor Cleon, First of that Name 克里昂大帝一世
Emperor's Guard=Imperial Guard 禁衛軍

enclosed hot plate 密封熱板｛杜撰名詞｝
Endor Levanian 恩多・列凡尼亞｛噴射機駕駛員｝
energy surge 能量湧浪｛物理學名詞｝
entrance panel=entry panel 開啟觸板｛杜撰名詞｝
entrance patch 開啟觸片｛杜撰名詞｝
Eos 伊奧斯｛奧羅拉上的地名｝
escalator 自動扶梯
Eternal World 永恆世界
Eto Demerzel 伊圖・丹莫刺爾*｛帝國首相｝
Evil=place of Evil 邪惡之地
exposure case 感冒症｛醫學名詞｝
Expressway (car) 捷運
Expressway car 捷運車廂
extended life span 倍增的壽命

〔F〕
fast-forward 正向快轉
field work 田野工作
first approximation 一階近似｛數學名詞｝
food-heater 食物加熱器
freezing point 冰點｛氣象學名詞｝
freight ship 太空貨船
frieze 檐壁｛建築學名詞｝
fungal mat 真菌培養墊｛杜撰名詞｝
fungi 真菌｛生物學名詞，通用複數形｝

〔G〕
G.E. 銀紀｛「銀河紀元」的簡稱｝
gabelle 拉汲｛源自「垃圾」｝
Galactic 銀河標準語
Galactic Standard 銀河標準語、銀河標準時間
Galactic Standard time 銀河標準時間
Galactic symbol 銀河標準符號
garden of Antennin 安特寧花園｛奧羅拉上的地名｝
gauge 量計｛物理學、化學名詞｝
gazetteer 地名目錄
Gebore Astinwald 葛柏・艾斯汀伍德｛達爾警官｝
general Galactic history 銀河通史
glidecart 滑車
gravi-bus 重力公車
gravitic lift 重力升降機
Graycloud Five 灰雲五｛麥曲生男性｝
Great Interstellar War 星際大戰
guy 哥兒們｛達爾用語，單複數通用｝

〔H〕
hand-on-thigh story 毛手毛腳的故事
Hano Lindor 漢諾・林德｛熱閻管理人員｝
Hare 哈莉｛隨口談到的人物｝
heat-seeker 熱源追蹤儀
heatsink 熱閻｛杜撰名詞｝
heatsinker 熱閻工｛杜撰名詞｝
Hestelonia 海斯特婁尼亞｛川陀的一區｝
High Elder 元老
holo-camera 全相攝影機｛杜撰名詞｝
holo-set 全相電視（機）｛杜撰名詞｝
hologram=holograph 全相像
holomirror 全相鏡｛杜撰名詞｝
holovision 全相電視｛杜撰名詞｝
holovision receiver 全相接收機｛杜撰名詞｝
holovision station 全相電視台｛杜撰名詞｝
home planet 母星

honorary Brother 榮譽兄弟
Hopara 侯帕拉｛行星，阮達的故鄉｝
House of Wye 衛荷世族
Humanics 人性學｛杜撰名詞｝
humaniform robot 人形機器人
HV News 全視新聞｛HV為「全相電視」縮寫｝
hyperbolic integral 雙曲積分｛杜撰的數學名詞｝
hypercomputer 超波電腦｛杜撰名詞｝
hypership=hyperspatial ship 超空間飛船

〔I〕
ice cover 覆冰｛氣象學名詞｝
identification holo-tab 全相標籤識別證｛杜撰名詞｝
identification number 身分識別碼
Imperial Encyclopedia 帝國百科全書
Imperial forces 帝國軍警、帝國武力、帝國軍隊、帝國部隊
Imperial grounds=Palace grounds（皇宮）御苑
Imperial Sector 皇區｛川陀的一區，皇宮所在地｝
Imperial Trantor 帝國川陀
Imperial world 京畿世界
infra-red radiation 紅外輻射｛物理學名詞｝
inhabited level=residential level 居住層｛杜撰名詞｝
interbreed 異種雜交｛生物學術語，動詞｝
intern 見習生
interstellar legality 星際法案
intestinal flora 腸內微生物｛醫學名詞｝
inversion 反轉｛物理學名詞｝
ion trail 離子尾｛杜撰名詞｝

〔J〕
Jenarr Leggen 傑納爾．雷根｛斯瑞璘大學氣象學家｝
Jennat 堅納特｛川陀的一區｝
Jennisek 詹尼瑟克｛行星，赫利肯的對頭｝
jet-down 噴射直升機｛杜撰名詞｝
jetport 噴射機場
Jirad Tisalver 吉拉德．堤沙佛｛達爾人｝
jurisdiction 管轄範圍

〔K〕
Kiantow Randa 江濤．阮達｛數學家，李松的伯父｝
killing frost 殺霜｛氣象學名詞｝
kirtle 裰服
knifer=knife handler 刀客

〔L〕
lady 大姐｛達爾用語｝
Lanel Russ 拉涅爾．魯斯｛達爾警官｝
lank 叛客｛意譯｝
laser beam 雷射光束
laser inset 雷射鑲邊｛杜撰名詞｝
laser-organ 雷射風琴
laws of probability 機率法則
Leggen Controversy 雷根懸案
level 層級｛川陀地底建築各層｝
Lieutenant Alban Wellis 艾爾本．衛利斯中尉｛禁衛軍軍官｝
life expectancy 平均壽命
light panel 照明板｛杜撰名詞｝
Lissauer 黎叟爾｛文學家｝

Lisung Randa 李松·阮達｛斯璀璘大學心理系講師｝
living level 活動層級
local time system 當地計時系統
local weather computer 地方氣候電腦｛杜撰名詞｝
Lost World 失落世界
LSP=least possible simulation 最簡模擬

〔M〕

Macro 重武｛重武器的簡稱｝
Madam 女士｛對芮喜爾的尊稱｝
magma layer 岩漿層｛地質學名詞｝
magnet 磁體｛物理學名詞｝
magnetic propulsion 磁力推進
Mannix IV=Mannix, Fourth of that Name 曼尼克斯四世｛衛荷老區長｝
Marbie 馬畢｛皇區小流氓｝
Marlo Tanto 馬洛·唐圖｛全視新聞記者、帝國特務｝
Master 老爺｛達爾用語｝
Mathematical Deduction《數學演繹法》｛書名｝
mathematicized logic 數學化邏輯
Mayor 區長｛本書的特殊用法｝
Mayoralties 區長職位
memory bank 記憶庫
memory storage unit 記憶儲存單元｛電腦名詞｝
Mentone 曼通｛文學家｝
mesh 安全網｛源自「安全帶」｝
mesonic refractometer 介子折射計｛物理學名詞｝
message platform 訊息平台
message relay 留言機｛杜撰名詞｝
metastable 暫穩｛物理學術語，形容詞｝
meteoric impact 流星撞擊
meteorological outlet 氣象偵測站
meteorological station 氣象站
meteorological vessel=meteorological jet-down 氣象飛機
microcard 微縮書卡｛杜撰名詞｝
microcomputer 微電腦
microculture 微生養殖業
microderivative 微生衍生物｛杜撰名詞｝
microfood 微生食品｛杜撰名詞｝
microfood plantation 微生食品養殖場
microfusion air-jet 微融合噴射機｛杜撰名詞｝
microfusion battery 微融合電池｛杜撰名詞｝
microfusion engine 微融合引擎｛杜撰名詞｝
microfusion motor 微融合發電機、微融合發動機｛杜撰名詞｝
microorganism farm=microfarm 微生農場｛杜撰名詞｝
microprint 微縮字體
microproduct 微生作物
microsecond 微秒
microwave wrapping 微波包裹｛杜撰名詞｝
Minister of Science 科學部長
missus 姑奶奶｛達爾用語｝
Mistress 夫人｛達爾用語，對應「老爺」｝
monitor 顯像器
monorail 單軌
Mother Rittah 瑞塔嬤嬤*｛達爾老婦｝
moving corridor 活動迴廊｛杜撰名詞｝
moving staired ramp 活動階梯坡道｛杜撰名詞｝

Mycelim Seventy-Two 菌絲七十二｛麥曲生男性｝
Mycogen 麥曲生＊｛川陀的一區｝
Mycogenian 麥曲生人、麥曲生的

〔N〕
natural law 自然（定）律
nephelometric measurement 懸浮物測量｛氣象學名詞｝
nerve rebuilding 神經重建｛醫學名詞｝
neuronic cannon 神經砲｛杜撰名詞｝
news holocast=holocast 全相新聞｛杜撰名詞｝
nightline 晝夜界線
nonrelativistic 非相對論性｛物理學術語，形容詞｝
North Domiano 北達米亞諾｛川陀的一區｝
Northerner 北方人
Novigor 諾維葛｛文學家｝
nuclear fusion plant 核融合電廠
nuclear fusion station 核融合發電站
number theory 數論｛數學名詞｝
numerical identifier 識別編號

〔O〕
obiah 和帶｛源自和服的obi｝
open world 露天世界
original world=world of origin 起源世界
Osterfith 歐斯特費茲｛老數學家｝
Otherworlder 其他世界人士
Outer World=outer world 外圍世界
Outworld, Outworldish(a.) 外星（世界）
Outworlder 外星人士

〔P〕
palace coup 宮廷政變
paleolinguist 古代語言學家
paranoia 妄想症｛心理學名詞｝
percussive 震波武器｛杜撰名詞｝
perversion 性違常｛心理學名詞｝
photonic fount 光子源｛杜撰名詞｝
pictorial simulation 圖像模擬
planetary system 行星系｛天文學名詞｝
positronic brain 正子腦
power source 動力源
powered print-book 電動字體書
pre-Empire; pre-Imperial 前帝國時代（的）
pre-Galactic 前銀河時代（的）
precipitate 降水｛氣象學動詞｝
pressure transducer 壓力轉換器｛電機名詞｝
primitivism 原始主義｛杜撰名詞｝
primordial Galactic society 太初銀河社會
primordial times 太初時代
Prince Imperial 皇太子
print-book 字體書
printout 列印表｛源自電腦名詞｝
pseudo-Emperor 偽皇帝
pseudo-organic 假有機（的）｛杜撰名詞｝
pseudomagnetic 贗磁性｛杜撰名詞｝
psychohistorical analysis 心理史學分析
psychotherapy 心理治療｛心理學名詞｝
psychsociology 心理社會學

〔Q〕
quantum mechanics 量子力學｛物理名詞｝

〔R〕
R. Daneel Olivaw 機・丹尼爾・奧利瓦＊

{「機器人系列」主角}
radio-holographic identification 電波全相識別器 {杜撰名詞}
radio-holography 電波全相像 {杜撰名詞}
Raindrop Forty-Five 雨點四十五 {麥曲生女性}
Raindrop Forty-Three 雨點四十三 {麥曲生女性}
Rashelle 芮喜爾＊ {衛荷區長}
Rashelle I=Rashelle the First 芮喜爾一世
Raych 芮奇 {達爾少年}
reference department 參考圖書部
register 音區 {音樂名詞}
Renegade 變節者
resultant 合成效應
robot 機器人、機僕＊
Rogen Benastra 羅根・班納斯楚 {斯璀璘大學首席地震學家}
royal chamber 御書房
Royal Trantor 王國川陀、王國時期的川陀

〔S〕
Sacratorium 聖堂
Sacratorium School 聖堂學院
saprophyte 腐生植物 {生物學名詞}
second-order effect 二階效應 {數學名詞}
sector（行政）區
sector government 區政府
Sector Officer 區巡官
security force(s) 維安警察、維安警力、維安武力、維安部隊
security officer 維安警官
security police 維安警察
seismograph 地震儀
Sergeant Emmer Thalus 愛瑪・塔勒斯中士 {衛荷軍人，芮喜爾貼身侍衛}
service corridor 工用迴廊
sewer level 污水層
signal button 訊號鈕
skincap 人皮帽 {杜撰名詞}
Skystrip Two 天紋二 {麥曲生長老}
sleeping mist 催眠霧 {杜撰名詞}
sleet 冰珠 {氣象學名詞}
soar 飛翔機 {杜撰名詞}
solar plexus 腹腔叢 {醫學名詞}
solar power station 太陽能發電站
Sons of Dawn 黎明之子
Southerner 南方人
space settlement 太空殖民地
speaker 話筒
stick figure 線條畫 {美術名詞}
Stone Age 石器時代
strain 品系 {生物學名詞}
Streeling 斯璀璘＊ {川陀的一區}
Streeling University 斯璀璘大學
stress 應力 {物理學名詞}
student-agent 職業學生
stun gun 麻痺鎗 {杜撰名詞}
subatomic particle 次原子粒子 {物理學名詞}
Sunbadger 徽子＊ {輕蔑語，對應中文的「條子」}
Sunmaster Fourteen 日主十四 {麥曲生元老}
superconductive ceramic tile 超導陶片 {杜撰名詞}
superluminal velocity 超光速 {物理學名詞}
superoptical patches 眼上毛髮 {杜撰名詞}

suspended animation 生機停頓｛醫學名詞｝
swoop 雷霆機｛杜撰名詞｝

〔T〕
T-shirt 短衫
taxi rental 租車站
teaching computer 教學電腦
teleprint 電訊報表｛杜撰名詞｝
television monitor 電視顯像器
The Flight 逃亡期
the Oldest 最古世界
the Zeroth Law 第零法則
thermal blanket 熱力毯｛杜撰名詞｝
thermal pattern 熱輻射模式｛物理學名詞｝
thermopile 熱電堆｛電機名詞｝
thin soil 薄土壤
Three Laws of Robotics 機器人學三大法則
timeband 計時帶｛杜撰名詞｝
Trantorian local time 川陀當地時間
Trantorian Province 川陀星省
Treaty of Poldark 波達克條約
tribal library 外族圖書館
tribe、tribal 外族（的）
tribesman 外族男子、外族人
tribespeople、tribesperson 外族人
tribeswoman 外族女子
trivial 顯易｛數學術語，形容詞｝
tunic 短袖袍
turbine 渦輪機｛機械名詞｝
turbulence 湍流｛物理學名詞｝

〔U〕
uncertainty 不準性｛物理學名詞｝
University computer 大學電腦
upper atmosphere 高層大氣｛氣象學名詞｝
Upperside 上方

〔V〕
vertigo 眩暈｛醫學名詞｝
viewer 觀景器｛杜撰名詞｝
visual book 視訊書籍
visual technology 視訊科技
voiceprint 聲紋

〔W〕
weather pattern 氣候模式
Wendome estate 溫都姆屬地｛奧羅拉上的地名｝
Westerner 西方人
wet snow 濕雪｛氣象學名詞｝
wind station 風力發電站
windstorm 風暴｛氣象學名詞｝
World of the Dawn=Dawn World 黎明世界
Wyan 衛荷人、衛荷的
Wye 衛荷*｛川陀的一區｝

〔Y〕
yeast farm 酵母農場｛杜撰名詞｝
yeast vat 酵母培養桶｛杜撰名詞｝
Yugo Amaryl 雨果・阿馬瑞爾｛達爾熱閭工｝

〔Z〕
Ziggoreth 齊勾瑞斯｛川陀的一區｝

【附錄】

艾西莫夫傳奇

葉李華

以撒・艾西莫夫（Isaac Asimov, 1920-1992）是科幻文壇的超級大師，也是舉世聞名的全能通俗作家。他與克拉克（Arthur Clarke, 1917-2008）及海萊因（Robert Heinlein, 1907-1988）鼎足而立，同為廿世紀最頂尖的西方科幻小說家。除此之外，在許多讀者心目中，他還是一位永恆的科學推廣者、理性主義的代言人，以及未來世界的哲學家。

* * *

艾西莫夫是家中長子，一九二〇年一月二日生於白俄羅斯的彼得維奇（Petrovichi），三歲時隨父母移民美國，定居紐約市。雖然父母都是猶太人，他卻始終不能算是猶太教徒，後來更成為徹底的無神論者。

艾西莫夫聰明絕頂、博學強記，未滿十六歲便完成高中學業，十九歲畢業於哥倫比亞大學，二十一歲獲得哥大化學碩士學位。但由於攻讀博士期間投筆從戎四年，直到一九四八年才獲得哥大化學博士學位。次年他成為波士頓大學醫學院生化科講師，並於一九五五年升任副教授。可是三年後由於太過熱衷寫作，他不得不辭去教職，成為一位專業作家，但爭取到保留副教授頭銜，並於一九七九年晉升為教授。

艾西莫夫與科幻結緣甚早，九歲時在父親開的雜貨店發現科幻雜誌，便迷上這種獨具一格的文體，進而立志要成爲科幻作家。年方十九，他寫的第三篇科幻小說〈灶神星受困記〉（Marooned off Vesta）便首次印成鉛字，刊登於著名的科幻雜誌《驚異故事》（Amazing Stories）。一九四一年，也就是他拿到碩士學位那年，在美國科幻教父坎柏（John W. Campbell Jr, 1910-1971）的啓發與鼓勵下，他寫出自己的成名作〈夜歸〉（Nightfall），發表於坎柏主編的《震撼科幻小說》（Astounding Science-Fiction），立時在科幻圈聲名大噪，成爲美國科幻界的明日之星。他經營一生的兩大科幻系列「機器人」與「基地」都開始得很早，第一篇機器人故事〈小機〉（Robbie）是一九三九年五月的作品，而「基地」系列的首篇則完成於一九四一年九月初。

除了科幻之外，艾西莫夫也寫過幾本推理小說，不過非文學類作品寫得更多。他一生撰寫加上編纂的書籍近五百本，甚至逝世後還陸續有新書出版，難能可貴的是始終質量並重（不過毋庸諱言，有些文章與短篇曾重複收錄）。他之所以如此多產，除了天分過人、過目不忘之外，更因爲他熱愛寫作，將寫作視爲快樂的泉源、生命中最重要的一件事。他是個非常勤奮的作家，每天除了吃喝拉撒，以及必要的社交活動，可以從早寫到晚；就連住院時，只要病情稍一穩定，也會趕緊在病床上拿起筆來。他不喜歡旅行，也沒有其他嗜好，最大的樂趣就是窩在家中寫個不停。

一九四〇與五〇年代，艾西莫夫的作品以科幻爲主，科幻代表作泰半在這段時期完成，例如

「基地」三部曲、「銀河帝國」三部曲，以及「機器人」系列的《我，機器人》、《鋼穴》與《裸陽》。一九五七年十月，前蘇聯發射世界第一枚人造衛星「旅伴一號」（Sputnik 1），美國上上下下大感震撼，艾西莫夫遂決心致力科學知識的推廣。因此在一九六〇與七〇年代，他的寫作重心轉移到各類科普文章及書籍，從天文、數學、物理、化學、地球科學到生命科學，幾乎涵蓋自然科學所有的領域。其中最具代表性的，或許是下面這本數度增修、數度更名的科學百科全書：

《智者的科學指南》The Intelligent Man's Guide to Science（1960）

《智者的科學新指南》The New Intelligent Man's Guide to Science（1965）

《艾西莫夫科學指南》Asimov's Guide to Science（1972）

《艾西莫夫科學新指南》Asimov's New Guide to Science（1984）

許多人都會寫科普文章，卻鮮有能像艾西莫夫寫得那麼平易近人、風趣幽默而又不拖泥帶水。在美國乃至整個英語世界，「艾氏科普」在科學推廣上一向扮演著重要的角色。長久以來，艾西莫夫一直是科學界與一般人之間的橋樑——生硬深奧的科學理論從這頭走過去，深入淺出的科普知識從另一頭走出來。

艾西莫夫博學多聞，一生不曾放過任何寫作題材。據說有史以來，只有他這位作家寫遍「杜威十進分類法」：〇〇〇「總類」、一〇〇「哲學類」、二〇〇「宗教類」、三〇〇「社會科學類」、四〇〇「語文」、五〇〇「自然科學類」、六〇〇「科技」、七〇〇「藝術」、八〇〇「文學」、九〇〇「地理」。無論上天下海、古往今來的任何主題，他都一律下筆萬言、洋洋灑灑。自有人類以來，從來沒有第二個人，曾就這麼多題材寫過這麼多本書。後世子孫將很難相信，在「前網路時代」（prenet era），地球上出現過這樣一位血肉之軀的百科全書。

博古通今的艾西莫夫寫起文章總是旁徵博引，以宏觀的角度做全面性觀照。他最喜歡根據歷史發展的脈絡，指出人類未來的正確走向。而在艾西莫夫眼中，理性是人類最基本也是最後的憑藉，人類的進步史就是一部理性發達史。因此任何反理性的言論，都是他口誅筆伐的對象；任何反智的人物，從高級神棍到低級政客，都逃不過他尖酸卻不刻薄的修理。

艾西莫夫雖然未曾標榜自己是未來學家，卻對各個層面的未來都極為關切。大至未來的太空殖民，小至未來可能的收藏品，都是他津津樂道的題目。他的科技預言一向經得起時間考驗，令人懷疑他簡直是個自由穿梭時光的旅人。例如他在一九八〇年寫過一篇〈全球化電腦圖書館〉，我們只要讀上幾段，便會赫然發現主題正是十五年後的「全球資訊網」。而他在發表於一九八八年的〈化學工程的未來〉這篇文章中，則已經討論到當今最熱門的生物科技。

* * *

艾西莫夫著作逾身，但不論他自己或是全世界的讀者，衷心摯愛的仍是他的科幻小說。身為科幻作家的他，生前曾贏得五次雨果獎與三次星雲獎，兩者皆是科幻界的最高榮譽。

一九六三年雨果獎：《奇幻與科幻雜誌》（Magazine of Fantasy and Science Fiction）上的科學專欄榮獲特別獎

一九六六年雨果獎：「基地系列」榮獲歷年最佳系列小說獎

一九七二年星雲獎：《諸神自身》榮獲最佳長篇小說獎

一九七三年雨果獎：《諸神自身》榮獲最佳長篇小說獎

一九七七年星雲獎：〈雙百人〉（The Bicentennial Man）榮獲最佳中篇小說獎

一九七七年雨果獎：〈雙百人〉榮獲最佳中篇小說獎

一九八三年雨果獎：《基地邊緣》榮獲最佳長篇小說獎

一九八七年星雲獎：因終身成就榮獲科幻大師獎（嚴格說來並非屬於星雲獎，而是與星雲獎共同頒贈的獨立獎項）

除了科幻創作，他也寫科幻評論、編纂過百餘本科幻選集，並協助出版科幻刊物。以他的大名為號召的《艾西莫夫科幻雜誌》（Isaac Asimov's Science Fiction Magazine），是美國當今數一數二的科幻文學重鎮。

艾西莫夫晚年健康甚差，到最後根本寫不了長篇小說。聰明的出版商遂突發奇想，建議他選出最心愛的科幻中短篇當作骨架，與另一位美國科幻名家席維伯格（Robert Silverberg, 1935-）協力，擴充成有血有肉的長篇科幻小說。艾氏非常喜歡這個構想，於是不久之後，他的三篇最愛〈夜歸〉（1941）、〈醜小孩〉（The Ugly Little Boy, 1958）與〈雙百人〉（1976），先後脫胎換骨為三本精采萬分的科幻長篇《夜幕低垂》、《醜小孩》與《正子人》。好在有這樣的合作，艾西莫夫的科幻創作方能延續到生命的盡頭，而這正是他自己最大的心願——他生前常說最希望能死於任上，在打字機前嚥下最後一口氣。

【點滴拾遺】

☆名嘴：艾西莫夫很早就到處「現身說法」，但一向不準備講稿，總是以即席演講贏得滿堂喝采。

☆婚姻：艾西莫夫結過兩次婚，顯然第二次婚姻較爲美滿。他的第二任妻子珍娜（Janet Asimov）本是一位精神科醫師，在夫婿大力協助下，退休後成爲一名相當成功的作家。

☆懼高症：艾西莫夫筆下的人物經常遨遊太空，他本人卻患有懼高症，一九四六年後便從未搭過飛機。

☆短篇最愛：其實艾西莫夫自己最滿意的科幻短篇是〈最後的問題〉（The Last Question, 1956），他笑說自己只用了短短數千字，便涵蓋宇宙兆年的演化史。或許由於這篇小說稍嫌深奧，因此始終未曾改寫成長篇。

☆死於任上：艾西莫夫曾將這個心願寫在〈速度的故事〉（Speed）一文中。這篇短文是他爲《艾西莫夫科幻雜誌》撰寫的最後一篇「編者的話」，刊登於該雜誌一九九二年六月號。

【網站資料】

艾西莫夫首頁：http://www.asimovonline.com/
艾西莫夫FAQ：http://www.asimovonline.com/asimov_FAQ.html
艾西莫夫著作目錄（依類別）：http://www.asimovonline.com/oldsite/asimov_catalogue.html
艾西莫夫著作目錄（依時序）：http://www.asimovonline.com/oldsite/asimov_titles.html

【譯者簡介】

葉李華

一九六二年生，台灣大學電機系畢業，加州大學柏克萊分校理論物理博士，致力推廣中文科幻與通俗科學二十餘年，相關著作與譯作數十冊。自一九九〇年起，即透過各種管道譯介、導讀及講授艾西莫夫作品，被譽爲「艾西莫夫在中文世界的代言人」。

謎幻之城 011C
基地前奏（艾西莫夫百年誕辰紀念典藏精裝版）

原著書名／Prelude to Foundation
作　　者／以撒·艾西莫夫（Isaac Asimov）
譯　　者／葉李華
責任編輯／張世國

發 行 人／何飛鵬
總 編 輯／王雪莉
業務經理／李振東
行銷企劃／陳姿億
資深版權專員／許儀盈
版權行政暨數位業務專員／陳玉鈴
法律顧問／元禾法律事務所　王子文律師
出版／奇幻基地出版
城邦文化事業股份有限公司
台北市 104 民生東路二段 141 號 8 樓
電話：(02)25007008　傳真：(02)25027676
網址：www.ffoundation.com.tw
e-mail：ffoundation@cite.com.tw
發行／英屬蓋曼群島商家庭傳媒股份有限公司城邦分公司
台北市 104 民生東路二段 141 號 11 樓
書虫客服服務專線：(02)25007718・(02)25007719
24 小時傳眞服務：(02)25170999・(02)25001991
服務時間：週一至週五 09:30-12:00・13:30-17:00
郵撥帳號：19863813　戶名：書虫股份有限公司
讀者服務信箱 E-mail：service@readingclub.com.tw
歡迎光臨城邦讀書花園 網址：www.cite.com.tw
香港發行所／城邦（香港）出版集團有限公司
香港灣仔駱克道 193 號東超商業中心 1 樓
電話：(852) 2508-6231 傳眞：(852) 2578-9337
馬新發行所／城邦（馬新）出版集團
【Cite(M)Sdn. Bhd.(458372U)】
11, Jalan 30D/146, Desa Tasik,
Sungai Besi, 57000 Kuala Lumpur, Malaysia.
電話：(603) 90578822　傳眞：(603) 90576622

封面設計／宇陞工作室
排　　版／極翔企業有限公司
印　　刷／高典印刷有限公司
■ 2011 年（民 100）10 月 4 日初版一刷
■ 2021 年（民 110）12 月 6 日二版 12.5 刷

售價／ 500 元

國家圖書館出版品預行編目資料

基地前奏／以撒・艾西莫夫（Isaac Asimov）著；
葉李華譯 .-- 初版 .-- 台北市：奇幻基地出版；
家庭傳媒城邦分公司發行；2005（民 94）
面：　公分 .--（謎幻之城：11）
ISBN 978-986-7576-95-8（平裝）

874.57　　94017502

ISBN 978-986-7576-95-8
EAN 4717702114596
Printed in Taiwan.

城邦讀書花園
www.cite.com.tw